Équateur

Antonin Varenne

Équateur

ROMAN

Albin Michel

À Liam Maximilien Joe Smith
et
Jones Segundo Pascal,
les frères Varenne.

I

1.

Lincoln City, Nebraska, juin 1871

De ce côté de la Platte River on avait soutenu le Sud, quand la ville s'appelait encore Lancaster, rebaptisée après la défaite en l'honneur de Lincoln. Le nouveau nom de la ville était un supplice pour ses habitants, qui ne le prononçaient pas sans cracher entre leurs bottes, jusque dans leur maison ; qu'importe, ils étaient en terre ennemie. Si un voyageur entrait dans un saloon et portait un toast au libérateur du Sud, il terminait son verre en silence et repartait sans tarder.

Lincoln était devenue la capitale de l'État. Un gouverneur nordiste était venu s'y installer, de même qu'un service postal nordiste, un tribunal nordiste, une école nordiste et le Land Office, qui proposait à tout citoyen américain qui le souhaitait une parcelle de soixante hectares. Gratuitement. À deux conditions : avoir plus de vingt et un ans et n'avoir jamais pris les armes contre le gouvernement – nordiste. Les anciens confédérés n'avaient pas droit à la générosité fédérale. Washington, qui prétendait chasser la guerre des mémoires en lançant le pays à la conquête de l'Ouest, continuait à tracer des lignes de front sur les cadastres. Des montagnes, des pistes, des rivières et les rancunes se dressaient comme des murs.

Démonter la baraque du Land Office planche par planche était un rêve partagé par beaucoup.

Pour cinquante cents la nuit, Pete Ferguson louait une chambre donnant sur la petite maison au bardage blanc avec ses lettres noires au-dessus de la porte : *US Land Office. Concessions. Achat et vente de parcelles.*

Après des semaines sur les pistes, exposé aux regards, s'enfermer dans la chambre de cette pension lui avait semblé une bonne idée, avant de l'angoisser jusqu'à la paralysie. Il avait passé des jours assis sur une chaise, soulevant le rideau de coton de sa fenêtre, vidant des bouteilles, à regarder les hommes et les femmes entrer dans la petite boutique du gouvernement. Le spectacle de leur transformation avait été seul capable de le distraire.

Endimanchés pour ne pas avoir l'air des mendiants qu'ils étaient, inquiets que ces promesses de terres soient un autre tour qu'on leur jouait, ils entraient là comme à l'église un jour de noce, pour célébrer une nouvelle union avec leur destin de pauvres. La maisonnette blanche avait l'aura d'une chapelle au milieu des magasins, le représentant du gouvernement sur le seuil l'allure d'un prêtre absolvant le Vieux Monde des péchés commis envers les déshérités généreusement recueillis par le Nouveau. C'était à la fois une noce et un baptême. Incrédules, les chaussures blanches de poussière, les pionniers entraient venus de toutes les directions, pour ressortir du Land Office un titre de propriété en poche. Ils recevaient alors une poignée de main du serviteur de l'État faisant d'eux les égaux de tous ceux qui possédaient quelque chose. Remontés dans les chariots, ils partaient émus vers leurs soixante hectares ; les épouses regardaient leurs maris, ensemble ils prenaient une grande inspiration, des larmes montées aux yeux. La reconnaissance se lisait sur ces visages, et une fierté nouvelle. Ce cadeau faisait d'eux des citoyens éternellement fidèles. Des patriotes. Le long périple s'achevait, leurs sacrifices et leurs efforts étaient récompensés, ils ne doutaient plus de leur mérite, la terre était due.

Pete avait pensé à ce chef indien dont parlait Alexandra Desmond : un Lakota qui croyait donner une leçon de sagesse aux Blancs, déclarant que la terre n'appartenait pas aux hommes, mais que l'homme appartenait à la terre. Leçon inutile, disait Alexandra, parce que les Blancs s'enchaînaient de toutes leurs forces à la terre. Ils n'étaient venus que pour ça.

La plupart avaient son âge, des enfants dans les jambes ou accrochés aux seins des mères. Les hommes au front lancé en avant, les femmes aux joues rouges de santé.

Quand il se leva, Pete trouva ses affaires déjà prêtes. Les fontes remplies, la couverture roulée autour de sa Winchester, sa cantine et son carnet écorné, dernier cadeau d'Arthur Bowman. Il ne savait plus quand il était arrivé ni pourquoi il avait choisi cette ville, seulement qu'il était grand temps de la quitter.

La veuve qui tenait la pension lui compta sa monnaie sur la table du salon, sous un drapeau confédéré cloué au mur. Elle marmonnait que c'était une honte, ces étrangers toujours plus nombreux en ville. Du bout du doigt elle poussa quelques cents sur le bois verni, tout ce qui restait de ses quatre derniers dollars.

– Pour vous, monsieur Webb.

Pete Ferguson laissa la monnaie sur la table, jeta les fontes sur son épaule et rejoignit l'écurie. Réunion s'ébroua quand il posa la selle sur son dos. Pete traversa la rue en menant le mustang par les rênes et s'arrêta devant le Land Office. Il relut les lettres peintes, nez en l'air, avant de mettre un pied à l'étrier.

– J'allais fermer. Je peux faire quelque chose pour vous ?

Pete regarda l'homme sur le seuil, aussi grand que son sourire était large.

– J'ai quelques minutes encore, si vous voulez entrer.

Une voix de pourvoyeur de rêves rattrapant in extremis, à l'heure de fermer boutique, l'âme d'un dernier pionnier à convertir. Pete monta les marches et entra. L'homme remit son chapeau au crochet, d'un long geste du bras lui proposa une chaise en face du bureau, passa derrière et tendit la main.

– George Emery. En quoi puis-je vous être utile, monsieur… ?

– Billy Webb.

George Emery serra sa main si énergiquement qu'il sembla à Pete que ses organes en étaient déplacés.

– Vous cherchez des terres, monsieur Webb ? Une concession ? Êtes-vous fermier ? Éleveur ? Mineur ? Avez-vous une famille ou cherchez-vous à en fonder une ? Un homme de votre âge, c'est une chose à laquelle vous avez droit. Peut-être avez-vous fait la guerre, monsieur Webb, et méritez-vous plus encore ces parcelles. Avez-vous fait la guerre, monsieur Webb ? Je veux dire… de quel côté ?

– Du côté de ceux qui ont gagné.

George Emery cligna des yeux.

– Bien entendu ! D'où venez-vous, monsieur Webb ?

Pete regarda derrière Emery les étagères sur lesquelles étaient roulées les cartes et rangés les registres cadastraux.

– Oregon.

L'employé du Land Office suivit son regard avant de revenir à son client.

– Un État fidèle à l'Union. Mais dites-moi ce que vous cherchez, monsieur Webb, et nous verrons ensemble ce que le gouvernement des États-Unis peut faire pour vous.

L'employé ne doutait pas que le gouvernement satisferait les désirs d'un jeune homme comme Billy Webb.

– Vous donnez des terres à tout le monde ?

– À tous les citoyens qui…

– À n'importe qui ?

– Je vous demande pardon ?

– Tout le pays est à vous ?

Pete marcha jusqu'aux cartes en contournant le bureau. Il en tira une de son rangement, l'approcha de son visage et sentit le papier, la remit à sa place, ouvrit un registre. L'homme du gouvernement se racla la gorge.

– Je dois vous préciser que les soixante premiers hectares seulement sont offerts. Et que les parcelles encore disponibles dans le comté sont de plus en plus éloignées de la Platte River. De beaux terrains sont encore à votre disposition, mais ce ne sont pas les plus faciles d'accès. La plupart sont du moins irrigués. Que cherchez-vous exactement, monsieur Webb ?

Pete reposa le registre sur le bureau et traversa la pièce jusqu'à la fenêtre, regarda dehors son mustang et la grand-rue de Lincoln à l'heure du souper.

– Est-ce que vous leur demandez ce qu'ils vont faire chez eux ?

Emery tendit le cou pour se libérer un peu du col de sa chemise.

– Je ne comprends pas votre question.

– Comment ils traitent leurs femmes et leurs enfants ?

– Que dites-vous ?

Pete se retourna.

– Est-ce que vous leur demandez qui ils sont ?

– Qui ils sont ? De quoi parlez-vous ?

– De leur moralité. C'est bien ça que vous offrez ici avec les titres de propriété, le droit de faire ce qu'on veut chez soi, non ?

Emery se redressa, sa voix emplit tout le volume contenu entre les quatre murs de planches.

– Jeune homme, à l'odeur que vous dégagez, je devine que vous n'êtes pas sobre. Vous devriez aller vous reposer.

– Est-ce que vous avez déjà vécu sous le toit d'un homme qui avait tous les droits, monsieur Emery ?

– Ça suffit !

– Donnez-moi l'argent.

L'employé du Land Office fronça les sourcils et regarda le

jeune type trapu, ses épaules voûtées qui creusaient une poitrine large.

– Mon gars, tu devrais partir avant d'avoir des problèmes.

– Quand j'étais enfant, je pensais que Dieu était du côté de mon père parce qu'il était fort, et que le Bon Dieu serait avec moi quand j'aurais grandi.

George Emery ouvrit un tiroir de son bureau et en tira un pistolet.

– Je sais pas ce qui tourne pas rond chez toi, fils, mais tu ferais mieux de sortir d'ici.

Pete Ferguson fixa l'arme.

– C'est impressionnant, un homme armé. Posséder une arme est une responsabilité qu'on ne devrait pas laisser à n'importe qui. Comme le droit d'être chez soi.

Il passa lentement la main dans sa veste et en sortit un Colt .45.

– Difficile d'en assumer toutes les conséquences.

Il laissa son arme pendre le long de sa jambe.

– Vous comprenez, monsieur Emery, la menace que vous faites peser sur nous ? Le courage que vous nous demandez de trouver pour y faire face ?

L'employé du Land Office leva une main en signe d'apaisement, l'autre tenant son revolver toujours braqué, comme s'il jurait sur une bible.

– Fais pas une bêtise que tu regretterais, mon gars. On va trouver un arrangement.

– Je n'aime pas les négociations. Il faudrait arrêter de parler. Faire quelque chose.

– Je te donne l'argent et on en reste là.

George Emery tira de son gilet un étui en cuir, le jeta sur le bureau et recula d'un pas.

– Je voudrais que vous me laissiez seul maintenant.

– Quoi ?

– Sortez par la porte de derrière et laissez-moi seul.

– Je peux pas faire ça. Tu prends l'argent et tu pars d'ici.

– Posez votre arme et sortez, avant que le courage nous manque à tous les deux et que la colère nous rattrape.

George Emery passa sur ses lèvres une langue sèche, posa son revolver sur le bureau, sortit de sa poche un trousseau de clefs et déverrouilla la porte à côté des étagères à cartes. Il se retourna vers le jeune homme, mémorisant les traits de son visage et les détails de ses habits.

– On va revenir pour toi, fils.

Il disparut sans refermer. Pete vacilla, tira de sa veste une flasque de whisky et la vida. Il empocha l'étui, avança jusqu'aux cartes, se pencha, les renifla encore, frotta une allumette sur la manche de sa veste et approcha la flamme d'une tranche de papier roulé, regarda le feu courir de la carte à une autre. Le bois des casiers commença à noircir, le bureau à s'éclairer de jaune et d'orange et la fumée à rouler au plafond. Les larmes coulaient sur ses joues, dehors son cheval ruait.

Il sauta en selle, longea une ruelle et s'enfuit de Lincoln par une rue parallèle dans un défilement de jardins clos et d'arrière-boutiques. La nuit tombait sur la piste de l'Est, le cuir de sa veste chauffé par l'incendie était encore bouillant.

Les muscles de Réunion se déliaient ; sa course assouplie, le mustang gagna de la vitesse, son souffle accordé à sa foulée. Ils quittèrent la piste et se lancèrent plein sud dans les herbes hautes de la plaine, longue houle grise sous les premières étoiles. Quelques reliefs noirs, collines rondes à l'horizon, donnaient une direction à leur course.

Ils firent halte à l'aube à bout de forces. Pete vida une gourde d'eau et se roula au creux d'un sillon raviné, pendant que Réunion broutait des plantes humides de rosée.

Il se réveilla en nage sous un soleil vertical aussi net qu'un disque de cuivre, se déshabilla, ne gardant que son pantalon, et, pieds nus, monta au sommet de la plus haute colline, une bouteille de whisky et l'étui de George Emery à la main. Assis en tailleur, il contempla l'interminable paysage plat. Posant une pierre sur les billets pour les protéger du vent, il compta son butin.

Sa tête tomba en avant, ses épaules s'arrondirent. Le soleil lui brûlait le dos et chauffait le whisky. Pete Ferguson, voleur et incendiaire dans le Nebraska. Soixante-dix-huit dollars. Meurtrier dans le Nevada.

*

Mon frère.

Après le Vieux, la personne que tu haïssais le plus à Basin était Billy Webb, et tu l'as détesté encore plus quand il est mort. Parce que cette petite merde était devenue un héros et que plus personne jamais ne dirait que Billy Webb était un sale gosse de riche qui nous crachait au visage, nous les fils Ferguson.

Le jour où il est mort, tu aurais voulu être à sa place, avec les autres pères de famille partis régler leur compte aux Rouges qui venaient chasser jusque sur nos terres. Mais c'est Billy qui est allé à la réserve de Warm Springs avec sa carabine neuve et son cheval – toi qui n'en avais pas. Le Vieux était de l'expédition, il avait attelé le tombereau et gueulait, saoul comme les autres, qu'il faudrait bien un corbillard pour ramener les cadavres des Païutes. Ils riaient et tiraient en l'air dans la cour de la ferme, ils me faisaient peur et toi tu enrageais de ne pas les accompagner.

C'est le fils Webb qu'ils ont ramené dans le tombereau à fumier des Ferguson, tous ces braves bougres trop saouls et trop bêtes pour se battre contre les Indiens. Ils ne trouvaient plus que c'était une si bonne idée, ce corbillard puant.

En rentrant de Basin cette nuit-là, après que la ville eut rameuté le shérif et les soldats de Fort Dalles, le Vieux est resté sur le pas de la porte à nous regarder en titubant. J'oublierai jamais ce qu'il a dit :

« Ici, on doit défendre nos terres et nos familles. À Basin, ils vont dire que les fils Ferguson ont pas été à la hauteur. Qu'aujourd'hui, ils ont rien fait pour défendre nos fermes et que Billy Webb est un héros. »

Tu étais resté à la ferme pour t'occuper de moi, Pete, parce que j'étais trop petit et que j'avais peur.

J'ai toujours une cicatrice à la tête de la raclée que le Vieux nous a collée ce soir-là, que j'oublierai jamais non plus. Pendant qu'il s'occupait de moi, tu as pris son fusil et tu as posé le canon sur sa nuque, pour qu'il arrête de me frapper. La colère te donnait une voix que je connaissais pas : « Arrête de le taper sinon je te fais sauter la tête. »

Le Vieux s'est redressé et tu as tenu le plus longtemps possible quand il t'a dit de lâcher le fusil. Tu savais que tu lâcherais et ce qu'il se passerait ensuite. Mais il avait arrêté de me taper.

Tu es resté trois jours au lit après qu'il t'a assommé, mais ça n'a plus jamais été pareil à la ferme. On savait tous les trois que quelque chose avait changé.

Des années plus tard, quand on est partis à la guerre et que Rudy Webb a racheté ce qui restait de la ferme, il se vengeait de ça : dans la famille Ferguson il y avait deux fils vivants et plus de père, alors que chez lui il restait plus qu'un père sans fils.

Aujourd'hui tu as un bon cheval et une bonne carabine. C'est tout ce qui te reste.

Où que tu sois, j'espère que dans ta fuite tu n'es pas seul et que tu trouves quelqu'un d'autre que Billy Webb à qui parler. Il t'a pardonné depuis longtemps d'avoir souhaité sa mort, le jour où les hommes sont partis pour la réserve.

2.

Dodge City, Kansas, septembre 1871

La nuit tombée, quelques soldats de Fort Dodge étaient restés en ville, au Hoover's Saloon que George Hoover avait ouvert rien que pour eux un an plus tôt, quand Dodge City n'était qu'une rangée de piquets dans la terre. Pas que le fondateur de l'établissement ait été patriote au point de vendre de la bière à des militaires au milieu de nulle part pour leur seul plaisir, mais parce qu'à l'époque il savait déjà que le train allait arriver.

Depuis, trois autres bâtiments s'étaient élevés à Dodge City. Un General Store, puis un hôtel où la population célibataire masculine, trop peu nombreuse, n'avait pas encore attiré de prostituées, mais elles étaient en chemin, de même peut-être que quelques filles de pionniers qui feraient de bonnes épouses. Enfin un blanchisseur, coiffeur et barbier s'était installé, qui espérait lui aussi l'arrivée des dames pour que les gars du coin commencent à se laver.

Ce n'était pas une nouvelle qu'il y avait ici au Kansas, aussi loin qu'on pouvait voir, des plaines vertes qui n'attendaient que les charrues pour donner des récoltes dignes de l'Éden. Les pionniers étaient déjà passés par là, arrivés du Missouri et du Texas. Mais le train, c'était autre chose. Une rivière d'acier, de traverses et de cailloux coulant tout droit de l'est avec en guise d'arbres des fermes poussant tout le long. La Santa Fe Railway revendait à bon prix les terres qui bordaient son chemin de fer. Mais pour la future et grande Dodge City, le plus important n'était pas les fermiers. On attendait les grands propriétaires texans qui voulaient mettre leur bétail dans des wagons et l'expédier en vitesse dans toutes les directions, c'est-à-dire les deux directions que l'Amérique connaissait : l'est et l'ouest. Des centaines, des milliers, des millions de longhorns à convoyer. Alors Hoover, qui avait le nez creux et des amis à la Santa Fe Railway, avait monté sa première tente à whisky à cinq miles de Fort Dodge, là où la gare allait être construite. Un an plus tard le train était arrivé en face de son saloon : on en sortait pour mettre le pied sur le quai d'embarquement, on descendait du train pour entrer chez lui. Un train qui ne payait pas de mine : sa locomotive neuve, le wagon à charbon, une voiture pour les passagers, un wagon à marchandises, rien de plus, rien de moins.

Les cinq ou six soldats du fort et les trente habitants de Dodge City se saoulaient en choisissant, s'ils avaient cent dollars en poche, leur avenir : un hôtel, une quincaillerie, un restaurant, un atelier de meubles ou un bordel. George Hoover allait bientôt proposer des prêts, à mesure que les dollars tombaient dans la caisse de son bar. On en avait déjà vu, des villes qui sortaient comme ça de terre, et on savait que le premier type qui ouvrait un saloon finissait maire, le premier à planter une clôture devenait sénateur et le premier à vendre des marteaux propriétaire de rues entières.

En plus des citoyens de Dodge étaient arrivés ventre à terre des types de l'Est et du Sud, négociants en bétail et émissaires de grands élevages. Ce soir-là à Dodge City, en comptant les ouvriers du chemin de fer, une soixantaine de personnes se pressaient au Hoover's Saloon. La table à laquelle tous voulaient une place était celle du représentant de la Santa Fe Railway, devenu le roi de l'Ouest en quelques heures. Les vendeurs de viande formaient le premier cercle autour de lui, la discussion tournait aux enchères et c'était à qui offrirait le plus pour les kilos de marchandises qu'il expédierait ou ferait livrer par les prochains trains. Les prix montaient plus vite qu'une fièvre de nourrisson. Un négociant de la North Western Fur Company joua des coudes et finit par taper du poing au milieu des verres.

– Vous savez bien qu'à ce tarif, c'est même plus la peine de faire convoyer nos fourrures ! On aura aussi bien fait de continuer avec nos chariots. À cinquante cents la peau, autant les laisser pourrir ici !

L'envoyé de la Santa Fe Railway croisa les mains sur son ventre.

– Si vous ne pouvez pas payer, ce n'est pas la faute de notre compagnie.

Le négociant en fourrures s'adressa aux types du bétail :

– Vous pourrez pas longtemps faire des affaires avec ces tarifs, vous le savez. Vous faites le jeu de la Santa Fe et c'est sur nous, les petits, que ça va retomber ! Si on s'entend pas ensemble, ils vont nous saigner à blanc et ça profitera qu'à eux !

Les représentants des ranchs du Texas et du Kansas, serrés autour de Henry Sitler, le plus gros éleveur entre Dodge et Junction City, se foutaient de ce que disait l'homme de la Fur Company. Le bétail valait plus que les peaux et les prix, depuis la fin de la sécheresse et de la guerre, n'arrêtaient pas de monter. Bon Dieu, le pays engloutissait toujours plus de viande chaque année.

L'homme de la North Western Fur secoua la tête, les traita de fous et ressortit du Hoover's Saloon. Il dépassa la plateforme du train pour rejoindre le campement des chasseurs où les fourrures attendaient, sanglées en tas de deux mètres sur les chariots. Une vingtaine d'hommes étaient là, debout autour d'un feu. Bob McRae, le plus ancien d'entre eux, demanda au négociant comment ça s'était passé.

– Je n'ai pas le choix. Si vous voulez charger votre chasse dans ce train, je ne peux pas vous offrir plus de deux dollars par peau. À trois dollars, il faudra que vous alliez les livrer vous-mêmes à Atchinson.

– À deux dollars, autant mettre la clef sous la porte. C'est toute notre saison d'été, on a les gars à payer, le matériel à racheter pour la saison d'hiver. Déjà, à trois dollars, on fait pas un cent de bénéfice.

– Deux dollars, c'est tout ce que je peux offrir en passant par le train.

Bob McRae réfléchit.
– C'est les gars du bétail qui font flamber les prix ?
– Ils n'ont encore rien à charger, mais ils font monter les enchères pour être sûrs que personne d'autre ne pourra payer les prochains trains. Le représentant de la Santa Fe reste assis à boire pendant que les prix grimpent.
– Et ce wagon qui attend, il est toujours vide ?
– Il n'y a rien dedans. Le train repart demain.
– Et les gars du bétail, c'est eux qui nous empêchent de le remplir avec nos peaux ?
Le représentant de la North Western Fur acquiesça.
– La moitié de la ville espère travailler avec les gars du Texas et le ranch Sitler, ils n'ont pas intérêt à se les mettre à dos.
– Combien vous pouvez payer pour le train ?
– Dix cents maximum par peau, et je vous prends le chargement à deux dollars quatre-vingt-dix la pièce.
– Vous nous donnez trois dollars et on vous offre trois belles peaux, qui valent au moins vingt-cinq chacune.
Le représentant lui tendit la main.
– C'est bon pour moi.
Bob McRae regarda les chasseurs autour de lui. Il n'avait pas toujours besoin de parler pour qu'on le comprenne. Quand il se mit en route les autres le suivirent, patrons, dépeceurs, cuisiniers et muletiers, droit vers le saloon tout éclairé.
Sur la plateforme du quai, sous une lampe à huile balancée par le vent, un homme mains dans les poches regardait la locomotive. Un jeune type costaud, veste à col de fourrure sous le bras, chapeau rond sur la tête.
McRae s'arrêta à sa hauteur.
– Mon gars, si c'est toi qui es chargé de surveiller ce train, je te conseille d'aller faire un tour.
Le type se retourna vers McRae et les chasseurs.
– Je travaille pas pour le train.

– Reste pas là quand même, ça vaudra mieux pour toi.

– Je vais où je veux.

Le jeune type avait une bouteille à la main, il leur tourna le dos pour contempler à nouveau la locomotive. Les autres chasseurs reprirent le chemin du saloon mais McRae resta là et sourit.

– Tu cherches du travail ?

– Ça dépend.

– Qu'est-ce que tu sais faire ?

– Un peu rien, un peu tout.

– Bon Dieu, tu sais te vendre, toi. T'es embauché.

– Pour faire quoi ?

– Rentrer avec moi dans ce saloon.

– Et après ?

– On en discutera si tu ressors de là sur tes jambes.

Le jeune leva sa bouteille.

– Le whisky me fait pas peur.

– T'auras pas le temps de boire un verre, c'est de tes bras que j'ai besoin.

– Qu'est-ce que vous allez faire là-dedans ?

– Négocier le prix du train que tu admires tant.

L'équipe des chasseurs se fraya un passage jusqu'à la table de l'employé de la Santa Fe Railway. Henry Sitler, à côté de lui, avait commandé une bouteille du meilleur whisky de Hoover. Les négociations étaient terminées, on dégustait. Bob McRae s'adressa au type du chemin de fer :

– Les gars et moi, on a un chargement de peaux qui est là-dehors sur nos chariots, et on voudrait savoir comment on peut faire pour les mettre dans votre train, qu'on puisse retourner travailler.

Henry Sitler ne laissa pas à l'autre le temps de répondre :

– Je ne pense pas que ce soit un problème, Bob. Il suffit de payer et le wagon est à vous.

– Le train ira plus vite que les chariots et on est d'accord pour payer la différence, mais à dix cents la fourrure, pas plus.

– Ça ne serait pas vraiment juste, Bob, vu ce que nous devrons payer pour nos marchandises.

– Avec tout le respect qu'on vous doit, monsieur Sitler, vous savez qu'on a pas les moyens et que c'est vous qui avez fixé les prix. Qui c'est qui va débarrasser vos prairies des bisons si vous mettez les coureurs au chômage ?

– Voyez ça avec ceux qui achètent vos fourrures, ce n'est ni notre affaire ni celle de la compagnie ferroviaire.

Bob McRae se tourna de nouveau vers l'employé de la Santa Fe :

– Écoutez, on a un chargement qui est prêt. Votre train va repartir à vide. À dix cents la peau, vous faites une bonne affaire.

– La compagnie a fixé les tarifs, monsieur, je ne peux rien faire pour vous. M. Sitler a raison, voyez ça avec vos partenaires commerciaux.

– Nos partenaires commerciaux ? Monsieur, on vous donne trois cents dollars et on charge nous-mêmes notre marchandise ce soir. C'est pas comme si on essayait de vous forcer, c'est juste que c'est le bon prix.

Des voix montaient dans la salle, des gars qui disaient que McRae avait raison, que c'était un marché honnête, d'autres qui répondaient que faire une exception pour les chasseurs, c'était pas équitable. Sitler éleva la voix :

– Messieurs, Dodge City sera bientôt une grande ville de bétail et c'est le marché qui fixera le prix du transport. Le même pour tout le monde. Est-ce que M. Hoover vend son whisky à des prix différents selon ses clients ?

Au milieu des rires les voix étaient plus fortes.

– Qu'est-ce qu'ils croient, les coureurs de bisons, qu'ils ont droit à mieux que nous ?

– Mettez-les dehors !

– Baissez le prix du whisky !

– McRae a raison, personne pourra payer le même prix que les gros ranchs !

– Le train est à tout le monde !

– Laissez-les charger leurs peaux !

Le saloon s'était scindé en deux et on s'apostrophait d'un côté à l'autre. McRae se pencha vers l'employé du train.

– Trois cents dollars, vous savez que c'est une bonne affaire.

Un gars du ranch Sitler le tira par la manche.

– On t'a dit que c'était pas la peine, McRae. T'es pas le bienvenu à cette table.

McRae ignora l'ouvrier.

– On peut aller jusqu'à trois cent vingt dollars, notre dernier prix.

– Laisse tomber, McRae, toi et tes charognards vous feriez mieux de partir d'ici.

Le représentant de la Santa Fe ne savait plus quoi faire, le saloon était devenu un vrai champ de foire où tout le monde braillait. Les buveurs restés dehors poussaient pour entrer, provoquant des bousculades. Hoover, derrière son comptoir, criait à tout le monde de se calmer. Les ouvriers de la Santa Fe et les gars du bétail remontaient leurs manches. L'employé de Sitler essaya d'arracher McRae à la table des négociations. Le jeune type trapu que Bob venait d'embaucher l'assomma d'un coup de poing à la tempe et la bagarre éclata comme si on avait craqué une allumette dans une mine pleine de gaz.

Les soldats de Fort Dodge, que personne n'osait toucher, restèrent au milieu de la cohue en se regardant, vidèrent leurs verres et se jetèrent dans la mêlée. Quelques cris donnaient une direction générale à l'ensemble : d'un côté ceux qui voulaient mettre les chasseurs dehors, de l'autre ceux qui voulaient les laisser charger leurs fourrures. Des coups de poing atterrissaient sans distinction sur un allié ou un opposant. Les ouvriers et les gars du bétail étaient les seuls à avoir un objectif clair : le groupe des chasseurs qui faisait bloc au milieu du saloon. Les tables passèrent au-dessus des têtes, jetées dans la rue avec les chaises pour faire de la place. Le représentant de la Santa Fe Railway fila à quatre pattes derrière le comptoir, que Hoover et son barman défendaient à coups de manche de pioche. Des planches de bardage déclouées se transformèrent en armes. Les ranchers et les chasseurs finirent par se trouver et la violence de la bagarre redoubla. Des arcades sourcilières et des crânes s'ouvraient, des types se mordaient les oreilles, d'autres, tombés au sol, plantaient leurs dents dans des mollets. Un soldat parvenu à monter sur le comptoir le traversa en courant et plongea bras écartés dans la salle. Les chasseurs formèrent une ligne et, se tenant par les coudes, avancèrent en hurlant jusqu'à acculer les types du bétail dans un coin. Des pieds de chaise et des planches s'élevaient au-dessus des têtes. Le nouveau, du côté des chasseurs, frappait de toutes ses forces, les phalanges à vif, et terminait ses adversaires à coups de pied. Les chasseurs avaient perdu plusieurs hommes mais furent bientôt le seul groupe encore visible. Sitler avait déguerpi. La porte avait été dégondée et le bardage arraché autour, un tiers de la façade manquait et l'air frais qui entrait redonna un peu d'énergie à ceux qui tenaient encore debout. Les coups de poing ne portaient plus, les coups de genou et de tête faisaient perdre l'équilibre ; la moitié des clients assommés, on commençait à regarder autour de soi pour faire le compte.

Bob McRae, une joue et les lèvres fendues, le nez tordu et un œil comme un œuf, enjamba les corps et les débris jusqu'au comptoir. Il tira de sa poche des billets et les fit claquer sur le bois du bar, se pencha par-dessus et trouva l'employé du chemin de fer recroquevillé derrière.

– Mes gars et moi, on charge nous-mêmes les peaux. Vous avez pas à vous en occuper.

Le lendemain matin le train de la Santa Fe Railway repartit vers l'Est avec un wagon plein de trois mille fourrures de bison, le premier chargement à partir de Dodge City. Le convoi des chasseurs quitta la ville en direction de l'Ouest et les chariots, par groupes de deux ou trois, se séparèrent. Chaque patron de chasse avait son propre itinéraire. Depuis que les troupeaux de bisons étaient moins nombreux, déclara McRae, tout le monde avait sa petite idée sur les coins où les trouver. La couleur de l'herbe, la taille de la lune, des tuyaux de première main ou des intuitions merveilleuses.

– Ce qui se passe, c'est qu'avant tu pouvais partir dans n'importe quelle direction, vers le Nebraska, le Wyoming ou le Colorado, et tu tombais sur des troupeaux de deux ou trois cents bêtes. Maintenant on passe plus de temps à les chercher qu'à les tuer et on est contents d'en trouver quarante. On doit être mille, deux mille à moissonner le bison, entre le troupeau du sud et celui du nord. Bon, t'as déjà tué des buffs, fiston ?

– Non.

– C'est quoi ton nom ?

– Billy Webb. Je préférerais que vous m'appeliez pas fiston.

– Billy, j'ai parfois la tentation de prendre les gars qui ont vingt ans de moins que moi pour des enfants, même si je sais que vous êtes plus des gamins depuis longtemps. Bordel, depuis cette guerre, y a plus un seul enfant dans ce pays. T'as fait la guerre, Billy ?

– Comme tout le monde.

Bob McRae tendit le bras vers la droite, indiquant un bouquet d'arbres le long de l'Arkansas River. Dans cette plaine, le moindre bourgeon dépassant la hauteur de l'herbe donnait l'idée de fonder une famille. Deux autres équipes de chasseurs étaient déjà installées sous les branches. On monta le camp et sur les feux les gamelles commencèrent à chauffer. La nouvelle de l'empoignade au saloon avait voyagé le long de la piste et la soirée s'annonçait animée. De l'avis général, jamais il n'y avait eu autant de monde en même temps à Dodge City, et pour ces coureurs qui fuyaient les villes, cela confirmait ce qu'ils en pensaient : trop de monde au même endroit, ça finissait forcément en bagarre.

McRae se désintéressa de la discussion ; assis à l'écart il regardait le ciel à l'heure du couchant, avec ses tranches de couleur parallèles aussi longues que la plaine, dans ce monde où tout était horizontal et lointain. Pete le rejoignit.

– Ça sera quoi mon travail exactement ?

– Ton boulot, ça sera tout sauf tuer des buffs. Le dépeçage. Le travail le plus stupide, le plus dur et le plus répugnant que t'aies encore jamais fait. Vimy te mettra au parfum, façon de parler. C'est le meilleur dans la discipline, même dans cet endroit où tout le monde est le meilleur à quelque chose, le plus souvent à raconter des conneries. T'as déjà vu une tornade, Billy ?

– Non.

– Du désert au sud, on a ce courant d'air chaud qui arrive. De la mer après le Texas, y a cette humidité qui me fait mal à tous les os. Et de là-haut au nord, on a du froid qui va nous descendre dessus. C'est bientôt l'automne et toutes les températures se mélangent. On va y avoir droit.

– Qu'est-ce qu'on risque ?

– Mon gars, quand t'auras vu une tornade et une charge de bisons, alors t'auras vu la même chose.

– C'est quoi mon salaire, pour faire ce boulot stupide ?

– Ce que ça mérite. C'est pas que stupide, c'est aussi fatigant. Un dollar par jour. Une prime si tu tiens jusqu'à la fin de la saison d'hiver et qu'elle a été bonne. Un problème ?

Pete enfonça ses mains dans ses poches.

– La plupart du temps, j'aime pas qu'on me parle trop.

McRae éclata de rire.

– Dans les plaines, tu seras pas dérangé par les conversations. Ni par les questions.

*

Mon frère.

Ici, au ranch Fitzpatrick, nous croyons ce que tu as dit mais nous sommes les seuls.

Il n'y a personne à Carson City pour dire que Lylia a menti et que tu n'as pas tué le vieux Meeks. Les gens répètent que tu l'as frappé à mort, que cela devait arriver un jour après tous les problèmes que tu avais déjà causés. La jalousie de Lylia pour toi est devenue celle de la ville pour le ranch. Ce qu'elle dit, Carson veut le croire.

Ils savent bien que nous sommes des déserteurs, ce n'est plus un secret. L'argent du ranch et Arthur Bowman, c'est tout ce qui protège encore notre mensonge. Certains pensent que nous sommes les vrais neveux d'Arthur, parce qu'ils disent que tu lui ressembles. Ils avaient peur de toi comme ils ont peur de lui. La vérité c'est que nous avons déserté et que le fils Meeks, lui, est mort à la guerre pendant que nous nous cachions au ranch.

Je sais que ce n'était pas facile pour toi ici, que beaucoup de choses n'allaient pas. Je me dis que c'est ma faute, que tu es resté trop longtemps à cause de ton petit frère, que tu aurais dû partir il y a longtemps déjà. Ni Alexandra ni moi, personne n'a eu le courage de te le dire et tu n'as pas eu celui de prendre toi-même la décision. Tout est resté là à pourrir, jusqu'à la mort du père Meeks. Le temps jouait contre toi à Carson. Maintenant que tu es sur les routes, plus il passe et plus il te protège des représailles de la ville.

Cet hiver il a beaucoup neigé, mais avec la nouvelle grange sur les pâturages de l'est, les chevaux étaient à l'abri et les stocks de fourrage ont été suffisants.

Aileen demande où est son oncle Pete. Elle pense souvent à toi. Ne l'oublie pas, cette petite que tu aimais tant. Elle était triste que tu ne sois pas là en avril pour fêter ses neuf ans. Elle est bien assez grande maintenant pour comprendre qu'on lui raconte des histoires, mais elle fait semblant de nous croire parce qu'elle voudrait que tu sois seulement parti en voyage et que tu reviennes bientôt.

Alexandra et Arthur sont inquiets pour toi.

Le plus triste c'est moi.

Ces projets que tu faisais pour nous, de partir en Californie et de construire là-bas notre maison, j'y pense encore, même ici au ranch où je n'ai plus besoin d'imaginer, où le rêve s'est réalisé sans toi. Cette impression revient parfois comme à la ferme, de vivre dans la maison d'un mort que je n'ose pas évoquer. Jamais nous n'avions été séparés. La certitude que l'un de nous verrait l'autre mourir, que nous serions toujours ensemble, a disparu.

Il faudrait envoyer quelqu'un à Basin avec de l'argent pour que maman soit déplacée au cimetière. Rudy Webb, après avoir racheté nos dettes et les terres, a dû faire raser la maison. Je pense sans cesse à ce que sont devenues les deux tombes.

Je refais ces cauchemars. Les cauchemars de la grange.

J'irai parler à Lylia pour la faire revenir sur son témoignage. Je sais que c'est ce que tu voudrais.

J'espère que Réunion va bien. Le fils de Walden et Trigger : c'est comme si le ranch Fitzpatrick était avec toi. Ce n'est qu'une bête, je sais, mais je me dis qu'elle veille sur toi. Je te vois dans une grande plaine, il y a un feu qui éclaire, tu lis un livre et Réunion dort à côté. C'est comme ça que j'aime t'imaginer. Fais bien attention à toi, Pete. J'espère que tu n'as pas froid, que tu as de l'eau et de la nourriture et que parfois, dans ta fuite, tu trouves quelqu'un d'autre que moi à qui parler.

3.

Vimy était un métis indien-français du Canada. Il avait travaillé là-bas comme coureur des bois jusqu'à la fin des années 1860, jusqu'à ce qu'il n'y ait plus un seul castor à force d'en faire des chapeaux et que les Britanniques mettent l'Hudson Bay Company dehors. Alors il était descendu au sud et s'était mis au bison. Il avait rencontré Bob McRae et ils s'étaient associés. Vimy n'était pas du genre à dire à qui que ce soit ce qu'il devait faire, alors c'était McRae qui faisait le patron. Il avait fallu cinq jours à Pete Ferguson pour en apprendre aussi peu, assis toute la journée sur le banc du chariot à côté de Vimy. Et encore, c'était McRae qui lui avait raconté. Dans la Prairie qu'il disait tellement silencieuse, le patron était un bavard de première catégorie.

En plus des deux associés, un vétéran de la Guerre civile, Ralph, s'occupait de l'intendance, de la cuisine, des mules et du campement. Il avait peut-être trente-cinq ans et boitait depuis qu'il avait reçu un éclat d'obus à Appomattox, la bataille qui avait fini par asseoir Lee et le Sud à la table d'une petite maison de Virginie. Ralph était avec le régiment de Custer qui avait brûlé les trains de ravitaillement de Lee et c'était grâce à Custer, répétait Ralph, que l'Union avait gagné la guerre.

– Et toi, Billy, t'es parti en quoi, 64 ? T'es arrivé avant la fin de la guerre ou pas ?

Pete, assis avec les autres autour du feu, avait répondu qu'il ne voulait pas parler de ça. Ralph avait insisté un moment, jusqu'à ce que McRae lui dise de la fermer et que Pete aille installer sa couverture plus loin.

Le grand chariot était tiré par dix mules et resterait vide tant que les peaux de bison ne le rempliraient pas. Le petit chariot, conduit par Ralph, était celui de la cantine et du campement, attelé à six bêtes. McRae restait tout le temps à cheval et partait en reconnaissance avant l'aube, au cas où il tomberait sur quelques égarés. Les troupeaux, en septembre, étaient plus au nord mais n'empêche, disait McRae, on a de la chance que si on essaie, sinon on est qu'un candidat à rien.

Cinq jours après avoir quitté Dodge City ils atteignirent Fort Lyon, sur la piste de Santa Fe que le train allait bientôt suivre. Derrière Fort Lyon à l'ouest, on voyait les silhouettes des monts Sangre de Cristo, premiers sommets avant les Rocheuses. Dans la cour carrée du fort une dizaine d'équipes étaient déjà là.

Vimy fit un signe à Pete et ils allèrent ensemble jusqu'à une baraque devant laquelle d'autres coureurs faisaient la queue. Ceux qui en ressortaient portaient des caisses sur l'épaule.

– Qu'est-ce que c'est ?

– Des munitions.

– L'armée vend des munitions aux chasseurs ?

– Faut dire coureurs, pas chasseurs. Et l'armée vend pas les munitions, elle nous les donne.

Ils ressortirent de la cahute avec six cents cartouches sans avoir tiré un dollar de leur poche ni dit merci. Les soldats distribuaient les caisses en silence.

Des vieilles Mexicaines de Las Animas, une ville à quelques miles, étaient venues vendre leurs produits aux coureurs et un petit marché s'était formé à l'entrée du fort. Pete traîna au milieu des couvertures sur lesquelles s'étalaient des légumes, de la farine, du whisky de maïs, un peu de viande séchée, chèvre ou cochon, quelques fruits secs. De l'artisanat aussi, des ponchos colorés, des sangles de cuir tressé, des ustensiles de cuisine en bois et en terre. Ralph, une poignée de dollars à la main, négocia rudement avec les vieilles femmes l'achat de quelques vivres.

L'officier qui commandait le camp avait autorisé les coureurs à s'installer pour la nuit dans la cour. Les soldats se mêlèrent à eux pour boire un coup. Le commandant fit le tour du campement, salua Bob McRae qui l'invita à trinquer avec son équipe. Ralph se mit au garde-à-vous, Vimy serra la main de l'officier, de même que Pete.

McRae tendit un verre au militaire.

– Comment ça va en ce moment ?

– Des accrochages entre les Utes et les Cheyennes. Depuis que la taille de la réserve a été réduite, les agressions entre tribus sont plus fréquentes. Mais nos accords avec les Utes tiennent toujours.

McRae leva son verre.

– À cette nouvelle saison. Des bisons et pas d'Indiens !

– Buvons à ça.

– Plus besoin d'envoyer des soldats à Sand Creek alors, les Utes font le travail à votre place.

L'équipe de McRae, d'autres coureurs autour et le commandant se tournèrent vers Pete Ferguson qui levait son verre.

– Buvons à ça.

Le commandant fixa Pete.

– Personne n'a oublié ces tristes événements, jeune homme.

– Les Cheyennes non plus, j'imagine.

– Dois-je vous rappeler que le colonel Chivington a été jugé et a quitté l'armée ?

– Avant d'être amnistié.

McRae s'étouffait de rage.

– Billy, présente tes excuses au commandant sinon je te vire sur-le-champ.

L'officier l'interrompit :

– Laissez, monsieur McRae. Nous savons tous que ce fort a une triste réputation. Le colonel Chivington a bénéficié d'une amnistie accordée après la guerre à tous les officiers du Nord et du Sud sans distinction. Les amnisties sont nécessaires, pour pouvoir reconstruire et soigner les plaies de la guerre. Mais il n'a pas été pardonné pour le massacre des familles cheyennes de Sand Creek.

Pete allait répondre mais le commandant se retourna vers les coureurs autour des feux et leva son verre.

– Messieurs, bonne chasse !

Tout le camp porta un toast à l'officier. McRae chercha des yeux Pete, qui avait disparu.

Le lendemain matin, fidèles à différents indices dont McRae riait également, les équipes de coureurs s'éparpillèrent dans plusieurs directions sur la plaine, une fois le plein de munitions et de vivres fait. Vimy et Ralph, qui avaient abusé du whisky et du mescal à la veillée, traînaient à atteler les mules. Ils étaient les derniers dans la cour de Fort Lyon. Pete leur donna un coup de main, demanda au métis si les autres coureurs n'allaient pas prendre de l'avance. Vimy sourit et Ralph eut un ricanement qui voulait dire tout à la fois que Pete était un bleu, qu'il n'y comprenait rien et qu'il ferait mieux de la fermer. McRae arrimait un baril de farine à la ridelle du petit chariot.

– La moitié de ces crétins sont partis se planquer pour voir dans quelle direction on ira. On les fait attendre un peu.

Quand ils se mirent en route et traversèrent la cour du fort, le commandant, un café à la main, les regarda passer. Il fit un signe de tête à Pete, qui ne lui rendit pas son salut. McRae bougonna :

– Nom de Dieu de tête de mule, gamin.

*

Des nuages noirs avançaient vers eux. À mesure que le ciel devenait sombre, l'herbe était de plus en plus verte, fouettant l'air en changeant brutalement de direction. McRae balayait l'horizon avec la lunette de son fusil en guise de longue-vue. Il cherchait un bout de relief pouvant les abriter.

– Vérole ! Y a une ravine ou quelque chose devant, et au moins deux chariots déjà dedans. Faites galoper les mules, on a pas longtemps pour faire ces cinq ou six miles !

Vimy et Ralph firent claquer les fouets. McRae se retourna et fouilla du regard la prairie derrière eux. Depuis Fort Lyon une équipe les suivait à la trace. Sans savoir si les gars derrière le voyaient, Bob fit des signes avec les bras pour leur faire comprendre de les rejoindre. Il éperonna son cheval et partit au galop, dépassant les chariots.

– Je vais voir comment c'est là-bas ! Crevez les carnes s'il le faut !

Vimy faisait des sons incroyables avec sa bouche et les mules se mirent à galoper à toute vitesse. Le vieux métis se tourna vers Pete, avec le chariot qui faisait un bruit pas possible et eux qui rebondissaient sur les suspensions en cuir des essieux.

– Tu sais pourquoi les militaires nous donnent des munitions ?

– Pour que vous puissiez tirer sur les Indiens ?

Vimy avait lancé l'attelage dans une petite descente et les deux hommes se penchaient en arrière, les pieds calés sur le bois pour ne pas basculer en avant. Vimy reprit un peu les rênes, il criait pour se faire entendre.

– Pas tout à fait ! Quand on aura tué tous les bisons, les Indiens des plaines iront dans les réserves tendre la main pour qu'on leur donne à manger. Les munitions gratuites, c'est Washington qui nous aide à faire le travail !

McRae était là devant eux et faisait de grands gestes pour leur indiquer le passage. Au-dessus de lui les nuages s'entortillaient comme de l'eau dans un siphon. Ils contournèrent le bord de la ravine jusqu'au fond du lit asséché où étaient stationnés les deux autres chariots. Les coureurs de l'équipe déjà à l'abri avaient eu le temps de décharger les voitures et empaqueter leur matériel dans les toiles. Ils donnèrent un coup de main aux arrivants pour faire la même chose. Les arceaux débâchés dépassaient d'un mètre audessus de la ravine, trop peu profonde pour les protéger complètement. On détacha les mules.

Vimy, pointant le ciel du doigt, cria à Pete :

– C'est pas une petite !

La spirale semblait attirer à elle tout le ciel, les nuages s'enroulaient et convergeaient vers l'œil noir. McRae grimpa en vitesse en dehors de la ravine, regarda vers le sud avec sa lunette et revint en courant.

– C'est les gars de Rusky qui sont derrière ! Ils ont stoppé, ils ont vu qu'ils avaient plus le temps !

Pete se retourna dans la direction que montrait McRae. Le sable de la ravine s'envolait vers le trou noir devenu le centre de la Prairie. Les nuages faisaient maintenant comme un gros pied de vigne noueux qui poussait vers le bas. Le sol se mit à monter à sa rencontre, un nuage de terre et d'herbe qui tournait dans le même sens que la tornade en train de se former. McRae poussa Pete sous le grand chariot.

– Planque-toi sous une couverture ! Tu sors pas la tête tant que c'est pas fini ! Elle arrive !

Des mules passèrent au galop, disparaissant dans le couloir du ravin. Les toiles claquaient, des cordes sifflaient. La couverture de Pete se gonfla, lui échappa des mains et disparut, comme emportée par un torrent. Il couvrit sa tête avec ses bras et se plaqua au sol. Le sable entrait dans ses narines et ses oreilles, il entendait le bois du chariot craquer au-dessus de lui. Les roues se soulevaient de plus en plus haut avant de retomber, jusqu'à d'un seul coup s'arracher du sol et se coucher sur le côté. La toile qui recouvrait le matériel s'envola, McRae et Vimy se jetèrent dessus. Pete rampa jusqu'à eux. Le vent se calma pendant quelques secondes, puis recommença aussi fort, soufflant et aspirant en même temps. Le chariot renversé se mit à trembler, une bourrasque le repoussa et il retomba sur ses roues. Ils n'entendaient plus que le rugissement de la tornade, un cri de rapace couplé à un roulement de tonnerre.

Puis en une minute le vent tomba. La poussière et la végétation arrachées continuèrent à suivre la colonne grise glissant vers le sud, le ciel se dégagea comme par miracle derrière elle, laissant réapparaître du bleu entre les nuages. Ils sortirent de la ravine et regardèrent la tornade continuer sa route droit sur l'équipe de Rusky. Un ou deux miles plus loin elle commença à s'amincir et aussi rapidement qu'il s'était formé le nuage de débris retomba, le sarment de vigne se délita, remonta vers le ciel et se dissipa. On ne voyait plus les chariots de Rusky, seulement une ligne courbe de terre brute sur la prairie, une piste de dix mètres de large tracée par la tornade et qui s'arrêtait net au milieu de l'herbe.

McRae se retourna.

– Où est Ralph ?

La roue du chariot lui avait défoncé le crâne en retombant. Ralph était mort sur le coup.

Le reste de la journée se passa à retrouver les mules. Le soir les trois équipes campèrent ensemble et firent le bilan des dégâts.

L'équipe d'Erdrich, la première arrivée dans la ravine, avait le moins à se plaindre. Un peu de casse matérielle, rien d'essentiel. Seule perte importante, le cheval de monte d'Erdrich était introuvable. Pour Rusky, l'autre patron de chasse, la situation était plus grave. Le chariot de sa cantine avait été retourné et avait roulé plusieurs fois sur lui-même, les roues et les deux essieux étaient brisés, sans compter le matériel et la nourriture éparpillés par le vent. Le plus sérieux était le bras cassé de Rusky, patron et tireur de son équipe, parce que sa cantine en roulant lui était passée dessus. Vimy lui avait fait mordre une ceinture et avait tiré sur sa main pour réduire la fracture de son avant-bras, plié à l'équerre dix centimètres sous le coude.

McRae, lui, avait perdu un membre de son équipe.

On creusa un trou et un dépeceur de Rusky assembla des planches du chariot détruit pour faire un cercueil à Ralph. On y déposa ses affaires avec lui. McRae dut regarder dans son livre de comptes pour retrouver son nom de famille, rapidement gravé sur une planche plantée dans la terre. Il ôta son chapeau avec les autres et dit quelques mots :

– Si on rencontre un jour ta famille, on leur dira ce qui s'est passé. Amen.

Après l'enterrement les patrons se réunirent à l'ombre d'une toile. Ils avaient tous subi des pertes, ils étaient sur la piste des bisons depuis déjà dix jours et pas un seul d'entre eux n'avait encore une peau. La décision fut prise de travailler ensemble le temps de cette saison d'hiver. Sept dépeceurs, deux cuistots, un gamin de treize ans, neveu d'Erdrich, qui s'occupait des mules, cinq chariots et trois tireurs qui savaient tous mieux que les autres où étaient les buffs. La discussion dura un moment sur la direction à prendre. C'est Bob McRae qui emporta le morceau en déclarant d'abord que Rusky le suivait depuis trois jours, donc que son avis ne comptait pas. Ensuite il dit à Erdrich, un Texan avec un solide accent allemand, que le troupeau du sud était encore en train de chercher l'air frais le plus loin possible du Texas, ce désert où personne ne cracherait dans la bouche d'un homme assoiffé. Deuxièmement, les nuits devenaient plus fraîches au nord de la Platte River, le troupeau avait dû commencer à descendre. En conclusion, les buffs ne pouvaient être qu'à un seul endroit : entre la Platte en Arkansas et le Brazos au Texas. Et le milieu, c'était entre la Smoky Hill River et la Republican. Et même, à deux jours d'ici, il y avait la Rose Creek, qui se jetait plus loin dans la Smoky, et dans ce coin de paradis l'herbe à bisons était tellement grasse que McRae lui-même en mangerait. Rusky traita McRae de fou, Erdrich traita McRae de fou, puis ils admirent qu'il avait sans doute raison.

Ils laissèrent derrière eux la tombe de Ralph et pendant les deux jours de trajet jusqu'à la Rose Creek, les trois patrons discutèrent de la façon dont ils allaient répartir les bénéfices. Rusky, qui fournissait des hommes pour le dépeçage mais pas de tireur, faisait valoir qu'il pouvait toujours monter à cheval et passer tout son temps à suivre les traces des buffs, qu'il serait en quelque sorte l'éclaireur et que cela serait un sacré gain de temps. Les tireurs seraient Erdrich, McRae et Vimy.

Pete menait maintenant l'attelage de la cantine à la place de Ralph.

Ils arrivèrent à la Rose Creek le jour annoncé par McRae. La rivière ne faisait pas plus de quatre ou cinq mètres, mais s'élargissait en coulant vers le nord.

Après le passage de la tornade et deux jours de voyage, l'ambiance autour du feu était plus détendue, sauf pour le neveu d'Erdrich qui était mort de trouille à l'idée que des Indiens leur tombent dessus. On le rassura. Depuis le massacre de Sand Creek en 64 et la guerre contre les Cheyennes qui avait suivi, la situation s'était calmée. Il ne restait que des petites bandes isolées qui n'allaient pas s'attaquer sans une bonne raison à une dizaine d'hommes armés.

Pete fumait à l'écart, écoutant les récits de rencontre avec les Apaches et les Comanches au sud, les Sioux, les Arapahos et les Blackfeet au nord. Il n'était pas difficile, à leurs voix, de reconnaître ceux qui inventaient et ceux qui avaient vraiment eu peur. Vimy s'installa à côté de lui, Pete montra de la tête les coureurs se vantant d'avoir abattu des Rouges.

– Ça ne te dérange pas de travailler avec des types comme eux ?

Vimy tassa le tabac de sa pipe du bout du doigt.

– D'où est-ce que tu viens, Billy ?

– Oregon.

– Où est-ce que tu as reçu ton éducation ?

– Quelle éducation ?

Vimy sourit.

– Tu sais lire, tu écris le soir dans ton carnet, tu réfléchis, tu parles bien quand il faut.

– C'était dans un ranch.

– Pas une école ?

Pete secoua la tête.
– Un ranch où je suis resté quelques années.
– Pourquoi tu en es parti ?
– Tu poses trop de questions, Vimy.
Le métis se releva.
– Bob et moi, on t'aime bien, mais on garde aussi un œil sur toi, et ces gars que tu aimes pas, on sait qu'on peut compter sur eux.
Pete, vexé, contrôla sa voix :
– Je suis pas là pour faire des problèmes.
– J'ai l'impression qu'ils te suivent partout où tu vas, Billy.

4.

La solution à la disparition du cheval d'Erdrich était le mustang de Pete. Une bête sur laquelle tout le monde lorgnait déjà depuis un moment. Les coureurs préféraient les chevaux américains, mais ce mustang c'était quelque chose, et on en avait besoin pour Rusky, qui devait sillonner la plaine à la recherche des bisons. Quand McRae lui en parla, Pete était en train de bouchonner son cheval.

– Personne d'autre que moi monte Réunion.

– Il nous faut un bon cheval pour le pisteur, tu comprends ce que ça veut dire ?

– Que je prends la place de Rusky.

– Quoi ?

– Le mustang va nulle part sans moi.

– Bon Dieu, Billy, tu peux pas remplacer Rusky, c'est son boulot. Et puis qu'est-ce que tu connais au pistage ?

– Voir un troupeau de bisons au milieu de l'herbe, c'est compliqué ?

– Si c'est une affaire d'argent, on peut s'arranger. On te paiera pour le mustang.

– C'est à prendre ou à laisser.

– Bordel, si dans quatre jours tu n'as pas trouvé un buff, soit tu laisses ton canasson à Rusky, soit tu fais ton sac.

Rusky vivait avec une peau de bison sur les épaules de jour comme de nuit, été comme hiver ; il avait une barbe noire qui se mélangeait à la fourrure et un petit chapeau melon qui lui serrait la cervelle. McRae et Vimy n'étaient pas des hommes d'affaires très avisés, mais la course aux bisons était un choix de vie plus qu'un rêve de fortune. Rusky, lui, en était à sa troisième saison et pensait encore amasser de quoi acheter une grande maison avec des serviteurs. Il traversa le camp droit vers Pete.

– C'est quoi cette histoire, Webb ?

– Je prête pas mon cheval, c'est tout.

– Et tu comptes encore travailler pour nous ?

– Je travaille pour McRae et Vimy, pas pour toi.

Tous les gars du convoi les regardaient.

– C'est la même chose maintenant, on fait équipe et j'ai besoin de ton canasson.

Vimy intervint :

– C'est son droit, Rusky. C'est un tas d'emmerdements pour nous, mais c'est son droit.

– Qu'est-ce qui t'arrive, Vimy ? Tu prends la défense de cette petite merde arrogante ? Son droit ? Je voudrais bien voir ça !

Rusky, de son bras valide, attrapa la selle de Pete et voulut la poser sur le dos du mustang. Le canon d'un Colt .45 entra dans son oreille. Pete ne tremblait pas.

– Dans ce pays, on pend les voleurs de chevaux.

Rusky devait avoir grandi avec une arme sur la tempe parce qu'il n'était pas plus nerveux que Pete, n'empêche qu'il était du mauvais côté du revolver. Il laissa tomber la selle, Pete baissa son arme.

– Un pisteur de plus ou de moins. C'est vous qui choisissez.

Le soir, McRae revint le premier au campement. Après douze heures à cheval il n'avait pas rencontré un bison. Il avait suivi un itinéraire à l'est de la Rose Creek, Pete avait été envoyé à l'ouest. Erdrich, qui avait longé la rivière, revint une heure après McRae, son cheval couvert d'écume. McRae était debout avant que le Texan descende de selle.

– Combien ?

– Cinquante ! Dans un gros méandre, à deux heures d'ici. Ils y étaient pas ce matin mais quand je les ai vus en revenant, ils s'installaient pour la nuit !

Rusky trépignait.

– Qu'est-ce qu'on fait ? On part maintenant ?

McRae se frottait le menton.

– On peut attendre demain matin si Erdrich dit qu'ils sont posés. Mais bon Dieu, les premiers de cette saison, je voudrais pas les manquer. Qu'est-ce que t'en dis, Vimy ?

– On part trois heures avant l'aube, on les surprend au petit matin. Les tireurs auront le temps de s'installer. C'est comment là-bas, Erdrich ?

– Ça se présente bien. À trois cents mètres de l'autre côté de la rivière, y a une petite colline sur laquelle on pourra se poster sous le vent.

McRae continuait à tourner en rond.

– Cinquante ? On va les ratisser en moins d'une heure, mais on peut pas se permettre de les perdre. On fait comme dit Vimy. Les chariots s'arrêteront à un mile et les tireurs iront se mettre en place.

Trois équipes de coureurs, pour une saison d'hiver, cela voulait dire au moins trois mille peaux. Cinquante bisons en dix jours, c'était minable, mais il fallait bien commencer par quelque chose.

Pete n'était toujours pas revenu à l'heure du départ. Ils levèrent le camp sans lui, arrivèrent à l'aube à un repère laissé par Erdrich et les chariots s'arrêtèrent. McRae, Erdrich et Vimy montant une mule continuèrent avec leurs Sharps et chacun une poche remplie de balles.

Quand ils arrivèrent à proximité de l'endroit où Erdrich avait vu les buffs, ils mirent pied à terre et continuèrent pliés en deux, avançant sous le vent, pour finir à plat ventre. Les trois coureurs, à mesure qu'ils approchaient, se regardaient. McRae arrêta Erdrich et chuchota :

– Vérole ! On est à quelle distance encore ?

Erdrich hésita.

– Au moins quatre cents mètres…

Vimy et McRae échangèrent un regard. L'odeur qui arrivait jusqu'à eux, ce n'était pas celle de cinquante buffs. Ils se remirent à ramper le plus vite possible.

La Rose Creek décrivait une large courbe, profonde et longue d'un demi-mile, couverte d'une herbe aussi verte que de la menthe, terminée par une langue de boue sèche laissée là par la rivière. Les buffs se roulaient dans la terre, ils mangeaient, dormaient, bayaient aux corneilles, et les cinquante bisons qu'Erdrich avait vus la veille, dans ce paradis, s'étaient multipliés par quatre. McRae fit signe de repartir en arrière. Ils ne sentaient plus les cailloux et les broussailles qui leur éraflaient le ventre.

– On a pas assez de munitions !

Ils coururent sur les derniers mètres pour rejoindre leurs chevaux. Pete était là avec les bêtes.

– Qu'est-ce que tu fais là ?

– Je vous attendais.

Ils repartirent au galop jusqu'au convoi. Pete s'était perdu en revenant de nuit au campement, dans le noir il avait entendu comme un roulement de tonnerre et il s'était arrêté.

– J'ai pas compris tout de suite ce que c'était !

Il criait en galopant.

– Ils sont passés à cent mètres de moi à toute vitesse. Je les ai suivis jusqu'à ce qu'ils s'arrêtent, là-bas à la rivière !

Ils arrivèrent au convoi cinq minutes plus tard, sautèrent de selle au milieu des chariots et remplirent leurs poches de balles. McRae prit Pete à part.

– Billy, comment tu t'en sors avec ta Winchester ?

– Pas plus mal qu'un autre.

– Écoute-moi bien. Ce troupeau, c'est la chance qu'on pensait pas avoir, mais c'est pas si simple que ça. Quand tu t'y prends bien tout seul, tu peux en descendre trente ou quarante avant qu'ils se débandent : ces bestiaux sont plus cons que des cailloux. Le truc c'est d'abattre d'abord la vieille vache qui mène le troupeau. Sans elle, les buffs peuvent rester une heure sans bouger avant de piger. Mais à trois tireurs, on va faire un bruit de tous les diables et les buffs vont pas rester très longtemps sans bouger. Alors tu vas prendre ton Yellowboy et tu vas venir aussi. Faudra que tu t'approches plus que nous parce que ta carabine est pas aussi puissante que nos Sharps et que t'as pas de lunette. Tu tires pas tant que les buffs bougent pas, compris ? Mais quand ils vont commencer à mouliner, à tourner en rond et devenir nerveux, tu en descends tant que tu peux jusqu'à ce qu'ils disparaissent. Compris ?

Pete chargeait sa Winchester.

– Vous tirez les vieilles, je tire pas tant que les buffs restent tranquilles.

– Bordel, t'as pas longtemps pour enregistrer tout ça : tu vises le cou. Si tu réussis pas un tir mortel, le buff ira pas très loin et on pourra le retrouver. Pas le ventre, pas les jambes, pas la tête ! Si tu touches, tu passes au suivant, jamais tu restes sur le même. Tu prends ce pied en bois, tu poses ton Yellowboy dessus, tu tires un genou à terre. Jamais allongé ! Ça fait un écho pas possible et les buffs deviennent fous plus vite. Je crois que j'oublie rien et j'ai pas le temps de répéter.

Ils remontèrent en selle. Alors que Pete lançait son mustang au galop, McRae gueula :

– Oh ! Billy ! Encore une chose : tire pas les veaux, ils valent pas le prix des balles et les mères paniquent !

Les bisons n'avaient pas bougé. Le vent était toujours avec eux, soufflant de l'est. McRae, Vimy et Erdrich s'arrêtèrent à leur poste, Pete continua seul à ramper et mit dix bonnes minutes, à force de précautions, à trouver le sien. De là où il était, il entendait couler la rivière et les souffles des bisons se roulant dans la terre, levant des nuages de poussière en secouant leur fourrure. La tête basse, le dos énorme, le nombre de buffs était impressionnant, en train de brouter l'herbe de leur museau aplati qui leur donnait un air stupide. Pete leva la main pour faire signe aux tireurs qu'il était en place et attendit un moment dans les bruits doux de la rivière et du troupeau.

La détonation d'un Sharps derrière lui le fit tressaillir. Le troupeau ne bougea pas. Seule une bête vacilla, marchant de côté, deux petits pas, et roula sur le flanc : la première meneuse. Des bisons reniflèrent son corps et recommencèrent à brouter. Les trois fusils des coureurs firent feu. Les détonations, à cette distance, étaient relativement discrètes pour des fusils d'un tel calibre. Par contre Pete entendait nettement les balles siffler au-dessus de sa tête. Pendant plusieurs minutes il vit des bisons sursauter, comme piqués par un frelon, faire quelques pas et s'écrouler au milieu des autres sans qu'ils réagissent. Les tireurs concentraient leurs tirs sur la partie la plus dense du troupeau et Pete ne voyait plus combien il en tombait. Un mouvement de panique éclaircit tout à coup les rangs, les bisons s'éparpillèrent, les tirs s'arrêtèrent et pendant deux minutes le silence revint. Les buffs, la tête levée, se calmèrent.

Plusieurs dizaines étaient morts mais ils restaient encore là. Quand ils recommencèrent à brouter, les tirs reprirent. Pete comprenait pourquoi les coureurs disaient qu'ils moissonnaient les bisons : ils les tuaient comme on aurait ramassé des fruits sur un arbre ou fauché un champ.

Le carnage continuait mais aucune bête, en l'absence des meneuses, ne prenait de décision. Plus de la moitié du troupeau était à terre. L'odeur du sang leur montait au museau, la peur, l'incompréhension et la stupidité les clouaient sur place. Une rafale de vent passa au-dessus de Pete et pendant quelques instants le son des tirs arriva beaucoup plus fort jusqu'à lui. Le troupeau frémit comme toutes les feuilles d'un arbre en même temps, les bêtes reculèrent pour s'éloigner de la rivière. Mais elles s'arrêtèrent encore, parce que les tireurs avaient stoppé eux aussi. McRae et ses associés connaissaient leur affaire. Des femelles s'éloignaient, changeaient d'avis, revenaient sur leurs pas : elles moulinaient. Des mâles frappaient le sol de leurs sabots. Pete se redressa, mit un genou à terre et posa le canon de la Winchester sur la fourche du porte-fusil. Mais les bêtes se remirent à manger. Pete n'en revenait pas. C'était comme si les buffs étaient sourds et aveugles, comme si on leur disait quelque chose qu'ils refusaient de croire. McRae, Vimy et Erdrich reprirent les tirs et les grands corps bruns recommencèrent à tomber. Et puis une balle toucha un veau. Sa mère poussa un meuglement qui résonna à des miles sur la plaine. Une vache, entendant enfin cette alerte, se mit à courir vers l'est.

Pete visa le bison le plus proche de lui et appuya sur la détente. Il vit un petit nuage de poussière, au bout de son viseur, voler du garrot de la bête. Il actionna le levier de la Winchester et passa au suivant. Il devinait, plus loin dans le flou de sa visée, les mouvements du troupeau en train de fuir. Il continua, tira les quatorze balles de son magasin, actionnant le plus vite possible le levier. Il rechargea, faisant tomber des balles qui tintèrent en roulant dans les cailloux. Le métal de son arme était brûlant et ses oreilles sifflaient. Il vida encore deux magasins. Les bisons étaient de plus en plus loin mais certains s'égaraient et tournaient en rond, passaient encore au bout de son canon. Un dernier retardataire, peut-être déjà blessé, s'éloignait lentement. Il visa son arrière-train et tira six ou sept fois, jusqu'à ce que l'animal s'effondre, puis Pete se releva.

Trois cents bisons étaient allongés dans le grand bras de la rivière. Des veaux restaient là à renifler les cadavres de leurs mères.

Les trois patrons criaient et dansaient la gigue sur leur poste de tir.

McRae courut jusqu'à Pete.

– Beau travail, fiston ! Une sacrée putain de belle récolte ! Tu as fait plus que ta part avec ton Yellowboy ! T'en fais pas pour les veaux, ils bougeront plus d'ici. On pourra les finir en descendant là-bas avec les chariots.

Pete contempla la moisson. La Rose Creek coulait rouge de sang et au loin s'éteignait le bruit de la charge des dernières bêtes du troupeau.

5.

Les dépeceurs approchèrent les chariots. Les bisons allongés dans l'herbe, noirs et ronds, la tête rentrée dans les épaules, ressemblaient à des rochers au milieu d'un lac asséché. McRae, Vimy et Erdrich passèrent entre les cadavres pour abattre les veaux terrifiés.

On installa les grands trépieds, attacha les cordes aux chariots et aux pattes arrière des premières bêtes. Les fouets claquèrent et les mules avancèrent, soulevant les cadavres du sol, suspendus en l'air. Deux hommes par bête, qui commençaient par couper la peau en dessous des sabots et le long des pattes. Tirer sur le cuir, trancher la graisse peu à peu pour décoller la fourrure et la retourner le long du corps, inciser le ventre, jusqu'à rouler la peau tout entière sur la tête et la découper autour du cou. Des milliers de mouches se jetaient sur les carcasses et les hommes, sur les yeux, les mains et les cheveux, les tabliers de cuir couverts de graisse et de sang. Dernière opération : couper les langues, vendues chacune cinquante cents, un sérieux bénéfice supplémentaire. On les jetait dans des tonneaux de saumure attachés aux ridelles, le sel et l'eau provenant de la Rose Creek.

– Avant, expliqua Vimy, on tuait que les femelles parce que leur peau est plus douce et plus demandée, maintenant on fait aussi les mâles.

Il fallait une heure à deux dépeceurs pour finir un bison. À la fin de la première journée, une quarantaine de peaux étaient étendues à sécher dans l'herbe. Les tireurs eux-mêmes s'y étaient mis. Il faudrait une semaine pour dépecer la chasse ; au-delà, les fourrures seraient trop pourries pour valoir quelque chose. Les dépeceurs n'étaient pas tous aussi bons les uns que les autres, une peau sur trois était abîmée à la découpe et n'avait presque plus de valeur. Les carcasses n'étaient pas vidées et à part quelques bons quartiers découpés pour la consommation des équipes, la viande restait sur place à se putréfier. Les vaches pesaient cinq cents kilos en moyenne, les mâles sept cents, jusqu'à une tonne pour quelques vieux taureaux. À la fin de cette première journée de travail, trente tonnes de viande avaient commencé à se décomposer au bord de la rivière. Le camp fut installé un peu plus loin pour échapper à l'odeur et aux mouches.

Le lendemain matin, on tira des coups de fusil pour disperser une nuée de vautours perchés sur les cadavres ; des loups des plaines s'enfuirent aussi, gueule et pattes noires de sang.

– Ce soir on empoisonnera les carcasses avec de la strychnine et demain on dépècera les loups qui auront été gourmands. Une fourrure de loup part à deux dollars.

La journée était ensoleillée et à midi la chaleur monta à trente degrés. Les mouches mordaient la peau, confondant la chair des bisons et celle des hommes. L'odeur du charnier était insupportable. Au bout de trois jours, les bains dans la Rose Creek n'y changeaient plus rien, l'odeur restait collée à eux.

– Ceux qui pensent que les Indiens puent, ils ont pas passé une minute avec nous ! En fait, même les Indiens trouvent qu'on sent pas bon.

Après quatre jours, Pete était aussi rapide que les autres et avait arrêté de vomir.

En une semaine le dépeçage fut presque terminé, les peaux sur les cadavres des buffs commençaient à être trop fragiles. Il y en avait plus de deux cents dans les chariots. Vimy pensait qu'ils pourraient en faire encore une trentaine, une journée de plus de travail, et que le reste serait perdu, soit une cinquantaine de fourrures. Tout allait bien. Sauf l'humeur de Rusky. Il ruminait des pensées sombres qui ne s'étaient pas arrangées avec sa frustration de ne pas avoir participé à l'abattage. Il ne s'approchait plus de Pete à moins de dix mètres.

Une vingtaine de peaux de loup avaient été récoltées et Pete négocia avec McRae d'en garder quatre pour lui, à retenir sur sa paie. Le patron les lui céda contre cinq journées de travail et lui offrit la plus belle en plus, en récompense pour son boulot de moisson.

Pete, devenu pisteur, tireur et dépeceur dans la même semaine, repartit avec McRae et Erdrich à la recherche du prochain troupeau, pendant que les autres restaient au bord de la Rose Creek pour finir les derniers bisons exploitables et stocker les peaux.

Les trois pisteurs campèrent à une journée de cheval des dépeceurs, profitant enfin d'un peu d'air pur. Le soir, autour de leur feu, ils se partagèrent une bouteille de whisky de maïs et c'est Erdrich qui lui posa la question :

– Alors, Billy, tu vas nous le dire pourquoi ton sacré mustang s'appelle comme ça ?

Pete Ferguson s'enferma dans un de ces silences dont les coureurs avaient pris l'habitude. Erdrich n'insista pas et finit par s'installer pour dormir. Il ronflait copieusement quelques instants plus tard. La bouteille passait de Pete à McRae.

– Billy, quand je t'ai embauché, je t'ai dit que tu serais pas embêté par les questions. Pourtant, y a une chose que je voudrais quand même savoir. Je pourrais bien finir par m'habituer, mais ça passe toujours pas de t'appeler Billy Webb en me doutant bien que c'est pas ton vrai nom. Je me demandais juste si à force ça te fatiguait pas que personne sache qui tu es. Parce que je me dis qu'à la fin, ça doit être… que ça rend encore plus seul, quoi.

Pete avala une longue gorgée. McRae baissa la tête.

– C'est pas mes oignons, Billy. Tu fais comme tu veux.

– J'ai eu un autre nom avant Billy Webb, pendant cinq ans. Un faux aussi. C'était celui de l'homme qui nous a cachés dans son ranch, mon frère et moi, quand on a déserté en 64. On était les frères Penders.

McRae attendit, Billy devait choisir seul de parler ou pas.

– Quand les gens ne savent pas qui vous êtes, qu'est-ce que ça change comment ils vous appellent ? Un nom veut rien dire pour des inconnus, seulement pour nous-mêmes. Ici, vous avez rencontré Billy Webb. À Carson City, j'étais Pete Penders. Le type qui m'a prêté ce nom, il l'avait déjà emprunté à un mort. En réalité, il s'appelait Arthur Bowman*, mais il préférait son faux nom. Lui non plus voulait pas se souvenir d'où il venait.

Bob McRae remit du café à chauffer sur le feu.

– Pourquoi tu es parti de ce ranch ?

* Voir du même auteur *Trois mille chevaux vapeur* (Albin Michel, 2014).

– J'étais obligé.

– Mais tu voulais y rester ?

– Je sais pas.

McRae s'installa contre sa selle. Comme Pete ne disait plus rien, c'est lui qui continua :

– Quand je suis arrivé dans ce pays on avait à peine franchi le Missouri. L'Oregon était aux Anglais, le Texas et la Californie étaient mexicains, les plaines étaient une grande réserve où on avait repoussé les Indiens, dans ce coin que personne voulait encore. Maintenant, le pays va d'un océan à l'autre. L'Ouest est presque entièrement occupé, les routes sont tracées. Les pionniers, ils cherchent pas l'aventure, ils partent à l'Ouest parce qu'ils croient à quelque chose qui va arriver. Des terres, de l'argent, quelque chose qui leur appartiendra. L'aventurier, il veut rien de tout ça. Surtout pas. Les pionniers sont des bouffe-merde, ils cherchent des certitudes et une femme pour leur tirer les bottes le soir. Et elles, les tireuses de bottes, elles veulent des mômes, une église et une école. Que ça dure. L'aventurier, le coureur, il regarde les choses en sachant qu'elles durent pas, qu'il crèvera de cette nourriture qui remplit pas le ventre. À mon âge, je peux plus dire qui a raison. Même, je commence moi aussi à en rêver de cette saloperie de maison avec un porche et un fauteuil à bascule. Mais j'ai pas de regrets. Sauf un. De pas avoir entrepris un autre voyage quand j'ai compris que ce pays deviendrait le même que tous les autres. Bon Dieu, je l'ai su quand ils ont trouvé de l'or en Californie, que j'ai vu passer ces dizaines de milliers de types de l'Est qui allaient creuser les rivières pour faire fortune. La vraie aventure, ça vous laisse pauvre, avec rien que des souvenirs et personne avec qui les partager. Le coureur, il finit seul, muet et aveugle. On est morts dans les montagnes sans que personne en sache rien, de froid ou éventrés par des grizzlis, on a épousé des Indiennes et pas un, à part quelques malins, a jamais économisé un dollar. On s'en foutait, c'était la vie qu'on voulait. Après ça, on est devenus les guides des pionniers et des compagnies. L'aventure était finie.

Les mâchoires de Bob restèrent verrouillées un instant, les rides de son visage, au-dessus des flammes, dessinaient une carte de rivières, une multitude de minuscules affluents qui se jetaient dans sa bouche et ses yeux.

– Je sais pas pourquoi tu es parti de ce ranch, Billy, mais c'est clair comme une belle lune que t'as un trou au ventre et que tu vas cavaler loin avant de le remplir. Le whisky, c'est souvent la première chose qu'on a envie d'avaler pour le combler.

McRae avait dans la bouche une salive amère, il cracha et balança dans le feu le reste de son café.

– Y a une chose qu'on peut pas empêcher en vieillissant, même quand on a pas eu d'enfants, c'est de regarder des jeunes types comme toi et d'espérer qu'ils feront mieux que nous. Bon Dieu, Billy, si je pouvais mettre dans ta tête et tes jambes ce que je sais, tu pourrais conquérir le monde. Mais on peut pas faire entrer un vieil esprit dans un corps jeune. Ils se craignent trop.

L'ivresse avait rétréci les yeux de Pete.

– C'était quoi, ce voyage que tu n'as pas fait ?

– L'équateur.

– L'équateur ?

– La ligne que tu passes pour te retrouver du côté de la Terre où on marche à l'envers. Là-bas, l'eau remonte les rivières et le vent souffle de la terre. Les pyramides tiennent en l'air sur leur pointe et le sang te monte à la tête. Tes pieds touchent à peine le sol, il faut charger tes poches avec des cailloux pour pas glisser. Il faut traverser le Mexique et un tas d'autres pays avant d'y arriver, du côté du cap Horn que les bateaux doublent pour faire le tour du continent et remonter jusqu'à San Francisco. Le cap Horn est juste au bord de l'équateur, et c'est pour ça qu'il y a là-bas les pires tempêtes, parce que l'océan, juste après, tombe par-dessus l'équateur. Une cascade cent fois plus haute que celles du Niagara.

Pete pouffa de rire.

– La Terre est ronde. Tu peux aller n'importe où et sauter en l'air, la gravité te fera retomber sur le sol. L'équateur n'est pas au cap Horn et rien ne change quand tu le passes.

McRae rigola et roula sur le côté en râlant, un bras sous la tête.

– N'empêche, c'est le voyage que j'aurais dû faire quand ce pays est devenu fou. Bonne nuit, Billy.

– Je m'appelle Pete.

Bob McRae redressa la tête.

– Essaie de dormir maintenant, Pete.

Pendant trois jours encore, explorant des centaines de miles carrés, restant seize heures en selle, de l'aube à la nuit, ils ne rencontrèrent pas un troupeau sur la plaine empruntant son horizon au calme plat d'une mer. Après l'aubaine de la Rose Creek, le moral des coureurs était à nouveau bas.

Le deuxième incident entre Rusky et Pete se produisit un soir. Rusky tenait sa gamelle de son bras cassé et le neveu d'Erdrich, en lui servant sa ration, soit par maladresse, soit que la gamelle de Rusky, entre ses doigts ankylosés, lui ait échappé, renversa la soupe sur ses jambes. Ébouillanté, le patron poussa un juron et décocha une gifle au gamin qui roula par terre, à moitié dans les pommes. Erdrich s'était figé, il allait peut-être dire quelque chose mais Pete fut plus rapide que lui et se jeta sur Rusky. La table de la cantine s'écroula sous leur poids. Le temps qu'on les sépare, ils s'étaient envoyé des coups sauvages et Rusky, malgré son bras, était en train de prendre le dessus. Ils pissaient tous les deux le sang.

Vimy envoya Pete à l'écart se rincer le visage, Erdrich déclara qu'il était peut-être temps que les équipes reprennent chacune leur route. McRae était intervenu. Cela voulait dire que la saison de Rusky était terminée et que les choses seraient plus compliquées pour les deux autres patrons. Cette fois encore il fallait trouver un arrangement.

– Faut que tu nous promettes que les choses vont se tasser, Rusky. Nos trois saisons seront fichues si toi et Webb vous arrêtez pas de faire des histoires.

– Qu'il vienne s'excuser pour commencer.

– Tu veux qu'il s'excuse et c'est tout ?

– On sera pas amis, ça je peux le garantir. Il m'a pris en traître. Mais j'attendrai la fin de la saison pour lui donner la leçon qu'il mérite. Tu peux lui dire ça, Bob, et qu'il y coupera pas.

McRae alla trouver Pete.

– T'as le nez fracturé.

– C'est pas la première fois.

– Faut quand même que je le remette en place.

Pete tira son menton en avant. Le pouce et l'index serrant son nez, McRae arrêta son geste.

– Faut que tu présentes tes excuses à Rusky, sinon on se sépare et la saison est finie pour les trois équipes.

– Qu'il aille se faire foutre.

– Tu feras ce que je te dis.

McRae tira un coup sec, les cartilages craquèrent et Pete se mordit l'intérieur des joues. Bob lui tapa sur l'épaule.

– Personne a aimé voir le neveu d'Erdrich se prendre une torgnole pareille, mais c'est pas la fin du monde non plus.

Pete se boucha une narine et se moucha, expulsant un caillot de sang.

– On frappe pas un gosse. Jamais les plus faibles.

McRae rigola.

– On en reparlera quand Rusky te mettra la main dessus !

D'avoir toujours une arme au poing, de tuer pour vivre, de plonger les mains dans la viande pendant des jours, d'être des survivants de la Guerre civile, de n'avoir ni famille ni foyer, tout cela faisait des coureurs de bisons des hommes calmes, au bord des larmes dans le vent des plaines et assaillis de mauvais souvenirs, des personnalités plus craintives que dangereuses au contact de leurs semblables. Des types qui en avaient vu plus que leur compte et savaient tous ce qui se tramait ce matin-là, quand Pete traversa le campement et se dirigea vers Rusky. Un mauvais sang.

Le jeune homme prenait sur lui, ça se voyait, en disant qu'il s'excusait pour la bagarre d'hier soir, que ça ne se reproduirait pas. La tête un peu trop basse pour être sincère, Pete venait de dire : « Voilà, je m'excuse, c'est fait », quand Rusky tira un long couteau à dépecer de sous sa fourrure et bondit sur lui. Pete se jeta au sol pour esquiver la charge. Tenant le poignard à deux mains au-dessus de sa tête, Rusky prit son élan pour clouer le jeune homme à la terre. Sorti de la chemise de Pete, le Colt .45 fit un trou dans la fourrure noire, la balle entra dans la grosse poitrine de Rusky et n'en ressortit jamais.

Rusky avait attendu Webb la main sur son couteau. Pete était venu présenter ses excuses avec son revolver et personne ne pensait qu'il avait eu tout à fait tort.

*

Mon frère.

Deux frères, presque rien, mais quand on y pense, tellement. Notre mythologie. La fratrie plus forte que le destin, qui change le monde en chaos quand elle entre en guerre contre elle-même, fait basculer l'ordre des choses. Deux frères sont plus forts que les dieux. Il y a des frères dans les étoiles, des frères dans les livres et les contes. Deux frères chacun à la tête d'une armée. Des frères de sang. Des frères d'armes. Comme si ce lien était un danger, la menace d'une déchirure. Deux frères sans père ni mère.

Je ne me souviens pas d'elle, Pete. Seulement de ce que tu m'as raconté. Cette mère idéale qui me prenait dans ses bras, je ne sais pas si elle a existé mais tu racontais bien et j'aime imaginer qu'elle était comme tu la décrivais.

Tu n'as jamais compris que je n'ai connu que lui. Que je pouvais l'appeler papa, toi qui l'appelais seulement le Vieux. Il était le seul. Quand il est mort, que nous l'avons enterré dans le jardin, tu n'as même pas voulu que je dise quelques mots. Au lieu de joindre mes mains, pour ne pas te fâcher, j'ai tenu mon chapeau pour faire un pont entre elles. Je me souviens de la terre gelée, de la pioche qui résonnait comme sur de la roche, du cercueil quand il a cogné au fond du trou avec le bruit d'une barque heurtant la berge. Je me souviens aussi du bruit de son corps quand tu as coupé la corde et qu'il est tombé sur le sol de la grange, désarticulé. Sa main qui était restée serrée sur le montant de l'échelle. Je ne sais plus combien de temps j'ai attendu avant que tu arrives, à genoux, à le regarder pendu à la charpente, avec ses doigts accrochés à l'échelle comme s'il tenait la main de quelqu'un. Peut-être de maman ? Il pensait toujours à elle. Tu refuses de le croire, je sais, mais il tenait ce bout de bois comme s'il avait regretté son geste. Ou bien comme s'il avait voulu s'accrocher à un dernier souvenir pour partir avec. C'est à cause de sa main que je n'ai pas osé monter le décrocher, que j'ai attendu que tu arrives. Quand je t'ai entendu entrer dans la grange, j'ai essuyé mes larmes pour que tu ne les voies pas.

Tu m'as toujours protégé, Pete, mais tu ne m'as jamais laissé être le fils de papa, même si c'était ce père-là. Tu ne m'as laissé être que ton frère.

Pourquoi as-tu cherché querelle à tous ceux que tu rencontrais en ville ? Provoqué le vieux Meeks qui avait perdu son fils à la guerre, toi le déserteur ? Tu les détestes tous, Pete, tous ces pères, à cause du nôtre. Tu es monté à l'échelle, tu as dénoué ses doigts crispés autour du bois et tu as tranché la corde. Il est tombé devant moi. Lui qui te promettait si souvent la potence. Il avait peur de toi, Pete, depuis que tu avais braqué son fusil sur sa tête. Il savait qu'il n'était plus assez fort, que tu avais grandi comme maman t'avait demandé de le faire pour la protéger.

Les hivers que nous avons passés tous les deux à la ferme étaient rudes, ces hivers qui semblaient durer la moitié de l'année. Le printemps et l'été passaient trop vite mais toi tu étais presque content sans lui. Tu as travaillé avec moi chez les autres, tu as cultivé et récolté ce qu'il nous fallait pour survivre, et puis vendu les parcelles les unes après les autres. Tu es devenu mon père. Tu voulais sa place, le faire disparaître comme tu avais déjà liquidé la ferme morceau par morceau. Quand les militaires sont venus nous emmener à la guerre, il ne restait plus que le verger autour de la maison, ces arbres mal grandis qui montaient la garde sur nous comme des spectres. Encore une fois tu m'as protégé. La fuite dans la Sierra, la neige et les vents glacés. Sans manger tu m'as porté sur ton dos jusqu'à cette cabane et ce ranch. J'y suis toujours et tu es parti. Tous tes efforts, pour en arriver là.

Au fond, tu es comme papa, Pete. Tu n'as jamais su comment te comporter face à quelqu'un de plus faible que toi. Sauf avec moi. Ton frère.

Tu t'en prends à ceux qui sont plus forts que toi ou qui se croient forts, qui sont faibles et refusent de le montrer. Comme papa qui pensait à maman et nous tapait dessus au lieu de nous le dire.

Quel gamin protèges-tu maintenant ? Sans moi, est-ce que tu vas devenir comme le Vieux ? Parce qu'il est en toi, Pete, tu le sais. Le Vieux est en toi quand tu bois, quand tu regardes une femme, quand tu montes à cheval ou que tu tires avec une arme. Tu as peur et tu ne peux pas le montrer, parce que tu n'as jamais eu le droit d'être un enfant.

Tu me manques, mais je sais lequel de nous deux souffre le plus.

Prends soin de toi, j'espère que tu as à manger, que tu n'as pas froid et que parfois, dans ta fuite, tu trouves quelqu'un à qui parler.

6.

Un vent froid, coup d'œil de l'hiver à l'automne, soufflait sur le campement. Les coureurs, aussi superstitieux que des vieilles bigotes, n'aimaient pas cette sensation sur leur cou et remontaient leur col. Pete préparait son cheval et le mustang était nerveux, oreilles basses, lui qu'on soupçonnait d'être la cause de tout cela.

McRae ne savait pas trop comment s'y prendre. Avec les autres qui les regardaient, ça le mettait mal à l'aise de devoir faire ça. Pete enfilait ses gants, de la belle ouvrage, trop beaux comme le reste, sa veste au col de martre, ses armes et son mustang, toutes ces choses qui lui donnaient l'air d'un gosse de riche qui n'avait pas sa place parmi eux. Ils garderaient de Billy Webb le souvenir d'un bon tireur et d'un type qui n'avait rien à faire là.

– On est des marins ici. Ce qui se passe en mer revient pas à terre, c'est comme ça que ça marche, légitime défense ou pas. Sauf que t'es pas vraiment des nôtres, Pete, et tous ces gars, je peux pas garantir qu'ils la boucleront. Va falloir que tu oublies le nom de Billy Webb. Avec Vimy, on a trouvé de quoi te payer. Tu as fait ta part, ça aussi c'est la règle, alors tu as droit à ton argent. Quand Rusky a giflé le neveu d'Erdrich, j'aurais dû être le premier à lui tomber dessus. Tout ça serait pas arrivé.

Pete empocha sa solde. Bob McRae regarda les fourrures de loup empaquetées dans la couverture roulée.

– Dans ton cas, Pete, je recommanderais une autre route que celles qui vont quelque part. Choisis plutôt le nord ou le sud.

Pete monta en selle. McRae tapota le cou du mustang.

– Peut-être qu'on est devenus des types insensibles avec le temps, mais je sais pas si tu devrais encombrer ta conscience avec cette affaire. Rusky en avait déjà laissé deux sur le carreau et ça l'empêchait pas de dormir. Et je te parle pas d'Indiens. Le sud, c'est là que tu rencontreras le moins de monde.

Pete tira sur les rênes, retenant le mustang impatient.

– Vers l'équateur ?

McRae sourit.

– C'est ça.

– Là où tout change ?

– On a droit à nos rêves tous autant qu'on est. Même si au bout d'un moment ils deviennent des regrets.

– C'est la leçon du sage au jeune égaré ?

– Sans doute la seule que tu peux apprendre de types comme nous.

Pete talonna le ventre de Réunion. Bientôt il fut hors de portée des regards. Il aurait pu se retourner vers le camp, voir les chariots bâchés s'éloigner, prendre un instant pour se demander à quoi il avait cru.

La première nuit il rêva, à demi conscient, de ce nuage de poussière noire que la balle avait arraché à la fourrure de Rusky comme aux bisons de la moisson. Au matin, la plaine recueillit ses pensées, immense confessionnal sans prêtre ni pénitence, église toute sauvage et païenne. Pete n'osa pas murmurer ses regrets, de peur qu'un écho les transporte jusqu'à quelqu'un.

Il avançait au pas vers un sud approximatif, se repérant au soleil, des journées lentes à poursuivre un horizon fuyant devant lui. Il s'arrêtait parfois, le temps de regarder cette ligne lointaine pour se convaincre qu'elle ne bougeait pas et qu'il pouvait l'atteindre. Quand Réunion se remettait en marche, la fuite en avant reprenait.

Plus d'alcool, et rien dans cette plaine à quoi sa colère aurait pu s'accrocher. Rien ni personne sinon le mustang. Pete en descendait parfois, s'éloignait pour s'empêcher de frapper l'animal ou de l'abattre pour être enfin seul. De peur aussi que Réunion l'entende soliloquer et à travers lui son frère Oliver, Alexandra et Arthur Bowman, Aileen, tout le ranch Fitzpatrick, à des centaines de miles d'ici. Il voulait s'asseoir là et attendre que l'horizon vienne à lui, que l'illusion se déchire et que la plaine se rétrécisse à ses véritables dimensions, les quatre côtés d'une cellule. Il essaya de se convaincre qu'il avait été à la hauteur. Mais à la hauteur de quoi et de qui ?

Ces pâturages édéniques ne suppléaient qu'aux besoins du mustang. Pete, lui, devait tuer pour manger. Il chassa quand sa viande de bison fut terminée. Un lièvre dont l'odeur sur les flammes était comme l'écho de ses pensées, un signal de sa présence. Il était en territoire indien.

Insensiblement la plaine s'était élevée. Il atteignit sans l'avoir vue venir, cachée sous la ligne de fuite, une falaise longue de dizaines de miles, un saut dans un réseau sans fin de canyons. Il ne savait même pas dans quel État il se trouvait, resta au bord du vide un moment avant de se convaincre qu'il ne rêvait pas.

Il longea la falaise jusqu'à un barranco, affluent desséché descendant en une pente praticable vers le lit du canyon principal, où coulait une eau grise. Jambes tendues, poussant sur les étriers, il franchit la ligne d'ombre projetée par la falaise opposée et atteignit la rivière. Il campa sans manger, sans allumer de feu, écoutant l'eau couler.

À l'aube il continua vers l'aval, l'estomac creux et la tête vide, regarda le soleil entrer dans le canyon en éclairant les unes après les autres les strates de terre et de roche. Il tira sur les rênes. Au carrefour d'un barranco étroit, quelques centaines de mètres devant lui, un enclos et plusieurs dizaines de chevaux, une bâtisse adossée à la roche, élevée en briques d'argile aux couleurs du canyon, des silhouettes. Il voulut faire demi-tour, une pierre roula au-dessus de lui et il leva la tête. Un guetteur sur un piton le braquait de son fusil. Pete lâcha les rênes, mains en l'air. Deux autres hommes sortirent d'entre les rochers et avancèrent vers lui. Il ne pouvait déterminer s'ils étaient blancs ou indiens. Des vêtements de cuir, des tresses de chapeau, des perles colorées, des étuis de couteau à franges, bruns avec des yeux sombres, crasseux, se mouvant lentement, des bottes et des armes américaines, des éperons à molette.

– ¿ Qué haces aquí ?

Mexicains.

– Vous parlez anglais ?

– ¿ Estás con el gobierno ? ¿ Ranger ?

– Ranger ? Non. Bison. Buffalo.

Les deux hommes échangèrent un regard puis observèrent le mustang, les peaux de loup sanglées, les vêtements de Pete ; celui qui l'avait interrogé baissa son fusil.

– Business ?

– Non, de passage.

Pete fit un signe de la main, montrant qu'il allait vers le sud.

– Personne ne vient ici, à part nous, les Indiens et les hommes du gouvernement. Qu'est-ce que tu fais là ?

Celui-là parlait un bon anglais.

– Je vais au Mexique.

Ça fit sourire l'homme.

– Il n'y a pas de bisons au Mexique.

– Et vous, qu'est-ce que vous faites là ?

Le Mexicain, des cheveux longs sous son chapeau, l'air malin, traduisit en espagnol pour son acolyte qui pouffa. Ils regardèrent tous les deux Pete curieusement.

– Ici c'est chez nous, güero.

Autour de l'enclos à chevaux et de la maison en briques, des silhouettes plus nombreuses apparaissaient.

– Tu as quelque chose à échanger ?

– Échanger ?

– Business, güero. Ici, on fait des affaires.

Les Mexicains regardaient le mustang.

– J'ai rien à vendre. Je vais au Mexique.

– Les peaux ?

Pete étira les jambes dans ses étriers pour chasser un début de crampes, le cuir de la selle grinça et Réunion souffla. Les deux hommes serrèrent leur fusil à la crosse noircie par la graisse de leurs mains.

– C'est une coutume, güero, un signe de bonne volonté de faire un échange.

– Qu'est-ce que vous avez, si j'échange les fourrures ?

Celui aux longs cheveux sourit encore.

– Tout ce que tu veux, güero.

Pete jeta un coup d'œil au guetteur au-dessus de lui.

– Güero, je comprends pas. Faudrait me dire si c'est une insulte.

Le Mexicain leva les sourcils et traduisit à nouveau pour son collègue. Ils éclatèrent de rire.

– C'est une insulte seulement si tu penses qu'être blanc est une honte ! Visage pâle, gringo, yankee, güero. Ceux de ta race.

– Vous avez de la farine ? Du café ?

– Tout ce que tu veux, güero. Et pour ton mustang, un bon prix.

Pete essaya de garder le même ton. Faire un effort pour cacher sa peur était du moins un signe de caractère.

– Le mustang n'est pas à vendre.

La bande comptait une cinquantaine d'hommes, de femmes et d'enfants ; il y avait d'autres maisons camouflées dans la paroi de la falaise, parfois un simple mur de briques percé d'une porte qui fermait l'entrée d'une grotte. Ce n'était pas un camp mais un village. Les habits allaient de simples toiles de coton blanc à des accoutrements hybrides de cow-boys, d'Indiens ou de pistoleros clinquants. En découvrant les visages, Pete ne fut plus aussi certain d'avoir affaire à des Mexicains. La plupart avaient la peau plus foncée que les deux qui l'avaient arrêté, des femmes avaient des visages ronds d'Indiennes. À l'Eagle Saloon de Carson City, les types qui parlaient du Mexique disaient que c'était un pays où il y avait trois races : les vrais Espagnols, les métèques et les Indiens. Ils disaient que les métèques portaient la moustache pour ressembler aux Espagnols mais surtout pour qu'on ne les confonde pas avec les Indiens. Parce que les poils ne poussaient pas sur les Indiens, ils étaient trop feignants pour ça.

Dans le village du canyon il y avait presque autant de barbes que d'hommes et c'était Pete Ferguson, le menton clairsemé, qui se sentait imberbe. On prit son cheval, son escorte le conduisit à une cahute de briques à l'ombre d'un surplomb de roche rouge. Un homme était là, assis sur une pierre plate, la peau la plus noire de toutes et une moustache plus sombre encore, un bras en écharpe dans un tissu d'où pendait une main gonflée. Il suait malgré l'ombre, une jambe pliée et l'autre tendue droit devant lui, fumant un petit cigare. Les quatre hommes autour posaient comme pour une photo de journal, montant la garde par paire de chaque côté du chef de bande. Ils étaient fatigués, le chef blessé semblait lui-même ne plus croire à son personnage, il jeta au loin d'une pichenette la fin de son cigare et massa sa jambe raide.

– Tu dis que tu chasses le bison ?

Un garde rigola et se boucha le nez. Les vêtements de Pete sentaient toujours la charogne.

– J'étais avec une équipe, du côté de la Platte River.

– La saison d'hiver vient de commencer. Qu'est-ce que tu fais là ?

– J'ai fait trois saisons avec Bob McRae, maintenant je vais au Mexique.

Le chef réfléchit. Il transpirait de fièvre, le blanc de l'œil jauni, mais calculait encore vite et juste.

– Tu as eu de la chance de pas rencontrer les Comanches de

Quanah Parker. Ils donneraient cher pour accrocher le scalp du vieux McRae à leur ceinture. Qu'est-ce que tu vas faire au Mexique ?

– Je voyage.

L'homme toussa.

– Güero, c'est la chose la plus incroyable que j'aie entendue depuis longtemps. Voyager… Tu es un explorateur alors, c'est ça ? Un conquistador ?

Il rit et toussa encore. Il avait peut-être quarante ans, des traits lisses de métèque, sa peau pâlissait des efforts qu'il faisait pour penser et parler.

– Il n'y a pas si longtemps tu n'aurais pas eu besoin d'aller plus loin, c'était encore le Mexique ici, alors disons que tu es un peu arrivé, güero, et que nos lois de l'hospitalité existent toujours. Tu peux rester si tu veux, troquer si tu as besoin. Tu auras un lit et à manger, mais demain nous partons.

Les forces semblaient lui manquer à l'idée même de ce départ. Pete sentit ses épaules se détendre sous sa veste, ses poumons retrouver enfin tout leur volume.

– J'ai besoin de vivres. Pourquoi vous restez encore ici, maintenant que c'est plus le Mexique ?

Le chef releva la tête, la curiosité du jeune explorateur l'amusait. Il fit un signe aux quatre gardes et les hommes s'éloignèrent en traînant les pieds, en ayant eux aussi terminé avec leur rôle. Le chef but de l'eau à une cruche, la tendit à Pete qui but une longue gorgée en se demandant si la fièvre de l'homme était contagieuse.

– Vous êtes des rebelles, c'est ça ? Vous faites la guerre au gouvernement ?

– Des rebelles ? Décidément tu as de drôles d'idées, güero. Et pour quelqu'un qui a travaillé trois années avec McRae, tu n'as pas l'air de connaître grand-chose à ce pays. Nous ne sommes pas des rebelles, nos ancêtres sont arrivés ici bien avant les tiens, avec les prêtres et les soldats de la grande Espagne catholique. Ils ont appris à vivre et à commercer avec les Indiens. Nous sommes des Comancheros. C'est le nom qu'on nous a donné.

Il se redressa et d'un geste de la main balaya le canyon et le village à moitié déserté, les cahutes aux toits affaissés, les gamins maigres et les sentiers bordés des excréments des bêtes comme des hommes.

– Je suis Rafael, le chef de ce qu'il reste de nous.

7.

Une vieille dépoussiéra pour lui une maison abandonnée à l'écart des autres constructions. Il déchargea Réunion. Une autre femme, jeune, vint s'accroupir devant sa porte. Elle déplia une couverture dans laquelle elle avait apporté des sacs de café, de farine, de haricots noirs et de lentilles, une livre de lard et une bouteille d'alcool. Elle ordonna les vivres et attendit la tête baissée. Pete déroula quatre fourrures de loup à côté de la nourriture. La femme saisit la première et il observa son visage, des traits fins et de longs cils noirs. Elle passa la main dans la fourrure, la retourna, inspecta le cuir, la leva à contre-jour pour vérifier son état, la roula, la posa à côté d'elle et attrapa la farine qu'elle poussa devant Pete. Elle vérifia ainsi toutes les peaux et à chaque fois donna une quantité mesurée de vivres. L'échange terminé, elle se releva mais Pete lui fit signe d'attendre, ressortit de la cabane avec la cinquième fourrure, la plus belle, que McRae lui avait offerte. Il avait dit qu'elle valait au moins trois fois le prix des autres. La jeune femme cligna des yeux, marmonna quelque chose qu'il ne comprit pas, pivota en faisant voler son poncho sur ses épaules et s'éloigna en frappant le sol des talons. Pete resta planté là, se tourna vers l'homme aux cheveux longs qui parlait anglais, chargé de le surveiller. Il était allongé sur un rocher à quelques mètres et faisait semblant de dormir sous son chapeau.

La jeune femme revint, présentant cette fois une bouteille d'authentique bourbon, une boîte de munitions pour son Yellowboy et une grosse turquoise polie. Pete déroula la fourrure et s'assit en face d'elle. Sur son rocher le garde avait relevé son chapeau et s'intéressait maintenant à la négociation. Même dans ce bout du monde, au fond de ce canyon sans ravitaillement, les marchandises de la jeune femme dépassaient la valeur de la fourrure. Pete attendit qu'elle pousse vers lui quelque chose mais elle ne bougea pas. Elle finit par s'agacer, lui fit comprendre que c'était à lui de choisir. Le bourbon, les munitions, la turquoise.

Il tendit la main vers la pierre, la fit glisser jusque devant lui et regarda la jeune femme. Elle attendit, ne toucha pas à la fourrure. Pete attrapa la bouteille de bourbon du Kentucky, la tira à lui et fit signe que c'était suffisant, qu'il ne prendrait pas les munitions. En un seul mouvement la jeune femme roula sa couverture, saisit la fourrure et se leva, les pans de son poncho battant la poussière derrière elle quand elle repartit.

Son gardien descendit de son rocher.

– Güero, mais pourquoi tu as traité Elena de cette façon ?

Pete lui demanda de quoi il parlait.

– Le premier troc, c'était bien, exactement comme il fallait. Tes fourrures valaient pas autant que la nourriture, mais l'important c'était qu'elle soit d'accord. Pourquoi tu as sorti l'autre peau qui valait plus ? Tu lui as manqué de respect et elle n'avait plus le choix, elle est retournée chercher toutes ces choses qui valent beaucoup plus que ce que tu offrais. Pour laver son honneur et qu'elle soit encore digne de se présenter devant toi. Et toi, güero, tu refuses de tout prendre ! Tu laisses les munitions ! Elena est pauvre, elle a dû emprunter tout ça à d'autres et ce sera la pire des hontes de rapporter les balles à qui elle les a empruntées.

Le Comanchero, une main sur la hanche, l'autre appuyée à son fusil, secouait la tête.

– Je ne sais pas comment Elena va pouvoir continuer à vivre ici.

– J'ai rien fait, j'ai voulu troquer les peaux, rien d'autre. Je n'ai pas voulu lui manquer de respect.

Le garde le fixa dans les yeux et éclata de rire.

– Je te fais marcher, güero. Elena, c'est seulement la plus coquette du village. C'est pas d'elle qu'il faut t'inquiéter mais de son mari, à qui elle a pris les balles, la bouteille et la turquoise !

Il laissa Pete tout seul et rejoignit les autres. On avait une blague à raconter à son sujet, le troc était fait, la surveillance s'arrêtait là.

Avant de se joindre à la veillée, Pete descendit jusqu'à la rivière. Il se frotta avec du sable pour se débarrasser de l'odeur de charogne, trempa et battit ses vêtements sales avant d'enfiler un pantalon et une chemise de rechange qui sentaient le moisi.

Les Comancheros étaient assis autour de deux grands feux, de la viande cuisait et des gamelles chauffaient. Tout le monde était silencieux. Le départ du lendemain, comme sur leur chef, faisait à tous un triste effet. Rafael fit signe à Pete de s'approcher mais un homme lui barra le chemin.

– C'est toi qui as ma turquoise ?

Pete recula d'un pas, écrasa le pied d'un autre homme assis qui l'empêcha d'aller plus loin. Le mari d'Elena vint se coller à son visage.

– C'est gentil de m'avoir laissé les cartouches.

Les rires fusèrent autour des feux et Pete se retrouva avec une bouteille à la main.

– Dios ! Ma femme est tellement contente que je vais avoir la paix pendant au moins quelques jours.

Pete retourna à sa cabane, revint avec la bouteille de bourbon qu'il leva en direction de l'assemblée et du mari, provoquant une nouvelle salve de rires. Elena, à l'écart avec les femmes, quitta furieusement le cercle, sa peau de loup sur les épaules. Pete s'installa à côté de Rafael.

– Qu'est-ce qui t'est arrivé ?

– La milice du gouverneur nous a attaqués il y a une semaine. J'ai reçu une balle et je suis tombé de cheval. Washington et le Texas ont décidé d'en finir avec nous.

– Je croyais que vous faisiez seulement du commerce.

– Et les officiers de l'armée ne sont pas les derniers à en profiter. Mais c'est la politique, güero. La politique. Pendant la guerre, nous faisions des raids contre la Confédération, pour voler des chevaux et les revendre à l'Union. Washington n'y voyait pas d'inconvénient. Après la guerre, on a repris nos échanges avec les Indiens, sauf que maintenant ils sont en guerre contre les Américains. Plus question de leur vendre à manger, encore moins des armes et des balles. Sans nous, Quanah Parker et les derniers de sa bande ne pourront pas tenir. Quand nous serons partis du Mexique, lui et ses hommes finiront morts ou bien rejoindront la réserve de Fort Sill.

– L'armée donne des munitions gratuites aux coureurs, pour abattre les bisons.

– La politique, güero.

Pete se laissa tomber en arrière et posa la bouteille de bourbon sur son ventre.

– Vous n'êtes ni mexicains ni américains. Qu'est-ce que vous allez trouver de l'autre côté de la frontière ?

Rafael buvait vite. Comme pour les autres hommes autour, l'alcool faisait ce soir office de médicament.

– Depuis que le Texas et la Californie sont à vous, notre sort est décidé. Nous faisons partie de ceux que les Blancs veulent faire disparaître. Les familles mexicaines, ici et en Californie, se sont fait voler leurs terres. Des lois sont passées qui ont fait de nous des étrangers, comme les Indiens ou les Chinois qui ont construit votre train, renvoyés chez eux en bateau. Au Mexique, nous pourrons oublier l'anglais qu'on nous a forcés à apprendre dans vos écoles et nous ne parlerons plus que notre langue.

Pete avalait l'alcool au même rythme que les Comancheros, à la poursuite de l'oubli.

– Et toi, güero, qu'est-ce que tu vas chercher de l'autre côté du Rio Grande ?

Pete regarda autour de lui ces hommes balayés par l'avancée des pionniers du Land Office, repensa aux chasseurs de bisons courant derrière les dernières bêtes de la Prairie, observa Rafael, le chef blessé de cette troupe en train de se dissoudre dans le regret. Ils baissaient les bras. Ils abandonnaient. La chaleur de l'alcool dans sa bouche lui donnait envie de cracher, l'ivresse de ricaner.

– Je veux savoir si je serai à la hauteur.

Rafael se tourna vers lui en souriant.

– À la hauteur de quoi ?

Pete ne répondit pas.

– Tu te cherches un destin, güero ?

– Un destin ?

– La preuve que tu es plus fort que toi-même ?

Les hommes autour parlaient plus haut, la boisson les réveillait, ils reprenaient vie mais sans joie, les plaisanteries devenaient des défis. Pete ne comprenait pas ce qu'ils disaient mais sentait monter leur agressivité, tout en glissant sur la même pente.

– On ne peut pas être plus fort que soi-même. On est plus fort que les autres.

– Tu cherches l'aventure. C'est le signe du désespoir, güero, mais tu es courageux.

– Plus que vous !

Sa voix avait porté autour des feux et si tout le monde n'avait pas compris son anglais, le ton était assez clair pour couper court aux conversations. Les Comancheros le regardaient, Rafael réagit calmement.

– Nous sommes trop nombreux sur cette terre pour avoir chacun un destin, alors nous nous regroupons pour en avoir un ensemble. Parfois, des hommes sont assez forts pour mener des peuples entiers à l'aventure. C'est une autre forme de destin, plus élevée. Il est aussi plus dangereux pour la liberté du peuple de suivre de tels hommes. Moi, je ne suis pas leur chef parce que je suis un aventurier, mais parce que j'ai reçu une instruction américaine. Je sais que nous n'avons plus de destin, que nous ne pouvons plus rien y faire à part survivre. Toi, güero, tu veux agir. Tu méprises ceux qui attendent que quelque chose arrive, ceux qui espèrent, comme tu nous méprises ce soir. Mais tu ne sais pas encore ce qu'est le désespoir. Se battre quand on sait que cela ne changera rien. Quanah Parker et ses Comanches, ils savent, eux. Ils se battent contre tes semblables.

Rafael se leva en s'appuyant à sa béquille, conseilla à Pete d'aller se reposer et de les laisser seuls maintenant.

Pete tituba entre les hommes hostiles, remonta jusqu'à sa petite maison et s'adossa contre le mur de briques. La vue raccourcie par l'ivresse, il loucha sur les lumières des feux au bord de l'eau.

Quand il se réveilla les familles étaient déjà en ordre de marche, les mules et les chevaux de bât au travail. Les réserves de nourriture, les tonneaux d'eau et les effets personnels remontaient le barranco à dos de bête, les chevaux revenaient à vide et on les rechargeait.

Pete remplit ses fontes, sella Réunion et emboîta le pas aux derniers Comancheros. En haut, sur le plateau d'herbe rase, attendaient une dizaine de chariots que l'on remplit avant de se mettre en route, s'éloignant du canyon comme une colonne de fourmis sauvant les œufs d'une fourmilière éventrée. Ils suivirent la falaise en direction du sud, le grand troupeau de chevaux fermant la marche.

Rafael, incapable de tenir en selle, était installé sur un plateau à l'abri d'une bâche. Pete le rejoignit au trot. Le chef grimaçait à chaque cahot de la piste.

– Nous passerons le Rio Grande dans deux semaines. Tu peux voyager avec nous, les autres sont d'accord.

Pete en doutait, mais pour une raison qu'il ignorait Rafael avait dû jouer de son influence pour le faire accepter dans le convoi.

– Ce soir nous avons rendez-vous avec des hommes de Quanah Parker. Il vaudrait mieux que tu ne te montres pas trop, güero. Ça pourrait compliquer les choses.

À voir la couleur de la peau de Rafael, Pete doutait qu'il atteigne la frontière.

– Qu'est-ce qui se passera si nous rencontrons l'armée pendant le voyage ?

– Nous aurons vendu nos marchandises. Nous partons. Ils nous laisseront passer.

Rafael n'avait plus la force de parler, il se laissa tomber sur des couvertures, appuyé à des caisses militaires. Des armes.

Ils suivirent le canyon jusque dans l'après-midi puis bifurquèrent vers l'est, redescendant du plateau vers la plaine. L'herbe était de plus en plus jaune et le sol caillouteux, les chariots se couvraient de poussière, la grande rivière qui coulait dans le canyon s'était ramifiée en cours de plus en plus fins disparaissant dans la terre sèche. À nouveau les reliefs étaient devenus lointains et l'horizon immobile. Deux cavaliers s'éloignèrent au galop, le convoi fit halte au milieu de nulle part et le camp fut rapidement monté, les femmes commencèrent à préparer le dîner, unique repas de la journée. Les réserves devaient être à peine suffisantes pour atteindre la frontière. Pas de feux.

Quand les deux éclaireurs furent de retour, on rassembla les chevaux et les chariots d'armement. Rafael répartit les hommes en deux groupes, celui qui restait pour protéger le campement et celui, plus nombreux, qui partait au lieu de rendez-vous. Le chef fit des efforts douloureux pour monter en selle. Pete alla lui parler.

– Tout va bien se passer ?

– S'il n'y a pas d'imprévu. Si tu restes au campement, veille sur nos femmes et nos enfants le temps que nous revenions.

Pete acquiesça d'un signe de tête.

– Je peux faire ça.

Après que le chariot d'armement et le groupe de Comancheros eurent disparu dans la nuit, Pete resta là avec une demi-douzaine d'hommes postés autour du camp pour monter la garde sur une trentaine d'individus de tous âges. Il s'installa sur le banc d'un chariot, son Yellowboy sur les jambes. Comme aux autres gardes on lui apporta à manger des galettes de maïs et des haricots. Les femmes avaient tout remis en ordre et le convoi était prêt à repartir, bêtes nourries, abreuvées et harnachées. L'homme qui avait surveillé Pete au village s'approcha et lui offrit du tabac à chiquer.

– Je préfère le fumer, mais Rafael a dit pas de feu. Je m'appelle Ignacio.

Il lui tendit la main.

– Pete.

Pete glissa une pincée de tabac entre sa joue et ses dents.

– Ils sont partis depuis longtemps. C'est toujours comme ça ?

Ignacio cracha un jet de salive et de jus de tabac dans le noir.

– C'est trop long.

– Qu'est-ce qu'on fait s'ils ne reviennent pas ?

– Ils reviendront. Ils sont trop nombreux pour que les Comanches s'en prennent à eux. Mais c'est trop long. Il y a un problème avec les négociations. Demain on partira, ils nous retrouveront plus loin.

Ignacio retourna à son poste, Pete continua à mâcher lentement le tabac pendant que les derniers représentants des Comancheros négociaient quelque part, avec les derniers Comanches des plaines du sud, une dernière cargaison d'armes. Il repensa aux fourrures de loup que la belle Elena avait inspectées et se dit qu'à contre-jour, la peau des Comancheros et des Comanches ne devait plus être très épaisse. On voyait déjà à travers. Les bisons disparaissaient. Les Indiens disparaissaient. Les Comancheros disparaissaient. Fourrures et scalps. Une nation de dépeceurs.

Au lever du jour le convoi reprit la route sans Rafael et le reste des hommes, avec de la nourriture pour trois jours au plus. En échange des armes et des chevaux, lui apprit Ignacio, Rafael devait revenir avec des vivres.

– Si dans trois jours les autres ne nous ont pas rejoints, il faudra aller jusqu'à un fort demander des rations aux soldats.

8.

Après trois jours sans nouvelles du groupe de Rafael, Ignacio assumait la fonction de chef. Les cinq hommes armés, les familles laissées sans père ni mari, tous s'en remettaient à lui pour les conduire au Mexique.

Le quatrième soir, après une journée rationnée, les hommes se réunirent. Ils allumèrent un feu, bravant les consignes de sécurité. Les femmes, les vieux et le jeune Blanc s'installèrent autour d'eux en un second cercle plus large.

Pete commençait à comprendre quelques mots d'espagnol. Quand il connaissait le sujet de la conversation, il pouvait en suivre le fil. Nul doute sur la question dont les hommes débattaient : comment atteindre le Rio Grande. Fort Sumner. Más próximo. Le plus proche. À quatre jours de trajet. Ignacio secouait la tête. En plus de sa réticence à approcher d'un bastion militaire, les quatre jours de voyage étaient un problème en soi. Cazar, chasser. Agua, eau. Les mots qui revenaient. Et Rafael, le nom de leur chef.

Mais Ignacio ne croyait plus à son retour. Trop de temps avait passé. Trop de problèmes possibles. Les rangers. L'armée régulière. Des problèmes avec la bande de Quanah Parker ou les Utes, ennemis des Comanches. Attendre Rafael al otro lado, de l'autre côté, disait Ignacio, atteindre le Rio Grande et attendre au Mexique. C'était la mission que leur chef lui avait confiée s'il ne revenait pas. La dernière phrase d'Ignacio tomba dans le silence :

– Y no volvió.

Derrière lui, Pete entendit une voix, un chuchotement :

– Et il n'est pas revenu.

Il se retourna. Elena, dont le mari était parti avec le groupe de Rafael, s'était assise derrière lui et avait traduit. Elle recula dans la pénombre aussitôt sa phrase soufflée. Pete se leva.

– Moi, je peux aller chercher des vivres au fort.

Ils se tournèrent vers le güero, puis ceux qui ne comprenaient pas l'anglais vers Ignacio qui traduisit. Des murmures coururent entre les silhouettes accroupies.

– Je suis blanc, les militaires ne me connaissent pas. Si vous me donnez un chariot, je peux aller chercher des vivres.

Ignacio traduisit encore, hommes, femmes et vieux parlèrent en même temps. Quand le brouhaha se calma, la moitié de la troupe se leva et partit vers les chariots. Ignacio s'approcha de lui.

– Ton idée est la bonne, güero, mais tu n'iras pas à Fort Sumner. Avant le fort, sur la Pecos River, il y a le ranch Chisum. Là-bas tu pourras acheter tout ce qu'il nous faut. Nous avancerons encore deux jours ensemble, jusqu'à une rivière où nous pourrons attendre et chasser ce qu'il faudra pour tenir jusqu'à ton retour. On est en train de réunir l'argent pour payer le ravitaillement et tu partiras avec l'un d'entre nous.

– Vous ne me faites pas confiance ?

– Tu ne peux pas nous empêcher d'être inquiets, güero, mais

c'est aussi pour ta sécurité. Après moi et Elena, c'est Jorge qui se débrouille le mieux en anglais, il ira avec toi. Tu feras partie d'un groupe de pionniers du Missouri. Jorge, personne ne le connaît là-bas, alors tu diras que c'est votre guide et que tu as besoin de vivres pour les familles en route pour Santa Fe.

On éteignit le feu, les hommes se postèrent avec leurs fusils et Pete n'avait pas trouvé le sommeil quand son tour de garde arriva. Il resta sur un banc jusqu'au lever du jour, les yeux piqués de fatigue. Leur deuxième journée de jeûne commençait. Quelques rations de galettes, les dernières, furent distribuées aux plus faibles. Le convoi repartit et Pete se porta volontaire pour aller chasser avec Jorge – l'homme qui devait l'accompagner au ranch Chisum – et un troisième Comanchero, Esteban, un vieux maigre réputé être le meilleur chasseur du groupe.

Les trois cavaliers prirent de l'avance en suivant la direction de l'ouest sur une piste aux traces presque effacées. Un troupeau de buffs ou un mâle égaré aurait été leur meilleure chance mais Esteban espérait surtout tomber sur quelques pronghorns. Si les antilopes ne se montraient pas, alors tout était bon à prendre, chiens de prairie, lièvres ou lapins.

Le vieux chasseur avait une longue-vue de l'armée au cuivre cabossé ; sur la première petite colline qu'ils atteignirent, debout dans ses étriers, il tourna sur lui-même, retomba sur sa selle et secoua la tête, hésita un instant avant de choisir une direction, au hasard sembla-t-il à Pete. Ils filèrent au trot droit devant eux pendant une heure, virèrent à nouveau vers l'ouest une heure encore, redescendirent vers le sud sans apercevoir la moindre bête, leur arrivée sans cesse annoncée par les cris aigus des chiens de prairie. Ils firent détaler quelques coyotes, charognards immangeables qui les suivirent un moment avant d'abandonner, comme s'ils avaient deviné ces chasseurs trop malchanceux.

Jorge n'appréciait pas la présence du Blanc, encore moins que ce soit lui qui ait proposé l'expédition au ranch Chisum, et par-dessus tout de devoir l'accompagner. Pete le gardait à l'œil. Esteban montra un point au loin, une spirale de vautours et de busards à quelques miles au nord. Ils éperonnèrent et Réunion, qui n'avait pas galopé depuis des jours, partit en tête, partageant avec son cavalier une soudaine envie d'être seul.

Les vautours volaient au-dessus d'un cercle d'herbe plus épaisse et verte qu'alentour. Des terriers de chiens de prairie, dont les excréments et les galeries fertilisaient la terre. Pete descendit de cheval, fit craquer le levier de sa carabine et se courba pour avancer.

Dans un petit cercle de graminées écrasées, une antilope était couchée sur le flanc, respirant avec un bruit de soufflet de forge. À ses côtés, un faon de trois jours tenant à peine sur ses pattes. La mère agonisait et sa viande sentait déjà la charogne, un de ses yeux était opaque, barré par une blessure suppurante.

Jorge tira un poignard d'un étui, saisit le faon et lui trancha la gorge, le souleva par les pattes arrière pour qu'il se vide et debout, sans attendre, lui ouvrit le ventre pour l'éviscérer. La mère avait relevé la tête, Jorge laissa tomber le petit pour achever la femelle et l'ouvrit, inspectant les entrailles parasitées de la bête malade. Il découpa quelques quartiers encore consommables, assailli par des mouches sorties de nulle part, comme les autres charognards de la plaine trompeusement déserte.

Esteban avait suivi des traces et déplié sa longue-vue, il revint rapidement après avoir repéré la piste du troupeau qui avait abandonné ces deux-là. Six ou sept kilos de viande, insuffisants, furent chargés dans les fontes et ils repartirent rapidement. Les traces étaient nettes et ils poussèrent les chevaux jusqu'à l'épuisement, firent halte au pied d'une colline basse, à peine une ampoule sur la peau de la prairie. Esteban ramassa une poignée de crottes et sourit : les antilopes étaient proches. Tous les trois se retournèrent en même temps. Un coup de feu, puis un autre, trois ou quatre fusils qui tiraient de l'autre côté du relief. Esteban resta avec les chevaux, Jorge et Pete partirent en courant, rampèrent jusqu'en haut dans les herbes.

Le troupeau, une trentaine de têtes, fuyait vers eux en bonds rapides. Quatre soldats aux uniformes bleus galopaient derrière en tirant. Un pronghorn roula dans la poussière. Sentant la présence des hommes sur la colline, les antilopes bifurquèrent brutalement et déguerpirent vers le nord. Les soldats stoppèrent en voyant les bêtes changer de direction. Ils regardèrent le sommet de la colline. Jorge et Pete s'aplatirent de tout leur long.

Jorge commença à reculer, Pete resta sur place. Le Comanchero saisit le talon de sa botte et tira dessus. Pete ne réagit pas, la joue collée à la crosse de son arme. Jorge tira plus fort.

– Des éclaireurs, güero, comme nous. Si tu tires, les autres vont venir.

Les militaires hésitaient, ne sachant pas à quoi ni à qui ils avaient affaire. Ils étaient à découvert, en bas de ce petit dôme d'où on pouvait les aligner comme à la fête foraine. Pete regarda les cadavres de trois pronghorns allongés dans l'herbe – de quoi nourrir les Comancheros pendant deux jours –, colla son œil au viseur et fit feu deux fois au-dessus des soldats. Leurs chevaux tressaillirent, un premier cavalier tourna bride pendant que les autres cherchaient l'origine des tirs. Pete actionna le Yellowboy et fit voler la terre devant eux. Ne pas blesser les chevaux, les laisser partir.

Esteban gravissait la colline.

– ¿ Qué pasa, Jorge ?

Esteban vit le nuage de poussière des quatre soldats en fuite, les antilopes couchées dans l'herbe, puis regarda Jorge qui baissait la tête. Pete courut jusqu'à son mustang.

– Dépêchez-vous !

Ils rejoignirent le convoi en fin d'après-midi. Pete détacha l'antilope chargée sur la croupe de Réunion et sourit aux femmes qui se jetaient dessus en se signant. Ignacio lui tapa dans le dos. Jorge explosa :

– ¡ Maldito güero !

Il hurlait sous le nez de Pete et à mesure qu'il expliquait les Comancheros se turent, les sourires disparurent et les regards se tournèrent vers le jeune Blanc indifférent.

– C'était ça ou crever de faim. Demain j'irai tout seul au ranch, je n'ai besoin de personne avec moi.

Ignacio retint Jorge qui allait se jeter sur lui. Pete saisit la bride de son cheval et s'éloigna des chariots.

*

– Güero, il faudra que tu laisses ton mustang. Les autres ne veulent pas que tu partes avec lui.

– Le mustang reste avec moi. Si j'ai un problème, c'est ma seule chance de m'en tirer. C'est moi qui prends tous les risques pendant que vous restez ici.

Ignacio secouait la tête.

– Ce n'est pas le courage qui nous manque. Onze hommes sont déjà partis avec Rafael, des femmes sont peut-être déjà veuves et des enfants orphelins de père. Nous ne pouvons pas les laisser. Après ce que tu as fait hier, les soldats vont nous chercher. Nous n'avons plus le choix.

Pete répéta que son mustang partirait avec lui.

Des Comancheros s'attroupèrent autour du chariot. Pete ne serra pas la main d'Ignacio, ne répondit pas aux quelques saluts et lança les bœufs sur les traces de la piste. Il arriverait demain sur les terres du ranch Chisum, des milliers d'hectares, et s'il ne rencontrait pas de vacher ni de troupeau, il continuerait une journée de plus pour atteindre le cœur de l'exploitation. Il serait alors tout près des Rocheuses, le passage vers l'Ouest.

Il se retourna en entendant du bruit dans son dos, croyant que c'était Réunion, à la longe derrière le chariot, qui s'agitait. Il vit une paire de bottines, la peau d'une jambe et le tissu d'une robe décrire un arc de cercle, comme une danseuse de saloon partie à la renverse. Il arrêta l'attelage, Elena s'agrippa aux arceaux, traversa le plateau en claquant des talons et s'installa sur le banc.

– Avance, avant qu'ils voient que je suis partie.

Pete ne bougeait pas.

– Qu'est-ce que tu fais là ?

– C'est une question très imbécile, güero. Avance maintenant. Vámonos.

– Tu es venue me surveiller ?

Elena pouffa.

– Je suis là pour la même raison que toi.

Pete sourit.

– Et ton mari ?

– Je n'ai pas d'enfants, güero, je ne suis pas une mamacita avec un cul de jument. Mon mari, c'est un… un… mugroso, puant et pauvre, comme les autres, et il est mort avec Rafael. Je ne peux même pas croire qu'ils aient été assez bêtes pour te donner un chariot et de l'argent ! Ils sont là-bas et ils vont mourir de faim. Je pars avec toi, c'est tout.

Pete la regarda, siffla et les bœufs s'ébranlèrent.

– Toi aussi tu sens mauvais, Elena, tu as besoin d'un bain.

Elle ne broncha pas.

– Même si tu avais rapporté à manger, je ne serais pas allée au Mexique, ce pays de fermiers, pour me casser le dos à cultiver la terre.

– Mais ici tu seras une princesse, c'est ça ?

Elle se cambra pour s'étirer et gonfler sa poitrine.

– Sí, güero. Une vraie femme.

– Tu es une femme, Elena, pas de doute à ce sujet.

Elle ricana – un rire de fille de bar – comme si elle allait se mettre à chanter.

– Et toi un vrai homme, pas vrai ?
– Faits pour s'entendre.
Elle resta silencieuse un moment, étendit les jambes, secoua ses vêtements poussiéreux, noua ses cheveux en chignon.
– Tu es moins bête que je pensais, güero, j'ai cru un moment que tu voulais vraiment les sauver.
Pete regardait droit devant lui.
– Ils iront chasser. Ils s'en sortiront tout seuls, non ?
Elena éclata de rire.
– Trouve de l'eau ce soir pour nous laver.

*

Le ruisseau dessinait une ligne verte devant eux, le chariot s'en approcha à la vitesse du coucher de soleil, s'arrêta dans les lueurs mauves. Pete libéra les bœufs et son mustang, les laissa à la corde brouter le long de l'eau. Les vêtements sales collaient à leur peau, Elena se débarrassa de son poncho, déboutonna sa jupe, dénoua ses bottines et ôta ses chaussettes de laine trouées. Elle garda son jupon, dégrafa sa chemise et, ses seins nus secoués par ses mouvements, tira les bottes de Pete. Elle défit les boutons de sa chemise, Pete attrapa le Colt coincé contre sa hanche et le déposa dans l'herbe. Elle lui ôta son pantalon. Pete se laissa glisser dans l'eau fraîche. Avec sa chemise roulée en boule, Elena se mit à le frotter, à genoux derrière lui, collant son ventre et ses seins contre son dos. Pour une métisse crottée, elle avait les gestes des putains de Carson City. Pete se laissait faire, la tête basculée sur son épaule. La main d'Elena descendit jusqu'à son sexe, elle lâcha le tissu et le caressa avant de l'empoigner. Pete posa ses mains sur les cuisses d'Elena, massant la peau à travers le jupon mouillé. Quand il serra plus fort, elle arrêta et plaqua ses lèvres à son oreille.
– Güero, il faudra être plus loin d'ici pour avoir la suite.
Elle s'éloigna dans l'eau, s'accroupit en lui tournant le dos,

passa ses mains entre ses jambes et se lava. Pete roula sur le ventre, écarta les bras et laissa le courant passer sur lui.

Elle alluma le feu et étendit ses vêtements à sécher, se débarrassa de son jupon et le temps qu'elle s'enroule dans son poncho, Pete la vit entièrement nue, mouillée et brune. Il sourit pendant le temps qu'elle prit, quelques secondes de trop, pour se couvrir. La nuit venait, elle sortit d'un sac emporté avec elle des rations de viande d'antilope. Une bonne quantité, volée sur la part d'une famille. Pete dîna sur ses propres réserves. Ils mangèrent chacun d'un côté du petit foyer, puis elle s'installa dans le chariot pour dormir.

– Buenas noches.

Pete se coucha entre les roues. Il essaya de rester éveillé mais ses deux nuits blanches eurent raison de lui.

9.

Quand il ouvrit les yeux, Elena se tenait debout devant lui, le front plissé. Elle le regardait en se demandant sans doute ce qu'elle faisait ici avec ce Blanc sans moustache, son corps large et ses membres trop courts, sa poitrine couverte de petits poils noirs frisés répugnants. Ce jeune Blanc qui dormait comme un enfant alors que le soleil était déjà haut, qui se croyait plus fort que les hommes avec qui elle avait grandi.

– Debout.

Pete s'étira, sourit en la voyant tourner les talons. Il se lava le visage au ruisseau, enfila ses vêtements encore humides pendant qu'elle attelait les bœufs.

Ils s'installèrent sur le banc et repartirent. Encore ensuqué, les yeux collés par le sommeil, Pete parla sans la regarder :

– Jusqu'où je dois t'emmener pour avoir droit au reste ?

– Quand on ne verra plus cette plaine.

Pete siffla.

– On va avoir le temps d'apprendre à se connaître.

Pendant deux heures il fit encore frais puis à midi la brise tomba et le soleil se mit à peser sur la Prairie, écrasant le paysage et les pensées ralenties qu'ils avaient l'un sans l'autre. Elena s'était calée à l'autre bout du banc pour ne pas le toucher, elle laissa tomber son poncho sur ses reins et s'aspergea le visage avec l'eau d'une gourde.

– Tu veux qu'on trouve un autre ruisseau ?

Elle ne l'écoutait pas, elle s'était redressée. Pete tira sur les rênes. Des taches sombres à l'horizon parsemaient le lavis jaune de la plaine. Il se mit debout, releva son chapeau, la main en visière.

– Un troupeau.

– J'ai vu.

– On est sur les terres du Chisum.

– Je sais.

Pete vérifia que sa Winchester était bien chargée.

– Si on rencontre des employés du ranch ou des militaires, tu me laisses parler.

Les bœufs soufflèrent encore une heure sous le soleil avant d'atteindre les premières vaches, des herefords à la robe marron et blanc, plusieurs centaines disséminées à perte de vue. Pete attendit, regardant le plus loin possible de droite à gauche, Elena s'impatienta.

– Qu'est-ce que tu attends ?

– Tais-toi.

Elle eut un petit rire sec de mépris.

– Tu as des remords ? Tu ne peux pas les sauver, güero. C'est trop tard. Et si quelqu'un pouvait le faire, ça ne serait pas toi. Continue à avancer.

Elle essaya de lui prendre les rênes des mains, Pete la gifla.

– Tu restes ici et tu ne fais pas d'histoires. Quand j'aurai attrapé deux vaches, tu pourras partir et aller te trouver du travail dans un bordel.

Il sauta du chariot, récupéra sa selle sur le plateau et harnacha Réunion, lova son lasso et le laissa pendre au pommeau. Il ôta sa veste, roula dedans son Colt, déposa son couteau et attendit encore un moment, fouillant l'horizon pour vérifier qu'il n'y avait pas de vacher alentour. Elena se massait la joue, elle regarda les vaches puis le cavalier.

– Qu'est-ce que tu comptes faire ?

Au ranch Fitzpatrick, Pete avait participé à plusieurs captures de mustangs sauvages. Il n'avait jamais attrapé de vaches mais ces bêtes étaient bien plus lentes que des chevaux et il n'en aurait pas pour longtemps à en capturer deux ou trois. Au pire, il pourrait prendre des veaux sevrés. Il rapporterait la viande aux Comancheros et reprendrait sa route. Il pourrait garder l'argent qu'ils lui avaient confié, leur dire qu'Elena s'était enfuie avec.

Il avança au pas et se souvint des bisons, espérant que les vaches étaient aussi bêtes. Il s'approcha le plus près possible, repérant la première qu'il allait capturer. Réunion était dressé à la traque, il comprenait ce qui se passait même si les vaches étaient une nouveauté. Pete donna un coup de talon sur ses flancs, son mustang partit au galop. La vache sauta sur place pour prendre son élan et se mit à courir. Pete ne quitta pas sa cible des yeux et fit tourner la boucle du lasso au-dessus de sa tête, lança, crut avoir manqué mais la corde coulissa en emprisonnant les deux cornes. Il laissa le mou filer, tournant l'extrémité du lasso sur le pommeau et accompagnant la course de la vache. Quand elle ralentit, il reprit les rênes et stoppa, tordant le cou du bovin qui rua une ou deux fois avant de s'arrêter. Pete sourit. La vache pivota et tira d'un grand coup de collier. Réunion perdit l'équilibre, la sangle ventrale lâcha, la selle tourna et Pete bascula. Avant qu'il touche le sol, la vache finit d'arracher la sellerie. Les pieds encore dans les étriers, il fut tiré en avant et roulé dans les pierres. La selle disparut d'entre ses jambes, entraînée par la vache. Toutes les autres s'étaient enfuies.

Il retourna à cru jusqu'au chariot. Le côté gauche de son visage était éraflé, une manche de sa chemise arrachée à l'épaule s'enroulait autour de son poignet, Elena riait. Pete attrapa le Yellowboy sur le banc.

– Qu'est-ce que tu vas faire, güero ? Tuer des vaches pour que des cow-boys t'entendent à des miles d'ici ? Tu ne sais plus ce que tu fais, tu vas nous attirer des problèmes. Emmène-moi au ranch ! Tu achèteras la viande et tu me laisseras là-bas.

Pete serra le poing, au dernier moment il ouvrit la main et au lieu de l'assommer lui colla sur la tempe une autre gifle. Elena roula à terre. Pete marcha vers le mustang, il entendit le chien d'une arme, pensa à son Colt, eut le temps de se retourner et de se demander si la furie allongée par terre, avec ses yeux d'Indienne et sa peau de Mexicaine, allait tirer ou pas. La réponse était dans sa question. La détonation, le choc dans son ventre, ses mains qui cherchaient à toucher la douleur, à saisir cette incroyable décharge de venin, sa tête qu'il ne protégeait plus et qui tomba en arrière en heurtant la roue du chariot.

*

Pensant qu'il s'en sortirait peut-être, Elena avait eu l'élégance avant de s'enfuir de lui laisser son cheval, la bride nouée autour de son poignet. Il libéra le mustang et regarda sous sa chemise, une boule de tissu gorgée de sang. Il décida de faire confiance à Elena : c'était son premier trou dans le ventre, il n'y connaissait rien mais elle avait jugé qu'il vivrait et pansé sommairement la blessure. Ses affaires étaient là, sa veste sous sa tête, ses poches vides. Le reste de l'argent du Land Office, la paie de McRae et Vimy, l'argent des Comancheros, le chariot et les bœufs : envolés. Son Colt, la turquoise, disparus. Il ne lui restait qu'une poignée de balles et sa Winchester.

Se redresser s'avéra plus difficile que de faire, allongé, un bilan de la situation. Rouler sur le côté opposé à la blessure. Comme un enfant qui apprend, tenter un premier quatre-pattes et mordre la poussière. Le sang recommença à couler, l'eau de la gourde – dernière générosité – était chaude. La douleur se répandait dans les organes de son abdomen, lui bloquait la hanche et paralysait son bassin. Pete se contorsionna en grimaçant pour se passer la main dans le dos. Elena lui avait tiré dessus à trois mètres de distance, la balle de .45 l'avait traversé. Cela voulait dire qu'elle n'avait rien rencontré de dur sur son passage – os, vertèbre – et avait trouvé un chemin dans des chairs tendres. Il réussit à s'asseoir mais, incapable de se tenir droit, se plia en deux sur son ventre, remonta ses jambes et posa son front sur ses genoux. Il lui fallait un pansement plus solide, arrêter cet écoulement qui semblait pourtant libérer son ventre d'une pression douloureuse, comme un abcès crevé. L'idée de retenir le sang à l'intérieur lui déplut.

Il resta recroquevillé un long moment, réagit quand un vertige lui fit craindre l'évanouissement. Il ôta lentement sa chemise et la noua le plus fort possible, souffle coupé, avant de se glisser dans sa veste et de la boutonner jusqu'au col, avec l'impression rassurante d'avoir enfilé un corset étanche.

Tandis qu'il se tenait à la bride du mustang pour se relever, c'était comme s'il ressentait en même temps toutes les douleurs, tous les coups, toutes les fractures et les chutes de sa vie. Le sabot d'une vache dans sa jambe, la charrue qui lui était tombée dessus, le recul du fusil de son père la première fois qu'il avait tiré et qui lui avait déboîté l'épaule, les raclées du Vieux. Accroché aux crins de Réunion, il se redressa. Debout, la joue contre le poil chaud et gras, l'odeur des distances parcourues, cette présence rassurante, le parfum du cheval, du ranch Fitzpatrick.

Pete passa un bras autour de son cou, l'autre autour de sa tête et se laissa tomber, pesant de tout son poids sur l'animal jusqu'à ce qu'il plie une jambe et se mette à genoux. Pete roula sur son dos, serra les crins.

– Allez. Doucement.

Les à-coups de Réunion lui secouèrent les tripes et Pete cracha de la bile, mais ils étaient debout ensemble.

Il lança sa monture au pas dans la direction de la piste par laquelle il était arrivé. Sur sa route il trouverait le ruisseau où Elena l'avait lavé. Il ne pensa plus qu'à cela, l'eau fraîche qui coulerait sur la blessure. Chaque mouvement d'épaules de Réunion lui faisait serrer les dents, puis la douleur devint une couverture dans laquelle il s'enroula, une chaleur engourdissante. Il y trouva sa place, ferma les yeux.

Un chant clair dans le noir, sur ses lèvres le goût salé de la sueur du cheval, ses bras pendant de chaque côté de son cou, les poils de la crinière dans sa bouche. Il caressa l'animal pour vérifier, sentir quelque chose, puis leva la tête. La lune et les étoiles, leur lumière au-dessus du bruissement du ruisseau.

Le mustang avait fidèlement suivi la piste et, la tête baissée, buvait. Pete essaya de se redresser. Sa peau collait au bandage, le bandage à la fourrure de sa veste, la veste au pelage de son cheval. Il perdit l'équilibre, ses jambes et ses bras paralysés par des crampes à force de s'accrocher – réflexe de dormeur et de cavalier – à l'encolure. Il heurta le sol sans que son corps se déplie, la berge de gravillons amortit le choc. Sa tête était dans l'eau, qui entrait froide par son col. Il en but tant qu'il pouvait, se traîna au sec et se rendormit.

Petit charognard en avance sur l'heure dite, la mouche sur ses lèvres le chatouillait. Pete ouvrit les yeux. Les mouches et l'aube, arrivées ensemble.

La blessure était marbrée de bleu et de vaisseaux violets autour d'une croûte qu'il mouilla doucement pour la ramollir, la faisant disparaître un peu plus à chaque passage. Quand la plaie du ventre fut propre, il fit du mieux qu'il put avec celle de son dos.

Les gamins de Basin, selon une légende qu'ils racontaient en s'imaginant mener des guerres sans merci contre les Indiens, disaient que n'importe où dans la nature, en mélangeant sept plantes ramassées au hasard, on obtenait un médicament qui soignait les blessures des flèches empoisonnées. Pete longea la berge à quatre pattes, ramassa un bouquet d'une dizaine d'herbes, imaginant que cela ne ferait pas de mal, et les mâcha lentement pour en faire une pâte verte. Les plantes avaient des goûts différents mais l'amertume l'emportait à chaque fois ; des fleurs fanées aux pétales bruns le firent vomir. D'une herbe plus sucrée il fit un repas, avalant d'abord le jus puis quelques petites bouchées. Son estomac ne refusa pas la nourriture, nouvel indice que la balle n'avait pas fait trop de dégâts.

Il attendit que sa chemise frottée sur des galets finisse de sécher, appliqua son remède d'enfant sur les deux blessures, noua le tissu autour puis remplit sa gourde.

Réunion à genoux, il se hissa sur son dos. Le repos et les soins, lents, méticuleux et douloureux, l'avaient occupé une grande partie de la journée. Il repartit alors que l'après-midi se terminait. Il avait quitté les Comancheros depuis quatre jours. S'ils n'avaient pas chassé, ils devaient avoir épuisé leurs réserves et attendaient toujours au même endroit.

Un jour et une nuit, un voyage de rêves pleins de chutes et de sursauts. Le mustang s'arrêta et dans les couleurs du levant l'odeur de bois brûlé sembla une hallucination olfactive, comme si l'esprit de Pete associait l'aube embrasée aux odeurs d'un incendie. Puis il vit la colonne de fumée paresseuse, comme immobile, monter du coin de verdure où était installé le campement.

Des chariots finissaient de se consumer, squelettes avachis sur des cercles de cendre. Un autre, encore intact mais sans ses bœufs, était abandonné au milieu de la petite rivière, après une vaine tentative de fuite. Les hommes comme les bêtes avaient disparu. Des couvertures et des vêtements, des panières et des pots en terre brisés parsemaient l'herbe. Sur la dizaine de chariots, la moitié manquait.

Pete s'approcha.

Les couvertures éparpillées recouvraient des corps.

Il se laissa glisser de son cheval sans plus penser à la douleur, souleva un coin de laine et découvrit le visage gris, yeux fermés et lèvres rétractées, d'un vieux qu'il reconnut sans se souvenir de son nom. Quatre corps, trois anciens et Jorge.

Des traces de chevaux et celles des chariots et des bœufs partis en direction de l'est : une troupe avait emmené les derniers Comancheros. L'armée, une patrouille lancée à leur recherche après l'échauffourée avec les éclaireurs, ou bien une colonne tombée sur eux par hasard ?

Il aurait fallu que Pete creuse des tombes mais il ne tenait pas debout. Il s'éloigna vers l'eau, s'assit dans l'herbe en regardant le chariot aux roues à moitié submergées, sa bâche arrachée qui se soulevait dans la brise. Il avait été terrorisé à l'idée de trouver des enfants sous les couvertures.

Il se retourna. Un homme le regardait, un spectre debout à côté de son cheval, un fusil dans une main qu'il laissait pendre vers la terre. Esteban le vieux chasseur avait les yeux vides, la bouche entrouverte, l'air de demander pourquoi on l'avait oublié. Pete s'approcha de lui en se tenant le ventre.

– Qu'est-ce qui s'est passé ?

Esteban regarda le sang sur la veste, puis le visage du güero.

– Soldados.

Il ne parlait pas un mot d'anglais. Il tourna la tête vers l'est en levant son fusil.

– Los llevaron a Fort Dodge. Los soldados. Había salido a cazar. Habían desaparecido cuando volví.

Esteban était parti chasser, il n'avait pas vu, il n'était pas là. Ils avaient disparu. Le vieux regarda encore le ventre de Pete.

– ¿ Qué pasó ?

– Elena.

Esteban cligna des yeux.

– ¿ La mataste ?

Non, Pete n'avait pas tué Elena. Il secoua la tête et montra l'ouest de la main.

– Elle est partie, avec le chariot et les bœufs.

Esteban ne réagit pas, il resta là sans bouger, à regarder le Blanc.

– Tu vas où maintenant, Esteban ?

Pete répéta encore une fois la question, le vieux ne semblait plus l'entendre.

– Mexique ?

Esteban répéta le mot :

– Mexico.

Puis il marcha jusqu'à la rivière, y entra bottes aux pieds et monta dans le chariot abandonné. Il en redescendit avec deux gourdes qu'il remplit dans le courant, sortit de l'eau avec ses bottes pleines qui faisaient des bruits de succion, monta en selle et attendit.

Pete mit Réunion à genoux et se hissa sur son dos.

10.

Le sang ne circulait plus sous le visage du vieil Esteban devenu gris, des lambeaux de peau tombaient de ses lèvres et de son front comme de l'écorce d'un tronc mort. Un bois consumé qui a gardé le dessin d'une bûche, qu'un souffle va réduire en cendres. Il ne mangeait pas, ses gourdes il les offrait à Pete sans répondre à ses questions sur la direction à suivre ou la distance qui les séparait du Rio Grande. Pete lui dit d'aller chasser, n'importe quoi, des rongeurs, ou de déterrer des racines à sucer parce qu'ils ne tiendraient plus longtemps en selle. Esteban, muet, continuait d'avancer. Pete cria mais la douleur de son ventre s'éleva plus haut que sa voix :

– Va chasser ! Cazar…

Esteban regarda le sang sur la veste puis le visage de Pete bientôt aussi pâle que le sien.

– Maldito.

Le soir il le soigna. Il rinça l'emplâtre d'herbes de prairie sans faire de commentaire, sortit d'une musette un sachet de poudre jaune qu'il humidifia dans sa paume et étala sur les deux blessures avec précaution, puis il s'éloigna avec son cheval. Pete s'endormit en tenant son fusil à deux mains, la bride de Réunion nouée à sa cheville. À l'aube, quand il ouvrit les yeux, Esteban attendait en selle et ils se remirent en route en regardant sur leur gauche monter le soleil brûlant.

Sa blessure lui faisait moins mal mais ses forces diminuaient avec le manque de nourriture, sa langue était gonflée et craquelée, la réserve d'eau épuisée. Le fantôme du Comanchero marchait vingt pas devant lui sans plus toucher aux rênes de sa monture voûtée de fatigue et couverte de poussière. Pete louchait sur sa silhouette comme sur l'aiguille dansante d'un compas, fermait les yeux et les rouvrait dans des éclats de lumière blanche. D'un coup Esteban ne fut plus là, Pete regarda derrière. Il l'avait dépassé dans un moment d'inconscience, le vieux était tombé de sa selle et son cheval, sans volonté, s'était arrêté à côté de lui. Pete fit demi-tour, se laissa glisser à côté du Comanchero, souleva sa tête et la posa sur sa jambe, secoua une gourde mais pas une goutte n'en tomba.

– Où est la prochaine rivière ? La frontière ? Esteban, la frontera ? Agua ?

Esteban souffla, son haleine sentait la charogne, il s'était mordu la lèvre en tombant et un filet de sang séchait au coin de sa bouche. Il leva la main vers le visage de Pete, s'arrêta avant de le toucher et tendit un index osseux vers son front.

– Maldito.

Pete laissa le vieux retomber dans l'herbe et s'étendit sur le dos, les mains sur sa blessure. Il regarda le ciel bleu et vide en écoutant le moribond marmonner :

– Tu culpa, güero. Maldito. Elena putana. Maldita.

De sa botte Pete le repoussa.

– Tais-toi !

Puis il roula sur le côté pour se protéger le visage du soleil. Il se demanda, pensant à Rafael, si mourir de cette façon dans la Prairie était digne d'un véritable destin. Quelle vie le vieil Esteban avait vécue, combien d'enfants, de petits-enfants. Combien de fois ce vieux avait déjà cru mourir avant d'atteindre cet âge. Il rampa jusqu'à lui, posa la main sur sa poitrine creuse et le secoua, rapprochant son visage de la bouche puante.

– Tu as peur de mourir, viejo ?

Lui n'avait jamais envisagé sa mort avant aujourd'hui, pas même dans la Sierra Nevada avec son frère, après avoir faussé compagnie à la colonne de conscrits menés à la guerre comme des prisonniers. Cette course folle vers les sommets, le froid qui tuait leurs pieds et leurs mains dans les cols qui n'en finissaient pas. La neige profonde dont il rêvait maintenant, une poignée à laisser fondre dans sa bouche. Pas même dans les trous de roche où ils se cachaient il n'avait cru à leur mort, malgré leur souffle si faible qu'il ne faisait plus de vapeur sous les couvertures de l'armée dures comme de la pierre. Parce qu'il savait que viendrait un dernier col, que quelque chose les attendait de l'autre côté. Et il y avait eu le lac et le ranch nichés entre les montagnes pointues. Pete retrouvait les sensations de leur cavalcade dans la poudreuse jusqu'aux portes de cette grange où ils s'étaient réfugiés, la chaleur des chevaux, blottis entre leurs jambes et sous leur ventre.

Pete regarda Réunion qui attendait là stupidement de mourir avec lui. Il tapa du poing sur la poitrine d'Esteban.

– Je veux pas crever ! C'est ta faute ! Ta faute, à toi et tes bâtards ! Ta tribu puante !

Le vieux toussa et s'étrangla, regarda le jeune Blanc qui le frappait, leva un bras et Pete vit l'index maigre se tendre, tremblant, dans sa direction, les lèvres d'Esteban bouger. Il repoussa le vieillard de toutes les forces qui lui restaient, rouant de coups de talon ce corps sans résistance. Plus un mot, plus une goutte de salive à cracher ; momifié, tout ce qui resterait de lui, un squelette maudit par un autre.

*

– Réveille-toi.

Il était plongé dans l'ombre de trois silhouettes noires sur le ciel. Celle qui avait parlé s'accroupit et Pete reconnut le mari d'Elena. Il voulut se redresser, sa tête retomba en arrière, le mari l'aida à se tenir assis. Une boule de papier journal semblait enfoncée dans sa gorge, ses paupières étaient collées par des croûtes, il saisit une gourde qu'on lui présentait mais elle lui échappa des mains. Le mari la porta à ses lèvres et versa dans sa bouche quelques gouttes qui brûlèrent sa langue entaillée. L'autre répétait sa question en anglais :

– Qu'est-ce qui s'est passé, güero ? Où sont les autres ?

Pete articula :

– Esteban ?

Le mari secoua la tête.

– Muerto.

Pete tendit la main vers la gourde, encore quelques gouttes, sa bouche et sa gorge s'assouplirent.

– Soldados. L'armée. Fort Dodge. Prisonniers.

– Qu'est-ce que tu faisais ici avec Esteban ?

Pete but encore.

– Partis chasser. Revenus trop tard.

Cinq hommes l'entouraient maintenant. Le mari regarda sa veste.

– Pourquoi tu es blessé ?

Appuyé à sa béquille, Rafael apparut.

– Déjalo, Felipe. Póngalo en el carro, no podemos quedarnos aquí.

Il eut l'impression que les quatre hommes qui le soulevaient emportaient chacun un morceau de lui, que ses jambes, ses bras et son buste étaient désarticulés, flottant dans l'air loin les uns des autres. Ils l'allongèrent sur le bois d'un chariot à l'ombre de la bâche. Pete sentit une présence tout autour. Des paires d'yeux, noirs et brillants. Des enfants. Une dizaine, épaule contre épaule, tassés au fond du chariot qui avait transporté les caisses d'armes et de munitions. Il entendit les rênes claquer et les roues se mettre à tourner. Des enfants indiens, pas des métis comme les Comancheros, des petits sauvages de quatre ou cinq ans, filles et garçons, les plus âgés devaient avoir dix ans.

Pendant six heures ils ne prononcèrent pas un mot, les plus petits dormirent, mais quand le chariot stoppa ils étaient tous éveillés. Deux hommes aidèrent Pete à descendre et le soutinrent jusqu'au bord d'un ruisseau. Le groupe de Rafael n'avait pas souffert de pertes, toujours la même dizaine d'hommes. Pete demanda ce que les enfants faisaient là, on ne lui répondit pas.

Quatre sentinelles se postèrent aux quatre points cardinaux autour du convoi. Rafael s'approcha du Blanc en boitant, son bras toujours en écharpe. Le chef des Comancheros, que Pete avait cru au bord de la mort, tenait encore debout.

– Raconte-moi, güero.

Pete prit de l'eau dans ses mains, frotta son visage et son cou. Il dit que le convoi avait bifurqué vers l'ouest quand les vivres avaient commencé à manquer. Que Jorge voulait attendre au bord de la rivière et chasser en attendant que Rafael et sa troupe reviennent. Ignacio n'était pas d'accord.

– Il disait que vous aviez rendez-vous de l'autre côté du Rio Grande. D'autres disaient qu'il n'y avait qu'une solution, aller à Fort Sumner et se rendre, demander de la nourriture pour sauver les vieux, les femmes et les enfants. En attendant qu'ils se décident, je suis parti chasser avec Esteban.

Pete regarda vers le chariot. Des hommes de Rafael avaient fait descendre les enfants et nouaient des cordes autour de leur taille. Rafael ne s'intéressait pas aux Indiens.

– Tu dis que les nôtres ont été emmenés à Fort Dodge ?

Pete avait des cris coincés dans la gorge, des galets de rivière qui l'empêchaient de respirer en voyant les gamins attachés à qui on apportait des rations de nourriture.

– Qu'est-ce que vous faites d'eux ?

Le chef des Comancheros leur jeta un regard agacé.

– C'est à cause d'eux que nous avons perdu tant de temps. Quanah Parker n'avait pas assez pour payer les armes. Les négociations ont été longues, finalement les Comanches nous ont dit d'attendre trois jours, ils sont partis en expédition et ont ramené les enfants pour solder le paiement. Nous pourrons en tirer un bon prix au Mexique. Les soldats venaient de Fort Dodge ?

Pete se concentra sur ses mensonges.

– C'est ce qu'Esteban a dit quand il a vu les traces... Tu vas les vendre ?

– Qu'est-ce qui s'est passé ?

– Il y a eu des morts. Trois vieux et Jorge.

Rafael réfléchit, fixant Pete qui regardait les enfants.

– La troupe de Fort Dodge n'avait aucune raison de nous chercher dans cette région. Je ne comprends pas.

– Tu vends des enfants ?

– Qui t'a tiré dessus ?

Son ventre se tendait, Pete voulait sauter à la gorge de Rafael, la douleur trempait sa poitrine de sueur.

– Esteban.

– Le vieil Esteban t'a tiré dessus ?

– Il a voulu partir à la poursuite des soldats et des prisonniers, j'ai essayé de le dissuader, il perdait la tête, il a pris mon pistolet et il a tiré. On a marché trois jours, il m'a soigné et s'est laissé mourir. C'est là que vous nous avez trouvés.

Rafael leva les yeux au-dessus du ruisseau, triste et résigné, tel que Pete l'avait rencontré la première fois dans le canyon. Il avait l'air de chercher, dans cet espace immense où les places étaient pourtant si chères, des raisons acceptables aux mensonges du Blanc.

– Je vais envoyer quelqu'un à Fort Dodge pour savoir ce que sont devenues nos familles. Nous passerons le Rio Grande dans moins d'une semaine, là-bas au Mexique tu seras sous notre protection.

Rafael n'avait pas besoin de lui dire que toute fuite était inutile.

– Et les familles des enfants, elles sont où ? Tu crois qu'elles les cherchent aussi ?

Rafael s'appuya à sa béquille et s'éloigna. Pete cria encore :

– Ou bien les Comanches ont tué leurs parents avant de les échanger contre tes fusils ?

Deux Comancheros lui prirent son couteau de chasse et le soutinrent jusqu'au chariot où ils le jetèrent avec les enfants couchés entre les roues.

Les fugitifs n'allumèrent pas de feux, le ciel s'était couvert en fin de journée et la nuit fut noire, froide comme toutes celles, lui sembla-t-il, qu'il avait passées dans les plaines aux journées brûlantes.

Les enfants, habitués à sa présence, se mirent à chuchoter. À l'humidité du sol se mélangeait leur odeur, celle musquée du cuir qu'ils portaient, de la graisse de bison qui lissait leurs cheveux, de leur transpiration forte de mangeurs de viande, tout ensemble l'odeur d'un putois qui libère son fiel. L'odeur d'un camp de dépeçage.

Pete s'appuya au cerclage métallique d'une roue. Dans le noir il devinait les regards des gamins se demandant ce qu'un Blanc faisait là au milieu d'eux.

– Bonne nuit.

La voix de Pete les fit sursauter. Il se recroquevilla sur sa blessure et ferma les yeux, écoutant les respirations.

*

Le Vieux.

À la fin je passais des jours entiers dans le fauteuil du salon à téter les bouteilles que tu apportais, m'abreuvant sans restriction pour ne plus tenir debout. Oliver me parlait encore, tu ne m'avais pas adressé la parole depuis deux ans, le temps qu'il t'a fallu pour grandir assez. Deux années pendant lesquelles j'ai vu ton regard monter jusqu'au mien, tes yeux noirs me rattraper et me dépasser. Alors je me suis rabougri, tassé dans le fauteuil j'attendais les bouteilles et je reculais quand tu t'approchais. Tu avais engrangé rage, colère et force en suçant les miennes.

Je ne me souviens pas pourquoi j'ai décidé de me lever cette nuit-là plutôt qu'une autre. Peut-être que je n'avais plus d'alcool, peut-être que je suis allé jusqu'au buffet en chercher, qu'au lieu de m'arrêter devant le meuble j'ai poussé la porte de votre chambre. Je n'en sais rien. J'étais debout, voilà tout, prêt sans le savoir.

Tu dormais sur le parquet roulé dans une couverture, montant la garde au pied du lit d'Oliver. Contre le mur il y avait le fusil que tu m'avais confisqué.

Je suis resté là en silence à vous regarder. J'espérais que tu te réveillerais.

J'ai pensé te secouer pour te parler mais tu n'aurais pas écouté.

J'ai repris mon fusil ; il ne servirait à rien, mais ici les hommes ont leur fusil, sinon ils ne sont pas vraiment des hommes qui défendent leurs terres et leur famille.

Pieds nus dans la neige, j'ai marché jusqu'à la grange, mon arme dans une main, une lampe dans l'autre.

Le courage qu'il m'a fallu pour faire seul ce trajet, je ne croyais pas en être capable. Je brillais à mes yeux, Pete. Et je me disais que je vous laisserais au moins ça, le courage de l'avoir fait. Pour la plupart des hommes c'est une lâcheté, mais pour un père comme moi, je pensais que c'était ma dernière chance. Tu prendrais soin d'Oliver. Tu le faisais à ma place depuis longtemps.

Je ne t'ai pas entendu me suivre. Avais-tu fait semblant de dormir, savais-tu ? Combien de temps, caché dans la grange, m'as-tu regardé faire ? Dresser l'échelle, monter dans la charpente, nouer le nœud, attacher la corde à la poutre. Mes pieds étaient bleus de froid et tremblaient sur les barreaux, mes doigts engourdis avaient du mal à plier le chanvre raidi. Je tremblais de la tête aux pieds et je pleurais parce que personne ne pouvait m'arrêter. C'était ça le plus triste, Pete, de penser que personne ne voulait m'en dissuader. Sauf ton petit frère que tu avais laissé dormir à la maison. Passer ma tête dans cette boucle était un devoir et j'étais si triste de ne pouvoir prouver ma valeur qu'ainsi.

Avant de me laisser glisser dans le vide, que la corde serre mon cou, j'ai gonflé du plus d'air possible ma poitrine écrasée par la peur. C'était plus fort que moi. Pourquoi ne pas avoir au contraire vidé mes poumons pour écourter la suffocation et hâter la mort ? Est-ce que je voulais me donner une dernière chance ? Laisser le temps à quelqu'un d'arriver ?

En un seul élan contradictoire de vie et de mort, de peur et de courage, j'ai inspiré et lâché l'échelle. Cette respiration qui allait me faire vivre quelques secondes de plus, est-ce que j'allais la regretter ? Rester seul dans l'attente d'un témoin ?

Il y avait en bas la lampe que j'avais posée – pour éclairer quoi ? – et je t'ai vu avancer à mes pieds dans les irisations rouges et violettes de mes yeux exorbités.

Tu n'es pas monté à l'échelle pour couper la corde, Pete.

Tu n'as pas pensé que j'en valais la peine.

Mes jambes battaient l'air. J'avais peur.

À quoi pensais-tu, mon fils, en me regardant m'agiter ? Que j'étais responsable de la mort de votre mère, trop belle, trop douce, trop aimable pour moi ? Que vous aviez grandi, ton frère et toi, dans la peur et que tout cela serait enfin terminé ?

J'ai tendu la main vers toi. Te souviens-tu, Pete, quand tu étais petit et que je tenais ta main ? C'est arrivé, si peu, mais je m'en souviens, moi.

Je me balançais au bout de la corde et c'est l'échelle que ma main a trouvée. Je ne l'ai plus lâchée.

Tu n'as pas versé une larme en me regardant mourir, debout tu serrais dans tes poings les mains de ton frère et de ta mère. Mon autre main, celle qui pendait morte, tombait dans celle de mon père, ton grand-père qui cognait dur lui aussi, qui tenait celle d'un autre vieux, et d'un autre encore, une lignée de vieux restée de l'autre côté de l'océan.

J'ai tenu bon ta main quand je ne t'ai plus vu et que le sang a cessé d'être chaud dans mes tempes, je tenais le souvenir de ma famille, l'échelle, cette force ascendante qui me soulevait pendant que la gravité tirait mon corps vers la terre.

As-tu vu mes lèvres bouger ?

Je ne voulais pas que tu montes à l'échelle, seulement que tu m'entendes. Mes yeux se sont fermés sur toi. J'avais empoisonné ta vie. Tu as empoisonné ma mort.

Mais nous ne sommes pas quittes pour autant.

Te voilà obligé de me faire parler, de rouvrir ma tombe et de faire bouger les os de ma mâchoire.

Le silence empoisonne les mots dont il prend la place.

Il faut que nous parlions comme il faudra un jour que tu parles à ton frère. Crois-tu qu'il ne sait pas ?

Il ne faut pas enlever aux hommes leur part de responsabilité. Que deviendraient-ils sinon ? Les mères ne sont pas jugées, les pères le sont : leur valeur sera celle de leurs enfants. Je ne saurai pas quel homme tu es devenu, mais es-tu certain d'avoir tout compris, Pete ? Crois-tu que le ranch Fitzpatrick ait fait de toi un autre homme ? Parce que cette femme, Alexandra, t'a appris à lire et écrire ? Que Bowman le vieux soldat t'a montré comment griffonner tes colères sur du papier ?

Tu as provoqué ta fuite. Le Vieux est en toi. Sous les coups tu n'as pas eu d'autre choix que de devenir moi pour te protéger.

Écoute dormir les petits pouilleux, c'est un mauvais sommeil, ils ont la corde de la peur au cou.

Je ne peux pas t'aider, toi et moi ne pouvons que nous battre, pourtant c'est moi que tu appelles. Tu ne pourras pas pendre seul tous les voleurs d'enfants, les Comancheros et leur chef.

Tu l'aurais suivi loin, ce Rafael. Tu t'es pris un instant pour lui, fils, et tu as attiré le malheur sur sa tribu. Sur tes épaules pèse maintenant la faute du mauvais père que j'ai fait de toi.

Ce soir dans ta solitude, Pete Ferguson, comme les petits Indiens tu voudrais croire aux esprits.

11.

Ils levèrent le camp après une ration expédiée de viande et d'eau. Un homme de Rafael, les fontes pleines de nourriture, partit au galop en direction de l'est et de Fort Dodge. D'après les estimations de Pete, il y serait dans deux jours. Quatre de plus pour rattraper le petit convoi, plus ou moins le moment où ils atteindraient le Rio Grande. D'ici là il devrait tenir à cheval. Rafael avait posé une selle mexicaine sur le dos de Réunion, le mustang marchait au pas comme il l'aurait fait avec son propriétaire.

Calé contre une ridelle, des couvertures dans le dos, Pete faisait face aux enfants serrés les uns contre les autres. Leur mutisme et leur face plate leur donnaient des airs d'abrutis, bringuebalés sans réaction. Il se demanda s'ils comprenaient ce qui leur arrivait, réalisa que les raids, les guerres et les enlèvements faisaient partie de leur vie depuis longtemps. Résignés peut-être, mais pas un môme n'avait pleuré depuis la veille et il faut toujours se méfier d'un enfant qui sait retenir ses pleurs. Les Comancheros traitaient les petits Utes comme de vrais prisonniers, parce qu'ils avaient de la valeur et qu'ils les savaient dangereux.

Le Blanc intriguait les gosses. Ils le regardèrent défaire son bandage, rincer les plaies, mouiller la poudre jaune et l'étaler sur les blessures. Quand il eut terminé, il posa la gourde devant lui et la poussa vers eux du pied. La plus âgée des filles l'ouvrit et la fit passer aux plus petits. Le plus âgé des garçons, quand vint son tour, but en continuant de fixer le Blanc.

– Tu parles anglais ?

Pete n'obtint pas de réponse.

À la mi-journée, sans que le convoi fasse halte, Felipe déposa dans le chariot des outres d'eau, dans un sac de jute des galettes d'une farine grise que Pete ne put avaler tant elle était rance. Les Utes se jetèrent dessus et n'en laissèrent pas une miette.

À la nuit le camp fut installé au milieu de buissons montant à hauteur d'épaule, la bâche du chariot fut roulée et les arceaux démontés pour ne pas être vus. Pas de feu, pas de point d'eau. Armée régulière, rangers, Apaches ou Utes : Rafael et ses hommes étaient en territoire ennemi. Les sentinelles restèrent toutes proches ce soir-là, les bêtes sellées et attelées, les prisonniers dans le chariot, sauf Pete que l'on conduisit jusqu'à Rafael.

– Comment va ta blessure ?

– Mieux.

– Tu guériras.

– Et après ?

– Tu as quelque chose à me dire à propos de ce qui s'est passé ?

Pete ignora la question.

– Je me demandais si tuer un homme, c'était avoir un destin. Tu dis que nous sommes trop nombreux pour en avoir chacun un. Nous sommes moins nombreux à avoir tué quelqu'un.

Rafael regarda Pete avec curiosité.

– Tu as tué un homme ?

– Oui.

– Je pense que cela dépend de la raison pour laquelle tu as tué.

– Pour me défendre.

– Ta vie était en danger ?

Pete rit.

– Oui.

– Alors ce n'est pas encore un destin, güero, c'est un accident. Et une chose naturelle de vouloir vivre. Il faudrait d'autres raisons pour qu'un mort change le cours d'une vie.

Pete tourna la tête vers les enfants. Rafael suivit son regard.

– Ils ne comprennent pas ce que nous disons.

– Ils comprennent tout.

– Peut-être.

– J'ai tué mon père.

Rafael eut un mouvement de recul, jaugeant Pete, cherchant à le voir mieux dans la pénombre.

– C'est un crime sans pardon.

– Et vendre des enfants ?

– Ils seront bien traités. Dans les guerres indiennes ils sont un butin important, respectés ensuite par leurs nouveaux maîtres. Les Indiens enlevaient des enfants et des femmes bien avant notre arrivée ici.

– Alors si c'est une tradition... Qu'est-ce que vous ferez d'eux, si on ne vous offre pas le prix que vous demandez ?

– Tu ferais mieux de t'inquiéter de ton sort, tu n'as pas autant de valeur qu'eux.

Plein sud vers la frontière, des reliefs pointus et sombres étaient apparus devant eux : ils avançaient vers les sources montagneuses des cours d'eau qui se divisaient, affaiblis et rétrécis, sur la dalle du désert d'où ils sortaient. La blessure de Pete avait cicatrisé mais se déplacer librement lui était encore difficile.

Les Comancheros avaient arrêté de s'adresser à lui. Le cavalier envoyé à Fort Dodge serait de retour dans trois jours au maximum.

Le convoi longeait maintenant en cahotant la vallée verte de la Cienega Creek. Pete avait entendu la veille les hommes évoquer une ville au bout : Presidio, la ville-frontière. La végétation était de plus en plus haute, ils passaient sous l'ombre d'arbres.

Pete détourna les yeux de la vallée. Le plus âgé des garçons tirait sur sa manche. Quand il eut obtenu l'attention de Pete, il donna un coup de coude à son voisin qui plongea la main sous le cuir de sa tunique et lui tendit un tissu roulé. Le garçon, jetant un œil vers l'arrière du chariot, déplia le paquet qui contenait un grand couteau à dépecer. L'enfant le posa sur le plancher et le poussa du pied jusqu'à Pete qui le cacha sous les talons de ses bottes. Le gamin, dix ans, parla doucement :

– Mañana, Mexico.

Les Utes savaient comme lui que, la frontière atteinte, ils n'avaient plus aucune chance. Ils pensaient que le Blanc, de la tribu des Blancs si puissants, pouvait les aider. Pete Ferguson, qui tenait à peine debout, glissa le couteau emballé dans sa botte. Le gamin hocha la tête, croyant naïvement à son plan : un blessé et dix enfants pour échapper aux Comancheros. Avec ce couteau, Pete pouvait peut-être s'en tirer. Seul. Il hocha la tête.

– Esta noche.

Au confluent d'une autre rivière, la Cienega Creek s'ouvrait sur une vallée plus large, au long de laquelle courait une piste couverte de traces de roues et de sabots. Le convoi bifurqua vers l'est et s'éloigna de cette route trop fréquentée. Les Comancheros poussèrent les bêtes, reprenant un peu de hauteur, et firent halte à l'abri d'un bloc de roche claire veinée de lignes pourpres, pareilles aux filets de nuages du couchant. Les prisonniers furent descendus du chariot et entravés. Le soleil dilaté disparut derrière les montagnes, la nuit se coula dans la vallée comme une brume et au bout de ce couloir noir scintillèrent les lumières de la ville dont tous avaient nerveusement attendu l'apparition. La frontière, le lendemain, serait atteinte en trois heures.

Derrière eux, le désert et les plaines. De l'est à l'ouest, le Rio Grande, des bandes indiennes et les patrouilles frontalières de l'armée. Pour Pete aussi, la ville était la seule issue. Les Comancheros n'iraient pas là-bas, recherchés, avec leur cargaison ; ils emprunteraient sur le fleuve un passage plus discret. Ils s'étaient installés en avant du gros rocher et observaient les feux de la ville, occupés à dresser leur propre plan.

Les enfants attendaient attachés les uns aux autres, Pete à une roue, les mains dans le dos. Le petit chef était là dans l'obscurité, le souffle court. Pete voyait briller ses yeux noirs.

– Le couteau.

Le garçon se contorsionna et attrapa le couteau dans la botte du Blanc, le fit passer à un de ses camarades mieux placé. Pete sentit la lame frotter sur ses liens en à-coups maladroits. Le fil d'acier glissa sur son avant-bras, il sentit sa peau s'ouvrir, un petit courant d'air froid, puis le sang chaud qui coulait. La corde céda. Il libéra le plus âgé des Utes, le couteau à dépecer passa rapidement d'un gamin au suivant jusqu'à ce qu'ils soient tous libres. Pete serra le bras de leur chef.

– On ne peut pas s'enfuir ensemble. Tu comprends ? C'est impossible. Vous partez maintenant le plus vite possible, jusqu'à la ville.

Il désignait les lumières.

– Ciudad. ¿ Entiendes ? Je ne peux pas partir avec vous. Montez vers la montagne et cachez-vous. Quand les Comancheros se seront éloignés, vous irez jusqu'à la ville. Vous trouverez de l'aide là-bas.

L'enfant fit oui de la tête mais ne bougea pas, il tirait sur la manche du prisonnier blanc. L'éclat dans les yeux du garçon lui rappelait Oliver accroché à lui quand le Vieux approchait. Pete voulait leur hurler de fuir, de courir et de disparaître. Le petit chef chuchota :

– Con nosotros.

Pete le saisit par la nuque et colla son front au sien.

– Ensemble ils nous retrouveront. Je vais les éloigner. Partez !

Il le repoussa, le gamin tomba sur ses fesses, les autres se figèrent.

– Le couteau.

Le garçon lui rendit l'arme puis, avec des gestes inquiets et des murmures, les petits se mirent en mouvement, laissant derrière eux des couvertures en boule. Pete tendit l'oreille, ne quittant pas des yeux les silhouettes des Comancheros. Il attendit une heure que les enfants soient assez loin et commença à ramper. Le manche du couteau entre les dents, il écrasait le bois entre ses mâchoires quand sa blessure frottait les cailloux. L'entaille de son poignet, plus profonde qu'il n'avait cru, laissait derrière lui une traînée de sang.

Les chevaux se réveillèrent à l'approche de cet étrange serpent à l'odeur humaine. Pete coupa les longes les unes après les autres, se tint à la jambe de Réunion et se mit debout. Les chevaux attendaient que le serpent leur dise quoi faire. Il posait une selle sur le grand mustang, il était nerveux et sa nervosité devenait la leur. L'homme-serpent préparait quelque chose. Une de ces choses que les chevaux aidaient les hommes à faire : labourer, charger face à des gueules de canon, incendier des maisons, poursuivre et piétiner des enfants. Les bêtes soufflaient, frappaient le sol de leurs sabots. Celui qui rampait et sentait le sang grogna en montant sur le grand mustang et les autres humains, là-bas, s'agitèrent. Les chevaux prirent le parti de fuir avec celui qui se mit à crier, des sons disant l'urgence et le danger. Quelle direction ? Celle du mustang qui prêtait dans la nuit ses yeux à l'homme blessé, lancé dans la pente vers la vallée et la rivière dont ils sentaient la fraîcheur. Ils voyaient l'eau brillante et la piste, les buissons et les rochers, tandis que les hommes aveuglés par le noir tiraient des coups de fusil derrière eux ; les chevaux reconnaissaient les voix de ceux qui les nourrissaient ou les battaient et continuaient à fuir sous le sifflement des balles.

Le mustang et son cavalier qui puait la peur galopaient devant, ils avaient atteint la piste, une course sans but, mais les voyages des hommes avaient-ils jamais eu un sens pour les chevaux ? Ils s'époumonèrent pendant trois miles jusqu'à une nouvelle fourche de la rivière et voilà que l'homme-serpent arrêta le mustang, interrompant la fuite et recommençant à crier. Que voulait-il cette fois ? Il fouetta les croupes avec ses rênes, hurlant des ordres qui disaient : *Partez, fuyez, dispersez-vous.*

Les bêtes tournèrent sur elles-mêmes, Réunion se cabra et Pete s'accrocha au pommeau de la selle mexicaine. Les montures des Comancheros disparurent à l'est dans la petite vallée. Pete éperonna son mustang et suivit la piste vers la ville-frontière. Le temps que les Comancheros retrouvent leurs chevaux, il aurait atteint le Rio Grande. Rafael et ses hommes partiraient d'abord sur les traces des enfants. Plus de valeur. Avec un peu de chance, les petits Utes seraient eux aussi hors d'atteinte.

12.

Presidio del Norte à l'aube était sale, abandonnée aux chiens errants qui se poursuivaient et jappaient jusque dans les rêves des colons. Pete Ferguson et son mustang traversèrent la ville qui menait droit au Rio Grande, eau turbide qui filait comme un train au bout de l'unique rue. Sur la berge d'un méandre embrumé, des passeurs mexicains dormaient à même le plancher de leur bac. Ils sursautèrent quand les fers de Réunion cognèrent sur le bois de l'embarcation, crièrent en découvrant le cavalier et sa monture couverts de poussière. Ne démêlant pas la vision de leurs rêves, ils descendirent du bac en se bousculant.

Pete oscillait vers l'avant, le menton sur la poitrine. Réunion faisait passer son poids d'une jambe à l'autre et le mouvement menaçait l'équilibre du cavalier. Les Mexicains se tournèrent vers la rue déserte de Presidio, cherchant quelle armée pouvait bien poursuivre ce spectre. L'homme fixait la rive opposée, les passeurs se signèrent et s'installèrent à la corde pour tirer en rythme. Les remous du courant secouaient la bête et l'homme, qui se laissa tomber bras ballants sur l'encolure.

Le bac heurta la rive mexicaine, les cordages furent souqués et les passeurs attendirent. Pas de l'argent. Seulement que le fantôme débarque. Car ils en étaient certains, le cavalier était un soldat de la Guardia blanca, l'armée fantôme qui s'attaquait aux pauvres et dévorait les Indiens, un assassin de la Guardia égaré chez les gringos, qui rentrait chez lui. Le cheval fit un pas, ses fers usés frappèrent la terre du Mexique. Les passeurs repartirent aussitôt dans l'autre sens, rinçant à grande eau du Rio la large tache de sang sur le plancher du bac. Ils se retournaient vers les silhouettes pâles du cheval et de l'homme, immobiles au bout de la grand-rue droite d'Ojinaga, en face de la grand-rue droite de Presidio del Norte, comme s'ils attendaient que le pays s'éveille à leur arrivée.

Pete, au bord de l'inconscience, se demanda si passer une frontière mort de soif et de faim, un trou dans le ventre, était à la hauteur de son destin de fils maudit.

*

Il reprit connaissance dans une pièce en pisé, sur un lit de planches, roulé dans une couverture de grosse laine trempée de sueur et qui puait la chèvre. Une vieille femme, plongeant la main dans un broc, arrosait le sol pour agglomérer la poussière de la terre battue. Entre les volets d'une fenêtre et les lames de la porte filtraient des rais de lumière. Dans un coin d'ombre, assis sur un tabouret, le coude sur une table à côté d'un chapeau, un Blanc regardait Pete. L'homme se tourna vers la vieille, dit quelque chose en espagnol et se leva, laissant une pièce de monnaie sur la table. La vieille se courba en ouvrant la porte devant lui. La lumière lui brûla les yeux, Pete souleva la couverture devant son visage. La vieille lui rafraîchit le front avec un torchon et il sentit ses doigts rêches et les gouttes d'eau glisser sur ses tempes. Des mots chuintèrent entre des gencives nues, dans une langue qui n'était pas de l'espagnol. Elle porta à la bouche du malade un bol d'une boisson tiède et amère, des plantes dont le goût lui rappela les herbes qu'il avait mâchées dans la plaine.

Une semaine passa chez la vieille en une alternance brutale de noir et d'éblouissement. Il dormait, se réveillait ruisselant quand la fièvre montait, retombait dans le sommeil comme dans un bain bouillant. Il rêva du vieux Meeks accroché à sa jambe dans cette ruelle derrière l'Eagle Saloon. Il rêva des jambes de son père qui battaient l'air comme celles d'une bête prise au collet. Du visage de Rusky fonçant vers lui couteau à la main, du vieil Esteban aux lèvres grises, maldito. Il se réveillait alors en cherchant l'air, repoussant la couverture jusqu'à ce que les tremblements l'obligent à se couvrir de nouveau.

La vieille l'abreuvait, changeait les pansements de son ventre, de son dos et de son bras entaillé par l'enfant ute. L'homme au chapeau venait s'asseoir chaque jour à la table, posait des questions à la vieille femme et repartait en laissant une pièce.

La fièvre tomba, laissant derrière les douleurs. Les muscles de Pete reprirent vie, sa nuque retrouva un peu de souplesse et il commença des exercices, tête en avant et genoux remontés, pour faire travailler son ventre. Au bout de quelques jours il put s'asseoir sur le bord du lit et, s'appuyant au pisé, se mit debout. Il perdit l'équilibre et retomba en arrière, recommença jusqu'à tenir sans l'aide du mur, réussit à atteindre la table et s'asseoir sur le tabouret. Il resta là à attendre que la vieille revienne. Elle ne fit aucun commentaire, glissa son épaule sous le bras de Pete qui serra ce vieux corps maigre plus solide que le sien. La laine noire des vêtements de la vieille sentait le rance, l'urine et le gras. Pete avait faim. Allongé sur le lit, il porta la main à sa bouche.

– Hambre.

Elle lui apporta une assiette de bouillon noir dans lequel flottaient des haricots. La gorge de Pete se déchira quand il avala la première cuillerée. Le lendemain il marcha jusqu'à la table, fit demi-tour et traversa la pièce dans l'autre sens, se laissa retomber sur le lit. Quand il eut repris assez de forces, il recommença, entrebâilla le volet et, la main en visière, regarda dehors. Une cour, de la volaille en liberté, un four à pain en briques brunes, sur une couverture une pyramide d'épis de maïs et un moulin à pierre. Il aperçut d'autres maisons et d'autres jardins pelés sans clôture, des silhouettes sombres de femmes sous le soleil blanc. Il entendit couler une rivière et vit plus loin, après les terrains vagues entourant les maisons, des champs verts, d'autres silhouettes penchées, au travail. Il referma le volet quand la lumière lui donna mal au crâne.

L'homme au chapeau vint en fin de journée et le trouva assis à la table, nettoyant son assiette avec une tortilla.

– La nourriture est bonne ?

L'homme parlait anglais. Cheveux gris aux tempes, rasé de près, vêtu d'un costume qu'il devait garder propre au prix de grands efforts dans cette ville poussiéreuse. Sur sa peau blanche, protégée du soleil comme ses vêtements de la saleté, ses pommettes couperosées ressortaient. Le señor dépensait beaucoup d'argent pour rester blanc à Ojinaga. Pete reposa l'assiette et hocha la tête. L'homme sourit.

– J'en suis heureux.

– Qui êtes-vous ?

Il avança main tendue.

– Javier Mendes.

Pete se méfiait des poignées de main théâtrales. Mendes avait la main molle mais serrait fort pour convaincre qu'il était un type honnête et posa son autre main sur celle de Pete.

– Vous avez bien meilleure allure.

– Qu'est-ce que vous voulez ?

Mendes recula d'un pas, écarta les bras, paumes ouvertes, avec une petite grimace contrariée qu'il effaça aussitôt, comme s'il pardonnait à un vieil ami sa brusquerie.

– Vous aider.

– Je n'ai pas besoin de votre aide. Je vous rendrai l'argent que vous avez donné à la vieille.

Mendes inspecta le lit et décida de ne pas s'y asseoir.

– Et comment comptez-vous me rembourser ? Vous n'avez même plus de cheval à vendre et vous ne tirerez pas grand-chose de cette selle mexicaine. Je pense au contraire que vous avez besoin de moi.

– Où est mon mustang ?

Mendes prit un air désolé.

– Votre cheval avait reçu une balle. Il est mort là où nous vous avons trouvé, à l'embarcadère. C'était une bête magnifique, je comprends votre déception, mais cela me ramène à l'aide que je vous propose. Figurez-vous qu'il s'est passé beaucoup de choses depuis votre arrivée. Des événements dramatiques.

Pete n'écoutait plus Javier Mendes et sa voix de vendeur de cercueils. Il était au ranch avec son frère, dans les pâturages de l'est, quand il avait vu Réunion pour la première fois, un poulain de deux ans. Le fils de Trigger, la jument d'Alexandra Desmond, et de Walden, le mustang de Bowman.

– Tu en auras besoin, avait dit Alexandra le jour de sa fuite, Réunion retrouvera toujours la route du ranch.

Réunion qui l'avait porté jusqu'au Rio Grande avant de s'effondrer. Le souffle de sa chute avait effacé leurs traces, du lac Tahoe jusqu'à Presidio del Norte.

Il n'y avait plus de route.

Le Pete Ferguson de Carson City était mort, porté disparu, avalé par un fleuve avec sa monture. Réapparu seul de l'autre côté. Mendes continuait de parler, des mots qui firent revenir Pete à la petite pièce de pisé.

– Quoi ?

– Du côté mexicain.

– Qu'est-ce que vous avez dit ?

– Que des corps ont été retrouvés sur la rive mexicaine. Les autorités américaines ne veulent pas en entendre parler. Mierda mexicana ! C'est à nous de nous débrouiller.

Mendes avait le nez pincé et semblait sur le point de cracher.

– Qu'est-ce que vous voulez que nous y fassions, hein ? Ce n'est pas nous qui faisons la guerre aux Comancheros. Les Américains nous jettent la pierre mais tout cela est de leur faute.

La vue de Pete se brouillait.

– Qu'est-ce qui s'est passé ?

Mendes écarta les bras, offrant autant de réponses que de questions.

– Les prisonniers avaient dû s'échapper, les Comancheros les poursuivre. Les enfants auront voulu traverser le fleuve. Il y a déjà eu des noyades à cet endroit, le Rio Grande y semble calme mais il est plus profond qu'il n'y paraît et les courants sont forts. Nous avons repêché sept cadavres et s'il y en a d'autres ils ont été emportés plus loin. Le même jour, les Comancheros sont arrivés à Ojinaga. Vous excuserez mon initiative, jeune homme, mais j'ai pris soin de leur cacher votre présence en ville. Ce silence me coûte un peu, mais dites-moi si j'ai bien fait ?

– Ils sont ici ?

Javier Mendes reprit son chapeau sur la table, souriant d'un air satisfait.

– Je vous avais bien dit que vous aviez besoin de mon aide.

– Qu'est-ce que vous avez fait des enfants ?

– Les corps que nous avons trouvés, nous les avons enterrés au cimetière.

Pete marcha jusqu'au lit et enfila ses bottes.

– Que faites-vous ? demanda Mendes.

– Je vais au cimetière.

– Je ne crois pas que ce soit une bonne idée.

Tel un lépreux conduit par une bonne sœur, au bras de la vieille, la couverture sur la tête, Pete se laissa guider le long des jardins et des cours jusqu'à la sortie de la ville. Ils longèrent des champs irrigués par l'eau détournée d'une rivière coulant du sud. Ojinaga avait été fondée au coude du Rio Grande et d'un de ses affluents venu de l'intérieur du Mexique. Si la ville était triste et poussiéreuse, la campagne alentour était un paradis fertile. Le cimetière était entouré d'arbres, eucalyptus et ficus, qui abritaient les tombes de leurs ombres. Des croix de bois, des croix sculptées dans la pierre, de petits mausolées aux architectures de clochers ou des palais miniatures peints en blanc et au fond du cimetière, le long du muret de pierres sèches qui faisait enceinte, la fosse commune fraîchement retournée. La vieille s'arrêta, Pete lâcha son bras.

– Va-t'en.

Il la chassa de la main. Elle repartit en laissant le gringo tombé à genoux, sa couverture sur la tête.

Pete rentra en ville à la tombée de la nuit, repris par la fièvre. Javier Mendes l'attendait chez la vieille.

– Combien est-ce qu'ils sont ?

– De qui parlez-vous ?

– Des Comancheros. Est-ce qu'il y a avec eux un blessé qui s'appelle Rafael ?

– Rafael est ici, oui. Avec huit de ses hommes.

Composant une grimace attristée, le Mexicain cherchait ses mots.

– Rafael… est un commerçant qui a, disons, beaucoup d'influence de ce côté de la frontière.

– Un concurrent ?

Mendes applaudit de ses mains molles comme s'il avait enfin trouvé la réponse à un vieux problème.

– C'est le mot exact !

Il s'installa à la table, le menton dans une main, et fit semblant de réfléchir, préoccupé.

– Vous semblez très ému par la mort de ces enfants indiens. Je vous comprends, c'est en quelque sorte une tragédie. Nul doute que Rafael et sa troupe, s'ils ne les ont pas tués, sont responsables de leur noyade.

– Arrêtez votre cirque.

Javier Mendes s'offusqua un instant pour la forme.

– Je vous demande pardon ?

– Vous ne m'avez pas ramassé dans la rue par bonté d'âme, mais parce que vous avez un nez de charognard. Vous avez compris depuis le début que je fuyais aussi les Comancheros. Qu'est-ce que vous offrez pour être débarrassé de votre concurrent ?

Mendes laissa tomber son rôle de bon Samaritain et sourit, prenant plaisir aux négociations à venir.

– Si vous avez des griefs à l'encontre de ces hommes, cela ne me regarde pas. Pourquoi vous offrirais-je quelque chose, me rendant ainsi complice de votre vengeance ?

– Je n'ai pas besoin d'un complice ni d'un commanditaire, seulement d'une arme et d'une chance de m'en sortir ensuite. Vous aurez ce que vous voulez pour presque rien.

Javier Mendes ôta son chapeau dont il contempla un instant l'intérieur, comme s'il vérifiait un dernier point sur une liste écrite dedans.

– Un cheval pour y poser votre selle mexicaine, des habits neufs, trente dollars américains et comme geste de bonne entente, je vous offre le passage sur le bac pour rentrer chez vous.

– Un cheval, des habits, un revolver, l'argent. Pas besoin du bac, je continuerai vers le sud.

Javier Mendes se leva.

– Êtes-vous certain d'être à la hauteur de cette tâche ? Si vous échouez ou que vous êtes pris, puis-je compter sur votre silence ?

Pete ricana.

– La police de ce trou doit beaucoup vous apprécier, je ne pense pas que vous ayez quelque chose à craindre de ce côté-là.

Mendes lui tendit la main, concluant d'un simple sourire.

– Je savais que je n'avais pas investi pour rien dans votre santé. Rafael mort, vous aurez de quoi aller jusqu'au bout du Mexique si ça vous chante.

Pete ignora son geste.

– Où est-ce qu'ils sont ?

Mendes glissa ses pouces dans les poches de son gilet.

– Vous n'êtes pas au Mexique depuis deux semaines que déjà vous y avez des ennemis dangereux. Vous devriez faire attention à vos manières. Ils sont à l'hôtel.

– Apportez tout demain après-midi.

La vieille apporta les vêtements, roulés autour d'un ceinturon et d'un Remington double action. Les habits n'étaient pas plus neufs que l'arme. Des sous-vêtements, un pantalon de vacher en toile de coton, une chemise beige en flanelle et une veste trop petite. Pete demanda à la vieille de nettoyer et raccommoder sa veste en cuir. Le chapeau, en feutre vert, était rond et large. Habillé, il avait l'air d'un paysan mexicain ayant empoché un petit pari.

Il démonta le revolver et le nettoya pièce par pièce. Une arme de la Guerre civile, six balles au barillet, une douzaine d'autres sur le ceinturon. Il la remonta, la posa sur la table et attendit.

Javier Mendes revint alors que les églises d'Ojinaga appelaient les Indiens, les mestizos et les Espagnols aux vêpres. Le cheval, un poney de selle espagnol, était gris.

– Un galiceño. Il vous emmènera où vous voulez. À peine dix ans et dressé à la voix. Évidemment, l'anglais ne vous servira à rien.

Mendes était fier de son achat, le cheval avait l'air en bonne santé mais un peu lourd. Pete en fit le tour, tâtant les muscles, ouvrant sa bouche, vérifiant le ferrage.

– Expliquez-moi.

– Rafael et ses hommes occupent le deuxième étage de l'hôtel du Rio Azul. Il est dans la chambre 21. Il y a un passage derrière.

*

Lampions et lampes brillaient aux façades, des rires roulaient des portes battantes jusque dans la rue où des gamins jouaient à se poursuivre, imitant les hommes en prenant des poses viriles. La ville d'Ojinaga, refuge pour les débris humains des deux berges du Rio Grande, résonnait d'instruments de musique et de la voix haut perchée d'un homme se prêtant au folklore local avec l'enthousiasme d'une putain fatiguée. Des couples mal assortis sortaient de cantinas en se tenant par le bras, commerçants et trafiquants frontaliers buvaient aux balcons ; devant leur petite caserne les policiers de la guardia rural saluaient les passants ; les bordels étaient à moitié vides, aux fenêtres les filles avaient l'air usées. Le cœur n'y était pas, la soirée ne durerait pas.

Pete attacha le cheval gris derrière l'hôtel, au milieu des bêtes des autres clients. La couverture sur la tête, il alla s'installer sur les marches d'une boutique fermée, en face des deux étages et des coursives du Rio Azul. Il tenait à la main une assiette en terre cuite empruntée à la vieille. Personne ne jeta la moindre pièce dans sa sébile pendant les deux heures qu'il passa là à vider une bouteille de whisky.

Les Comancheros vinrent s'installer en fin de service à une table au fond de la salle du restaurant de l'hôtel. Le mari d'Elena et les autres, groupe taciturne déformé par le verre des baies vitrées, mais pas Rafael. Ils avalèrent rapidement leur repas et l'établissement, comme les autres dans la rue, se vida. Un serveur monta à l'étage avec un plateau. Pete le vit apparaître à la fenêtre éclairée du premier palier, puis du second.

Traînant les pieds sous la couverture, il traversa la rue et repassa derrière l'hôtel, trouva à côté de l'écurie la porte que Javier Mendes lui avait décrite. Il entra, suivit un couloir qui recevait un peu de la lumière de la salle de restaurant et s'arrêta à côté d'une porte ouverte, jetant un coup d'œil à la cuisine, où une femme et une fillette faisaient la vaisselle. Pete attendit que la gamine lui tourne le dos et avança. Il avait atteint la partie éclairée du couloir, l'escalier était à sa droite. Il baissa la tête et pendant une fraction de seconde, avant de monter, sa silhouette passa dans la lumière. Deux par deux il gravit les marches et suivit jusqu'au palier les bougeoirs accrochés aux murs. Les chambres étaient silencieuses. Il continua jusqu'au deuxième étage et trouva la 21, marcha jusqu'à la fenêtre à guillotine du couloir, avant de l'ouvrir souffla les bougies les plus proches et enjamba le rebord. Dessous la rue éclairée, sur le trottoir d'en face les policiers de la rural qui avaient ouvert une bouteille. Il se glissa le long du bardage dans l'ombre du toit, jusqu'à la fenêtre de Rafael.

Le chef des Comancheros était enfoui sous les couvertures, son repas sur la table de chevet, il n'avait pas mangé. Il était pâle et luisant de fièvre.

Du bruit dans le couloir, Pete s'accroupit. Quelqu'un frappa à la porte de la chambre et il reconnut la voix de Felipe :

– ¿ Jefe ? ¿ Necesitas algo ?

Rafael fit un effort pour parler haut :

– Me descanso. Mañana, Felipe.

– Mañana, jefe.

Felipe s'éloigna. Pete resta là sans bouger, attendant que d'autres lumières s'éteignent, que les policiers terminent leur bouteille et rentrent dans leur caserne. Ojinaga s'endormait et la lumière des bougies, dans la chambre, faiblissait. Quand ses jambes lui firent mal et que les crampes dans son ventre ne furent plus supportables, Pete s'étira, arma le Remington et se redressa. Rafael n'avait pas changé de position mais s'était recroquevillé un peu plus. Il dormait bouche ouverte. Pete souleva la fenêtre et passa une jambe à l'intérieur, fit lentement peser son pied sur le plancher, puis la deuxième botte, écoutant les craquements. Sans quitter le lit des yeux il tira derrière lui le rideau, traversa la pièce et passa dans le dos de Rafael. Il attrapa un oreiller et le leva devant le canon de son arme. Le Comanchero se retourna lentement.

– Je ne savais pas si je te reverrais, güero.

Ses lèvres étaient sèches et blanches, il le regardait droit dans les yeux, Pete ne cilla pas.

– Les enfants se sont noyés pour t'échapper.

– Sans toi ils auraient trouvé de nouvelles familles et nous serions avec les nôtres.

Il se laissa tomber en arrière.

– Dépêche-toi avant que la maladie te vole ton petit destin, güero.

Il ne le quittait pas des yeux, Pete plaqua l'oreiller sur son visage, enfonça le canon du revolver dans les plumes, serra plus fort la crosse pour arrêter ses tremblements. Rafael cria, la voix étouffée :

– Qu'est-ce que tu attends, tueur de ton père ? Parricidio maldito !

La déflagration assourdit Pete et le recul de l'arme, dans sa main trop faible, leva son bras vers le plafond. La bougie était soufflée, une odeur de volaille brûlée et de poudre lui emplit le nez, du duvet blanc retombait en flocons dans la pénombre. Il lâcha le Remington, heurta le rebord de la fenêtre et s'effondra sur le balcon. Il se laissa pendre à la balustrade et lâcha prise, heurta le sol et roula dans la terre de la rue. On criait aux étages de l'hôtel. Le cheval gris attendait.

Au-dessus du cimetière les feuilles argentées des eucalyptus jouaient avec les reflets de la lune. Javier Mendes, un homme à ses côtés, attendait là, un chariot attelé à des mules caché dans l'ombre nocturne des arbres. Le commanditaire mexicain se précipita.

– C'est fait ?

Pete, se retournant vers la ville, hocha la tête.

– J'ai perdu le Remington. Est-ce que vous avez une arme ? Je dois partir tout de suite.

Dans le silence qui suivit il quitta des yeux les lumières de la ville, chercha le costume clair de Mendes dans le noir.

– Qu'est-ce qui se passe ?

– J'ai peur que fuir au sud ne soit pas suffisant.

– Quoi ?

– Je vous ai dit que Rafael était un homme important de ce côté de la frontière. J'ai peut-être minimisé.

– Qu'est-ce que vous racontez ? Donnez-moi l'argent !

– Vous n'iriez pas loin. Rafael était en affaires avec les rurales et les militaires d'ici jusqu'à Chihuahua.

– Donne-moi l'argent !

– Partez avec cet homme, il travaille pour moi. Vous n'avez pas le choix.

Mendes tira de sa poche deux lettres qu'il fourra dans la main de Pete, puis il siffla. Derrière le muret du cimetière un petit corps se dressa, sauta par-dessus les pierres et les rejoignit. Un gamin qui arrivait à peine à l'épaule de Pete. Mendes le poussa en avant, l'enfant mit le pied à l'étrier du galiceño et partit au galop.

– Les hommes de Rafael perdront du temps à le suivre. Montez dans ce chariot avec mon employé. Demain à la lumière du jour, lisez la lettre qui vous est adressée. La seconde est une recommandation auprès d'un de mes associés. Un jeune homme avec vos capacités, il serait dommage de nous priver de ses services.

Mendes avait retenu la leçon et ne tendit pas sa main. Son

employé était déjà installé derrière les mules et appelait anxieusement :

– ¡ Venga ! ¡ Venga !

– Un jour, Mendes, quelqu'un ramassera dans la rue un autre péquenot qui viendra pour toi. Pour moins cher encore.

– ¡ Venga !

Pete sauta à l'arrière du chariot.

13.

Pete Ferguson s'assit sur le sable de la berge, un sable aggloméré par une boue argileuse où les pousses de roseau, pointes vertes et opiniâtres, tentaient de gagner sur l'estuaire saumâtre. La marée retirée, la langue sablonneuse brillait de marmites d'eau où les poissons prisonniers attendaient le retour de la mer. Les crocodiles étaient sortis de leurs nids cachés dans les hautes plantes marines, pour collecter leur pitance. Ils glissaient dans les flaques poissonneuses tandis que dans le lit encore irrigué de la rivière Panuco, les têtes des loutres apparaissaient et disparaissaient nerveusement. Tant que les reptiles se gavaient, elles étaient en sûreté. Dans des gerbes argentées, les coups de queue et de gueule faisaient sauter les poissons sur la vase. Les crocodiles les avalaient en une bouchée et retournaient à leur piscine jusqu'à en avoir épuisé toute la nourriture.

Pete se retourna en entendant des branches craquer. Un mâle de quatre ou cinq mètres sortit des roseaux, la peau couverte de terre sèche, et se dirigea vers ses congénères. Des bêtes plus petites s'écartèrent à son arrivée, lui abandonnant leur garde-manger. Le mâle était passé à une dizaine de mètres de Pete sans même le regarder. Les crocodiles, quand ils avaient du poisson, n'attaquaient pas de proies plus grosses ; c'était ce que disaient les habitants de Tampico, qui ne se déplaçaient pas pour voir les monstres manger, seulement de temps en temps avec des fusils pour leur tirer dans la tête et vendre leur cuir.

Le bateau partirait le lendemain matin. Pete était venu une dernière fois voir les crocodiles. Le jour déclinait et les vasques seraient bientôt vides. Il se leva et les reptiles, commençant leur lente digestion, le suivirent de leurs petits yeux fortifiés, les pointes de leurs écailles luisantes de soleil. Pete jeta la bouteille de tequila dans la vase. La mer revenait et les loutres avaient disparu. Il suivit le sentier qui longeait la lagune jusqu'à la ville.

*

L'homme de Javier Mendes l'avait conduit jusqu'à Monclova, dans l'État du Coahuila, caché dans son chariot de couvertures indiennes, de bagages au cuir puant, de parures d'os et de perles, habits traditionnels cédés par des Indiens crevant de faim contre des rations de nourriture ou d'alcool ; un chargement bien innocent pour un commerçant du genre de Mendes. Pete avait soupçonné qu'autre chose se cachait sous les piles de babioles. L'homme de Mendes – Benito Juan Alfonso Guerera, s'était-il présenté – lui avait confié une carabine que Pete avait gardée sous la main pendant les six jours de voyage jusqu'à Monclova. Benito comptait sans doute sur son passager pour protéger la cargaison, mais Pete avait continué de garder un œil sur le Mexicain. Sous ses allures de muletier benêt, peut-être avait-il reçu l'ordre de se débarrasser du gringo. Pete avait tué contre de l'argent. Mendes pouvait avoir décidé de se débarrasser de ce témoin encombrant et fugitif. Mais Benito était ce qu'il semblait être, un type simple qui convoyait sans trop chercher à savoir, sur une piste discrète, de l'artisanat indien et un Américain.

Pete avait lu la lettre dont l'enveloppe contenait bien les trente dollars promis. Javier Mendes avait au port de Tampico un associé armateur qui trafiquait avec l'Amérique centrale et était toujours à la recherche d'« hommes solides ». Ce mot lui avait arraché une grimace, lui qui avait l'impression depuis Ojinaga d'avoir contracté la fièvre de Rafael. Il était courbaturé, débile et tremblant, retombé dans l'état de faiblesse d'avant l'assassinat.

La seconde lettre était pour l'armateur, dont le nom était écrit dessus : *Aznar*.

Pendant une semaine il avait voyagé installé sur les couvertures à l'arrière, ses blessures avaient fini de guérir mais le sommeil le fuyait. Il avait enrichi son vocabulaire espagnol, mémorisant rapidement cette nouvelle langue, lui qui ne connaissait jusqu'ici que l'anglais. Il faisait attention à la prononciation et à l'accent, apprenant comme un enfant, imitant sans chercher à comprendre d'abord. Imiter, ressembler à l'autre : des stratégies de survie développées au contact du Vieux. Plus il apprenait de mots, plus il se sentait en sécurité.

À Monclova, Benito lui avait offert un sac de cuir prélevé sur le stock du chariot, lui avait dit de garder la carabine et serré la main devant un relais de diligences.

Pour un dollar américain, son chapeau mexicain sur la tête, Pete avait embarqué à bord d'un coach attelé à dix chevaux, direction Saltillo. Le voyage jusqu'à Tampico allait durer douze jours, sur la piste de San Luis Potosí. À Matehuala il avait changé de compagnie et de direction, en route vers Ciudad Victoria, dernière grande étape avant la côte.

Pete avait parcouru mille miles à travers le Mexique, qu'il avait vu défiler depuis les fenêtres des diligences ; des terres arides parsemées de cactus, bordées de montagnes pelées. La saison sèche, lui avait-on dit, mais il doutait que la pluie soit jamais tombée sur ce pays. Les pistes suivaient le plat des reliefs, coupaient en deux des villages-relais cuisant au soleil, comme si les déserts américains se continuaient indéfiniment de ce côté de la frontière.

Et puis, à mesure que la piste se rapprochait de la mer, les paysages s'étaient adoucis. Des champs, des rivières et des montagnes vertes, une terre irriguée. Les vêtements changeaient, comme les visages et les constructions, et Pete avait compris que les déserts qu'il avait traversés n'étaient qu'un morceau de ce pays dont il ignorait la taille, que le reste du monde serait plus vaste qu'il ne l'avait conçu. On lui avait dit qu'une fois à Tampico, il fallait encore des semaines pour atteindre la frontière sud du pays, que la plupart des Mexicains ignoraient même ce qu'il y avait là-bas – les montagnes immenses et les forêts tropicales, ces terres toujours vertes où vivaient des Indiens que personne encore n'avait rencontrés, descendants des Mayas. Le pays était si vaste qu'il était un mystère pour ses propres habitants.

Il était arrivé à Tampico début décembre. Une ville de taille moyenne au climat doux, à l'air humide et salé, avec ses balcons en fer forgé et ses immeubles en pierre, son port sur le río Pánuco, à un mile de l'estuaire. Pete avait dormi dans une auberge miteuse, imaginant que c'était là sa place de fugitif. Les tenanciers, gênés, se répandaient en excuses de recevoir chez eux un client de son statut, un Blanc. Le lendemain matin il avait loué un cheval pour aller jusqu'à l'océan. Il avait passé la journée assis sur une plage, devant la mer qu'il n'avait jamais vue. Pete s'était abrité à l'ombre des arbres la bordant, pris de vertige. L'immensité du monde rendait sa fuite infinie et les mots à apprendre n'étaient pas assez nombreux pour le dire.

Il était rentré en ville, au port on lui avait indiqué le quai où le navire du capitán Aznar était amarré.

Un voilier à deux mâts d'une trentaine de mètres de long. Le capitaine du navire s'était présenté. L'associé de Javier Mendes n'était pas beaucoup plus âgé que Pete, un gosse de riche, s'était-il dit, qui jouait au commerce avec l'argent de sa famille ; comme tous les hommes d'affaires de ce pays, il parlait anglais. Aznar avait lu la lettre.

– Vous vous trompez d'Aznar. Mon père est mort et je n'ai jamais entendu parler de Javier Mendes.

Pete avait rebroussé chemin.

– Attendez.

Le fils Aznar l'avait rattrapé.

– Je ne travaille pas avec les anciens associés de mon père, tout ce qu'il reste de lui, c'est ce bateau. Je fais du transport de marchandises et parfois de quelques passagers. Vous cherchez à embarquer ?

Pete avait regardé le bateau.

– Oui.

– Nous appareillons dans une semaine pour Puerto Barrios, au Guatemala. Nous ferons escale à Veracruz et Cancún.

– Le Guatemala ?

– Le voyage jusqu'à Puerto Barrios dure une semaine, dix-huit dollars en pension complète, avec votre propre cabine.

Aznar avait marqué une pause, observant Pete.

– Dans cette lettre, ce M. Mendes écrit que vous pouvez être utile, que vous lui avez rendu service et qu'on peut vous faire confiance. Quel est votre métier ?

– Je peux dresser des chevaux et tuer des bisons.

Aznar avait souri et tendu la main.

– Appelez-moi Segundo. Revenez demain, je vous ferai visiter le bateau. Vous avez déjà navigué ?

Pete avait encore regardé le bateau, impressionné, et jugé qu'il était inutile de mentir.

Le soir il avait commencé à boire à l'auberge. Puis dans d'autres établissements de la ville, des cantinas de plus en plus petites et de moins en moins éclairées. Un dollar américain posé sur une table lui assurait la bienveillance des patrons et la curiosité des poivrots, des types édentés qui ne parlaient pas anglais, à qui Pete racontait l'histoire des trois hommes qu'il avait tués. Le premier dans une grange en ne faisant rien d'autre que le regarder, le deuxième de peur et pour sauver sa vie dans une plaine immense, le troisième dans une chambre d'hôtel pour effacer ses fautes – trois hommes qui lui bouffaient le foie, tombés dans le creux de son ventre qu'il remplissait d'alcool. Les Mexicains tapaient du poing sur la table, éclataient de rire en l'écoutant et se resservaient.

Sa deuxième nuit à Tampico, il l'avait passée dans les rues. Il avait dormi par terre, à quelques pas de la dernière taverne dans laquelle il avait bousculé des hommes qui ne répondaient pas à ses questions.

Au petit matin il avait marché jusqu'au port et s'était présenté sur le quai du *Santo Cristo.* Aznar n'avait pas fait de remarques sur son état et l'avait invité à boire du café à bord.

Le jeune capitaine lui avait fait visiter le bateau, Pete avait ouvert de grands yeux. Une goélette. Il avait essayé de retenir quelques mots. Hunier, misaine, perroquet, haubans, beaupré. Un navire américain, construit d'après les plans français d'un bâtiment de pêche. Le *Santo Cristo* avait participé à la guerre de 1848 contre le Mexique, puis avait été désarmé et revendu par la marine américaine. Segundo Aznar avait hérité des dettes et de la réputation de son père, il ne lui restait que cette goélette.

Le navire sentait le bois verni, les cordages en chanvre, la toile de voile. Aznar lui avait montré les cales et la cargaison en cours de chargement, des machines d'imprimerie en pièces détachées, des caisses d'encre et de papier. Il allait livrer au Guatemala, négocié d'occasion à Mexico, l'équipement nécessaire à la création d'un nouveau journal. Lors de l'escale à Veracruz un autre passager devait embarquer, fondateur du futur journal et, avait précisé Aznar, poète guatémaltèque connu.

Pete avait traîné sur le port et, suivant la berge du fleuve en retournant vers la ville, avait vu pour la première fois glisser dans l'eau un énorme lézard hérissé d'écailles, long de trois mètres. Il avait bondi en arrière, croyant halluciner. On lui avait expliqué qu'il s'agissait de crocodiles, comme ceux qui vivaient dans l'Afrique des Nègres sauvages et dont avait un jour parlé Arthur Bowman.

Il avait passé le reste de la semaine à observer le jour ces animaux monstrueux, trouvant un peu de calme en leur compagnie, les regardant manger et se prélasser dans la vase. La nuit il buvait dans les cantinas et, saoul, se frottait à des Mexicains tout aussi saouls. Un soir il avait ramené à son auberge une putain sans âge, dormi le nez dans les plis d'une aisselle aigre. Chaque jour il rendait aussi visite à Segundo Aznar qui continuait de l'accueillir sans questions.

Le chargement était bientôt terminé, on attendait les dernières pièces de la grande rotative.

Le jour de l'appareillage il était allé voir une dernière fois les grands reptiles, il avait attendu en buvant de la tequila qu'ils aient vidé les marmites de leurs poissons. L'odeur des eucalyptus, de la terre retournée du cimetière d'Ojinaga et des plumes roussies flottant dans l'air emplissait toujours ses narines.

*

L'eau était si transparente que Pete voyait sur les hauts-fonds courir l'ombre de la goélette. Une eau qui ne semblait pas plus résistante que de l'air et donnait l'impression d'un rêve de vol, vertigineux, dont on allait se réveiller en tombant. Le navire s'éloigna de la côte et la mer devint plus sombre et houleuse, son ventre se contracta, sa tête s'alourdit, tourner les yeux lui faisait mal et sa langue était sèche.

– Restez sur le pont, le bateau bouge moins au milieu. Fixez l'horizon, ça passera d'ici demain, lui conseilla Aznar.

Pete se cala contre la cloison de la cabine de pilotage et respira par le nez, gardant fermée sa bouche par laquelle tout l'alcool qu'il avait bu à Tampico voulait remonter.

Le *Santo Cristo* comptait sept membres d'équipage en plus de son capitaine. Un autre passager était arrivé la nuit précédant le départ, dont Aznar ne lui avait pas parlé. L'homme restait enfermé dans sa cabine. Après l'agitation du départ des matelots rangeaient et nettoyaient, d'autres étaient descendus en cale ou en cuisine, étalaient du vernis au pinceau ou raccommodaient des voiles en jetant des coups d'œil aux lignes de traîne lancées par-dessus les bastingages. Ils étaient discrets, obéissaient sans rechigner aux ordres d'Aznar, bien plus jeune que la plupart d'entre eux. Pete finit par s'accommoder du mouvement du navire et le poids sur son ventre se fit moins lourd. Ils devaient arriver de nuit à Veracruz, une escale rapide, avait dit Aznar, le temps seulement d'embarquer le nouveau passager. Celui déjà à bord fit une apparition en fin de journée, un homme entre deux âges, bien habillé, qui fumait la pipe et salua Pete en s'inclinant légèrement. Il avait l'air à l'aise sur le bateau. Aznar le rejoignit et tous les deux discutèrent un moment.

On apporta le dîner de Pete dans sa cabine. Il mangea un peu, trouva finalement le sommeil, pour se réveiller quelques heures plus tard en entendant de l'agitation sur le pont. Par le hublot il distingua les lumières de Veracruz et se précipita pour aller assister à la manœuvre. Le *Santo Cristo* longeait les immenses murailles d'une enceinte fortifiée, mur noir sorti droit de l'eau. Après la découverte de l'immensité de ce pays, la citadelle de Veracruz fut un nouveau choc. Il pensa aux forts d'adobe et de bois de l'armée américaine, puis aux petites maisons basses de Carson City et à ses habitants ignares dont l'univers prenait fin aux limites du comté, à Arthur Bowman qui avait autrefois traversé la Terre et se méfiait comme de la peste des gens de Carson, qui n'avaient rien vu et déclaraient avoir sous les yeux la seule partie du monde qui en valait la peine. Les fortifications de Veracruz, ces pierres plus vieilles que leur pays, auraient collé une trouille bleue aux piliers de l'Eagle Saloon.

La goélette entra dans la rade et s'amarra au quai désert. Des lanternes laiteuses, dans des cocons de brume marine, traçaient en pointillé les contours de longs entrepôts. Aucun curieux à cette heure sinon deux hommes en uniforme, officiels du port avec qui Aznar s'entretint un instant, dans le halo faiblard d'une lampe-tempête. Pete le vit glisser quelques billets dans leur main puis leva sa lampe et la balança plusieurs fois. Des bruits de fer et de roues claquèrent sur les pavés du quai, une calèche fit halte devant le *Santo Cristo*. Un homme en long pardessus – le poète du Guatemala – serra la main d'Aznar et deux matelots l'aidèrent à monter les barreaux de l'échelle de coupée. Aussitôt à bord les amarres furent larguées. Le navire repassa devant les murailles géantes et Pete resta sur le pont jusqu'à l'aube, se purifiant dans l'air du large des derniers restes d'alcool qui chauffaient son sang.

À l'heure du petit déjeuner il descendit au mess, la plus grande cabine à bord. Autour de la table en bois rouge pouvaient s'asseoir huit personnes, mais il n'y avait là que le capitaine Aznar, le passager à la pipe et le second furtivement embarqué à Veracruz. Les trois hommes regardèrent Pete entrer et le saluèrent. Il fit le tour de la table. Le premier passager se présenta :

– Enchanté de faire votre connaissance, monsieur Ferguson. Alberto Guzman.

Puis le poète, d'au moins dix ans plus vieux que Guzman, sourit plus franchement.

– Eduardo Manterola.

Aznar, Guzman et Manterola avaient tous les trois la peau blanche et des manières de Blancs, parlant anglais et peut-être même d'autres langues. Quand le matelot qui assurait le service quitta le mess, le silence s'installa autour de la table. Les trois hommes mangeaient rapidement, comme pour se débarrasser de cette répétitive nécessité. Le poète essuya sa moustache et jeta sa serviette sur la table.

– Vous êtes donc voyageur, monsieur Ferguson. Connaissez-vous Paris ?

– Paris ?

– La France.

Alexandra Desmond venait de là-bas. Elle l'évocait parfois, sans beaucoup de nostalgie, comme Bowman l'Asie ou l'Angleterre.

– Non.

– Mais vous avez peut-être entendu parler des événements qui se sont déroulés là-bas au printemps dernier ?

Pete reposa sa tasse de café, une porcelaine dont l'anse trop fine glissait entre ses doigts. La question n'avait pas été posée sur le ton de voyageurs faisant connaissance. Il regarda le capitaine Aznar qui baissa les yeux. Le poète, Manterola, se mit à nettoyer ses lunettes et c'est l'homme à la pipe, Guzman, qui continua à sa place :

– La révolte du peuple parisien, l'instauration éphémère de la Commune et sa répression impitoyable, monsieur Ferguson.

Aznar intervint en souriant, détendant un peu l'atmosphère :

– Je ne pense pas que M. Ferguson ait eu l'occasion de lire les journaux ces derniers temps. N'est-ce pas ?

Guzman ne laissa pas longtemps la question sans réponse.

– Contrairement au capitaine Aznar, je connais Javier Mendes. Je me demande quel service vous avez bien pu rendre à cette crapule, monsieur Ferguson.

Aznar avait parlé de la lettre aux deux autres ; Pete les observa tour à tour.

– Qu'est-ce que vous allez faire au Guatemala ?

Le poète remit ses lunettes, sans lesquelles il ne semblait pas voir l'autre côté de la table.

– Agir.

Et Guzman :

– Êtes-vous un homme d'action, monsieur Ferguson ?

Aznar ferma à clef la porte du mess.

Le poète :

– Ou un homme de principes ?

Pete sourit.

– Les deux sont incompatibles ?

– L'un ou l'autre nous suffirait.

Pete recula sur sa chaise. Jetant un coup d'œil à un hublot, il vit se dérouler la houle et perçut à nouveau les mouvements du *Santo Cristo* dont il avait perdu conscience.

– À quoi vous servirait un homme d'action ? Ou de principes ?

Les trois hommes avaient déjà pesé le pour et le contre, cet entretien n'était que la dernière étape avant leur décision. Ce fut le poète qui parla :

– Pendant qu'à Paris nos camarades communards se battaient, au Guatemala avait lieu la révolution libérale.

Il marqua une pause, un sourire de mépris à la bouche.

– Les règnes de Carrera, ce porcher inculte, et de son successeur, Sandoval, ont pris fin. Granados, ce *philosophe éclairé*, a été élu.

Les trois hommes sourirent ensemble.

– Granados le libéral… Le peuple a cru à ses discours et ses promesses de réformes. Mais les mêmes hommes que sous la tyrannie de Carrera continuent de tenir le pays. Le peuple meurt de faim, les terres sont réparties entre quelques mains. Granados est la marionnette d'intérêts que la révolution libérale n'a ni freinés ni changés. C'est une tyrannie plus pernicieuse, qui a pris les couleurs du peuple.

Les yeux du poète brillaient, Guzman cherchait des mots plus forts et Aznar semblait vouloir rire de tout ça. Pete roula une cigarette, frotta une allumette sur le bois exotique et tira une bouffée. Sa main tremblait légèrement et il la posa sur la table pour le cacher.

– L'homme d'action se fait payer. Pourquoi vous avez besoin de moi ?

Guzman regarda Aznar, puis Manterola qui hocha la tête.

– Nous avons des fonds, monsieur Ferguson.

II

1.

Guatemala, avril 1872

Le *Santo Cristo* accosta une nouvelle fois de nuit, au Guatemala. Puerto Barrios, unique port de la minuscule côte est du pays, était serré entre le Honduras britannique – enclave victorienne dans le grand Mexique – et le Honduras ; les deux frontières étaient chacune à vingt miles du port, seul accès des Guatémaltèques à la mer des Caraïbes. Segundo Aznar négocia avec des douaniers le débarquement discret de ses passagers et de ses marchandises. Des chariots arrivèrent rapidement et une vingtaine de portefaix se mirent aussitôt au travail, déchargeant les pièces d'imprimerie. Pete monta à bord d'une diligence en compagnie de Manterola et Guzman. Emportés par l'attelage, ils sortirent du port et de la ville avant le jour, galopant sur une piste de terre noire s'enfonçant dans l'intérieur du pays.

Le lever du soleil fut monochrome et plat, une ligne d'orange au-dessus des reliefs, et la température aussitôt étouffante.

Elles étaient là, les forêts dont Pete avait entendu parler au Mexique, ces montagnes envahies par les arbres géants, exhalant des brumes grises et bleues dans le fond des vallées. Des ponts de rondins enjambaient des torrents blancs d'écume coulant des montagnes en veines tumultueuses, chargés de débris de bois. À pied, sur des ânes ou des mules, des Indiens croisaient leur route le long de la piste, mais nulle part on ne voyait de cultures, comme si ce pays ne servait à rien, ou était inutilisable tant la forêt était dense, envahie de plantes parasites tombant en grappes et en lianes. Les vagues de forêts et de montagnes se succédaient à la vitesse de leur attelage franchissant les cols. Leur voiture n'était pas celle d'une compagnie de transport. Les conducteurs ne prirent pas d'autres voyageurs, changèrent deux fois les chevaux, achetant dans les relais de la nourriture qu'ils apportaient à leurs passagers.

Pete ne put pas une seule fois descendre de voiture pour marcher, sinon quelques pas aux relais et seulement de nuit, et chaque fois il écouta, les pieds au bord du chemin, face à la forêt, l'incroyable concert des insectes et des grenouilles couvrant les voix des hommes.

Leur destination était Antigua, une ville à une heure à l'ouest de la capitale du pays, Ciudad de Guatemala, qu'ils prendraient soin d'éviter. Ils y arrivèrent après six jours de voyage.

Antigua était une cité d'altitude entourée de volcans, où l'air était plus frais et vif que le long de la piste. Pendant les deux derniers jours du voyage, ils n'avaient fait que monter, monter toujours.

À l'entrée de la ville Guzman quitta la voiture et serra la main du vieux poète. Ils se donnèrent rendez-vous une semaine plus tard, quand le chargement du *Santo Cristo* aurait à son tour atteint Antigua. On déposa Manterola et Pete devant un petit immeuble de deux étages de l'avenida Norte, une façade jaune aux encorbellements peints en blanc, dans cette grande rue aux pavés polis et disjoints. Une femme à peine plus jeune que le poète ouvrit la grille en fer forgé. Elle salua Manterola en l'appelant Maestro, se réjouissant de son retour après ces mois d'absence. Manterola lui présenta Pete :

– El señor Ferguson, mon nouveau secrétaire. Monsieur Ferguson, je vous présente Faustina, sans qui cette maison et moi-même serions depuis longtemps en ruine.

La vieille servante salua le jeune Américain sans cacher son hostilité et son agacement de voir le retour du Maestro gâché par sa présence.

*

Les doigts enroulés autour d'un petit verre de rhum, le poète regardait la plaza de Armas, la foule de marchands, de mendiants et de promeneurs qui déambulaient devant le parvis de la cathédrale et les arcades du palacio del Ayuntamiento. Manterola buvait peu, les verres sur lesquels il se jetait parfois avec l'impatience d'un enfant le rendaient sombre et inquiet. Comme la plupart de ses concitoyens il avait le vin triste. Mais en l'absence d'Aznar, Pete préférait sa compagnie à celle de Guzman. Derrière ses lunettes les yeux clairs de Manterola balayaient la place en se rétrécissant.

– Il ne connaît pas vraiment les hommes, celui qui n'a jamais vu une foule se retourner contre l'un des siens.

Saoul, il avait l'aigreur lyrique. Au dernier stade de sa tristesse, son inquiétude se changeait en dégoût pour ses semblables. Il attendit la réaction de Pete Ferguson qui, dans son costume neuf, regardait passer les femmes.

– Il y a quelques années, reprit le poète, sur cette même place, une meute de pauvres a lapidé et brûlé une Indienne d'une quinzaine d'années qu'ils accusaient d'avoir volé, avec son mari, un muletier de la rue Insurgente. Les gardes du palais ne sont pas intervenus. Elle protégeait son visage des pierres, la peau de ses bras laissait voir ses os. Elle s'est débattue comme une furie sous les ballots de paille enflammés. Ses cheveux…

Un homme s'arrêta devant leur table, une main à son chapeau.

– Buenos días, Maestro.

Manterola ignora l'importun qui s'éloigna sans oser insister. Pete commanda deux autres rhums. Il aimait écouter le poète cracher son mépris.

– Cette fange, c'est pour elle que nous nous battons. Ces ignorants dont nous avons le devoir de faire quelque chose de meilleur.

Pete sourit et Manterola se retourna à nouveau vers la grande place, les lèvres serrées.

– Quand la foule a brûlé cette fille, Carrera régnait sur le Guatemala. Peut-on vraiment croire que sous le règne d'hommes comme Granados, la meute des honnêtes gens ne lapidera plus de femmes ? Un chef ne change pas ses sujets. Parfois j'espère encore que les sujets changeront quand ils n'auront plus de chefs et qu'ils seront libres. Mais la révolution se nourrit aussi de cette violence. Elle rêve d'hommes nouveaux tout en exploitant leurs vieux travers. Ce n'est pas Carrera qui a allumé les ballots de paille, ce sont les futurs héros de notre révolution. Il y a ceux qui se cachent pour ne plus assister à ce spectacle en espérant que leur conscience les laissera en paix, comme cet homme dont vous m'avez parlé, ce Bowman qui s'est retiré du monde. Il y a les cyniques, comme vous, señor Ferguson, qui tirent profit de toute situation. Et puis les authentiques nihilistes, ceux qui rient aux représentations du grand théâtre shakespearien, installés aux premiers rangs pour mettre le feu au décor. Mais les souffrances sont réelles, señor Ferguson, elles sont infligées et subies. C'est notre devoir de poète et de révolutionnaire, coûte que coûte, de chanter la souffrance et la résistance.

Des gouttes de rhum coulèrent au coin de la bouche de Manterola. Pete termina son verre.

– Vous avez trop bu, Maestro.

– Il est facile de juger les hommes politiques corrompus par le pouvoir, alors que le savoir, lui, rend prétentieux et lâche. C'est bien ce que vous vous dites, n'est-ce pas, señor Ferguson ?

Manterola se leva, s'aidant de sa canne. Pete reboutonna sa veste et régla les consommations.

– Je ne suis pas sûr que Guzman aimerait vous entendre parler comme ça.

Le Maestro eut un rire fatigué.

– Guzman ne s'autorise pas le doute, c'est un bourreau de la Terreur.

Ils s'éloignèrent de la plaza de Armas par une rue perpendiculaire. D'autres bourgeois saluaient Manterola et c'était Pete, souriant sous son chapeau, qui leur répondait d'un signe de tête. Le vieux poète les ignorait et l'on prenait cela pour une excentricité de génie alors qu'il se retenait seulement de leur cracher au visage. Eduardo Manterola était un poète officiel de la révolution libérale, encensé par le pouvoir, troussant des vers romantiques sur le progrès et la paix entre les peuples. Il était publié et commenté. Il écrivait aussi pour les journaux clandestins d'Amérique latine, sous d'autres noms, des brûlots révolutionnaires exaltant la terre et ses hommes, fustigeant le pouvoir et ses injustices, n'épargnant pas plus les libéraux que les caciques autoritaires à la botte de l'Europe. Les doutes que le Maestro nourrissait au sujet de la nature humaine, peut-être avaient-ils pour origine sa propre supercherie. Le poète ne faisait pas toujours semblant d'apprécier sa vie mondaine, ni par le passé – ce que l'on chuchotait à Antigua – les jeunes femmes, les jeunes hommes et l'argent. Quand il avait bu Manterola détestait sa cour de flagorneurs, tout autant que lui-même pour y avoir succombé.

Ils s'enfoncèrent dans des venelles de plus en plus éloignées du centre, jusqu'à un immeuble autour duquel des veilleurs montaient la garde, jusqu'à une porte et un escalier descendant à une vaste cave voûtée où les rotatives et les presses faisaient trembler sur des étagères des bonbonnes d'encre noire. Guzman, les doigts tachés, pâle sous les lampes, révisait la copie du prochain numéro du *Grito del Pueblo*.

Le poète se laissa tomber sur un banc, les paumes croisées sur sa canne, et regarda l'énergique petit homme à lunettes, sa pipe éteinte à la bouche, noter et donner des ordres, trépider d'un bout à l'autre de la cave, réglant une presse, se penchant sur l'épaule d'un militant en train de composer une page, revenant à la lumière pour lire. Il ne sortait de l'imprimerie que quelques heures à la nuit tombée – une taupe affairée, déclamant à chaque instant un discours, tandis que Manterola paradait à la surface et traînait aux terrasses, muet dans son rôle de poète public.

Le maître des lieux leur fit signe, ils passèrent tous les trois la porte de la petite salle de réunion. À l'abri des roulements des machines, ils s'installèrent autour d'une table. Guzman buvait du vin rouge à grands verres pour se désaltérer, tirant sa bouteille d'un seau d'eau fraîche.

– Aznar sera bientôt de retour avec elle. Est-ce que tout est arrangé pour la réception au palais ?

Manterola hocha la tête.

– Nous avons reçu nos invitations et le señor Ferguson s'est occupé de la transaction avec la jeune servante.

Ils parlaient en espagnol, Guzman se tourna vers Pete et reprit en anglais. Il ne voulait pas admettre que l'Américain comprenait maintenant sa langue sans hésitation.

– L'argent que nous dépensons pour vous entretenir sert enfin à quelque chose.

Pete se servit un verre de vin et le leva en souriant. Guzman reprit en espagnol, parce que la *cause* s'irritait de la langue des yankees.

– Le numéro spécial du *Grito del Pueblo* sera prêt à être distribué partout dans la ville. Un tirage de cinq cents exemplaires qui inonderont les rues.

L'imprimeur semblait taillé dans du chêne ; le poète, homme d'ulcères et de maladies imaginaires, dodelinait de la tête.

– La police de Granados est sur nos traces.

Guzman balaya d'un geste de la main ces mauvais auspices.

– Dans deux jours ils pourront bien détruire encore une fois notre presse, plus rien ne sera pareil. Tout est arrangé pour ton départ ?

Manterola acquiesça.

– Le jour de la réception, je ferai dire au palais que je ne me sens pas bien. Mon secrétaire ira seul m'y représenter.

Pour le prochain et sans doute dernier numéro du journal clandestin, le Maestro avait écrit un texte signé de son vrai nom.

– Je ne mourrai pas sans que ces porcs connaissent la vérité, avait-il dit à Pete un soir, la main agrippée à un vieux rhum. Qu'ils sachent qui j'étais !

Cet article était son testament. Il s'inquiétait que la police de Granados découvre le complot avant son exécution, qu'elle le jette en prison avant que son nom ait pu apparaître au bas du texte et que le peuple, qui aimait tant son poète, ne pleure pas Eduardo Manterola le jour de son exécution.

À bord du *Santo Cristo* et depuis leur débarquement au Guatemala, Manterola, Guzman et Aznar avaient raconté à Pete Ferguson leur pays et leur combat. Les conquistadores, les rois, les conservateurs et les libéraux, les indépendances de l'Amérique centrale, les fausses luttes fratricides entre politiques et industriels, les guerres dont les peuples et les Indiens, comme au Yucatán, avaient payé le prix, les latifundia, l'évangélisation, les prisons, l'économie aux mains de l'Europe et des États-Unis, la lutte sociale. Ils l'avaient abreuvé de théories et de noms, Bakounine, Proudhon, Reclus, Owen ou Fourier. Des noms que Pete avait déjà entendus dans la bouche d'Alexandra Desmond, au ranch Fitzpatrick. Il s'était alors imaginé les révolutionnaires comme des flibustiers, des aventuriers menant des batailles à cheval, suivis par des armées de populace en liesse ; il avait découvert des rats de cave se tapant dans le dos en lisant leurs textes ronflants, des intellectuels fébriles étouffant dans la clandestinité. Quel passage de l'ombre à la lumière allait être la révolution, pour ces hommes des sous-sols.

Pete se foutait de leur cause, il avait négocié son prix : mille dollars américains pour entrer dans le palacio del Ayuntamiento avec une arme, la remettre à une femme et provoquer une diversion. Cette femme qui allait arriver avec le capitaine du *Santo Cristo*.

– L'important est que vous lui remettiez le revolver. Aznar et Manterola vous attendront au point de rendez-vous, puis vous reconduiront comme convenu à Puerto Barrios.

Les deux comploteurs avaient encore des choses à échanger, Pete quitta seul la cave et l'immeuble, retrouvant sa vie d'homme libre, de bourgeois déambulant comme il l'entendait dans les rues d'Antigua.

La nuit tombait. Il avait pris ses habitudes avenida Norte. Il y buvait des verres sous l'arche de Santa Catalina, regardait les rayons de soleil s'accrocher au sommet du volcan Agua, ses fumées grises devenues roses dans le couchant. Quand le vent soufflait du sud, au-dessus du grand lac volcanique, une pellicule de cendre se déposait sur la ville ; les habitants tiraient leurs portes et leurs volets, les commerçants fermaient boutique. La misère et la violence dont parlaient Guzman et Manterola ne se voyaient pas à Antigua, la seule menace semblait venir de ce volcan préparant un mauvais coup. Deux fois déjà la ville avait été ravagée par ses éruptions. Le gouvernement avait alors fait bâtir la nouvelle Ciudad de Guatemala, plus à l'est, pour se mettre à l'abri de ses colères. Antigua était devenue un double suranné de la nouvelle capitale, territoire des plus anciennes familles, vieilles banquières des récentes fortunes du commerce moderne. C'était ici que le président Granados viendrait célébrer les arts, dans l'ancien palais, l'ancienne ville, le passé.

À la terrasse où il s'installa, on salua le señor Ferguson. Depuis son arrivée, il avait assisté à des séances de lecture publique du Maestro, à des repas, des collations dans des patios ombragés où bruissaient des fontaines, et partout on l'avait présenté : secrétaire du Maestro, diplômé d'une université américaine et connaisseur de la littérature espagnole venu assister Manterola dans ses travaux et recherches. La curiosité des notables d'Antigua pour cet érudit, de surcroît américain, donnait lieu à des toasts sans fin réunissant l'Amérique du Nord et celle du Centre, au nom de l'entente pacifique des poètes, des frontières abolies et de la culture. On l'interrogeait sur son pays et ses lectures, jusqu'à ce que cet homme taciturne, trapu sous ses costumes et porté sur la boisson, avec son espagnol rudimentaire, devienne un sujet de discussion de plus en plus scandaleux. La réputation du poète – de frayer avec des roturières ou des garçons des rues qu'il faisait décrotter par sa vieille servante – alimenta les ragots sur son secrétaire américain, peut-être plutôt un *amigo especial* qu'un employé.

Pete but et, comme Manterola saoul, ignora les regards et les salutations. Il alla se coucher tard, se réveilla tôt et attendit l'heure du rendez-vous.

La cantina du Gallo Blanco était un endroit sûr ; pas une cave mais une de ces arrière-salles remplies de marchandises où Manterola, Guzman, Aznar et leurs associés aimaient se retrouver. Pete s'amusait de ce jeu de rendez-vous clandestins et de signaux d'espions. En quoi des types comme eux pouvaient-ils être dangereux, avec leurs grandes idées et leur journal souterrain imprimé à quelques dizaines d'exemplaires ? Qui allait se donner la peine de les surveiller ?

Aznar était revenu. Il était là, fatigué par son voyage, dans les odeurs d'épices et de volaille, accompagné par deux métis. Pete serra la main du jeune capitaine, puis se tourna vers la femme minuscule qui se tenait à côté de lui, une couverture sur la tête, en train de boire de l'eau à une cruche. Il ne vit que sa gorge et sa glotte qui montait et descendait à mesure qu'elle avalait. Sa trachée qui bougeait comme une petite cage thoracique sous la peau du cou, sombre et cuivrée. Une Indienne.

2.

L'Indienne ne parlait pas, assise sur une caisse dans un coin de la remise, pendant que les hommes échangeaient à voix basse ; la tête renversée, concentrée, elle ne semblait pas prêter attention à la discussion et vida la cruche. Un des hommes qui accompagnaient Aznar lui en apporta une seconde, qu'elle but à la même vitesse. Cet être minuscule avait une soif sans fin et Pete eut lui aussi envie d'eau. C'était elle la tueuse recrutée par Guzman et Manterola ? De gros yeux immobiles, un visage de lune qu'on aurait essayé de faire entrer dans un carré, une pauvresse roulée dans une couverture crasseuse. Pete doutait qu'elle comprenne quelque chose à ce que disaient les révolutionnaires, encore plus qu'elle conçoive quoi que ce soit de l'anarchisme et des théories des Blancs.

La réunion prit fin et les hommes se séparèrent, disparaissant dans l'arrière-cour ou sortant par la salle de l'auberge. Les deux métis arrivés avec Aznar partirent avec l'Indienne. Pete entraîna Segundo à part.

– Il faut que je te parle.

Ils s'installèrent à une table du restaurant et le patron, ami de la cause, leur apporta à boire et à manger. L'heure était avancée ;

les bougies soufflées sur les autres tables, les derniers clients quittaient l'établissement.

– C'est quoi cette histoire ?

Le ton de la question changea celui des retrouvailles.

– Quelle histoire ?

– Vous avez recruté une demeurée pour faire le boulot ?

– Parle moins fort.

Pete repoussa son assiette pour se verser un verre de rhum.

– Pas question que j'aille au palacio lui donner un revolver, elle va tous vous faire jeter en prison et moi avec. Vous pouvez dire à Guzman d'arrêter d'imprimer son journal, ça va se terminer en massacre.

Aznar sourit, roula une tortilla autour d'un piment vert et croqua dedans. Pete attendit qu'il mâche et avale.

– Pourquoi tu souris ?

– Maria n'est pas une Indienne inculte. Elle est avec nous depuis longtemps et elle a traversé la moitié du pays à pied pour arriver ici. Si tu lui donnes le pistolet, elle réussira. Tu ne peux pas comprendre pourquoi elle se sacrifie.

Pete le toisa.

– Si elle est assez abrutie pour marcher dans votre combine, c'est son problème. Mais tu ne devrais pas te faire trop d'idées sur mon compte non plus, capitán. Ni toi, ni Guzman, ni Manterola. Vos leçons sur la misère du peuple, vous pouvez les garder pour d'autres. Cette fille et moi, on a sûrement plus de points communs que toi et moi. Il n'y a qu'une seule chose que je veux savoir : est-ce que je peux compter sur elle ?

Aznar sourit.

– Ton espagnol est devenu bon, gringo, et tu ressembles de plus en plus à l'homme que nous avions besoin d'embaucher.

Il y avait un voile de déception dans sa voix, il leva lentement son verre à hauteur de leurs yeux, un geste d'au revoir plus que de célébration.

– Tu pourras compter sur Maria. C'est une vraie combattante.

– Où est-ce que tu vas la cacher ?

– À l'imprimerie avec Guzman.

Pete réfléchit.

– La servante à qui j'ai donné l'argent, elle travaillait au palacio et c'était une Indienne. C'est pour ça que vous l'avez choisie ?

– Pour que Maria prenne sa place.

– Et cette servante, si les hommes de Granados lui mettent la main dessus, qu'est-ce qu'elle va raconter ?

Aznar secoua la tête.

– Tu ne réalises pas, Pete. Avec la somme que tu lui as donnée, elle est repartie sur les terres de sa famille et elle pourra nourrir les siens pendant des années. Personne ne la retrouvera là où elle est.

Pete siffla entre ses dents.

– Avec deux cents dollars ?

– Le salaire que nous allons te payer est une véritable fortune pour ce pays.

Pete ne se laissa pas impressionner.

– Les risques que je prends ne se mesurent pas en monnaie locale. Ta Maria, il faudra lui donner un bon bain si tu veux la faire passer pour une employée du palacio.

Aznar feignit d'ignorer le mauvais goût de sa remarque. Les deux hommes finirent la bouteille, en commandèrent une autre aux frais du gringo. Pete rentra saoul à son appartement de l'avenida Norte et ne réussit pas à dormir. Il pensait à Aznar, se demandant s'il croyait vraiment à ce qu'il disait, que Maria avait choisi de se sacrifier et que ce n'était pas la cause qui sacrifiait une Indienne. Le capitaine aurait répondu que ça ne faisait aucune différence, que Pete ne pouvait pas comprendre.

Sur le balcon de sa chambre il s'était assis dos à la balustrade, chemise ouverte, roulant des cigarettes. La ville était déjà en fête, des marchands ambulants arrivés des montagnes ou de la capitale dormaient sur les trottoirs, sous leurs étals ou leurs carrioles de babioles artisanales. Des guirlandes pendaient au-dessus des rues, l'écho de pétards ricochait entre les immeubles, des enfants échappés à leurs maisons et leurs parents passaient en courant, des femmes faisaient tourner leurs robes longues aux sons des guitares et des tambourins, se prenant pour des Espagnoles. Pete Ferguson, seul Blanc encore éveillé sur son balcon, fermait les yeux et écoutait les cris et les chants, la populace d'Antigua qui s'offrait une nuit pour elle seule avant l'arrivée du président et de sa cour. Il se leva, enfila sa veste et ressortit de l'immeuble du poète.

Les marches taillées dans la pierre étaient humides et glissantes ; le colimaçon accélérait les vertiges de l'alcool et l'imprimerie, arrêtée pour la nuit, ne le guidait pas de ses bruits. Une main et une épaule contre le mur, Pete progressa jusqu'à la porte et s'arrêta pour reprendre son souffle, frappa les cinq coups du signal et attendit. C'est un des métis arrivés avec Aznar, à la peau grêlée par une vieille maladie, qui lui ouvrit. La chaleur, l'odeur d'encre, de graisse mécanique et de cellulose lui soulevèrent le cœur. Les exemplaires du *Grito del Pueblo* étaient empilés autour de la table de composition, les rotatives et les presses reposaient dans la pénombre. Au bout de la cave l'autre métis montait la garde devant la porte de la salle de réunion. Allongé sur un lit à même le dallage, Guzman lisait tout habillé, avec ses lunettes rondes qui le faisaient plus encore ressembler à une taupe.

– Qu'est-ce que vous faites ici ?

Le métis à la mauvaise peau rejoignit son collègue, Pete le suivit des yeux quand il entra dans la salle du fond et referma derrière lui.

– Je veux lui parler.

Guzman se leva et fit barrage à Pete.

– Pas question. Rentrez chez vous. Vous êtes saoul.

Guzman la taupe ne put se retenir de sourire.

– De toute façon Maria ne veut pas avoir affaire à vous.

– À moi ?

– Aux Blancs.

Pete observa son interlocuteur, avec son teint pâle de champignon de cave, qui n'avait pas un gramme de sang indigène, pur descendant d'Espagnols. Depuis le temps qu'il se prenait pour la voix du peuple, il devait aussi se croire métis. Si le poète Manterola était un père incestueux de son peuple, Guzman l'intellectuel se prenait pour son patriarche vertueux.

– Laisse-moi passer, sinon tu trouveras quelqu'un d'autre pour aller au palais demain.

Guzman ne bougea pas tout de suite, la poitrine en avant, puis se résigna.

– Pas plus d'une minute.

Il fit un signe de tête au métis qui gardait la porte.

L'Indienne était assise à la table, sa couverture toujours sur les épaules, un de ces tissus colorés des montagnes, ternie par la poussière de son voyage. Le métis vérolé sortit, Pete referma derrière lui et poussa le loquet. De l'autre côté il entendit Guzman protester et frapper du poing.

Elle le regardait de ses yeux noirs étirés sur les côtés comme ceux des Chinois, mais bien plus ronds, laissant voir le blanc autour des pupilles quand elle fixait un objet, comme elle fixait Pete maintenant. Ses cheveux longs étaient noués en une longue natte, son nez était fin, droit dans le prolongement de son front, ses narines épatées. Sa bouche était sans lèvres mais le trait qu'elle dessinait était souple, son visage figé pouvait s'animer à tout moment. Elle était plus petite encore que dans son souvenir, une adolescente aux formes de femme. Sa posture, mains croisées sur la table, semblait l'imitation par une gamine de la patience d'un adulte.

L'attentat, les gardes de l'autre côté de la porte, cette femme-enfant envoûtée par ses propres pensées et surveillée comme un trésor : un sacrifice de vierge. Comme si Manterola, Aznar et Guzman étaient allés chercher dans la forêt un pur symbole à immoler, offert à la cause par une tribu analphabète. Une fillette qui devait se croire investie de pouvoirs surnaturels, pareille à ces Indiens des plaines qui se croyaient protégés des balles de la cavalerie américaine par leurs amulettes.

Pete lui dit en espagnol, sans savoir si elle comprenait cette langue :

– C'est moi qui serai avec toi au palacio demain.

– On m'a parlé de toi. Le gringo arrivé du Mexique sur le bateau de Segundo.

Elle avait répondu en anglais, appelé Aznar par son prénom. Pete se sentit ridicule dans son costume défraîchi de bourgeois et puant l'alcool. Il avait peur et l'Indienne le voyait bien.

– Je voulais être sûr que tout était clair, que tu n'allais pas me causer des problèmes.

Les narines de Maria se dilatèrent et sa bouche se crispa, Pete crut qu'elle allait cracher.

– Tu n'as pas à t'en faire, mercenario.

Elle n'était pas laide, seulement Pete ne comprenait pas un tel visage. Cette femmelette avait-elle un mari et des enfants quelque part ?

– Tu m'as vue. Tu me reconnaîtras demain. Tu peux partir.

Sa voix claire était soutenue par une note basse, une vibration plus profonde et rauque de gorge sèche. Pas seulement l'irritation d'être face à ce Blanc, une véritable colère. Pete vacilla. Dans un vertige il revit son père, sur le pas de la porte de leur maison, le jour de la mort de Billy Webb. Il se vit lui, à la table à côté d'Oliver, le regard fixe et prêt à en découdre. Puis il regarda la petite femme avec ses yeux noirs et son air féroce, prête aussi à en découdre. Elle recula quand il tira une chaise à lui et s'assit en face d'elle.

– Ils vont t'abattre.

Elle se reprit aussitôt sa surprise passée. Ses sourcils se froncèrent. Pete sentait son odeur maintenant, un parfum de beurre frais et de musc – le souvenir d'une portée de chatons juste nés, la tiédeur écœurante de la délivre, les poils mouillés enrobés de graisse. Il voyait le grain de sa peau sur son cou, de la soie humaine. Il se demanda à quoi sa propre odeur lui faisait penser, quels souvenirs retrouvait l'Indienne pour décrire le parfum de ce Blanc.

– Le peuple se soulèvera.

– Ce n'est pas le peuple qui te sauvera.

– Ce n'est pas ton combat. Apporte-moi l'arme, ensuite tu pourras t'enfuir.

Pete parla plus bas, désespérant soudain de se faire comprendre d'elle :

– Guzman et les autres, ils se servent de toi.

Son expression ne changea pas.

– C'est nous qui nous servons d'eux. C'est notre cause, pas la leur. Tu ne sais rien, mercenario.

Il ne savait plus quoi dire.

– Et… ta famille ?

Elle se leva pour ouvrir la porte, les deux métis l'encadrèrent aussitôt. Pete passa devant eux la tête dans les épaules, avec l'envie de se rouler dans la sciure d'un plancher de saloon, de donner et de recevoir des coups. Les métis étaient prêts eux aussi.

Il quitta l'imprimerie clandestine, le jour se levait quand il arriva chez lui, la fête était terminée et l'avenida Norte déserte. Sur le balcon il regarda le soleil se lever au-dessus de la ville et du grand volcan Agua.

*

Ma mère.

Mon premier. Folie des mères de ne plus être entières, de donner naissance à des êtres solitaires. Chair de ma chair, ce qui reste de moi, mythes rapiécés inventés pour ton frère.

Tu es l'enfant sans larmes au bord de ma tombe, qui voulait s'y jeter.

Je t'aurais repoussé, tu sais.

Tu pensais :

À qui nous a-t-elle abandonnés ?

Un mari et deux frères seuls ensemble.

Te voilà réduit, ma séparation, à nous faire parler tous les deux, l'homme et la femme qui t'ont fait.

Il était tôt quand tu es venu dans la chambre, mon premier levé, ce jour-là.

J'attendais que quelqu'un vienne, cette lumière qu'on espère. Il me restait une poignée de minutes pour en finir avec tout. Et c'est toi qui es venu, mon premier, mon dernier.

Tu voulais que je vive ou que je meure avant que lui *arrive, que nous ne soyons que tous les deux et qu'Oliver ne se réveille pas à côté, ton frère qui avait deux ans, dont tu me jurais de t'occuper.*

Tu n'as plus jamais voulu que ton petit frère se réveille.

Tu lui as raconté ce qu'il y avait avant, mon souvenir, pour l'endormir, ce qu'il y aurait après, les rêves de Californie, pour qu'il garde les yeux fermés.

Le mal que me faisaient tes larmes. Je te serrais dans mes bras et je partais.

Tu as senti mes mains te lâcher.

Quel vide. Quelle chute.

Vite, parle-moi de cette femme qui a pris soin de vous au

ranch, cette Alexandra. Penses-tu que nous aurions pu être amies ? Elle qui lit et moi la fermière, la paysanne ?

Est-elle aussi belle que tes souvenirs de moi ?

Tu aimais cette femme, mon premier devenu grand ?

Est-ce à cause d'elle ou de moi que tu es parti de là-bas ? Que tu faisais souffrir d'autres femmes ? Que tu te battais ? Pour elle qui prenait soin de ton petit frère et de toi, sans voir que tu étais fort ?

J'aurais tellement voulu rencontrer cet autre homme qui vous a recueillis, droit et solide, tellement plus que votre père. Crois-tu que j'aurais été l'amie de cette nouvelle famille ?

Le ranch est si beau.

Crois-tu que si je vous avais aimés assez – plus – je ne serais pas morte ? Qu'on ne meurt pas quand on aime ?

Ces questions n'auront pas de sens tant que toi non plus tu n'auras pas aimé, mon fils, toi qui as tué dans ce monde où l'on meurt.

Que veux-tu dire à ta mère ce soir ?

Tu es loin, de plus en plus loin, et tu ne sais plus si j'étais si belle.

Si je vous aimais tant.

Si je suis ton invention.

Tu as quelque chose à dire, mon premier ?

Tu as trouvé ?

Quoi ?

Une autre enfant sacrifiée ?

Une lune carrée ?

Le jour est levé. Je t'imagine dans un pays lointain, dans une ville magnifique taillée dans la pierre des volcans.

C'est une belle journée et tu es seul, tu vas sortir marcher dans des rues pavées. Tu fuis toujours et tu n'as pas encore trouvé à qui parler, dans ce monde où l'on meurt.

3.

Fusil en travers de la poitrine, une ligne de soldats séparait les curieux des arcades illuminées du palacio. La foule tendait le cou, les militaires rectifièrent leur position à l'approche du convoi présidentiel, leur poitrine gonflée d'air.

Miguel García Granados était un homme longiligne, hidalgo au sourire aimable sous un grand front de professeur d'école. Ami de poètes cubains et sud-américains que le vieux Manterola abhorrait, il était l'héritier d'une famille d'officiers qui l'avait poussé, en plus des lettres, à s'instruire dans l'art de la guerre. Stratège éclairé, il avait remporté l'année précédente les élections contre Sandoval. Libéral, modéré et élu, il pouvait descendre de sa voiture sans craindre des sifflets ou des tirs venus de la plaza de Armas.

Sur les marches du palacio del Ayuntamiento, entre deux haies de valets en livrée, Granados se retourna pour saluer de la main et son épouse à son bras sourit elle aussi. La foule envieuse acclama ce beau couple qui lui ressemblait si peu. Les fantasmes de la foule ne s'embarrassaient pas de moralité : président élu ou dictateur sanguinaire, le public voulait être sur ces marches à leur place. On applaudissait et on en redemandait. Après le président, ce fut aux gouverneurs des provinces, aux représentants des grandes familles et aux propriétaires influents que l'on fit ovation ; n'étaient-ils pas des alliés, même repentis, du bon Miguel García Granados ?

Seule contrainte pour se rêver entrant au palais, la foule devait s'imaginer blanche.

C'était toute la contradiction de ces dernières années. Le Guatemala avait bien eu un président au sang indien, mais Rafael Carrera était un porcher inculte et un fou dangereux, qui avait fini ses jours enfermé dans une église, entouré d'hommes armés, à boire comme un trou dans son costume bardé de médailles, à recevoir des émissaires étrangers et ordonner des exécutions capitales. Granados et son ami le général Barrios, eux, n'étaient pas fous. Ils confisquaient les possessions des évêques – à qui appartenaient la moitié de Ciudad de Guatemala et une bonne portion du Guatemala – pour les redistribuer à des investisseurs plus compétitifs, des amis d'ici ou d'ailleurs. Après ces Belges que l'on avait vus passer, arrivaient des Allemands. De plus en plus d'Allemands à qui les libéraux donnaient des terres, beaucoup de terres, pour tenter de cultiver le café avec plus de succès que les envoyés de Léopold Ier. Pour pourvoir en main-d'œuvre ces nouvelles plantations libérales tout en mettant fin à une plaie nationale, le vagabondage, le nouveau gouvernement avait édicté une loi : la ley de vagancia. Tout Indien qui marchait le long d'une route – tout vagabond – était emmené par la police ou l'armée pour travailler dans les haciendas.

C'était à s'y perdre. On regrettait le sang indien de Carrera, en même temps rassuré que quelqu'un de raisonnable ait pris en main le destin du pays.

Ovation après ovation, les invités étaient entrés au palacio puis les portes s'étaient refermées ; le dernier convive, inaperçu, était arrivé seul et à pied, ce jeune Américain, Ferguson, secrétaire du Maestro Manterola empêché par une mauvaise grippe. On allait regretter l'aimable présence du poète et sa conversation spirituelle. Les poètes étaient les amis du président, tout le monde le savait. Si l'on disait d'un homme bon avec les animaux qu'il ne pouvait pas être un mauvais homme, alors un président ami des poètes pouvait-il être un mauvais président ? L'Américain portait un costume clair, il avait monté les escaliers d'une démarche de vacher et présenté son invitation.

Un orchestre, une vingtaine de musiciens, jouait une musique agréable, un rythme lent et long, d'une mélodie complexe reprise par des instruments que Pete Ferguson n'avait jamais vus ; une musique pleine de petites phrases, de fioritures et d'embellissements, qui faisait penser à des oiseaux un matin de printemps, quand la forêt entière piaille, que les chevaux sont calmes et que la nuit a été bonne. Pete resta planté à l'entrée de la grande salle de réception, impressionné par cette musique qui faisait briller plus fort les lustres, les bijoux des femmes et les sourires des hommes. Des serveurs sillonnaient la foule, portant des plateaux de coupes de champagne. N'osant pas en arrêter un, il se dirigea vers le buffet et attrapa discrètement un verre. Cette boisson claire et piquante, qu'il avait goûtée avec Manterola, ne lui plaisait pas ; il en vida une deuxième coupe qui chassa le goût de la première. La musique s'arrêta, les têtes se tournèrent vers la petite estrade : le maire de la ville prenait la parole. Pete regarda autour de lui, cherchant dans la foule une petite silhouette noire.

Le maire salua, remercia ses invités et les artistes présents, puis sur une courbette s'écarta pour laisser la parole au gouverneur, qui remercia le maire pour ce magnifique accueil dans ce magnifique palais au cœur de cette magnifique ville. Antigua, perle architecturale de la culture hispanique, construite par les ancêtres de cette exceptionnelle assistance, sur cette terre sud-américaine que le patriotisme, le travail et l'art avaient transformée en joyau de la civilisation. Un pays désormais indépendant mais qui n'oubliait pas ce qu'il devait à ses origines, ni le devoir qui s'imposait à tous désormais – le gouverneur s'adressait aux deux cents personnes devant lui – de porter plus loin encore l'avenir du Guatemala. La porte était maintenant ouverte pour laisser la parole à celui sous les lumières de qui la nation deviendrait une référence politique, économique et artistique mondiale. L'homme par qui le changement et la prospérité arrivaient, le président Miguel García Granados. Sous les applaudissements Granados tira de sa poche une feuille de papier qu'il déplia.

Pete la vit derrière le buffet, portant un plateau de nourriture.

La raison de sa présence le dégrisa instantanément, il passa nerveusement la main sous sa veste, sentit le revolver glissé dans la ceinture de son pantalon.

Il était sans doute le seul à remarquer Maria, cheveux tirés et noués en chignon, dans sa tenue noire identique à celle des autres servantes. Le regard de l'Indienne passa sur Pete sans trahir la moindre émotion. Il saisit une coupe de champagne, en avala trois autres avant que Granados ait terminé son discours. Le président invitait chacun à s'amuser et surtout, insista-t-il humblement, à parler avec tous ces artistes, peintres, poètes et sculpteurs présents ce soir, sans qui la beauté du Guatemala ne serait pas complète.

– Écoutez-les plutôt que nous, tristes hommes d'État dont les travaux ingrats ne peuvent rivaliser avec le génie créateur de tels hommes.

La salve d'applaudissements et de rires fit sursauter Pete. Un couple âgé, dont les visages lui rappelaient une vague rencontre, vint lui demander comment se portait le Maestro Manterola. Pete commença à parler en anglais, essaya de reprendre en espagnol, bafouilla et laissa là le couple surpris.

L'orchestre avait recommencé à jouer, une musique plus entraînante cette fois. Le président et son épouse ouvraient le bal et Pete les regarda, Granados digne et mince, une main posée sur le dos de sa femme, leurs bras tendus et leurs deux mains jointes, décrivant de larges cercles sur le dallage marbré. D'autres couples se mirent à tourner, officiers en uniforme d'apparat qui faisaient se soulever les robes des femmes. La musique et le champagne lui tournaient la tête et derrière le flot des danseurs Pete cherchait la petite Indienne. Les serveurs apportaient boissons et nourriture. Granados avait quitté la piste et un petit groupe s'était formé autour de lui, d'hommes en nœud papillon et costume noir. Maria avait disparu et Pete sourit. L'Indienne avait déguerpi : elle avait compris que le plan de Guzman était une folie, que la danse des nantis ne serait pas arrêtée par une poignée d'idéalistes, que le bal continuerait. Elle avait fui et Pete Ferguson, secrétaire du vieux Maestro, eut envie de rire au milieu de cette foule enivrée d'elle-même, avec ses pas de danse et ses tourbillons orchestrés. Quand un homme à moustache lustrée, s'approchant sans plaisir de l'Américain, lui demanda des nouvelles du poète, Pete se plia en deux en une révérence grotesque, sentant le revolver sous sa chemise lui rentrer dans les côtes. Il déclara d'une voix forte que le Maestro avait été terrassé par des problèmes intestinaux, alors qu'il travaillait à un poème sur la révolution libérale. L'homme tourna les talons. L'éclat de voix de Pete avait attiré les regards, il recommença sa révérence à l'intention des curieux, s'accrocha au buffet et demanda un verre de whisky. Des femmes, menton haut et nez pincé, secouèrent la tête : rien d'étonnant à ce que Manterola, poète aux mœurs discutables, se soit attaché les services d'un yankee aux manières de rustre.

L'orchestre enchaînait des morceaux cadencés, les danseurs avançaient en ligne face aux danseuses, ils se croisaient, se prenaient par les bras, tournaient, changeaient de partenaire et reformaient les lignes, saluaient, recommençaient. Guzman dans sa cave devait se ronger les ongles, comptant ses exemplaires du *Grito del Pueblo*. Aznar et Manterola, dans la calèche à la sortie de la ville, attendaient des nouvelles de Pete. Mais leur combattante, l'Indienne infaillible, avait déserté, la fête du palacio battait son plein. Pas d'attentat. Pas de révolution. Et son argent qui s'envolait. Pete leva son verre en direction des danseurs, sauvés sans le savoir de la démocratie parlementaire.

– ¿ Quiere otra cosa de beber, señor secretario ?

Pete se retourna en entendant le signal.

Elle s'était glissée dans son dos, une serviette blanche pliée sur le bras, un plateau à la main.

– Qu'est-ce que tu fais là ?

Elle ne cilla pas.

– ¿ Quiere otra cosa de b…

– Va-t'en.

Elle leva les yeux vers lui, ses sourcils s'étaient crispés, elle répondit entre ses dents :

– Donne-moi l'arme.

– Pars d'ici.

Il avait parlé fort, des têtes se tournaient vers eux. Maria cligna des yeux, tenta de se maîtriser. Elle chuchota :

– Dame el arma.

– Va-t'en.

Pete lui arracha le plateau des mains et le lança sur le buffet. Les verres se brisèrent, des assiettes éclatèrent en lames de porcelaine sur les dalles. Les invités éclaboussés s'écartèrent, des danseurs s'étaient figés. Autour du président Granados l'aréopage d'hommes d'affaires s'agita, le maire d'Antigua fit un signe à un subalterne qui fendit la foule. Maria s'accroupit pour ramasser les débris. L'homme du maire la regarda, puis l'Américain saoul.

– Un problème, señor ? Cette jeune personne vous importune ?

– Quoi ?

– Il y a un problème avec cette Indienne, señor ?

Deux autres serveurs se précipitaient pour nettoyer.

– Cette Indienne ?

Pete saisit Maria par le bras et la força à se relever. Il hurla au visage de l'employé :

– Cette Indienne-là ?

L'homme du maire recula, des officiers s'approchaient. Pete entraîna Maria parmi les danseurs, la serra contre lui, une main dans son dos, se tourna vers le buffet et les invités abasourdis.

– Pas de problème avec l'Indienne !

Il se mit à tourner, l'entraînant sur la piste. Maria, tétanisée, ne pesait rien, la sueur perlait sur son front couleur d'argile, ses jambes ne la portaient plus, il resserra son étreinte et tourna plus vite, trébuchant, bousculant les invités jusqu'à faire le vide autour d'eux. L'Américain dans son costume clair, vacher endimanché, faisait décoller du sol les pieds de la petite servante indienne. Le revolver frottait contre leurs ventres collés, Maria avait la nausée, sa tête tombait en arrière à chaque nouveau tour. Pete partait dans un sens puis dans l'autre, frappant le sol du talon de ses bottes, à la manière des fermiers de Basin réunis sur un plancher autour d'un banjo. L'orchestre s'était arrêté. Pete percuta un mur d'épaules. Trois jeunes officiers l'empoignèrent. Il s'accrocha à Maria qui fut emportée dans la mêlée, on la lui arracha des bras, on le poussa dehors et les grandes portes se refermèrent derrière lui.

En bas des marches, sur la plaza de Armas, la foule d'Antigua dansait elle aussi. Maria n'était plus là. Pete traversa la rue et disparut parmi les péons, à la recherche d'un endroit où continuer à boire.

Ivre mort, il se perdit sur le chemin de l'avenida Norte, s'effondra contre un mur pour reprendre son souffle, entendit derrière lui des pas mais fut trop lent à se retourner. Il reçut le coup à la tempe et vomit en perdant connaissance.

4.

Pete avait l'impression d'entendre encore l'orchestre du palacio, une valse déformée par un écho douloureux. Il voulut porter sa main à son front pour arrêter le tourbillon mais ne put lever le bras. Il était allongé dans une pièce aux volets clos, ses chevilles et ses poignets attachés à un lit. Il testa la résistance des liens, trop solides pour s'en libérer. L'odeur de vomissure, de tabac et d'alcool qui imprégnait son costume lui retourna l'estomac. Des aiguilles de soleil passaient entre les lames des volets, capturant la poussière en suspension. Il se dit qu'il venait enfin d'arriver au Guatemala, dans le style de son arrivée au Mexique. Sale et puant, une bosse au crâne au lieu d'une balle dans le ventre. Il progressait peu dans l'art de franchir les frontières.

La porte s'ouvrit et le métis à la peau crevassée entra. Comme dans la cave de l'imprimerie, il se posta à l'entrée de la chambre.

– Où est Maria ? demanda Pete.

Le vérolé regardait droit devant lui.

– Guzman ? Manterola ? Ils ont été arrêtés ?

Le métis ne dit rien, gardien silencieux de la cause si bavarde des Blancs. Pete entendit le parquet craquer dans le couloir. Quelqu'un s'était arrêté sur le seuil et attendait avant d'entrer. La musique continuait à tourner dans sa tête, la sensation du corps de l'Indienne contre le sien et de son regard terrifié, comme celui d'Oliver quand le Vieux levait la main. La porte s'ouvrit et elle traversa la chambre jusqu'à la fenêtre fermée. Pete se redressa pour voir son dos, l'imagina face à un mur, sa nuque défiant un peloton d'exécution.

– Guzman est en fuite, Manterola aussi. Son testament ne sera pas publié, les exemplaires du journal, avec toutes les machines, ont été détruits. Aznar a disparu, il doit chercher à rejoindre Puerto Barrios et son bateau. La police est sur leurs traces.

Elle eut un mouvement d'épaules qu'il ne put interpréter, ricanement muet ou inspiration douloureuse.

– Je comptais sur ta cupidité, mercenario. Tu n'as même pas été à la hauteur.

Elle entrebâilla les volets et se pencha pour regarder dehors, ses cheveux noirs dans la lumière. Des voix d'enfants, dans un courant d'air chaud, montèrent jusqu'à eux.

– Tu as une dette envers nous.

– Qu'est-ce que je vous dois ?

– Un combat.

Il sourit.

– Mon salaire ?

– Ta vie. Ce sera un vrai combat.

Elle quitta la pièce, le métis tira un couteau de sa ceinture et trancha les liens de ses chevilles. Quand il coupa les cordes retenant ses poignets, l'homme chuchota :

– Gracias para Maria, señor Ferguson.

Puis il sortit sans verrouiller la porte. Pete massa ses mains et ses pieds, marcha jusqu'à la fenêtre en cherchant son équilibre. Des maisons en torchis, des rues de terre battue, des toits aux tuiles cassées, plus bas la vieille Antigua sereine, derrière elle le volcan fumant. Il était dans les faubourgs de la ville, à flanc de montagne.

Il dormit presque tout le jour et jusqu'au soir. L'autre métis revint à la nuit tombée, jeta sur le lit une boule de vêtements, déposa par terre une bougie et le sac de voyage de Pete.

– On a trouvé tes affaires chez Manterola. Tu ne devrais pas garder un journal personnel, si la police de Granados l'avait trouvé, la situation aurait été encore pire.

– Qui a lu mon carnet ?

– Change-toi maintenant.

Le métis resta là pendant qu'il ôtait son costume, le regarda enfiler les vêtements qu'il avait apportés. Des sandales, un pantalon en coton avec une ceinture de laine tressée, une chemise du même coton et un poncho en laine rouge, un bonnet noir, le tout déjà porté, sentant la transpiration aigre d'un autre homme. Pete abandonna sur le parquet son costume sale de secrétaire du Maestro. Quand il fut habillé, le métis fit un signe de tête, sorte d'acquiescement dégoûté en voyant le gringo déguisé en paysan de son pays. Il apporta ensuite une bassine émaillée, un morceau de savon, un rasoir et un miroir.

Avec ses jambes courtes, ses épaules larges et ses cheveux bruns, dans la mauvaise lumière de la lampe, rasé, Pete pouvait passer pour un Indien. À condition d'enfoncer le bonnet sur son front et de marcher à leur manière, le dos courbé. Il tria ses affaires, ne garda que quelques changes et son carnet, qu'il rangea dans le sac de toile.

La rue descendant vers la ville était déserte à cette heure, peut-être les voisins se cachaient-ils. Le silence impressionna Pete, comme s'il n'était que pour leur petit groupe, Maria, les deux métis et lui. Ils se faufilèrent hors de la maison, quittèrent le quartier et sortirent des faubourgs. Pete avait du mal à suivre le rythme, les jambes lourdes et le souffle court. Ils atteignirent la forêt qui couvrait les flancs de la montagne et où l'air était plus frais. Pendant trois heures il suivit la petite silhouette de Maria, un métis ouvrant la marche, l'autre derrière lui, jusqu'à ce que le chemin rejoigne la berge grise et l'étendue noire du lac volcanique d'Amatitlán. Ils se cachèrent et attendirent qu'une lumière, reflétée par les ondes, s'allume deux fois brièvement puis s'éteigne. Un métis répondit par le même signal, quelques instants plus tard une barque accosta et ils s'y installèrent. Deux hommes étaient à la manœuvre, plongeant sans bruit les rames dans l'eau.

L'aube pointait quand ils touchèrent la berge opposée, où ils mirent pied sans qu'un mot ait été échangé avec les passeurs. Sous le couvert des arbres, reposés, ils continuèrent à pas rapides jusqu'à une piste maintenant blanchie par le soleil. Là il fallut attendre encore ; les gourdes étaient vides et la chaleur écrasante au pied du volcan Agua.

Une première carriole tirée par un mulet s'arrêta. Maria et un métis y grimpèrent. Pete resta avec celui à la peau marquée.

– Una hora más, señor.

– Je m'appelle Pete.

Le métis hocha la tête.

– Gustavio.

Pete n'arrivait pas à lui donner d'âge. Son visage sans ride donnait une impression de jeunesse, les traces que la maladie y avait laissées le vieillissaient. Plutôt grand et robuste pour ce pays.

– Où est-ce qu'on va ?

Gustavio s'éloigna, jeta un coup d'œil à la piste et revint s'asseoir.

– Jutiapa.

– Jutiapa ?

– Dans le Sud.

– Qu'est-ce qu'on va faire là-bas ?

Le métis sourit et secoua la tête, gêné de ne pouvoir répondre, fidèle à ses ordres.

– Laisse tomber, je le saurai assez tôt.

Gustavio baissa la tête.

– C'est chez elle, señor Pete. On retourne chez Maria.

Un chariot attelé à deux bœufs et mené par un vieil Indien les emporta à leur tour. Il y avait sur le plateau des caisses de pommes de terre et des sacs de farine, dans un baluchon du pain de maïs et une gourde d'eau. Pete regarda s'éloigner le volcan et son panache noir, s'allongea sur les sacs en toile de jute, bercé par les mouvements du chariot.

– Où est-ce que tu as appris l'anglais, Gustavio ?

– Avec Maria. Mais je ne parle pas très bien.

– Si tu veux je peux parler en espagnol.

– Non, non ! J'aime parler anglais.

– C'est vraiment elle qui t'a appris ?

– À lire et écrire aussi, señor Pete.

Pete ôta son bonnet dont la grosse laine le grattait.

– Il faut garder le chapeau, señor.

Pete regarda autour d'eux, la piste déserte, les montagnes et la forêt.

– Il n'y a personne pour nous voir.

Gustavio traduisit en espagnol pour le vieux qui se retourna et rit au nez de Pete, la bouche édentée. Gustavio remonta ses jambes contre sa poitrine et les recouvrit de son poncho.

– Il y a des gens plein ces montagnes, à des kilomètres on sait déjà qu'un chariot et trois hommes sont sur la piste.

Pete regarda, incrédule, les pentes vertes où pas un toit ni une fumée ne trahissait de présence humaine. Gustavio s'assombrit.

– Enfin, ce n'est pas complètement vrai. Le vieux, il rit, mais les Indiens sont de moins en moins nombreux.

Pete essaya d'imaginer un chiffre. Ce que cela voulait dire, que ces montagnes *étaient* pleines d'Indiens et qu'il y en avait *moins*. De *moins* en *moins*.

– Dans mon pays aussi le gouvernement est en guerre contre les Indiens. L'armée les regroupe dans des réserves. Il y a des réserves ici ?

Le métis, ne comprenant pas et doutant de son anglais, répondit en espagnol :

– Je ne sais pas de quoi vous parlez, señor Pete. Il n'y a pas de réserves pour les Indiens au Guatemala. Ce sont les maladies et l'esclavage, du temps de la conquista, qui les ont tués. Des centaines de milliers, señor Pete. Maintenant l'esclavage n'existe plus, mais les Indiens meurent dans les haciendas. Ils meurent de ne plus vivre de la manière qui était la leur. Le sort des métis est à peine meilleur. Nous nous sommes rapprochés des villes et beaucoup d'entre nous traitent les Indiens comme des chiens, pour être dans les bonnes grâces des Blancs. Les métis forment les rangs de l'armée et tiennent les petits commerces, quelques-uns deviennent riches et essaient d'épouser des Blanches pour que leurs enfants s'éclaircissent. Il n'y a pas de guerre contre les Indiens au Guatemala, señor. Ils sont les plus pauvres des pauvres et n'ont pas de droits, voilà tout. C'est cela qui les tue.

Le vieux sur son siège approuvait en secouant la tête.

– Pourquoi ils ne se sont pas battus ?

– Au début il y a eu quelques batailles. Les Xincas, le peuple de Maria, étaient des guerriers et ils ont essayé de lutter. Mais les Espagnols avaient des chevaux et les plus solides épées du monde.

Mais surtout, les Indiens n'ont pas compris que les conquistadores voulaient tout. Le temps qu'ils réalisent et il était trop tard, ils étaient décimés et déracinés. Aujourd'hui les Blancs ont des armes à feu et des bataillons de soldats payés pour faire la guerre. Chez les Indiens, payer un homme pour être un guerrier est une chose aussi absurde que ces milliers d'hectares de café qui ne nourrissent personne. Pedro de Alvarado, le premier Espagnol arrivé ici, après avoir gagné une bataille contre les Xincas, en a fait ses soldats pour aller conquérir le Salvador. On dit que les Xincas abandonnaient leurs armes de honte et se laissaient tuer par les ennemis d'Alvarado. Excusez-moi, señor Pete. Je sais… je sais que vous étiez avec le señor Guzman pour de l'argent. Mais Maria dit que c'est ainsi, que nous devons nous servir de vous et apprendre. Que cela sert notre combat d'employer des soldats qui savent se battre.

– Je ne suis pas un soldat. Dans mon pays je me suis enfui pour ne pas faire la guerre.

Le vieux éclata de rire. Gustavio ravala sa salive.

– Qu'est-ce que vous dites ?

Pete répondit en anglais.

– Que je ne suis pas venu ici pour me battre avec vous. Manterola et Guzman m'ont recruté parce que j'étais blanc et que je pouvais entrer au palais pour donner une arme à Maria. Rien d'autre. Je ne sais pas ce qu'elle t'a raconté mais tu te trompes sur mon compte.

Pete s'allongea et remonta le poncho sur sa tête pour se protéger du soleil, il dormait quand Gustavio le secoua. Ils étaient arrivés à un carrefour, le métis sauta du chariot et Pete le suivit. Le vieux continua sur la route principale sans un geste d'adieu.

Ils suivirent l'autre piste, plus petite et défoncée, creusée d'ornières remplies d'eau. La végétation dégoulinait encore de la dernière averse. Après une heure de marche la pluie recommença à tomber, ils progressèrent entre les arbres le long de la piste pour éviter la boue.

Au couchant la pluie tombait toujours et Pete grelottait de froid. Le métis bifurqua sur un sentier. Pete ne voyait plus où il posait les pieds, trébuchait dans les racines, se tordait les chevilles dans des trous. Le sentier se divisait sans cesse mais Gustavio n'hésitait à aucune intersection. Enfin une lumière, un feu et deux silhouettes sous un arbre aux branches tendues comme des bras au-dessus du foyer. Maria tordait au-dessus des flammes la longue natte de ses cheveux mouillés. Gustavio donna l'accolade au second métis et s'accroupit pour réchauffer ses mains au foyer. Depuis le chariot il n'avait plus adressé la parole à l'Américain. Pete essora son poncho, le renfila trempé et s'adossa au tronc de l'arbre.

– Vous avez quelque chose à manger ?

Le métis dont il ne connaissait pas le nom apporta les éternelles galettes de maïs avant de tourner les talons. Gustavio se leva et le suivit, puis Maria, le laissant seul à côté du feu. Au bout d'une heure ils n'étaient pas revenus, Pete avait brûlé la petite réserve de bois préparée et il ne restait que des braises sur lesquelles crépitait la pluie. Il se roula en boule dans son poncho, le plus près possible de la chaleur. Parmi les bruits des insectes, les craquements de la forêt et la pluie, il lui sembla entendre, selon le vent et par intermittence, des gémissements.

5.

Il se réveilla avec l'impression d'avoir bu de mauvais alcools en mauvaise compagnie, d'émerger d'une saoulerie muette avec des mots plein la gorge.

Il resta roulé dans le poncho, les mains entre les cuisses, en entendant le chuintement de la terre mouillée sous les pieds des métis et de l'Indienne. Gustavio secoua son épaule.

– Vámonos, mercenario.

Il ne réagit pas et le métis le secoua à nouveau.

– Ándale.

Maria et l'autre attendaient. Pete se redressa, le dos raide, les articulations engourdies. Gustavio éleva la voix :

– Il faut partir maintenant.

– Tu me donnes pas d'ordres.

Maria intervint d'un ton sec :

– Ya basta.

Ils suivirent durant douze heures, faisant de courtes haltes, la piste ravinée qui le soir n'était plus qu'un sentier de mules. Ils passèrent des cols, replongèrent dans des vallées et croisèrent des Indiens muets qui ne relevaient pas la tête à leur vue. D'où venaient-ils et où allaient-ils ? Ils marchaient en silence à la recherche de quelque chose qui fuyait devant eux. Comme si Carrera, Granados et tous ceux qui les avaient précédés au pouvoir avaient coupé la langue du Guatemala et que ses habitants, menton sur la poitrine, parcouraient les chemins creux pour la retrouver. Maria, les métis et ces fantômes partageaient un secret dont Pete, de mille façons et pour autant de raisons, était exclu.

À l'étape, à l'écart du chemin, sous un arbre identique à celui de la nuit précédente, ils soulevèrent des branches mortes qui cachaient de la nourriture. Depuis leur départ d'Antigua une armée invisible veillait au convoyage et à la survie de Maria. La pluie avait cessé, l'air était plus chaud, ils étendirent leurs ponchos afin qu'ils finissent de sécher. Le cuir des sandales de Pete lui avait arraché la peau. Maria s'adressa à l'autre métis et c'est ainsi que Pete apprit enfin son nom :

– Santos, hierbas para sus pies.

L'homme revint avec une poignée de feuilles grasses qu'il pila entre deux pierres, faisant suinter une sève épaisse. Il posa un caillou englué devant le yankee et lui fit signe d'étaler la mixture sur ses blessures. La pâte apaisa rapidement la brûlure et en séchant se changea en une pellicule élastique, translucide, comme une seconde peau.

Ce soir-là Maria et Gustavio partirent seuls dormir à l'écart et Santos resta avec l'Américain. La soirée avait passé sans mots. Pete, couché sur un lit de branchages, entendit quelque part les gémissements de Gustavio. Santos alimentait le feu, il tendit lui aussi l'oreille et tourna la tête vers l'endroit où son compagnon râlait en cadence, faisant lentement l'amour à l'Indienne. Son orgasme mal retenu, bref, deux petits cris rauques, fut englouti par les bruits de la forêt, les insectes, les grenouilles et le sifflement des moustiques.

*

– Ce soir nous arriverons à Cuilapa.

Les deux métis n'adressaient plus la parole à Pete, c'était Maria au réveil qui lui parlait.

– Nous aurons des informations sur ce qui s'est passé à Antigua.

Elle ne le regardait pas, mâchait une galette entre deux phrases.

– Nous passerons la nuit en ville.

Santos et Gustavio éteignirent le feu et effacèrent les traces de leur passage.

– Demain nous voyagerons en deux groupes vers Jutiapa. À cheval.

Elle se leva en s'essuyant la bouche.

– Santos et Gustavio partiront ensemble. Tu iras avec moi.

Santos montra du doigt la rivière, large, grise et tumultueuse.

– Los Esclavos.

C'était l'étrange nom de la rivière qu'ils traversèrent au crépuscule sur un pont aux arches inégales, construction aux pierres rongées menant dans Cuilapa. Était-ce une ville qu'il avait déjà vue ou bien ressemblait-elle seulement à l'idée qu'il s'en était faite ? La cité était une version réduite et pauvre d'Antigua ; elle avait dû être resplendissante, puis délaissée pour des raisons mystérieuses – sécheresse, abandon de routes commerciales, guerre, épidémie ? – et inquiétantes. L'herbe poussait entre les pavés des rues, Pete pensa à ces villes minières abandonnées, ces nids à fantômes où il avait plus d'une fois dormi en fuyant à travers son pays.

Il y avait chez les métis une excitation nouvelle et il comprit qu'ils arrivaient chez eux. Depuis le matin et l'annonce de la dernière étape avant Jutiapa, Maria, elle, s'était assombrie. Il essaya de s'imaginer rentrant à Carson City ou à Basin et comme elle, sans qu'il en prît conscience, sa poitrine se creusa.

Un gamin détala au coin d'une rue, ils le suivirent jusqu'à une maison de trois étages à la façade décrépite ; une femme sur le seuil leur fit signe et ils s'engouffrèrent à l'intérieur.

La maîtresse de maison serra Gustavio dans ses bras, tendit la main à Santos puis au gringo dans ses habits d'Indien, se présenta rapidement – Amalia, épouse de Gustavio – avant de serrer Maria contre elle.

Elle les installa autour de la table et d'une bougie, apporta de la nourriture. La soupe de haricots fut avalée rapidement et Maria fit signe à Pete de la suivre. Au premier étage ils entrèrent dans une chambre où Amalia les attendait, un bougeoir à la main. Les deux femmes parlèrent dans une langue qu'il ne connaissait pas, il ne reconnut que les noms de Manterola et Guzman. Amalia posa le bougeoir sur le parquet et avec l'aide de l'Indienne déplaça une armoire, découvrant un passage creusé dans le mur de briques. Maria et Pete s'y faufilèrent pour se retrouver dans une pièce sans lumière ; derrière eux l'armoire grinça sur ses pieds et le trou se referma. Pete attendit sans bouger, écoutant toute proche la respiration de Maria. Une porte s'ouvrit et une nouvelle bougie éclaira autour d'eux une remise encombrée de meubles poussiéreux. Une autre femme les entraîna dans la pièce suivante, souleva un rideau et ils passèrent à travers un autre mur percé qui donnait sur un toit en terrasse. Maria dressa des planches de bois pour masquer le passage. Une échelle au bout de la terrasse menait à un autre toit plat, du linge étendu, encore une échelle pour redescendre sur un autre toit où Maria s'arrêta, décrochant deux couvertures d'un fil à linge. Elle en jeta une aux pieds de Pete et s'assit contre le petit muret entourant la terrasse ; il s'installa contre le mur opposé. Des chiens jappaient et des chats se battaient, la ligne noire des montagnes se dessinait sur le ciel plus clair. Elle le regardait, ses yeux ronds écarquillés et fixes dans la pénombre.

– Manterola a été arrêté, Aznar est en fuite et on n'a pas de nouvelles de Guzman.

Elle parlait d'une voix assourdie par la colère, répugnant à s'adresser à lui.

– Le gouvernement recherche le gringo qui a participé au complot, le jeune Américain qui se faisait passer pour le secrétaire du poète. Tu n'as plus le choix, mercenario, Manterola a parlé.

Elle s'allongea sur le sol et remonta la couverture sur sa tête.

– Qu'est-ce qui va lui arriver ?

Elle répondit sous le lainage :

– S'il a survécu aux interrogatoires, il sera fusillé. Ou peut-être que Granados lui accordera sa grâce parce qu'il est poète. De toute façon, il doit être dans un sale état.

Sa voix étouffée accentuait le détachement de sa réponse. Pete repensa au vieux Manterola, accroché à ses verres de rhum et maudissant la populace inculte pour laquelle il se battait, assis à son bureau d'écrivain.

– Ça n'a pas l'air de te déranger.

– Notre seule arme, c'est notre vie. Si tu n'es pas prêt à la risquer, alors tu es désarmé. C'est notre dernière liberté.

– Comme de faire la putain avec Gustavio et Santos.

Il s'en voulut, non pas des mots prononcés mais des émotions trahies par leur précipitation, qu'elle releva en rétorquant le plus lentement possible :

– Una putana, sí. Comme les filles des bordels d'Antigua que tu visitais. Mais moi je ne vends pas mon corps, je le donne, à des combattants seulement. Toi, tu as baisé le Guatemala en laissant une pièce sur la table et tu n'as pas été capable de faire ce pour quoi tu étais payé.

– Qu'est-ce que ça aurait changé de tuer Granados ? fit Pete avec le ton désabusé du Maestro.

Il prit son silence pour une victoire et voulut la blesser davantage.

– Ce qui te dérange vraiment, c'est que je t'aie sauvé la vie. Que je t'aie volé ta révolution pour une danse.

Elle rejeta la couverture et se redressa.

– Tu as eu peur et tu as sauvé ta peau, rien de plus ! Manterola mourra inutilement par ta faute.

Il savoura, l'abandonnant à sa colère le temps de rouler une cigarette.

– J'ai vécu dans un ranch où il y avait une femme comme toi. Elle lisait des livres et parlait tout le temps de la révolution et du socialisme. Elle m'a dit un jour que si j'étais perdu dans une ville, je devais chercher un écrivain et aller frapper à sa porte. Je pense que Manterola aurait ouvert sa porte si j'étais venu frapper chez lui. Je n'en dirais pas autant de toi et tes combattants.

Maria faisait semblant de ne plus l'écouter.

– J'ai dansé avec cette femme une fois. Il y avait une fête au ranch, juste un vieux qui jouait du violon, pas comme ce grand orchestre au palacio…

– Arrête de parler de ça ! coupa-t-elle.

Elle traversa la terrasse et s'installa plus loin, où il ne pouvait plus la voir.

Pete termina sa cigarette et sortit son carnet du sac de toile. Parfois il fallait le crayon et la lenteur des doigts pour que les mots viennent. Parfois il trouvait plus simple de les imaginer sans avoir à surveiller les lettres tracées sur le papier. Il se contenta d'ouvrir le carnet à la dernière page et leva les yeux vers la lune.

Mon frère.

Je n'ai jamais eu de surnom pour toi, ni toi pour moi. À Basin, nous étions seulement les frères Ferguson, indifférenciés, la progéniture de Hubert Ferguson, ses rejets, ce qu'on voyait de lui en ville. Petit frère, c'est tout ce que tu disais.

Ici c'est l'hiver, la neige est beaucoup tombée et le fourrage commence à manquer. Ou bien l'hiver est doux et les poulains sont en bonne santé. Je ne sais plus. Je confonds peut-être avec l'année où tu es parti. Ma mémoire commence à me jouer des tours, le temps où tu étais avec nous est de plus en plus lointain. C'est comme un deuil, Pete, et le moment arrive où je vais vivre sans toi. Trouver une façon de ne plus être seul. Je croyais toujours devoir grandir pour rattraper mon grand frère. J'aurai bientôt l'âge que tu avais quand tu es parti. Parce que comme les morts tu ne vieillis plus. Maman n'a jamais vieilli. Papa non plus. Maintenant je regarde s'user Alexandra et Arthur, et Aileen qui grandit. Tellement vite, Pete, si tu pouvais la voir.

Je vais plus souvent en ville, des filles s'intéressent à moi. Je suis un associé du Fitzpatrick.

Toutes ces choses qu'au début je n'osais pas faire sans toi.

Il est tard, grand frère, et mes yeux se ferment. Est-ce l'été ou l'hiver là où tu es ? De quelle distance faut-il être séparé pour ne plus voir le même ciel ?

Excuse-moi, j'ai peu de mots ce soir, les étoiles m'intimident et je ne suis plus tout à faire sûr de parler à quelqu'un.

*

À l'aube un homme vint les chercher sur la terrasse. Ils le suivirent de toit en toit, de maison en escalier et ruelle, silencieux dans une ville silencieuse, jusqu'à une écurie. Deux chevaux fatigués, harnachés de selles vétustes, soufflaient dans la poussière du foin, des bêtes au sommeil aussi mauvais que leur caractère. Maria voulut donner des pièces à l'homme, qui refusa l'argent, serra ses mains et lui souhaita bonne chance.

Ils franchirent à nouveau le pont au-dessus des Esclavos. Des nappes de brume suivaient le lit de la rivière et se découpaient au passage des piliers. C'est Maria qui la première lui adressa la parole :

– Qu'est-ce que tu faisais à Tampico, quand tu as rencontré Aznar ?

Peut-être la solitude de la piste, la mauvaise nuit sur le toit, la fatigue, mais il y avait dans sa question une offre de paix que Pete fut soulagé d'accepter.

– Je cherchais un bateau.

– Un bateau ?

– Un départ.

– Tu fuyais ?

– J'ai tué un homme au Mexique.

Il s'interrompit. Maria s'était mise debout sur ses étriers et regardait la piste derrière eux. Elle tira sur ses rênes, tordant la bouche de son cheval.

– À couvert !

Les branches basses leur fouettèrent le visage, les chevaux renâclaient dans les herbes hautes. Ils sautèrent de selle et forcèrent les bêtes à descendre dans le fossé d'un ruisseau. Filant entre les troncs, dans leur uniforme vert et blanc, fusil dans le dos, passèrent au grand galop une douzaine de soldats couchés sur leurs montures. Le sol vibrait et les mottes de terre soulevées par les sabots volaient jusqu'à eux. Maria tenait un revolver levé à hauteur de son visage, un vieux Colt Root, démesuré dans sa main. Ils attendirent que le silence revienne.

– C'est nous qu'ils cherchent ?

– Qui d'autre ? Tu crois encore que tout ça n'est qu'un jeu ? S'ils nous trouvent, ta peau blanche ne suffira pas à te sauver.

Elle glissa le Colt sous son poncho puis souleva sa jupe et Pete regarda ses jambes ruisselantes. Elle tira en grimaçant sur une sangsue en train de mordre la peau de son mollet. Pete souleva ses jambes de pantalon, deux bestioles noires remontaient le long de sa cuisse. Il les écrasa entre ses doigts et ils remontèrent en selle.

– Gustavio et Santos ?

– Ils sont partis avant nous pendant la nuit. Si tout va bien, ils arriveront à Jutiapa avant les soldats.

Elle fit un signe de la tête, indiquant la direction où les militaires avaient disparu.

– Ceux-là travaillent seulement pour le gouvernement. Mais là-bas il y a les hommes d'Ortiz, il les paye bien et ils font tout ce qu'il demande. C'est d'eux qu'il faudra se cacher.

– Ortiz ?

– Le gouverneur Santiago Ribeiro Ortiz.

Le nom provoqua le silence de Maria, pendant une heure ils ne parlèrent plus, restant sur leurs gardes.

– En Amérique, j'ai travaillé avec des chasseurs de bisons. Le plus vieux était un type bien et il m'a parlé d'un voyage qu'il aurait voulu faire. Quand je suis arrivé à Tampico, je cherchais un bateau pour faire ce voyage.

– Quel voyage ?

– Jusqu'à l'équateur.

– Qu'est-ce qu'il y a là-bas ?

– Le milieu de la Terre.

– Je connais l'équateur.

Il sourit.

– Le vieux chasseur disait que là-bas tout s'inverse. Que les pyramides se dressent sur leur pointe, que l'eau monte au ciel, que les oiseaux marchent et qu'il faut remplir ses poches de cailloux pour garder les pieds sur terre. Il disait qu'à l'équateur le monde tourne à l'envers, que les rêves sont vrais et les vérités si solides qu'on les trouve en pépites dans des mines de sable. L'air y est si léger qu'il n'arrête plus le regard et on peut voir à des miles de distance. On ne travaille plus une fois franchi l'équateur, parce que les efforts n'existent plus grâce à la gravité inversée. La force n'existe plus. La violence épuise ceux qui l'éprouvent et ils ne peuvent plus bouger. Les sentiments prennent forme quand on prononce leur nom et le temps s'écoule plus lentement pour qu'on ait le temps de les dire.

– Tu inventes. Le vieux chasseur n'a pas dit ça.

Maria jeta un coup d'œil au sac de toile qui battait la hanche de l'Américain.

– C'est ça que tu écris dans ton carnet ?

– Non.

– Qu'est-ce que tu écris ?

– Les lettres de gens qui ne sont plus là.

– Des morts ?

Pete tira sur ses rênes, les deux chevaux s'arrêtèrent en même temps. L'après-midi se terminait et dans les ombres longues il n'était pas certain de ce qu'il voyait. Ils mirent pied à terre, Maria arma son revolver.

La mule avait été abattue au milieu de la piste et laissée là à pourrir. Pete s'accroupit pour lire les empreintes dans la terre, des fers de chevaux, des talons de botte profondément enfoncés : les militaires dont ils avaient suivi les traces la moitié de la journée. Le pistolet tremblait dans la main de Maria, elle se mordit la lèvre.

– C'est la mule de Gustavio.

6.

Ils croisèrent d'abord une femme qui portait un bébé sur son dos, mais Maria ne lui posa pas de question. Puis un gamin qui tenait en laisse un jeune porc. Maria ne lui demanda rien non plus. Puis un paysan menant un bœuf, accompagné par une gamine de quatre ou cinq ans. Maria se contenta de les saluer sans les questionner. Enfin un Indien, un homme qui s'appuyait à une canne, un pied affreusement gonflé dont la chair était sciée par les lanières de ses sandales. Maria et lui échangèrent quelques mots de xinca, leur langue bientôt morte. Puis elle posa une pièce dans sa main et repartit avec le gringo. Sur une colline dans le couchant, les ombres d'arbres plantés en lignes droites dessinaient les premières formes géométriques que Pete ait vues depuis longtemps, les signes d'une activité humaine. Après un dernier virage la forêt s'arrêta ; les montagnes plongeaient vers une plaine cultivée où quatre pistes en étoile convergeaient vers une ville. Maria quitta la route pour suivre le chemin qui montait le long de la plantation, des arbres au tronc fin et aux larges feuilles foncées, chargés de gros fruits jaunes en forme d'obus cannelés.

– Les terres du gouverneur Ortiz. Ses plantations de cacao.

Le chemin devint un sentier, les vieux chevaux à bout de forces se traînaient lamentablement dans la montée. Elle stoppa devant des rochers de granit couverts de mousse.

– Nous passerons la nuit ici. Tu peux faire du feu.

Les flammes tiraient du bois des odeurs de résine. Pete avait essayé de la faire parler, de savoir ce que l'Indien sur la piste lui avait dit, mais Maria n'avait plus ouvert la bouche. Il allait s'allonger pour tenter de dormir quand elle se leva, un doigt sur les lèvres, dégainant le Colt Root. Elle recula pour s'éloigner de la lumière du feu. Pete écarta les branches en train de brûler, éparpillant les braises qui sifflèrent comme des serpents dans l'herbe humide. Maria n'était plus là, disparue comme un chat dans le bois. Il roula sur lui-même jusqu'aux arbres, rampa dans des ronces et se figea en entendant une voix :

– Maria ?

C'était un chuchotement, à cinq ou six mètres.

– Maria ?

– Paul ?

Pete sursauta. Maria avait parlé juste derrière lui.

– C'est vous, Paul ?

L'homme parla plus fort :

– Je te cherche partout ! Montre-toi, Maria !

Elle enjamba Pete et se précipita. Il se redressa et vit l'Indienne avancer vers la silhouette de l'homme, qui la prit dans ses bras au milieu des étoiles de braises encore incandescentes. Il tenait le visage de Maria entre ses mains et lui embrassa le front.

– Tu es vivante.

L'homme parlait espagnol avec un accent anglais.

– J'ai appris ce qui s'était passé à Antigua, je n'avais plus de nouvelles de toi.

Il écarta Maria de lui et leva son visage vers le ciel, cherchant la lumière de la lune.

– Aujourd'hui un message est arrivé, disant que Gustavio et Santos avaient été enfermés à la Casa negra et que tu avais pris la même route qu'eux avec l'Américain.

Il embrassa la bouche de l'Indienne et la serra contre sa poitrine.

– Il ne faut pas rester ici. Ortiz va lancer ses chiens à tes trousses.

– Il ne sait pas que je suis revenue.

– Maria… La Casa negra. Ils vont parler. Tu le sais.

Pete ne voyait de l'homme que les angles de son visage et des ombres, des cheveux clairs et une longue silhouette mince. Il ramassa ses affaires éparpillées autour du foyer.

– Je vais chercher les chevaux.

L'homme avait laissé sa monture quelques centaines de mètres plus bas sur le chemin. Les bêtes de Maria et Pete n'avaient pas eu le temps de récupérer, elles soufflaient lourdement sur cette côte qui n'en finissait pas. Des heures durant, les yeux mi-clos de sommeil, luttant pour ne pas s'effondrer, ils montèrent à l'assaut de la montagne.

Enfin l'homme leva la main et Pete entendit siffler dans un arbre au-dessus de leurs têtes. Deux fois encore l'homme fit signe à des guetteurs perchés sur des branches et Pete aperçut les lumières de feux au creux d'une vallée, entre deux montagnes abruptes, qui filait en une perspective brumeuse encore noyée dans la fin de nuit. Des huttes sans murs, des femmes, des hommes et des enfants se réveillant, regardant passer les trois cavaliers. Soutenue par deux femmes, une vieillarde se fit conduire jusqu'à Maria qui se laissa glisser de sa selle. La vieille, faisant seule les derniers pas, ouvrit les bras.

Le grand Blanc qui avait embrassé Maria mit à son tour pied à terre. On s'occupa aussitôt de son cheval. Pete le voyait maintenant dans la lumière grise du matin. Sa longue silhouette maigre noyée dans le noir de ses vêtements, ses cheveux qu'il avait crus blonds et qui étaient blancs et la grosse croix en bois qui pendait à son cou, serré dans un col de prêtre. S'il se tenait droit, il marchait comme ces gens qui ont fait une mauvaise chute, colonne et nuque soudées, le bassin cognant à chaque pas. Il n'était pas aussi âgé que le faisaient croire ses cheveux prématurément décolorés, mais il se mouvait avec peine. Deux Indiennes l'aidèrent à s'asseoir sur un grand siège creusé dans un tronc.

La très vieille et Maria se tenaient toujours l'une à l'autre, se parlant front contre front. La tribu entière les entourait. Ils étaient une cinquantaine, habillés de vêtements tissés à la mode des Indiens de ce pays, longues robes colorées, bonnets ou chapeaux ronds à bord plat, pantalons amples aux couleurs passées, tenues rapiécées, pieds nus. Maria fut entraînée sous une hutte et on lui apporta à manger, le cercle des villageois resserré autour d'elle. Le prêtre fit signe à Pete, qui aurait voulu avoir sur le dos ses anciens vêtements, sa veste de cuir et son arme, des bottes solides pour marcher dans la boue du village – si l'on pouvait appeler ça un village. Les hommes le regardaient d'un mauvais œil, des femmes crachèrent à son passage, cachant leur bouche de leur main et chuchotant en xinca. Le prêtre l'invita à s'asseoir sur une natte mais Pete resta debout. Des restes de nourriture se consumaient dans les feux, l'endroit puait, une odeur de viande pourrie et de charogne humide.

– Ils n'espéraient plus la revoir.

Les paupières du prêtre tombaient lentement sur ses yeux, comme si des mains invisibles les lui fermaient. Pete repensa à Rafael, à l'espoir dont il fallait se débarrasser si l'on voulait vivre sans baisser les bras : le spectacle de ce ramassis de pouilleux blottis autour de Maria donnait raison au Comanchero.

– Vous êtes qui ?

– Mon nom est Paul Hagert.

– Ils ne vous ont pas encore construit une église ?

– Je ne suis pas un missionnaire. Je vis avec les Xincas.

– Vous n'êtes pas là pour les convertir ?

– Ce sont eux qui m'ont converti, monsieur… ?

Pete regarda la poitrine de Hagert.

– Vous portez encore une croix.

Paul Hagert la fit tourner entre ses doigts. Le bois en était patiné, noirci par la crasse.

– Je n'y suis plus attaché pour les mêmes raisons.

Maria, avec la vieille à ses côtés, recevait la visite de tous les habitants et échangeait quelques mots avec chacun d'eux ; ils déposaient de la nourriture et des cadeaux à ses pieds.

– Qu'est-ce qu'ils font ?

– Ils l'honorent et fêtent son retour.

– C'est pour eux qu'elle veut faire la révolution ?

– Vous semblez contrarié. N'êtes-vous pas un compagnon de lutte de Maria ?

Pete se retourna vers le prêtre.

– Ce que je voudrais savoir, c'est s'il y a quelque chose à boire dans cet endroit.

– Du pulque, c'est tout ce que je peux vous offrir.

– C'est quoi ?

– Une fermentation de sève de cactus. Ils appellent ça de l'eau de miel.

Paul Hagert s'adressa à une des deux femmes qui s'occupaient de sa cabane, la seule hutte avec un semblant de murs. Pete se demanda si l'ecclésiastique avait fait construire des cloisons pour profiter de ses Indiennes en toute tranquillité. La femme rapporta une bouteille d'un liquide opaque et nettoya avec ses doigts deux verres douteux.

– C'est à peine plus fort que du vin. Maria a banni du village les alcools distillés.

La boisson était affreusement sucrée et sirupeuse mais Pete s'en contenta. Il avait en tête de ne pas bouger d'ici et de rester le plus loin possible des Indiens.

Le soleil, levé au-dessus de la vallée, avait à présent dissous les brumes. Les Xincas avaient laissé Maria avec la très vieille qui préparait une infusion dans une casserole posée sur un feu, jetant dedans des poignées de feuilles. Puis elle dénuda Maria dans les haubans de lumière traversant la fumée, et lui jeta une couverture sur les épaules. Pete détourna les yeux.

– Comment vous êtes arrivé ici ?

– Comme tous les Blancs, sur un bateau de commerce que je croyais être celui de la civilisation.

La bouteille était posée sur un billot noirci par du sang séché, une plume de duvet blanc resta collée au verre de Pete.

– Moi je suis arrivé ici sur un bateau qui transportait une imprimerie.

Hagert sourit. Ses dents gâtées prouvaient son goût pour la boisson sucrée du coin.

– Funeste confusion, là encore. Mon navire appartenait à la Compagnie de Jésus. J'étais un prêtre jésuite.

Pete regarda du côté de la sorcière. Elle agitait un petit rameau enflammé au-dessus de la tête de Maria.

– Qu'est-ce qu'elle fait ?

– Elle la lave de son voyage avec de la sauge.

La sorcière traversa sur ses jambes tordues l'espace qui séparait sa cahute de celle du prêtre. Elle brandissait son rameau incandescent et se planta devant le jeune Américain, l'enrobant de fumée et palabrant à toute vitesse. Pete secoua la main pour disperser l'odeur de sauge brûlée.

– Qu'est-ce qu'elle me veut ?

Hagert la renvoya chez elle sans arriver à la faire taire.

– Elle dit que la vision ne devait pas venir jusqu'ici, que vous ne devez pas croiser le chemin des Xincas et que vous n'êtes pas un prince.

– Qu'est-ce que ça veut dire ?

– Difficile d'en être certain… Allez-vous enfin me dire votre nom ?

– Pete Ferguson. Elle a parlé d'une vision ?

– La vieille en a de plus en plus souvent. Plus elle est sénile, plus les Xincas lui prêtent de pouvoirs divinatoires.

– Qu'est-ce qu'elle racontait, cette vision ?

– Elle parlait d'un prince blanc que Maria attendait pour danser.

Pete avala de travers la gorgée d'eau de miel.

– Danser ?

– C'est ce qu'a dit la vieille, une prédiction qui remonte à longtemps.

Pete repensa au visage de Maria dans ses bras, effrayée, sur la piste de bal du palacio del Ayuntamiento. À Cuilapa, sur la terrasse, elle s'était emportée quand il avait reparlé du bal. Ses pensées furent interrompues par Hagert reprenant le fil des siennes :

– C'était l'année où nous sommes arrivés ici. Une marche depuis le nord du pays. Une douzaine d'Indiens étaient morts pendant le voyage et j'étais moi-même atteint de fièvres. L'ancien propriétaire de ces terres, un vieux Belge du nom de Van Dorp, a été trouver le gouverneur Ortiz qui n'a pas tardé à venir avec des soldats pour nous chasser.

Pete cligna des yeux. L'alcool commençait à se répandre dans son corps, provoquant cette habituelle sensation d'engourdissement, quand sa voix commençait à résonner dans son crâne. Il se sentait à la fois plus léger – prêt à parler – et plus lourd – affalé sur la natte.

– Ortiz ?

– Le gouverneur en a profité pour expulser le vieux Belge en même temps et prendre possession de ses terres. Il est devenu un des plus grands propriétaires du sud du pays et n'a plus besoin d'élections pour rester à son poste. Les Xincas, eux, se sont enfuis dans les montagnes avec Maria.

– C'est de cette époque que date la vision, cette histoire de danse ?

– Pourquoi vous intéressez-vous autant à ces superstitions, monsieur Ferguson ?

– Juste curieux.

Hagert sourit brièvement, se redressa, et une de ses femmes se précipita pour l'aider.

– Vous m'excuserez mais la chevauchée de cette nuit m'a trop fatigué pour que je puisse continuer cette conversation. Demain matin, si vous êtes toujours curieux d'en apprendre plus sur les Xincas, je vous emmènerai voir une merveille tout près d'ici.

Pete leva son verre en signe d'acquiescement. Hagert dit un mot à son Indienne. Quand elle eut accompagné le prêtre au fond de sa cabane, elle revint avec une autre bouteille de pulque qu'elle déposa sur le billot, les yeux baissés devant ce Blanc sorti d'une vision de la vieille sorcière.

Maria avait disparu et le soleil était haut, la chaleur montait de la terre humide. Il n'y avait plus dans la petite rue de boue que des gamins et de la volaille. Pete s'adossa au siège en bois du prêtre, se débarrassa de son poncho puant et termina la bouteille de pulque pour se laver de son voyage. Il ouvrit la deuxième bouteille et s'imagina dans la peau d'un flibustier, vivant comme un roi au milieu des Xincas, sur le trône d'un vieux prêtre. Sa venue n'avait-elle pas été annoncée par une vision ?

Il termina l'eau de miel et cuva le reste de l'après-midi, la bouche collante de sucre et le ventre lourd. Une femme de Hagert lui apporta à manger, puis en espagnol lui dit de la suivre jusqu'à une autre hutte à côté de celle du prêtre. Un lit avait été préparé pour lui, il demanda une autre bouteille. Quand elle l'apporta, Pete la remercia en lui claquant les fesses et éclata de rire.

Il dormait, saoulé de pulque et de fatigue, quand les Xincas revinrent des champs à la fin du jour et s'assemblèrent pour dîner autour de Maria.

7.

À côté de son lit, dans une tasse, une décoction de racines qui n'avait du café que la couleur. Il se gargarisa et cracha le liquide amer entre ses pieds nus.

Depuis son trône d'humilité le vieux prêtre jetait aux habitants du village des regards de sage. Les Indiens lui rendaient des saluts respectueux et distants. Hagert avait trouvé une place ici, mais n'était toujours pas un des leurs. Ou bien ces sauvages étaient moins bêtes qu'ils n'en avaient l'air et, même après des années, se méfiaient toujours du Blanc. Devant Pete ils baissaient les yeux, feignant d'ignorer sa présence.

Hagert buvait la boisson de racines à longues gorgées, sans doute pour se punir de goûter trop souvent au pulque.

– Avez-vous bien dormi ?

– J'en avais besoin.

Jusqu'ici, Pete n'avait vu aucune arme dans le village. À vrai dire, il y régnait une tranquillité comme il n'en avait pas connu depuis longtemps.

– Venez manger quelque chose avant que nous partions.

– Où ça ?

– Je vous l'ai dit hier, un endroit que je voudrais vous faire découvrir.

Hagert souriait, ravi de la surprise qu'il réservait à Pete.

– Où est Maria ?

– Venez manger.

La carne qu'il avait montée depuis Cuilapa sembla le reconnaître et mordit sa manche, un geste que Pete ne sut interpréter.

– À cheval nous y serons dans une heure, le temps de faire un peu mieux connaissance.

– Ce n'est pas une obligation.

– Alors vous écouterez.

Hagert grimaça de douleur, les genoux et le dos raides, en montant en selle.

– Je crois qu'il est grand temps que vous en appreniez plus sur ce pays et ce continent, monsieur Ferguson. Je me suis lassé des vérités révélées, voyez-vous, qui aident à vivre mais tellement peu à comprendre. Le savoir est un guide plus compliqué, mais plus subtil. Avez-vous la moindre idée de ce dont je vous parle ?

– Mon père était un adepte des vérités révélées à coups de poing, si c'est à ça que vous faites allusion.

Hagert sourit en grand, découvrant ses molaires grises.

– N'ayez crainte, je ne vous appellerai pas mon fils. Et mon pardon, qui ne vous intéresse sans doute pas, n'a plus l'importance qu'il avait. Il ne garantit plus le ciel, seulement ma confiance, accordée aux hommes maintenant que j'ai appris à les différencier des salauds.

Pete suivait le cheval de Hagert sur un sentier pentu, baissant la tête sous les branches qui accrochaient son bonnet. Il se retourna et aperçut les cabanes du village déjà en contrebas, niché entre les arbres.

– Vous ne confessez pas les Indiens ?

Hagert éclata de rire et ses poumons semblèrent se vider d'une vieille poussière.

– Ils m'ont porté sur leur dos, soigné et nourri. Pensez-vous qu'il aurait été charitable, une fois remis debout, de les agenouiller pour leur faire avouer des péchés qu'ils n'avaient pas commis ?

– Mais vous n'avez pas abandonné votre croix.

– Ce sont eux qui me l'ont offerte quand j'ai perdu celle que je portais en arrivant. Ils avaient peur que je me sente seul et que mes dieux me manquent.

Au fond de la vallée, passé un col, s'ouvrait un plateau de forêt entouré de montagnes pointues, un triangle profond de quatre ou cinq miles où poussaient des arbres immenses. Certains, plus hauts encore de quelques mètres, étaient couverts de fleurs rouges et jaunes tranchant sur le vert des feuillages. Pete découvrit, émergeant au-dessus de la canopée, le sommet rectangulaire d'une pyramide, ses pierres grises et les dernières marches d'un escalier assailli par la végétation. De grands rapaces tournaient en cercles lents autour de cette pointe de pierre taillée. Des chants d'oiseaux et d'insectes montaient de la forêt gardée par ce gigantesque monument abandonné.

Pete descendit de cheval et fit quelques pas. Le plateau tout entier semblait suspendu aux montagnes qui lui faisaient enceinte.

– C'est... c'est l'équateur ?

Hagert l'avait rejoint.

– Nous en sommes encore loin, monsieur Ferguson, mais cet endroit est magique en tout point, je vous l'accorde. Suivez-moi, nous devons continuer à pied.

Ils suivirent un sentier qui serpentait entre les troncs colossaux, soutenus par de grandes racines drapées ondulant comme des rideaux et assez hautes pour cacher des hommes et leurs chevaux. Les rayons du soleil n'atteignaient pas la terre, arrêtés par les feuilles vingt mètres au-dessus de leurs têtes, le sol était un tapis de repousses qui tentaient leur chance sous l'ombre des géants eux-mêmes envahis par les lianes ; des moustiques sifflaient, des araignées grosses comme la main fuyaient dans des trous, il faisait frais, presque froid dans cette humidité fertile. Pete suivait Hagert sans le lâcher d'une semelle. La végétation était de plus en plus dense et le sentier moins distinct. Le jésuite, sans ralentir, tendit un bras et pointa du doigt un tumulus étrange. Pete aperçut des pierres taillées sous l'amas de plantes. Maintenant averti, il découvrait d'autres dômes comme celui-là, comprenant que le plateau entier était un champ de ruines, une ancienne ville que les bras noueux des racines avaient étreinte et ensevelie. Il essaya d'imaginer des rues entre les tumuli, des avenues plutôt, larges de vingt ou trente mètres. Ils marchaient au milieu de la plus importante, menant droit à la pyramide. Qui ? Quand ? Pourquoi ? Les questions se bousculaient dans sa tête lorsque Hagert, de la main, lui fit signe de s'arrêter. Le tirant par le bras, le prêtre l'entraîna et ils s'accroupirent dans la végétation.

Une procession de Xincas avançait sur le chemin. La vieille, parée de bijoux d'os et de verre, était en tête, installée sur une chaise portée par deux hommes. Derrière elle, dans une longue robe, chargée de colliers et de bracelets, Maria, visage et cheveux couverts d'une peinture verte, ses yeux et ses lèvres cerclés de rouge, tenait à peine debout, supportée par des femmes. Venaient ensuite une dizaine d'habitants du village, tous emplumés et maquillés. Aucun ne les vit. Maria avait l'air saoule, la tête basculant d'une épaule à l'autre, comme emportée par ses grandes boucles d'oreilles en or.

Hagert se releva lentement, un doigt sur les lèvres, et ils attendirent que les Xincas soient loin pour revenir sur le sentier.

– Qu'est-ce que c'était ?

– Une cérémonie ancienne. C'est la deuxième fois seulement qu'elle a lieu, depuis dix ans que je vis avec eux. C'est un sacrifice.

– Un sacrifice ?

Hagert, vieux prêtre défroqué, leva un doigt vers le ciel.

– N'avez-vous pas remarqué les vautours ?

Ils arrivaient au pied de la grande pyramide, ses blocs taillés hauts d'un mètre et longs de deux, envahis de mousse, ajustés au millimètre. Trois côtés du monument étaient verticaux, seule la face supportant les marches avait une pente, effrayante. L'escalier était une véritable échelle aux degrés hauts d'un demi-mètre, qu'il fallait escalader à quatre pattes. Hagert s'assit sur la première marche.

– Je vous abandonne ici, monsieur Ferguson. Si je parvenais au sommet, je serais incapable de redescendre. L'image est drôle, vous ne trouvez pas ? Un prêtre qui refuse l'ascension de peur de ne pas pouvoir revenir. Je vous attendrai ici.

Pete se mit à grimper les marches démesurées, plus crispé que nécessaire, vérifiant chaque endroit où il posait ses sandales et ses mains, suivant le mouvement vertical des racines qui couraient vers le sommet comme les veines de la pyramide.

Approchant de la fin, il se retourna. À cette hauteur il avait l'impression d'être accroché à une paroi verticale, apercevant en bas la silhouette de Hagert. Pris d'un vertige, il s'aplatit contre la pierre, glissant ses doigts dans une fissure et regardant autour de lui les branches des arbres. La proximité de la végétation calma son malaise. Il respira un moment, lâcha doucement prise et se remit en route. Quand il eut dépassé la canopée, la lumière le frappa au visage et il cligna des yeux, termina son ascension en nage et s'allongea sur la petite esplanade, un dallage de quelques mètres carrés terminé par un mur aveugle au bas duquel était taillé un banc. De chaque côté, deux rangées de gradins. Les vautours tournaient au-dessus de lui. Il se traîna vers le banc et s'y adossa.

Au bout du dallage, juste avant l'escalier qui plongeait dans le vide, une pierre ronde ressemblant à une meule était maculée de sang. C'est alors qu'il vit la carcasse au ventre ouvert et les entrailles répandues. Le sacrifice dont avait parlé le prêtre, une pauvre chèvre, au sommet de cette construction démesurée.

Plié en deux, il s'approcha de la table sacrificielle. Un bol rempli de sang avait été laissé à côté des viscères dépliés en une carte répugnante. L'odeur des boyaux était écœurante, les yeux de la bête étaient fermés, les deux traits des paupières assaillis de mouches. Pete s'éloigna du cadavre et resta assis au soleil un moment, retardant le repas des vautours qui tournaient de plus en plus bas, attirés par la dépouille. Il monta sur la dernière rangée de gradins, à l'angle du mur dans lequel il se blottit pour contempler le grand triangle de la vallée.

C'était un monde perdu et mort, qu'à part les Xincas du village personne peut-être n'avait visité depuis des siècles. Plus vieux que Veracruz, plus ancien que les conquistadores, cent fois plus que Carson City, aussi grand que la ville d'Antigua, où des milliers d'Indiens avaient vécu. Que les Espagnols soient venus à bout de pouilleux comme Maria et sa tribu, il pouvait le comprendre, mais qu'ils aient conquis des cités aussi imposantes, cela dépassait son entendement. Pete pensa à New York et Chicago, ces métropoles dont Alexandra Desmond et Arthur Bowman avaient parlé, ces villes si grandes que plus aucun ennemi ne pouvait rêver de les prendre, et essaya de les comparer à ce monde disparu.

Il s'approcha de l'escalier, regardant une dernière fois la vallée et les montagnes autour, les arbres en fleurs qu'il pouvait presque toucher en tendant la main, puis s'agenouilla pour descendre à reculons.

Marche après marche, repassant sous l'ombre des branches, il retrouva l'air vicié et frais de la forêt, les bruits de la faune et l'entêtement parasite des plantes. Sa respiration était plus calme à chaque mouvement qui le rapprochait de la terre. Hagert l'encourageait :

– Vous y êtes presque, monsieur Ferguson !

Le prêtre était toujours pâle, le repos ne lui avait été d'aucun bénéfice.

– J'appelle cet endroit la vallée des vanités. Les Xincas accordent encore des pouvoirs à la pyramide, un autel entre le ciel et la terre pour tendre leurs offrandes aux dieux. Ils n'ont plus de prêtres qui connaissent vraiment leur religion, la vieille perd la mémoire et improvise la plupart du temps. Elle met Maria en scène pour les impressionner, mais tout ça n'a guère de sens désormais. L'utilité de ces rituels n'est que de garder leur communauté soudée, cela les rassure un peu. Ils ne sont plus qu'une poignée et viennent ici, où un empire a été rayé de la carte, en croyant qu'égorger une chèvre les sauvera.

– Qui a détruit cette ville ?

– Le temps. Quand les Espagnols sont arrivés, la vallée était déjà désertée et en ruine. Les Xincas vivaient en petites communautés dans la région et parlaient une langue qui n'était pas celle des grands Mayas. On a pensé qu'ils étaient les derniers représentants de cette civilisation mais au fond personne n'en sait rien. Peut-être n'étaient-ils qu'une caste de guerriers dans cet empire, qui avec leur religion ont aujourd'hui oublié l'art de la guerre. Maria est la seule chose à laquelle ils croient qui ne soit pas un souvenir déformé, la fille d'un chef devenu une légende, leur dernier lien avec le passé.

Hagert avait pris l'air mystérieux qu'il avait toujours en parlant de Maria.

– Les Indiens de ce continent faisaient des offrandes au dieu Soleil pour qu'il ne s'éteigne pas et vivaient dans la terreur de voir advenir la fin du monde. Leurs dieux étaient des *associés* avec qui ils avaient appris à négocier pour avoir moins peur. Les sacrifices constituaient des moyens rapides de résoudre les conflits avec eux. Les dettes se réglaient le temps d'une saison, jamais plus longtemps. Quand les Espagnols ont déclaré qu'il n'existait qu'un seul dieu tout-puissant, les Indiens ont imaginé qu'il serait avantageux de l'échanger contre leur panthéon de divinités susceptibles. Acheter les faveurs d'un seul dieu serait beaucoup plus simple et efficace. Ils découvrirent trop tard que le dieu des Blancs, retiré du monde et sourd, ne négociait pas. Que les dettes contractées envers lui étaient éternelles et qu'aucun sacrifice n'adoucissait son jugement. Les Blancs réduisirent en esclavage – preuve définitive que leur dieu était le plus fort – ces tribus superstitieuses. Comme les Indiens le craignaient, le monde avait bien une fin mais leur dieu Soleil n'en fut pas responsable, ce fut celui des hommes à la croix. Devant le spectacle de ces ruines, je m'interroge sur les empires que nous avons bâtis en Europe et en Amérique. Croyez-vous qu'ils aient plus de chances que celui-ci de résister, ou bien que nos plans pour l'avenir ne sont que vanité ?

Pete avait vidé sa gourde d'eau sans pouvoir étancher sa soif, sa gorge sèche retenait les mots.

– Je n'ai jamais rien vu d'aussi grand et incompréhensible.

Hagert déplia son corps cassé et se leva de la marche en se tenant au bras de l'Américain.

– Il m'a fallu longtemps pour comprendre ce que j'avais vu du haut de cette pyramide. Il vous faudra aussi du temps, monsieur Ferguson, mais vous êtes plus jeune que moi. Peut-être y parviendrez-vous plus vite.

Le jésuite se remit en route sur le chemin et Pete resta un moment au pied des marches, à regarder en haut la percée dans les arbres et le sommet dont il n'avait pas encore l'impression d'être descendu.

Les Xincas avaient allumé des feux, les hommes étaient torse nu, petits et musclés, lancés dans une chorégraphie guerrière. Ils agitaient des arcs et des lances autour d'un Indien attifé de vêtements de ville, avec aux épaules de faux galons en os et sur la poitrine des morceaux de tissu colorés imitant des médailles. Sur la tête, il avait un chapeau à franges ridicule sur lequel étaient ficelés des bois de cerf. Il portait un masque peint en terre cuite, un sourire et des dents de chien sous une moustache noire. Le gouverneur Ortiz. Une Indienne armée d'une carabine taillée dans une branche dansait devant le gouverneur de carnaval, le visage peint en vert et rouge. Des tambourins battaient le rythme et les Xincas chantaient. Hagert, sur son trône de mécréant, montra un danseur du doigt.

– C'est vous, là.

Pete se redressa.

– Quoi ?

Le pulque, les percussions et les chants lui montaient à la tête. Il cligna des yeux et dans la lumière des flammes vit un Xinca qui dansait voûté comme un singe, jambes arquées et traînant les bras jusqu'au sol, costumé en soldat, armé d'un pistolet en bois et le visage maquillé de blanc. Le Pete Ferguson de carnaval tournait lui aussi autour du faux gouverneur.

– Qu'est-ce qu'ils font ?

Le jésuite considéra un instant son verre d'alcool.

– La cérémonie dont vous êtes témoin aujourd'hui est un rite guerrier. Les Xincas le pratiquent quand ils envoient un des leurs accomplir une mission dangereuse.

La voix de Hagert s'était étranglée sur ces derniers mots.

– Quelle mission ?

– Le gouverneur Ortiz est un ennemi politique des libéraux et du président Granados. Il passe des accords avec les conservateurs du Salvador et se moque des ordres venus de Ciudad de Guatemala, mais face à la menace d'une révolte et après le complot démasqué à Antigua, Ortiz voudra comme Granados mater la rébellion. Ses hommes ne mettront plus longtemps à nous trouver ici.

Pete regarda les Indiens danser.

– Et… quoi ? Ils veulent tuer le gouverneur ?

Le prêtre laissa tomber sa tête en avant et ne répondit pas. Pete éclata de rire.

– Ça n'a pas marché avec Granados, alors ils remettent ça avec Ortiz ?

– Ils croient toujours qu'en tuant le chef de leurs ennemis, la guerre prendra fin. Ils ne savent pas que les princes ont été remplacés par des hommes politiques, monsieur Ferguson.

– Mais elle le sait, elle !

Maria était à sa place, assise sous le toit de la sorcière grimée qui tournait autour d'elle comme une mouche. Pete comprit tout à coup et se retourna vers Hagert.

– C'est elle qu'ils envoient ?

Le prêtre pleurait.

– Vous allez la laisser faire ?

Le jésuite releva la tête.

– Je ne peux ni la faire changer d'avis ni la protéger. Ce sera à vous de le faire, monsieur Ferguson.

Pete sauta sur ses pieds.

– Qu'est-ce que vous racontez ?

Hagert s'agrippa à lui.

– Elle ne renoncera pas. Gustavio et Santos seront pendus dans deux jours, elle partira demain…, gémit-il. Les Xincas iront se cacher plus loin encore dans les montagnes, mais Maria ne veut plus fuir. Je ne peux pas l'en empêcher. Vous devez aller avec elle, monsieur Ferguson.

Pete se tourna vers la hutte de la sorcière. Maria le regardait. Elle soutint son regard jusqu'à ce qu'il détourne les yeux vers les danseurs, puis Hagert effondré sur son siège, le village, la vallée derrière plongée dans la nuit et là-haut le plateau de la pyramide. Les guerriers xincas continuaient à gesticuler autour du gouverneur, la guerrière verte et le singe américain dansaient ensemble, ainsi que la prophétie de la vieille l'avait prédit.

Pete ramassa dans la cabane son sac tissé et ses affaires, se glissa derrière les huttes dans le noir, jusqu'aux chevaux. La carne dormait debout, personne ne gardait les bêtes, personne ne le surveillait, fugitif au milieu de fugitifs. Tout le monde fuyait sauf elle. Pete sella le cheval, écouta les tambourins, s'assit par terre sous le ciel piqué d'étoiles.

*

Arthur Bowman.

Je connais la guerre, je sais qu'armes à la main les hommes sont indifférenciables. Qu'on leur donne un fusil et il n'y a plus de fermiers, de pères de famille, d'artisans ou d'ingénieurs, il n'y a plus que des soldats du grand mensonge : les frontières n'existent pas, la guerre passe au travers. Au lieu de nous protéger, elles nous enferment dans notre guerre contre nous-mêmes. Ici, entre les bornes du ranch Fitzpatrick parce que j'y suis et que la guerre y est arrivée avec moi. Sergent Arthur Bowman de la Compagnie britannique des Indes orientales. La guerre était chez ton père. Dans la Sierra enneigée quand il fallait échapper à l'armée. Dans tes bagarres à Carson et dans le lit de Lylia. Dans les poings serrés du vieux Meeks. Parmi les Comancheros et les coureurs de bisons, tous ces vétérans encombrants maintenant qu'il faut construire les chemins de fer, bâtir les villes, conquérir et prospérer, oublier les cinq cent mille soldats tombés sur le dos et sur le ventre en cinq années.

Tu as fui aussi loin que tu pouvais, tu n'as plus nulle part où aller et la guerre est toujours là.

Ta petite Indienne aussi voudrait en sortir, seulement sa seule arme est le sacrifice.

Des guerrières comme celle-là, j'aurais voulu en commander des armées et surtout ne jamais me battre contre elles.

À la veille d'une bataille, on écrit des lettres. On convoque un passé qui brille soudain de tous ses détails. On s'accroche à chaque particule du présent comme à de l'eau entre ses doigts, les yeux douloureusement écarquillés, les narines dilatées. Et la première chose que l'on sent est la peur des autres soldats.

Quelle solidarité répugnante et irrésistible, de savoir qu'on ne sera pas seul à mourir. Et puis on fait le compte, on estime : Un sur deux ? Un sur trois ? *On regarde ses amis. On a honte et on pleure pour que cela arrive :* Lui, pas moi. Eux tous, pas moi. *À la veille d'une bataille, les raisons de notre existence sont plus solides que celles des autres.*

Mais elle, Pete, elle ne demande à personne de l'accompagner. Ton Indienne ira se battre seule, pendant que tu resteras là à compter ton armée : Moi, moi et moi.

Tu ne comprends pas que tu dois la sauver, Pete, parce que vous êtes dans la même tranchée. À la veille de la bataille, quel calcul oses-tu faire en la regardant ?

Tu penses que tous les hommes sont de la race de ton Vieux, celle des hommes dont il faut fuir la bêtise ou combattre la méchanceté. Mais il y a aussi des êtres aux côtés desquels on peut choisir de prendre place. Il y a une place auprès de cette femme.

Il faudrait que chaque jour soit la veille d'une bataille, Pete, pour faire le compte de ceux qui vivront, calculer comment en sauver le plus grand nombre et partager leur sort.

Ta solitude est devenue impossible à tromper, tu approches du but.

8.

Les huttes vides n'étaient pas vraiment différentes des huttes pleines, tant ils n'avaient rien à emporter. Les fuyards disparaissaient en direction de la vallée des vanités, les hommes prenant avec eux les outils pour recommencer ailleurs les potagers, les femmes avec des baluchons sur la tête, les gamins à la traîne, la vieille sorcière transportée sur un brancard. Il restait Hagert et ses servantes, l'Américain, les deux chevaux chargés et Maria, déjà en selle.

Le jésuite tripotait sa croix.

– Faites-la renoncer, monsieur Ferguson, je vous en supplie.

Pete lui tourna le dos, parla pour lui-même, assez fort pour être entendu par l'Indienne :

– Je n'ai pas l'intention de mourir dans ce foutu pays.

Hagert les regarda s'éloigner. Maria, le front plissé, ne fit aucun geste d'adieu, alors Pete leva la main ; il fallait bien faire quelque chose.

Elle menait la marche, suivant des chemins à l'abandon entre des plantations négligées, descendant vers la vallée et Jutiapa, capitale du gouverneur Ortiz.

Une Indienne décidée à abattre un grand propriétaire corrompu, assassin lui-même : le projet avait toute la sympathie de Pete. Mais sans arme, montés sur deux bêtes percluses de rhumatismes, sans même aux pieds une respectable paire de bottes avec lesquelles être enterré, l'héroïsme, cette maladie des nations, ne lui disait rien du tout.

– Qu'est-ce que tu comptes faire une fois en ville ?

– Una arma, una bala.

La pendaison était prévue le lendemain à l'aube. La moitié des soldats d'Ortiz et de la ville seraient là. Maria s'en moquait, tant que le gouverneur était là aussi.

– Et pour Gustavio et Santos ?

Elle ne répondit plus à ses questions jusqu'à ce qu'ils atteignent les dernières collines de kapokiers dominant la ville. Elle observait la plaine. Sur les pistes convergeant vers la cité, des voyageurs à cheval et des diligences levaient des nuages de poussière. Les pendaisons étaient aussi populaires au Guatemala que dans le Nevada.

– Tu peux t'en aller quand tu veux, mercenario. J'ai fait erreur, tu ne sers à rien.

Maria ramassa du bois et improvisa un foyer avec trois pierres. Pete avait envie de la gifler, il se concentra sur le tronc du kapokier au pied duquel elle installait son campement. Son écorce lisse était couverte d'épines ressemblant à celles des rosiers mais grosses comme le pouce. L'arbre était armé jusqu'aux dents, complètement paranoïaque. Rongeurs et oiseaux se moquaient de ces pics. Les lynx et les pumas ne devaient avoir aucun problème pour l'escalader. Les insectes n'y voyaient pas d'inconvénient non plus. L'homme tirait tout le coton qu'il voulait des kapokiers et, quand il en avait besoin, les abattait aussi simplement que les autres arbres. L'arbre était armé pour une guerre terminée depuis longtemps. Maria, elle, partait au combat sans arme. Et elle avait raison : le gringo était aussi inutile que cet arbre couvert d'épines.

Pete choisit un bout de racine qui n'était pas hérissé de pics et y appuya son dos, ôta le bonnet et le balança loin de lui en jurant :

– Et merde.

L'Indienne, avec son grand front, sa bouche d'institutrice sévère et ses pommettes aussi hautes que ses yeux, le toisa comme si c'était le kapokier qui avait parlé.

– Qu'est-ce que tu fais ? Hagert n'est plus là, tu n'as plus besoin de faire semblant.

– Faire semblant ?

– De rester. De prétendre que tu veux faire quelque chose. Va-t'en. Laisse-moi seule.

Pete éclata de rire.

– Arrête toi aussi de faire semblant, Maria. Tu sais parfaitement que tuer Ortiz ne changera rien.

Pete réalisa qu'il l'avait appelée par son prénom pour la première fois et le souvenir des sangsues collées à ses jambes lui revint. Il était soudain jaloux des corps bruns de Gustavio et Santos qui allaient être pendus.

Elle aussi avait entendu et c'était tout ce qui restait de la réponse de Pete, le son de son prénom sorti de sa bouche. Maria se redressa, ses lèvres tremblaient. Bon Dieu qu'il était dur pour une émotion de trouver son chemin sur ce visage. Elle renversa la tête en arrière en regardant le kapokier, pour empêcher les larmes de couler et que ses yeux les ravalent. Mais celles-là étaient trop grosses.

– Il faut bien faire quelque chose pour Gustavio et Santos.

Pete baissa la tête.

– Tu ne peux pas les sauver.

Il se mordit la joue au sang.

– Nous irons à Jutiapa. Ils verront que tu es là. Comme tu as montré aux autres que tu ne fuyais pas. Souvent, on ne peut rien faire de plus qu'être là et regarder. C'est aussi du courage. Parfois…

Maria s'éloigna pour pleurer. Pete alimenta le feu et attendit, elle ne revint pas et il dormit quelques heures dans les bras des racines. Quand elle le réveilla, le ciel était encore noir.

– Debout, gringo.

Il ralluma le feu et ils se forcèrent à manger, poussant la nourriture dans leurs estomacs noués. Dans la lumière des flammes Maria avait les traits tirés et Pete eut une vision fugace de la vieille femme qu'elle pourrait être, l'âge que contenait à l'avance son visage, révélé par la fatigue et l'abattement. Leur repas terminé, ils étouffèrent les braises, remontèrent en selle et quittèrent les collines.

Peut-être les épines des kapokiers ne servaient-elles qu'à empêcher l'ascension des hommes voulant passer des cordes à leurs branches. Il fallait apporter une échelle pour pendre quelqu'un à cet arbre.

*

Les pauvres vont à pied, alors à l'entrée de la ville ils laissèrent les chevaux à l'écurie d'une cantina. Les pauvres vont tête couverte pour ne pas offenser de leur laideur le meilleur des mondes ; ils se couvrirent de leurs ponchos. Les pauvres du Guatemala ne sont pas blancs ; Pete prit soin de cacher son visage. Les riches ne supportent pas ceux qui ont moins mais plus à dire, alors ils marchèrent en silence, jusqu'à la grande place de Jutiapa baptisée en l'honneur du gouverneur Santiago Ribeiro Ortiz, pour y voir pendre deux des leurs.

En découvrant la potence et les cordes à nœud, Maria fut prise de vertige et se rattrapa au bras de Pete.

Il fallait s'approcher pour que Gustavio et Santos puissent la voir. Ils se faufilèrent au milieu de la foule et s'arrêtèrent devant le cordon de soldats entourant la plateforme de la double potence. Le bourreau était déjà là-haut, visage découvert, fonctionnaire en habit noir et chapeau haut-de-forme. Devant la grande porte du palais gouvernemental, à l'ombre du bâtiment, quatre rangées de gradins avaient été élevées où s'installaient les notables. Le soleil par-dessus les toits commençait à donner sur la place et le public. Le ciel était limpide. Si cette aube s'accordait à l'humeur de Jutiapa, c'était une aube tranchante.

Ortiz sortit de son palais, gras, grand et habillé de noir, chapeauté, le pas court et rapide, escorté par dix soldats. Il rejoignit sur les gradins la place qui lui était réservée. Quelques applaudissements parmi les notables et des bustes qui s'inclinèrent à son passage, mais la foule ne salua pas son arrivée. À peine eut-il levé la main en un salut général que les têtes se tournèrent vers la grande porte du palais. Les piétinements levèrent sur la place un nuage de poussière.

La Casa negra, avait dit Hagert, n'était pas la prison d'État. C'était une annexe du palais, la prison particulière d'Ortiz où son fidèle homme de main, dit le Secrétaire, interrogeait ceux dont le gouverneur voulait obtenir des renseignements, ou se venger. De ces caves humides ne ressortaient que les prisonniers dont l'exécution servait l'intérêt public. La plupart ne réapparaissaient jamais.

Gustavio et Santos passèrent la porte sous solide escorte, le visage boursouflé de coups, soutenus par les soldats, incapables de faire un pas seuls. Les notables et Ortiz ôtèrent leurs chapeaux et la foule les imita. Maria couvrit sa bouche pour ne pas crier, fit un pas en avant et le soldat devant elle, nerveux, lui barra le chemin.

– Reste à ta place !

La rumeur enflait à mesure que les condamnés, sur le passage ouvert par les militaires, approchaient de la potence. Le bourreau, type court et rond, métis clair, posa son chapeau neuf à ses pieds quand les deux hommes arrivèrent en haut des marches. Les soldats qui les tenaient resserrèrent leur étreinte, anticipant une vaine tentative de fuite ou prêts à les relever quand leurs jambes lâcheraient.

Gustavio et Santos avaient soif. C'était tout ce à quoi Pete pouvait penser. Que les deux métis mouraient de soif. Ils ouvraient et fermaient la bouche comme des poissons sur le sable. Pete voulait hurler qu'on leur apporte à boire. Le bois de la potence chauffée par le soleil était sec, les tissus des vêtements étaient rêches, la poussière se déposait sur la peau et bouchait les pores, les fibres des cordes que l'on passait à leur cou étaient hérissées comme des cactus, la pomme d'Adam des condamnés montait et descendait dans leur gorge, leurs yeux les brûlaient. Ils n'osaient pas se regarder l'un l'autre. Ils regardaient la foule, houle de colère, de tristesse et d'attente. Pete fut pris d'un vertige lui aussi et sa bouche se remplit en une seconde de salive, une quantité si étouffante qu'il dut cracher. Bouche ouverte, il continua à baver comme un chien alors qu'il revoyait son père, la gorge broyée par la corde, son visage tournant au bleu et ses lèvres qui bougeaient. Hubert Ferguson qui réclamait à boire à son fils.

Le juge qui avait expédié le procès se leva sur les gradins et, au milieu de cette place jusque-là incroyablement silencieuse, sa voix fit sursauter Maria. Il récita, un papier en main, la liste des crimes dont les deux hommes avaient été reconnus coupables : complot contre l'État et le président de la République démocratiquement élu, Miguel García Granados, association criminelle avec des agents étrangers, haute trahison et vagabondage. La sentence était la mort par pendaison. L'accusation absurde de vagabondage, le rappel de cette loi honnie, emporta la foule du côté de la colère, encore muette.

Gustavio et Santos perdaient leurs forces, ils tremblaient de plus en plus. Santos le premier baissa la tête et rencontra les yeux de Maria, qui laissa le poncho tomber sur ses épaules pour découvrir son visage. Santos articula en silence le nom de la petite Indienne. Gustavio la vit à son tour, les deux métis avaient les larmes aux yeux. De l'eau enfin. Salée. Gustavio tomba à genoux et les soldats le relevèrent. Pete rattrapa Maria qui se jetait en avant. Il jura entre ses dents.

– Qu'est-ce que tu fais ?

Il voulut remettre la couverture sur sa tête mais elle le repoussa. Le cri de la femme pétrifia la foule et jusqu'au bourreau :

– Gustavio !

Les têtes se retournèrent vers la porte du palais gouvernemental. Empruntant la haie ouverte par les soldats, le secrétaire d'Ortiz traînait derrière lui, la tenant par un bras, Amalia.

Sur la plateforme Gustavio clignait des yeux, regardant avec toute la ville sa femme qui hurlait. Amalia criait son nom, plantait ses talons dans la poussière et le Secrétaire la forçait à avancer. Gustavio cria à son tour :

– Laissez-la ! Elle n'a rien fait ! Laissez-la !

Amalia trébucha sur les marches, le Secrétaire la tira jusqu'en haut, posa sa main sur la nuque d'Amalia et tourna sa tête vers la foule. La voix de l'homme fit tressaillir tous ceux qui avaient déjà eu affaire à lui ou le connaissaient de réputation :

– Les deux accusés ont refusé de donner les noms de leurs complices. C'est pour cette raison que le gouverneur Santiago Ribeiro Ortiz ne leur a pas accordé sa grâce ! Mais votre gouverneur a décidé de l'accorder à cette femme, cette épouse et mère de famille. À condition qu'elle parle !

Le Secrétaire s'adressa à Amalia, criant dans son oreille pour que tous entendent :

– Donne-moi les noms de leurs complices !

Gustavio, à bout de forces, supplia sa femme :

– Amalia, por favor, ne fais pas ça. ¡ No digas nada !

Pete jeta le poncho sur les cheveux de Maria et l'entraîna en arrière. Mais Amalia avait déjà suivi le regard de Gustavio, elle levait le bras dans leur direction. Le Secrétaire suivit son geste. Gustavio hurla :

– ¡ Amalia, no !

Santos réagit en même temps que lui. Le bourreau n'avait pas encore entravé leurs pieds. Ils ruèrent jusqu'à repousser leurs gardiens, se lancèrent tête en avant sur le Secrétaire, le faisant tomber de la plateforme. Des gardes prirent la potence d'assaut et maîtrisèrent les deux condamnés. Le Secrétaire criait :

– Ils sont là ! Ils s'enfuient !

La foule venue voir pendre deux des siens répondit en un énorme souffle à ses hurlements :

– Laissez-les vivre ! Mort au gouverneur ! Jutiapa libre !

Pete avait passé son bras autour de Maria et l'entraînait le plus vite qu'il pouvait. Ils remontaient le courant des hommes et des femmes en mouvement vers la potence. Elle se retournait pour voir. La précipitation, le bourreau, les soldats tenant Gustavio et Santos sur les trappes. Amalia griffant les visages des gardes. Le bourreau qui actionnait le levier, les soldats qui sautaient en arrière pour ne pas tomber avec les pendus. La foule attaquant la potence et les gradins d'où les notables fuyaient… Maria poussa un hurlement de bête. Pete se lança en avant dans un dernier effort et ils furent expulsés de la foule. Les soldats à leur poursuite avaient été arrêtés ou assommés.

Ils étaient dans une ruelle, passèrent un petit carrefour où bruissait une fontaine. Maria avait perdu son poncho, sa robe était déchirée, une épaule et un sein nus. Elle titubait sur les talons de Pete, rêvant de s'arrêter à la fontaine pour étancher cette soif insupportable. Des coups de feu résonnaient entre les murs des rues. L'écurie était là, les carnes sellées. L'Américain tenait ses rênes dans une main et la longe de Maria dans l'autre. Ils sortirent de la ville au galop. La montagne verte, avec ses sources et ses rivières. Fuir et boire.

9.

L'émeute à Jutiapa avait retenu la troupe des poursuivants, mais la poussière devait déjà retomber sur la place et le Secrétaire être lancé à leurs trousses. Rejoindre les Xincas, c'était mettre Ortiz sur la piste de la tribu. Restait le nord, Antigua et les fantômes du réseau. Le cheval de Pete mourut le premier, le cœur éclaté sur les pentes de la montagne. Celui de Maria les porta quelques miles de plus et agonisa alors qu'ils venaient d'atteindre la forêt. Le gringo chargea l'Indienne sur son dos, s'agrippant aux racines pour franchir les raidillons, hors sentier, hors course. Le petit corps de Maria inerte sur ses épaules, ses jambes molles qui battaient contre les siennes, l'air dans sa poitrine qui avait le poids du sable. Il rampa, chuta, se releva, la hissant sur son dos jusqu'au soir, avant de s'écrouler joue contre terre, Maria, bras ballants, étendue sur lui comme une couverture dont le poids l'asphyxiait. Ses vêtements étaient en lambeaux, il n'avait plus ses sandales aux pieds et aucune idée de l'endroit où ils se trouvaient. La tête de Maria, sa tempe où il sentait battre le sang, faisait pression sur sa nuque, une mèche de cheveux noirs avait glissé sur ses yeux et son nez. Pete respira son odeur et leurs respirations s'accordèrent. Il prit les mains de la petite femme dans les siennes et les ramena contre ses côtes. Maria, inconsciente ou incapable de résister, serra l'Américain dans ses bras et la nuit roula sur eux.

Elle n'était pas là quand il ouvrit les yeux. Les toiles d'araignée étaient perlées de rosée, accumulée en minuscules flaques dans les creux des feuilles mortes, réservoirs pour les insectes. Ses mains et son visage étaient boursouflés de piqûres. Pete avait dormi la nuit entière sans bouger un muscle, n'avait pas senti l'Indienne s'écarter de lui. Il lécha les gouttes sur les feuilles, s'étira et marcha en direction du sommet, espérant trouver un dégagement pour estimer sa position. Des roches affleuraient, de ces roches de volcan en dentelle, pleines de petits trous d'air, qu'il dut escalader en s'écorchant les mains. Des cactus poussaient dans les aspérités, des oiseaux y nichaient et des lézards cherchaient les nids pour avaler les œufs. Il lui fallut une demi-heure pour atteindre le promontoire ; Maria était là, assise, à regarder dans la direction de la plaine et de Jutiapa. Leur fuite ne les avait éloignés que d'une dizaine de miles de la ville, sur le flanc le plus raide de la montagne. La cité du gouverneur Ortiz n'était pas en flammes, aucune fumée noire annonçant des combats ou une révolte. Les soldats avaient maté la colère. Qu'était devenue Amalia ? Maria fixait la tache claire des bâtiments comme si elle pouvait encore voir la potence de la place. Pete s'assit à côté d'elle. Elle souffla lentement.

– Nous sommes revenus en 1860 des plantations du Nord. Pas pour reprendre nos terres, seulement pour nous y installer et cultiver de quoi manger. Le vieux Van Dorp n'était pas un mauvais homme, mais il a pris peur et il est parti en ville pour prévenir le gouverneur, qui a réuni ses soldats. Ils ont tué cinq d'entre nous et emmené le père Hagert à la Casa negra. Il en est ressorti des semaines plus tard, les cheveux blancs et le dos cassé. Moi, quatre hommes d'Ortiz m'ont traînée à l'écart entre des pieds de caféier desséchés, j'avais quatorze ans. J'ai appris beaucoup de choses ce jour-là. Ce qu'étaient le désir et son assouvissement. La possession. L'oubli de soi. Dans ces buissons, j'ai réussi à abandonner mon corps. Ce n'était pas moi que les soldats du gouverneur baisaient, mais eux-mêmes. Ils s'excitaient en se regardant les uns les autres me violer, beuglant que j'étais tellement laide qu'ils me rendaient service en me dépucelant. Ce n'est pas d'eux que je me souviens vraiment, mais d'Ortiz sur son cheval qui regardait. Lui, ce qui l'excitait, c'était que ces hommes lui obéissent. Quand il en a eu envie, il a dit que ça suffisait. Ils m'ont laissée là, à chercher des morceaux de vêtements pour me couvrir, pensant m'avoir donné une leçon que je n'oublierais pas. Avec leur sexe, ils voulaient fermer ma bouche à jamais. Plus tard, j'ai pu apprendre qu'il n'y avait pas de mal à donner son corps quand on le voulait, et j'ai appris d'autres langues pour parler avec tous les habitants de ce pays.

Elle marqua une pause, fixant toujours la ville au loin, laissant assez de temps à Pete pour dire quelque chose, mais il resta muet.

– C'est vrai, Ortiz ne se souvient plus de moi depuis longtemps, mais il sait qu'il y a dans cette montagne des Indiens qu'il a chassés et qui pourtant n'ont pas disparu. Je ne suis pas une métaphore, l'Indienne violée et dépossédée de ses terres comme les habitants de ce pays. Ma tribu, ce qu'il en reste, n'est pas non plus la mauvaise conscience du gouverneur Ortiz. Nous sommes seulement l'excuse dont il a besoin pour avoir une armée autour de lui et continuer à s'exciter.

– Le droit de faire ce qu'il veut chez lui.

Maria sourit.

– Tu sais pourquoi les condamnés crachent au visage de leur bourreau ? Ce n'est pas pour les insulter, mais pour leur prouver qu'ils n'ont pas peur. La corde au cou, trouver assez de salive dans sa bouche pour cracher est un exploit.

Elle se leva.

– J'en ai fini avec cet endroit, gringo. Toi, qu'est-ce que tu comptes faire ?

Pete regarda ses pieds nus.

– Quitter le pays avant de finir à la potence. Trouver Aznar s'il est encore au Guatemala. Et une paire de bottes.

– Je t'aiderai à trouver Aznar.

Pete aperçut la peau de Maria sous le tissu déchiré de sa robe. Elle surprit son regard. Il rougit. L'Indienne secoua la tête.

– Tu pourrais essayer de me prendre, gringo, mais tu n'y arriverais pas. Il faut un courage que tu n'as pas pour coucher les yeux dans les yeux avec une femme comme moi, comme pour trouver de la salive sur un échafaud.

Pete resta à regarder la ville où Maria était allée voir pendre ses amants, avec en tête l'image repoussante d'un pendu en érection. Il ressentit un malaise, refusant de se souvenir si le sexe de son père s'était dressé pendant qu'il mourait et que Pete le regardait dans les yeux.

*

La piste de Cuilapa était la seule ramenant à Antigua mais elle leur était interdite. Ils la suivirent à bonne distance, ouvrant leur chemin dans la végétation. Maria ramassait et cueillait de quoi manger, l'eau ne manquait pas. Dans les cahutes de quelques paysans isolés ils recevaient l'hospitalité et à peine plus de nourriture qu'ils n'en trouvaient en marchant. La nuit, Pete posait des collets. Des rongeurs et des lézards, un peu de viande, et les forces furent suffisantes pour avancer chaque jour. Ils dépassèrent Cuilapa et le pont sur les Esclavos, cette rivière toujours brumeuse et froide, par une nuit sans étoiles.

Le retour vers la vieille capitale inversait et corrompait un temps que Pete s'était jusqu'ici contenté de pousser devant lui. Depuis le départ du ranch, jamais il n'était revenu sur ses pas. Son voyage se repliait sur lui-même, un mouvement de recul qui prouvait l'irrémédiable impossibilité de fuir. Il était entré dans le temps de l'Indienne, celui de l'éternel retour, d'un combat ne pouvant être mené qu'ici, maintenant et toujours. Quand elle s'arrêta de marcher ce soir-là, Pete s'assit plus près d'elle.

– Qu'est-ce que tu feras à Antigua ?

– Tu t'inquiètes pour moi, gringo ?

– Tu as dit que tu en avais fini avec cet endroit. Où est-ce que tu vas ?

– Et toi ?

– Tu ne veux pas répondre ou tu veux vraiment savoir où je vais ?

Maria s'allongea sur le sol et lui tourna le dos.

– Quand tu seras parti, j'irai vivre une vie d'Indienne. Qu'est-ce que tu crois que je peux faire d'autre ?

Le volcan Agua fumait devant eux. Pendant deux jours la colonne noire les avait guidés dans la direction d'Antigua et ils atteignirent au soir le grand lac d'Amatitlán. Ils burent tout leur saoul et rebroussèrent chemin jusqu'à la végétation pour dormir à l'abri. Le matin, au soleil, ils se regardèrent, étonnés, sur cette lande volcanique lumineuse. Sortis de la forêt, ils étaient noirs de crasse et puants, les couleurs de leurs vêtements ne se distinguaient plus, leurs cheveux étaient emmêlés, la barbe de Pete était un nid à vermine. Il s'éloigna, Maria se déshabilla pour plonger dans l'eau et frotter ses habits. Hors de vue, il fit de même.

Dans la laine et le coton encore humides, face aux reflets du lac, ils attendirent que le moment leur semble bon pour reprendre la route. Une respiration avant de continuer et bientôt la ville, où il faudrait se cacher.

– Tu iras voir l'équateur, gringo ?

Pete la regarda. Il ne voyait plus sa petite taille, les proportions du monde avaient changé et s'accordaient maintenant à celles de son corps.

– Quel âge tu as, Maria ?

Son visage se referma. Dans un pays où survivre à l'enfance était le premier exploit de ses habitants, on ne demandait pas leur âge aux gens. Ici, passé trente ans, on avait vécu.

– Je suis née en 1847.

– Est-ce que tu penses que tu vivras encore longtemps ?

– On ne sait jamais ça.

– Je crois qu'on sait s'il y a encore du temps en nous ou pas. Le temps de faire autre chose, l'envie de continuer, du vrai temps. Il y a des gens qui se disent qu'ils ont eu ce qu'ils pouvaient, que cette vie-là suffit, et ils sont déjà un peu morts. Si je ne trouve pas Aznar, je trouverai un autre bateau.

Elle eut un petit rire.

– Je serai une Indienne partout où j'irai, gringo. À l'équateur aussi.

– Mais d'ici tu ne peux pas le voir.

Maria se leva.

– Il faut partir.

– Il n'y a plus personne à Antigua. Où est-ce que tu veux aller ?

– À la cantina du Gallo Blanco, là où…

Pete pensa : *Là où je t'ai vue la première fois.*

– Je me souviens de cet endroit. Mais il ne reste rien à Antigua. Tu le sais.

Ils cherchaient dans le noir les passages les moins fréquentés. Elle parlait d'espions, disait que la ville en était pleine, que la moitié du peuple travaillait à la perte de l'autre. Pete pensait que le monde se moquait bien d'eux.

Au Gallo Blanco leur arrivée provoqua la panique de la femme du patron. Son mari avait été arrêté, elle ignorait ce qu'était devenu Aznar mais Guzman se cachait encore à Antigua. Il fallait parler à la gouvernante de Manterola, qui savait peut-être quelque chose. Elle les supplia de partir avant d'être découverts.

Pete retrouva le chemin de l'avenida Norte et poussa la grille en fer forgé. Ils traversèrent le patio et frappèrent à la porte du poète. Faustina ouvrit et voulut crier, Pete la poussa à l'intérieur et referma derrière eux.

– Nous allons passer la nuit ici et tu nous apporteras à manger le temps que nous trouvions Guzman.

Pete ouvrit le buffet où Faustina rangeait les alcools et fit sauter le bouchon d'une bouteille de cognac. La vieille servante était bien plus choquée par la présence de l'Indienne sous le toit du poète que par le retour de la brute américaine.

Ils dînèrent sans bougies sur la table du grand salon. Depuis l'arrestation du Maestro, expliqua Faustina à Pete, la situation était difficile. Seule la réputation du poète retenait le maire de l'expulser, mais après le procès son sort serait rapidement décidé. Pete demanda comment allait Manterola. Faustina retint ses larmes.

– Je ne sais pas s'il vivra assez longtemps pour aller jusqu'au tribunal, señor Ferguson. Ils ne me laissaient pas lui apporter à manger, il était si faible…

Maria s'essuya la bouche du revers de la main.

– Est-ce que vous savez où sont Guzman et Aznar ?

Faustina écouta la question et se tourna vers Pete pour répondre.

– Je n'ai aucune nouvelle du señor Aznar, mais le señor Guzman est venu m'apporter un message pour que je l'apporte à la prison. Il y a aussi un endroit où je peux laisser des messages du Maestro pour lui.

La vieille femme débarrassa le dîner, heureuse de servir, même l'Américain.

– J'ai fait chauffer de l'eau et préparé un bain, señor Ferguson. Il restait des vêtements à vous. Votre chambre est prête.

Elle daigna jeter un regard à l'Indienne.

– J'ai aussi préparé la remise.

Quand elle eut quitté la pièce, Maria se pencha vers lui.

– Elle va nous dénoncer pour sauver le poète, il faut partir d'ici.

– Elle ne fera rien cette nuit, nous partirons quand nous saurons comment contacter Guzman.

– Demande-lui maintenant et partons.

– Je vais me laver et dormir. Tu peux t'installer dans la chambre, j'irai dans la remise.

Il emporta la bouteille de cognac à l'étage. La salle d'eau donnait sur la chambre du Maestro. Faustina avait posé un bougeoir sur un buffet à miroir, à côté d'une serviette et d'un de ses costumes soigneusement plié. Pete jeta ses frusques d'Indien sur le sol et entra dans le bain chaud, posa la bouteille sur le carrelage.

Il se réveilla en frissonnant, l'eau était froide, les bougies presque consumées. Il se sécha et entra dans la chambre de Manterola. Dans le tiroir du bureau le pistolet était toujours là, le petit Derringer à deux coups gravé d'arabesques et incrusté de nacre. Il posa le bougeoir et l'arme sur le sous-main, prit une feuille de papier, trempa une plume dans l'encrier.

Sa lettre écrite, il descendit au rez-de-chaussée. À la lueur des bougies il regarda Maria, endormie tout habillée sur un matelas de laine déroulé dans la remise.

Il remonta dans son ancienne chambre et s'allongea, bras croisés derrière la tête, pour attendre l'aube.

10.

– Où est-ce que tu laisses les messages pour Guzman ?

– Plaza de Independencia, il y a un banc autour de la fontaine et une fissure entre deux pierres.

– Quand est-ce qu'il les relève ?

– Tous les deux jours. Il viendra aujourd'hui.

– Tu iras faire des courses pour moi et tu déposeras ce message en même temps.

Pete lui donna un papier plié. Faustina avait noué un fichu noir sur sa tête. Maria les observait depuis le salon. Pete posa une main sur l'épaule de la gouvernante.

– Le Maestro refuserait d'échanger sa vie contre la nôtre. Ne fais pas de bêtise, sinon tu vas t'attirer sa colère pour le reste de tes jours.

La vieille rougit de honte, comme si l'Américain avait lu dans ses pensées, et fit une courbette avant de s'éclipser.

En costume et pieds nus, il alla s'asseoir au salon. Maria tournait en rond dans la maison, restant dans l'ombre des portes. Pete se servit un verre de vin cuit.

– Elle va revenir.

– Tu ne sais faire confiance qu'aux Blancs, gringo. Jamais tu n'as imaginé que des Indiens pourraient t'aider, tu n'as pensé qu'à Aznar et Guzman. La vieille est prête à tout pour redevenir l'esclave du poète.

– Tes Indiens n'ont pas de bateau.

– Je pars d'ici.

Pete sourit.

– Granados s'intéresse plus à Guzman qu'à toi et pourtant Faustina ne l'a pas dénoncé. Elle ne fera rien. Tu devrais te calmer et prendre un bain, tu sens mauvais.

Elle le toisa un instant, essuya ses paumes moites sur sa jupe sale et hésita ; ses narines se pincèrent quand elle pencha la tête vers sa poitrine. Elle disparut dans la cuisine, Pete entendit la porte de la cuisinière s'ouvrir, puis le bruit de bûches jetées dans le foyer. Elle mit de l'eau à chauffer. Il fit pivoter le fauteuil pour surveiller la grille de l'entrée. À côté de la bouteille, sur le guéridon, il posa le petit Derringer, l'arme de gentleman qui ne faisait pas plus de bruit qu'un bouchon de champagne.

Quand Faustina revint, elle déposa sur la table de la salle à manger une paire de bottes neuves et un paquet emballé dans du papier.

– J'ai aussi délivré le message, señor Ferguson.

– Dès que nous aurons une réponse de Guzman, nous partirons. Est-ce que tu dois aller voir le Maestro aujourd'hui ?

Faustina répondit qu'elle se rendait chaque après-midi à la prison.

– Tu peux lui transmettre une lettre ?

– Quelqu'un monte la garde mais je peux faire passer des papiers, parfois nous pouvons aussi parler sans être entendus.

– Bien. Je te donnerai un message pour lui aussi. Apporte le paquet à Maria.

La gouvernante allait s'offusquer, Pete sourit, la bouche sucrée par le vin.

– Elle est encore dans la baignoire, je ne peux pas y aller. Dépose juste le paquet.

Faustina avait choisi une robe d'employée de maison, une cotonnade grise unie, et des chaussures en cuir fermées à talons plats. Maria se gonfla de colère avant de réaliser que la vieille domestique, par mépris ou sagesse, avait fait le bon choix. Une Indienne dans une robe trop belle était soit une putain, soit une curiosité attirant trop l'attention. Aux côtés du gringo, cette robe de servante était la seule tenue plausible. Ses pieds élargis par la marche et les sandales eurent du mal à se faire au cuir des chaussures. Devant un miroir, dans la robe grise, elle revit des images de l'orphelinat. Les enfants xincas en uniforme et peignés, frange droite, au garde-à-vous dans le réfectoire, mains tendues pour l'inspection hygiénique. La colère gonfla à nouveau sa gorge.

Quand elle entra au salon, l'Américain était ivre, mais il avait belle allure dans son costume clair, malgré ou peut-être parce qu'il était toujours pieds nus. Une paire de bottes neuves était posée sur la table. Maria feignit de n'accorder aucune importance à sa robe, vexée de ne pas avoir fait une entrée plus remarquée.

– Elle a délivré le message pour Guzman ?

– Nous aurons une réponse ce soir.

Avant qu'il fasse un commentaire sur sa tenue elle marcha jusqu'au guéridon, vida d'un trait le verre de Pete et sortit dans le patio. Par la fenêtre il la vit ôter les chaussures qui lui faisaient mal. L'Indienne fronçait ses grands sourcils noirs sous le soleil, elle pleurait. Elle revint au salon et se remplit un autre verre.

Une odeur de nourriture arrivait de la cuisine. Faustina préparait le repas qu'elle apporterait au Maestro. Elle partit bientôt pour la prison d'Antigua, le message pour le poète caché dans la couture d'une chemise propre.

Maria but, verre après verre, sans un mot, jusqu'à s'endormir dans un fauteuil. Pete la regarda s'abrutir. Lui aussi se serait bien saoulé jusqu'à ne plus penser, mais il continua de monter la garde en sirotant lentement des liqueurs, observant les mollets de Maria, l'ourlet de la robe de bonniche sur sa peau, ses pieds carrés aux talons cornés.

*

Cher Maestro,

Si Faustina a délivré cette lettre ce sera la première, depuis deux ans, que j'écris à quelqu'un qui la lira.

Je suis chez vous avec Maria l'Indienne et je voulais vous parler de cette autre femme qui m'a dit, un jour, que si j'étais perdu dans une ville, je devais aller trouver un écrivain. Vous êtes le premier que j'aie jamais rencontré et je me suis lancé avec vous dans une aventure politique. Je crois que c'était aussi ce que cette femme voulait me faire comprendre, que la littérature et la politique vont ensemble. J'espère que vous mourrez libre d'écrire encore, ou honorablement devant un peloton de soldats impressionnés par votre mine, pas dans cette cellule où Faustina vient vous rendre visite. Vous avez droit à une mort d'écrivain, même si je n'ai pas la moindre idée de ce que c'est, certainement quelque chose de noble et de spirituel.

Je vais fuir ce pays que vous m'avez présenté. Vous ne verrez pas d'inconvénient j'imagine à ce que je parte avec un volume de vos poèmes, choisi dans votre bibliothèque, et votre Derringer. Je vais trouver un autre bateau en espérant y rencontrer un autre poète et une nouvelle aventure.

Maria ne sait pas où elle ira. Pour tout dire elle ne sait plus où elle est. Après vous, c'est elle qui m'a fait connaître ce pays. Peut-être faudrait-il aussi qu'elle prenne la mer, mais faire changer d'avis cette femme serait le travail d'un homme comme vous, doué avec les mots, pas d'un yankee de mon tonneau. Mais voyez-vous, Maestro Manterola, il y a maintenant un nouveau problème. Je ne sais pas si je pourrai quitter le Guatemala sans elle. C'est cette histoire que je charge Faustina de vous apporter, Maestro Manterola, rien de plus. Celle d'un aventurier sans destin et d'une Indienne sans terre. J'espère qu'elle vous plaira et vous réchauffera un peu dans votre cellule, que l'envie vous viendra de la continuer.

Malgré les circonstances, la clandestinité et les mensonges, nous avons été amis. C'est le souvenir que je garderai de vous, avec votre poésie que j'emporte. Ce message n'est pas celui d'un traître demandant pardon, Maestro. Je n'ai pas voulu votre malheur, seulement sauver Maria.

Peut-être nous reverrons-nous bientôt, en cellule ou devant ce peloton de soldats. C'est à elle d'en décider maintenant. Le Guatemala ou la mer. Laissons aux femmes le soin de notre sort. N'est-ce pas là, Maestro, une fin digne d'un poète ?

Hasta luego.

Votre fidèle secrétaire

*

Faustina revint en fin d'après-midi et disparut dans ses quartiers, les yeux rouges d'avoir pleuré sur le chemin du retour. Maria s'était réveillée à l'arrivée de la gouvernante, ses paupières tombaient sur ses yeux ronds et elle se rinça le visage à la cuisine.

– Je n'ai pas l'habitude de boire.

– J'ai vu ça.

– C'est mieux que d'avoir l'habitude, non ?

Pete arracha un piment rouge à un bouquet accroché à une poutre. Il le hacha avec un oignon, posa une poêle sur la cuisinière. Il cassa dedans une demi-douzaine d'œufs, les saupoudra avec les éclats de piment et mélangea. Il posa des assiettes sur la petite table de la cuisine et répartit la poêlée entre eux. Poussant avec du pain, ils piochèrent à coups de cuiller, penchés en avant. Leurs yeux les piquaient et leur front perlait de sueur sous l'effet du piment.

– Un bon remède contre l'alcool.

Pete sauça son assiette en souriant.

– Le seul plat que je sache préparer.

Maria rit et s'essuya les mains sur sa robe grise.

Faustina revint de la fontaine à dix heures. Elle rapportait un message de Guzman que Pete lut et fit passer à Maria.

– Nous partons.

La gouvernante trottina jusqu'à la cuisine, revint avec un sac de provisions qu'elle tendit à l'Américain. Maria s'interposa, sarcastique.

– Je vais porter ça. C'est moi la servante.

Faustina fouilla dans la poche de son tablier et en tira trois billets soigneusement pliés.

– C'est de la part du Maestro.

La gouvernante baissa les yeux.

– Il me charge de vous dire que vous pouvez emporter le livre.

– Qu'est-ce qu'il a dit d'autre ?

– Le Maestro m'a dit de vous dire, señor Ferguson, que vous étiez bien assez doué avec les mots pour… pour décider de la suite de votre voyage à tous les deux.

Pete empocha l'argent.

– Je suis sûr que Granados accordera sa grâce au Maestro, ne t'inquiète pas, Faustina.

Ils quittaient la maison et traversaient le patio, quand la vieille femme les rappela :

– Attendez !

Elle donna à Pete une veste en cuir qui lui descendait à mi-cuisse, et un chapeau américain qu'il se souvenait d'avoir vu sur la tête de Manterola. À Maria elle donna un châle en laine douce et un foulard à nouer sur sa tête. Elle leur souhaita rapidement bonne chance et referma derrière eux le cadenas de la grille.

Le rendez-vous avec Guzman était à minuit, à la sortie de la ville sur la route de Ciudad de Guatemala. Ils adoptèrent le pas assuré de ceux qui connaissent leur chemin. Avec le châle et le foulard de Maria, lui en veste et chapeau, ils avaient l'air d'un couple aisé rentrant à une heure un peu tardive. Ils suivaient les petites rues, faisant des détours, revenant sur leurs pas et reprenant la direction de l'est.

– Guzman dit qu'il sait où est Aznar. Cela veut dire que son bateau est encore là.

– Le bateau est peut-être là, gringo, mais Guzman et Aznar ne seront pas aussi sentimentaux que Manterola. Ils te feront payer ta trahison.

Elle disait ça d'un ton naturel. Un traître devait mourir.

– Je ne suis pas naïf.

– Alors tu sais ce qui t'attend au rendez-vous avec Guzman ?

– C'est pour ça que c'est toi qui iras lui parler.

Maria sourit.

– C’est pour ça que tu m’as portée sur ton dos ? Pour que je négocie à ta place ?

La rue devenait sombre à mesure qu’approchait la sortie de la ville et que les habitations étaient moins nombreuses. Ils se glissèrent entre des maisons et suivirent derrière elles un fossé d’égout, évitant un éventuel poste de sentinelles, revinrent ensuite sur la piste noire et accélérèrent le pas. Plus loin brillaient les lanternes du relais en face duquel Guzman leur avait donné rendez-vous. Quatre ou cinq baraques à un mile de la ville. Ils reconnurent celle indiquée dans le message, ancien restaurant reconverti en grange à fourrage, et s’accroupirent à la frontière de la lumière, attendant en silence. L’éclairage du relais guidait d’éventuels voyageurs, mais l’endroit chômait pour la nuit. Maria se redressa.

– Attends ici.

Pete la saisit par le bras.

– Toi aussi tu avais besoin de voir Guzman. C’est pour ça que nous sommes restés ensemble. Et toi aussi tu devrais quitter le pays, tu l’as dit toi-même.

– Je sais ce que j’ai dit. Je te trouverai ton bateau, gringo, si tu veux le prendre.

L’Américain allait ajouter quelque chose, elle sentait ses doigts serrer son bras plus fort.

– Quoi ?

– Ce bateau… Si tu ne pars pas…

Il ne termina pas sa phrase, lâcha son bras, sauta par-dessus le fossé et disparut entre les arbres. Maria resta là un instant, l’écoutant s’éloigner en faisant craquer du bois mort. Elle jura entre ses dents, le traitant de fou.

11.

Elle avançait vers le relais, troublée par l'hésitation de Ferguson. Son esprit prenait des chemins qu'elle ne voulait pas suivre. Elle repensait à ces heures de tranquillité dans la maison du poète, comment elle s'était sentie aux côtés de l'Américain, derrière ces murs et la grille cadenassée. Elle se souvenait de ses regards et de ses gestes. Qu'avait dit la gouvernante en rapportant la réponse du poète ? *La suite de votre voyage à tous les deux.* Maria essaya de se concentrer, elle longeait maintenant le mur aveugle du relais et approchait de l'ancien restaurant. Elle s'arrêta pour calmer son vertige. Elle était sur la piste de danse du palacio del Ayuntamiento, l'orchestre jouait, la vieille qui soigne posait des braises sur son ventre, après l'attaque des soldats d'Ortiz et le viol. La vieille en transe, il y avait douze ans, qui se roulait par terre, les yeux révulsés, répétant que Maria la baptisée danserait avec un prince blanc. Elle appuya ses mains sur ses genoux, se plia en deux et respira lentement. *La suite de votre voyage…* Elle contourna le bâtiment et trouva la porte de derrière qui s'ouvrit sans difficulté. *À tous les deux.* Le gringo était fou.

– ¿ Guzman, estás allí ?

Ferguson était fou mais il avait raison. Elle devait partir d'ici. Guzman était dangereux. Un intellectuel aux abois, paranoïaque.

– ¿ Alberto Guzman ?

L'intérieur du bâtiment avait été démonté, des cloisons et des escaliers abattus pour y empiler le fourrage ; elle distinguait les motifs de vieux papiers peints aux murs, l'étage sans plancher et à trois mètres du sol des fenêtres aux carreaux cassés. La lumière de la lune tombait sur les meules de foin.

– ¿ Guzman, dónde estás ?

– Ici.

La voix de Guzman avait sifflé dans son dos. Il était collé au mur à côté de la porte, immobile, à essayer de se confondre avec les vieux papiers fleuris, ses lunettes reflétant un instant les croisillons des fenêtres. Sur sa tête un petit chapeau de paille, sur son bras un poncho dont il se débarrassa. En un mouvement circulaire, il fit passer le canon de son arme sur l'Indienne, le fourrage et la porte.

– Où est Ferguson ?

– Il a pris peur. Il n'avait pas confiance. Il est parti à cheval pour Puerto Barrios, chercher un bateau pour quitter le pays.

Guzman braqua de nouveau l'arme sur elle.

– À cheval ?

– Manterola lui a laissé de l'argent. L'Américain a acheté une bête.

– Quoi ?

– Manterola l'a aidé à s'enfuir.

Guzman se rapprocha d'elle.

– L'Américain nous a trahis et Manterola l'aide à s'enfuir, c'est ce que tu me dis ? C'est toi qui l'as caché après sa trahison au palacio. Tu es revenue à Antigua avec lui. Il me laisse un message, il disparaît et c'est toi qui viens à sa place. Qu'est-ce qui se passe ?

Maria fit un pas en avant et l'intellectuel recula, surpris que son arme et sa taille ne l'inquiètent pas.

– L'Américain a compris qu'il ne pouvait plus compter sur le réseau. Gustavio et Santos ont été pendus à Jutiapa, le gouverneur Ortiz est à ma recherche et les Xincas sont en fuite. Moi aussi je dois quitter le pays. J'ai besoin de trouver Aznar. Où est-ce qu'il est ?

Guzman calculait vite. Ce que disait l'Indienne était plausible. Il parla pour lui-même :

– Moi aussi je dois partir.

Mais quelque chose ne tournait pas rond. Il secoua la tête et releva son arme.

– Pourquoi tu as aidé Ferguson après le palais ? Qu'est-ce qui s'est passé à Jutiapa ?

– Dis-moi où est Aznar.

Guzman haussa le ton :

– Manterola m'a trahi, Ferguson est avec lui et toi aussi. Qu'est-ce que tu fais là ?

Maria recula cette fois.

– Calme-toi, Guzman.

– Vous m'avez tous trahi. Ils ont détruit mon journal !

Il tira en voyant Maria se jeter dans le foin. Le coup de feu fit trembler la vieille baraque et la balle siffla en s'enfonçant dans le fourrage. Guzman, secoué par le bruit et la violence du tir, hurla en avançant vers elle :

– Dis-moi où est Ferguson ! Je le jugerai pour ce qu'il a fait, et toi aussi tu répondras de tes crimes !

Il réarma le chien de son pistolet. En comparaison, le cliquetis du Derringer parut ridicule.

– Baisse ton arme, Guzman.

Tellement ridicule que Guzman n'en tint pas compte et se retourna. L'arme de gentleman ne produisit aucun effet sur l'anarchiste.

– Je ne t'ai jamais fait confiance, Ferguson. Ni à toi ni à Manterola. Vous êtes des déviants. Des décadents. L'Indienne était une erreur aussi, je l'ai toujours dit.

Pete appuya sur la détente du Derringer. Guzman porta la main à son cou et resta immobile une seconde. Il regarda sa paume couverte de sang brillant et releva son arme vers Pete qui tira le deuxième coup. Guzman regarda son ventre, incrédule. L'Américain avait tiré de trop loin, sans toucher d'organe vital ni aucune artère, il allait mettre une heure à se vider de son sang. Pete se jeta sur Guzman qui réagit à une vitesse surprenante, ses réflexions trop lentes transformées en réflexes d'animal. Le pistolet frappa Pete au front, la force du coup dévia sa trajectoire, il perdit l'équilibre et roula sur le parquet. Guzman visa pour tuer – la tête de Pete. Les trois dents de la fourche à foin s'enfoncèrent entre ses côtes et ses vertèbres jusqu'aux poumons. Une main derrière sa nuque et une dans le bas de son dos, l'anarchiste essaya d'atteindre la douleur. Maria lâcha le manche de l'outil et Guzman s'effondra sans avoir compris ce qui l'avait tué.

Maria vacillait. Des lampes s'agitaient dehors, des voix arrivaient du relais. De la meule de foin traversée par la balle de Guzman montait de la fumée qui filait vers les fenêtres. Pete ramassa le pistolet du mort, saisit la main de Maria et poussa la porte.

Les flammes de l'incendie éclairaient encore le ciel alors qu'ils couraient depuis une heure. D'abord droit sur la piste, cherchant la vitesse, puis dans la forêt, cherchant à disparaître. Le pays entier se consumait derrière eux, bientôt la terre se déroberait sous leurs pieds. Ils tendaient les bras vers l'océan, sans savoir si le bateau d'Aznar les y attendait.

*

Les provisions de Faustina épuisées, ils reprirent leur régime de fuyards, à genoux au bord des ruisseaux, l'eau au creux des mains, mâchant des graines et des plantes arrachées en chemin. Pete Ferguson plantait les talons de ses bottes dans la terre meuble, tirant Maria, ne lâchant plus sa main. Le soir il se roulait dans les pans de la veste en cuir et Maria dans le châle, le dos collé à celui de l'Américain. Elle parlait en xinca la nuit, des rêves qui la réveillaient. Les seuls mots qu'il comprenait étaient les noms de Guzman, Gustavio et Santos.

Contournant Ciudad de Guatemala par la piste du nord, ils atteignirent de nuit le bourg de Mixco. Ils franchirent le sommet d'une colline dominant le village et Pete s'attarda entre les grandes silhouettes noires de pyramides à degrés, découpées sur le ciel plus clair. C'était maintenant Maria qui le tirait par la main.

– Avance, il ne faut pas rester ici.

Elle avait peur au pied des grands autels sacrificiels. Pete levait le nez vers les constructions, plus basses et carrées que la grande pyramide des vanités ; il voulait rester là, monter jusqu'à une de ces tables célestes pour attendre le lever du soleil.

Ils redescendirent de l'ancienne ville indienne vers quelques feux, à mi-chemin de Mixco.

– Nous n'allons pas assez vite, gringo. Il nous faut un cheval.

Elle regardait des clôtures, une maison en pierres aux fenêtres illuminées, des bâtiments autour – une ferme.

– Il doit y avoir des bêtes dans les granges.

Pete s'exécuta. Il sauta par-dessus une barrière et disparut. Elle entendit grincer une porte, puis un hennissement. De la lumière du côté de la maison, un homme lampe à la main sur le perron. L'Américain tira un coup et la balle ricocha sur les pierres de la façade, le fermier se jeta à l'abri. Pete tira encore deux fois en l'air avant de tendre le bras. Elle l'attrapa et sauta en croupe. Ils montaient à cru, elle serra l'Américain de toutes ses forces. La terre disparaissait maintenant sous les sabots du cheval au galop, un demi-trait, animal de monte et de travail, assez solide pour les emporter tous les deux.

Au petit jour s'acheva leur détour pour éviter la capitale et ils rejoignirent la piste qu'il avait empruntée quatre mois plus tôt dans l'autre sens, nouveau secrétaire du Maestro Manterola. Il continuait à remonter le temps sur les traces d'un Pete Ferguson qui n'était plus, cet autre Pete qui lui apparaissait maintenant comme le seul aux abois, tandis qu'affamé il galopait avec l'Indienne et avait trouvé sa place.

Quand au matin ils s'agenouillèrent pour boire, le cheval se pencha à côté d'eux pour avaler sa ration. Quand ils s'endormirent, il resta debout au-dessus d'eux, adoptant avec les fugitifs le sommeil de jour.

Personne ne pouvait les lier à la mort de Guzman. Qui savait même que le corps carbonisé du relais était le sien ? Cette échappée et ses fantômes étaient les leurs. Basin, le vieux Meeks, Rusky, Rafael et les sept tombes du cimetière d'Ojinaga. Ortiz, Granados, Gustavio, Santos et Guzman.

Le cheval était leur allié. La mer des Caraïbes, avec ses îles peuplées de cannibales, à portée de main. Son souffle chaud arrivait chaque jour un peu plus fort jusqu'à eux. Leurs joues se creusaient. Dix jours de chevauchée nocturne et de journées à somnoler dans les plis humides des racines. Se levant et se couchant avec la brume, les mains entaillées par les herbes arrachées pour nourrir leur monture. Le matin du onzième jour, poussant leur avancée jusqu'à un dernier col, dans une aube ardoise, ils découvrirent la grande langue bleue du golfe. Ce jour-là, ils dormirent sans monter la garde, au milieu des serpents silencieux et des feulements des grands chats.

Puis ils ne firent plus que descendre, dormirent un jour et une nuit entiers tout près de Puerto Barrios, au bord d'une plage de sable gris. Le bruit des vagues accompagna leur sommeil. Au petit matin Pete se déshabilla et avança dans l'eau étale jusqu'aux épaules. Il se laissa couler et ouvrit les yeux en relevant la tête. Il pouvait voir au-dessus de la surface mouvante les premières couleurs du levant. Le sel nettoya ses écorchures.

Il brisa des noix de coco sur l'arête d'un rocher et les déposa à côté de Maria. Ils burent le lait et grattèrent la chair blanche. Le sucre était bon, leurs gencives saignaient en mordant dans le fruit.

Pete s'allongea sur le dos, le ventre douloureux.

– Si tu trouves Aznar, il faudra se méfier de lui.

Maria traçait des lignes dans le sable.

– Si Segundo est ici, il n'y aura pas de problème avec lui.

– Et ce qui s'est passé avec Guzman ?

Maria arrêta le mouvement de ses doigts dans le sable.
– Il n'a pas besoin de savoir pour l'instant.

Elle partit seule. Une Indienne serait plus discrète qu'un Américain et Maria se souvenait d'un endroit à Puerto Barrios où le capitaine passait du temps quand il faisait escale. Elle connaissait bien Aznar ; c'était lui qui l'avait recrutée, avait-elle expliqué, comme il avait recruté Pete. Il la regarda s'éloigner et marcha un moment derrière elle, tenant le cheval en bride, puis retourna sur la plage. Des pêcheurs lançaient des filets. Quelques barques, à l'est, en direction de la ville, revenaient d'une nuit au large. Pete marcha vers les pêcheurs et s'assit à côté d'eux, tournant la tête vers les taches sombres des bâtiments au bout de la longue plage, la jetée et les constructions de Puerto Barrios.

*

Elle attendit devant l'église qu'ouvre la cantina. Le port s'animait doucement, sa longue jetée en bois prolongeant sur l'eau la presqu'île où s'avançait le village. Le long des plages étaient construites les baraques en bois, au centre les villas, les boutiques et les hôtels particuliers des négociants, des armateurs et des propriétaires. L'église au milieu, son parvis dans le prolongement de l'avenida Central et de la jetée, comme un bras fermant la baie de Santo Tomas de Castilla. Maria sursauta quand un vieil homme jeta une pièce à ses pieds. Elle se leva sans ramasser l'argent et descendit l'avenida jusqu'à la cantina. C'était ici qu'elle avait rencontré Aznar la première fois, il y avait trois ans, et que le jeune capitaine l'avait présentée à Guzman.

Avec son allure de mendiante, elle resta à distance du restaurant. La serveuse apparut, préparant les tables et ordonnant les chaises de la terrasse ; une mulâtre que les premiers clients saluèrent poliment. Maria s'approcha d'elle.

– S'il te plaît.

Maria s'arrêta sur le seuil, parlant vite et bas :

– Aznar, le capitaine du *Santo Cristo*, est-ce qu'il est ici ?

La mulâtre jeta un coup d'œil aux clients de la terrasse. Elle baissa la voix elle aussi :

– Qu'est-ce que tu veux ?

– Je cherche Segundo. Où est-il ?

– Je ne le connais pas, va-t'en.

– Je suis une amie. J'ai besoin de lui.

Maria s'était plantée devant la femme et avait écarté le foulard, découvrant son visage.

– Peut-être que tu te souviens de moi, je suis déjà venue ici avec Aznar.

– Aznar est parti. Personne ne prononce plus son nom. Disparais, indígena !

Maria s'éloigna le plus vite possible et se perdit plusieurs fois dans les rues qui se ressemblaient toutes, avant de retrouver la boutique qu'elle avait en mémoire, un magasin vendant du matériel de marine où Aznar avait ses habitudes. Un autre rendez-vous du réseau avait eu lieu ici. Un chariot était arrêté devant l'entrepôt et des métis déchargeaient des rouleaux de cordage. La porte des bureaux, à côté, était ouverte et sur le seuil, une tasse de café à la main, se tenait le patron qu'elle reconnut, un Blanc ventru, la barbe taillée. Elle attendit qu'il rentre et s'engouffra derrière lui.

– Buenos días, señor.

Le patron eut un mouvement de recul.

– Dios ! Qu'est-ce que tu fais là, toi ? Sors d'ici !

Maria ne lui laissa pas le temps de se lever.

– Je cherche le capitaine Aznar, c'est une urgence. Est-ce qu'il est à Puerto Barrios ?

Le patron plissa les yeux.

– Tu es l'Indienne ?

Il se précipita pour fermer à clef derrière elle, la prit par le bras et la secoua.

– Où est l'Américain ?

*

Maria revint le soir à la plage. Ils allumèrent un petit feu et grillèrent le poisson que les pêcheurs avaient offert à Pete. Deux jours plus tard, tôt le matin, le patron du magasin de Puerto Barrios les retrouva là, arrivé dans un tilbury. Ils partirent ensemble.

Le *Santo Cristo* était au mouillage dans la crique, flottant sur l'eau claire comme sur du verre. Sur la plage, des palapas abandonnées, des morceaux de filets déchirés qui pendaient, les ossements d'une barque échouée, ses membrures en cage thoracique ouverte au ciel. Des cocotiers chargés de fruits penchaient vers l'eau, leurs racines en chevelures dénudées par les vagues. Le canot du *Santo Cristo* avançait vers eux, deux rameurs et le capitaine Aznar debout à la proue, avec à la bouche une cigarette dont la fumée disparaissait dans l'air blanc. Il était midi, le soleil vertical et la brise de terre aussi chaude qu'un bain d'hôtel. Maria se laissa glisser du cheval. Le patron du magasin attendait dans son tilbury, le ventre sur ses cuisses, à l'ombre d'un chapeau. Pete resta à cheval. Aznar regarda la côte au nord en direction de Puerto Barrios, puis au sud en direction de la frontière toute proche du Honduras. Il sauta du canot dans le sable et Maria marcha à sa rencontre. Ils échangèrent quelques mots. C'est au gros commerçant que le jeune capitaine parla ensuite. Le chargement était complet, disait-il, il ne manquait plus que le dernier passager pour appareiller. Le patron lui confirma l'arrivée de celui-ci le lendemain matin, puis les deux hommes s'éloignèrent pour que la suite de leur conversation ne soit pas entendue. Le négociant remonta dans sa voiture et repartit sans saluer ni l'Indienne ni Pete.

Aznar s'approcha de lui.

– Buenos días.

Pete descendit de cheval. Segundo, sur la pente de la plage, une jambe en arrière pour compenser le dénivelé, semblait sur ses gardes, prêt à s'enfuir ou à lui sauter dessus. Les deux matelots du canot étaient armés, des revolvers à la ceinture. Maria s'était assise dans le sable et baissait la tête. Pete ouvrit les pans de sa veste pour faire bonne figure et exhiber l'arme de Guzman.

– Bonjour.

Segundo eut un petit sourire, du bras il fit un geste las englobant le paysage, la crique, le bateau, eux tous. Son sourire disparut pour faire place à une expression de déception. La situation ne lui plaisait pas. Les rôles étaient mal distribués. Les acteurs n'en voulaient plus. Il le regrettait, voulait savoir comment se régleraient les choses.

Pete tira le pistolet de sa ceinture et le lui donna, puis il marcha jusqu'à l'Indienne. Elle regardait la goélette d'Aznar comme ses ancêtres avaient pu regarder accoster les premiers bateaux espagnols. Ces choses inconcevables, invisibles peut-être, tant ces monstres de bois ne pouvaient trouver de place dans leur imaginaire.

– Qu'est-ce que tu vas faire, Maria ?

Elle détourna les yeux du bateau.

– Tu as fait de moi une étrangère dans mon propre pays, gringo.

Elle se leva.

– Je suivrai Segundo.

III

1.

Guyane, saison sèche, octobre 1872

Au mouillage, le tangage du *Santo Cristo* rendait Maria malade. Elle était grise sous les lampes-tempête balancées au plafond du mess. Aznar fit remettre le canot à l'eau et deux de ses matelots la ramenèrent sur la plage.

– Les Indiens sont parfois tellement malades qu'ils ne peuvent plus se nourrir ni s'hydrater. Ils meurent pendant les traversées trop longues. Si elle ne va pas mieux en mer, il faudra la débarquer au Honduras.

Segundo était accoudé à côté de Pete, ils regardaient la plage et le canot.

– Peut-être que c'est l'idée de quitter son pays qui la rend faible. Elle dormira à terre cette nuit et reviendra demain matin avec le Français.

– Le Français ?

Ils s'installèrent dans le carré arrière avec une bouteille de rhum. Pete remarqua le pavillon américain ondulant au-dessus de la poupe.

– Tu as descendu les couleurs du Mexique ?

Segundo leva son verre.

– À ta vie de pirate qui commence, Americano !

Pete trinqua avec lui.

– C'est un pirate, le Français qui arrive demain ?

– Un ami de la cause.

Pete termina son verre.

– Où est-ce qu'on va ?

– Où est-ce que tu veux aller, Americano ?

– À l'équateur.

– Qu'est-ce que tu vas faire là-bas ?

– Pas la moindre idée.

Segundo bascula la tête en arrière.

– Le *Santo Cristo* va dans la bonne direction, Pete. Mais avant d'arriver à l'équateur, il faudra faire une étape.

– Où ça ?

– Dans la plus grande décharge d'Amérique. La poubelle du pays des droits de l'homme. La Guyane française, mon ami. Une prison aussi grande que le Guatemala.

Il redressa la tête pour regarder Pete.

– Je t'emmènerai voir l'équateur, mais on fera d'abord une escale au bagne.

Aznar commençait à être saoul et son ton à changer. Pete soutint son regard.

– Tu as quelque chose à me dire, Aznar ?

Segundo se leva et posa sa main sur l'épaule de l'Américain.

– Rien du tout, gringo, tu te fais des idées.

Le soir tombait et le capitaine Aznar sauta à bord du canot. Les rameurs le déposèrent sur la plage, Pete le vit marcher jusqu'à la palapa où s'était réfugiée Maria.

Il était sur le pont le lendemain matin, longtemps avant l'aube, attendant de voir apparaître l'arc de cercle de la plage, puis le canot qui revenait avec ses passagers. Les deux matelots, Segundo, le Français et la silhouette tassée de Maria.

Le capitaine offrit à Maria d'utiliser son cabinet de toilette. Le Français, la quarantaine, était un peu plus grand que Pete, des yeux clairs, un brun aux cheveux épais et aux mains solides – un ami de la cause du côté de l'action plus que des théories de Guzman. Il se présenta à l'Américain avec le même accent qu'Alexandra Desmond.

– Sébastien Ledoux. C'est toi l'Américain ?

– Pete Ferguson.

– Bienvenue à bord.

Ledoux rit et suivit Segundo.

Pete resta sur le pont pour observer les matelots à la manœuvre et le navire qui se mettait en mouvement. Il retrouvait avec plaisir la goélette, les voiles claquèrent, un marin siffla et lança un cordage à Pete, planté au milieu du pont. Il tira dessus de toutes ses forces avant de le tourner sur un taquet. Le *Santo Cristo*, battant pavillon américain, prit de la gîte et trancha une première vague d'un coup d'étrave.

Maria ne sortit pas de la cabine d'Aznar pendant trois jours.

Pete se levait la nuit avec les matelots de quart, il fumait et buvait, penché sur les cartes marines, interprétait les courants et les vents. Le jour, il retenait les noms des voiles et des postes, observait les nuages et la houle, s'initiait au maniement du sextant. En même temps qu'il découvrait un nouveau moyen de se déplacer, il apprenait à tracer un point sur une carte indiquant l'endroit où il se trouvait, sous le soleil ou une étoile.

Le Français s'intéressait à Pete et lui avait posé des questions sur les États-Unis. Puis au bout d'un moment, ayant obtenu suffisamment de réponses, c'était lui qui avait repris la parole. Son propre avis sur les États-Unis d'Amérique comptait plus que le témoignage de Pete.

Sébastien riait beaucoup. Il aimait boire et son combat, insistait-il, était joyeux. Pourquoi se battre sinon ? Il était de loin le plus fou de tous les clandestins que Pete avait rencontrés, le plus dangereux aussi.

– Les États-Unis sont la plus belle mascarade qu'on ait jamais vue, Pete. En temps réel, la construction d'une nouvelle nation selon les principes de la démocratie moderne ! Les vieux empires ont commencé par se partager le gâteau américain, disant qu'il y en aurait bien assez pour tout le monde – entre commerçants civilisés ! –, puis se sont fait la guerre pour tout posséder. Mais quelque chose d'autre est arrivé. Parce que l'idée est venue aux envoyés des vieux empires ayant fait fortune là-bas qu'au lieu de se battre pour l'Europe, ils pouvaient le faire pour leur propre compte. Alors ils ont proclamé leur indépendance. Ensuite, il leur a bien fallu des armées pour défendre leur nouveau pays, non ? Alors ils ont recruté : *À nous les pauvres et les déshérités !* Pendant votre Guerre civile, il arrivait dans les ports dix fois plus d'hommes qu'il n'en mourait sur les champs de bataille. Ceux qui ne partaient pas directement à la guerre étaient embauchés dans les usines ou allaient construire le chemin de fer. Mais attention ! On leur promettait de la terre. Tu imagines, Pete, promettre de la terre aux esclaves du Vieux Monde, où le moindre bout de jardin ou de trottoir appartenait aux mêmes familles depuis mille ans ?

Sébastien Ledoux refusait d'être pris pour un combattant de la cause, disait qu'il était un criminel exalté et que cela suffisait largement pour être efficace.

– Et par-dessus tout ça, mon ami américain, le clou du spectacle : la Constitution ! Inventée sur mesure pour le peuple américain, pour le protéger des tyrans du Vieux Monde qui auraient voulu le poursuivre jusque dans son paradis ! Pendant ce temps, les nouveaux patrons de l'Amérique s'installaient confortablement à l'abri de ce texte écrit spécialement pour eux par quelques amis philosophes !

Le Français faisait rire l'équipage, braillait et offrait des coups à boire. Il mettait tout le monde dans sa poche et c'était avec Pete qu'il faisait le plus d'efforts.

– Mange avec moi ce soir, je m'emmerde sur ce rafiot !

Depuis le premier éclat de rire du Français, Pete se méfiait de lui.

Aznar avait laissé le pont à Sébastien et passait son temps dans sa cabine avec Maria, évitant Pete.

– Elle est encore malade. Elle ne peut pas sortir.

Pete ne savait toujours pas ce qu'ils allaient faire en Guyane. Il ruminait, coincé avec Ledoux.

– Parle-moi encore de ce ranch. Tu dis qu'il fait mille hectares ? Raconte-moi ton histoire, il n'y a rien d'autre à faire ici !

Pete mentait, inventait des lieux et des noms, ne voulait pas se livrer à cet homme.

– Parle-moi de Paris, Sébastien.

Le Français mentait lui aussi. Pete avait fini par faire le tri dans ses racontars et reconstitué un squelette de réalité. Fils d'un tenancier de bordel parisien, orphelin, élevé par une tante, coursier des criminels de son quartier puis homme de main et cambrioleur, disait-il, ne volant que les riches. Plus certainement, il avait été proxénète. Jeté en prison, il aurait alors aidé des anarchistes à s'évader et serait devenu leur ami. Sébastien avait dû quitter la France et ils l'avaient fait sortir du pays. Il était ici pour leur rendre la pareille, ou bien payer une dette. Tout ce qu'il y avait d'héroïque dans la version de sa vie inventée pour Pete semblait emprunté à d'autres. La violence et les coups tordus étaient probablement ses seuls faits d'armes. Plus intelligent qu'il ne le laissait paraître, il parlait aussi bien l'anglais avec lui que l'espagnol avec Segundo et l'équipage.

Pete jouait le jeu et mentait, allait se coucher et écoutait en passant les bruits dans la cabine du capitaine. Les râles d'Aznar chevauchant l'Indienne.

Segundo le convoqua un soir au mess.

Le Français avait déplié une carte sur la grande table.

– Ils sont quatre.

Sébastien Ledoux montrait sur le papier un petit point noir, une ville sur la berge d'un fleuve.

– Saint-Laurent. De l'autre côté du Maroni, c'est le Surinam. La colonie hollandaise a passé des accords avec la France, elle renvoie au bagne les évadés qui arrivent à traverser. À l'embouchure, les courants et les marées sont difficiles à franchir sur des petites embarcations, on risque de s'échouer sur les bancs de vase et de se faire avaler. Sans parler des requins.

Il leur désigna un petit archipel à quelques milles marins de la côte.

– Aux îles du Salut, l'administration pénitentiaire jette les cadavres des bagnards à l'eau. Un tiers des prisonniers des îles ne passent pas la première année et ils sont deux mille répartis sur les trois îles. Dans ce coin, les requins doivent être les plus gras d'Amérique du Sud. Il y en a aussi qui remontent les fleuves, jusqu'à cinquante ou soixante kilomètres dans les eaux saumâtres. Ils vont disputer les belles prises aux caïmans.

Ledoux éclata de rire, sans entraîner Pete ni Aznar avec lui.

– Les prisonniers sont bien plus nombreux et meurent beaucoup plus dans les camps forestiers. Ces saloperies de bestioles n'ont droit qu'à une partie de la bouffe, le reste est pour la vermine de la jungle.

Aznar se redressa, sortant du halo de lumière de la lampe.

– Il faut une bonne raison pour faire escale en Guyane. La France se réserve le monopole du commerce avec sa colonie, sans parler de la tentation pour les bagnards que représentent les bateaux étrangers. Nous accosterons à Saint-Laurent pour livrer les pièces d'une pompe à vapeur installée aux îles du Salut. Le matériel arrive de La Nouvelle-Orléans, d'une filière sous contrat avec la Fawcett & Preston de Liverpool. Une fois la cargaison déchargée, nous devrons nous cacher de nuit dans l'estuaire du Maroni et attendre le signal de nos camarades.

Pete essayait de se concentrer, mais il ne pensait qu'à Maria, sortie pour la première fois de la cabine, assise dans un coin du mess.

– Dans combien de temps on arrivera en Guyane ?

Segundo répondit au Français en continuant d'observer Pete :

– Si le vent et le temps se maintiennent, nous ferons escale à Trinidad et Tobago dans dix jours. De là, il faut cinq jours pour atteindre Saint-Laurent-du-Maroni.

– De Trinidad je ferai envoyer un message là-bas pour qu'ils soient prévenus de notre arrivée.

Pete interrogea le Français :

– Qui sont les quatre ?

– Deux camarades prisonniers depuis quatre ans et deux autres déportés seulement depuis un an, des communards arrivés avec assez d'argent pour acheter des fonctionnaires et du matériel pour l'évasion. Là-bas aussi il faut être riche pour s'en sortir. Chaque année qui passe, on est plus faible et les chances de survie sont plus minces. Un bagnard condamné à moins de huit ans, une fois libéré, doit rester en Guyane pour la même durée que sa peine. C'est le doublage. Mais s'il est condamné à plus de huit ans, une fois libéré, il passera le reste de sa vie là-bas. Ces quatre-là, ils ont des peines de vingt-cinq ans. Les juges auraient pu se contenter de les condamner à neuf ans, ça suffisait pour se débarrasser d'eux, mais ils aiment bien les grands chiffres. De toute façon, comme je disais, la plupart ne passent pas la première année.

Sébastien éclata encore de rire.

– Vous savez ce que l'administration pénitentiaire offre aux libérés condamnés à rester là-bas ? Un petit bout de terre à cultiver. On leur offre de devenir les nouveaux colons et les nouveaux propriétaires de la Guyane.

Il s'étranglait de rire.

– C'est encore mieux fait que dans ton pays, Pete ! La propriété privée, en Guyane, c'est la récompense des prisonniers !

Quand Pete se retourna, Maria avait quitté la cabine. Il sortit sans dire un mot. Elle était sur le pont, appuyée au bastingage, la tête par-dessus bord.

– Encore malade ?

Sa peau de cuivre était terne, des rides s'étaient creusées sur son front et autour de ses yeux. Maria ne répondit pas et se pencha à nouveau vers l'eau noire qui filait le long de la coque.

– Tu n'aurais pas dû quitter le Guatemala, ajouta-t-il. Quand on arrivera dans ce pays, Trinidad, on trouvera un autre bateau pour te ramener chez toi.

Il s'éloigna, revint sur ses pas.

– Je dormirai dehors cette nuit, installe-toi dans ma cabine. Tu n'es pas obligée d'aller dans la sienne.

– Laisse-moi seule.

2.

À Trinidad et Tobago, lui apprit Sébastien, on parlait anglais.

– Le paillasson de Victoria, mon ami, pour essuyer ses petits pieds devant l'Amérique du Sud. Comme chez toi, l'Américain, il n'y a plus d'esclaves ici, seulement des Nègres. En Guyane non plus, depuis 1848. Le bagne a été créé en 1854 et les bagnards travaillent aujourd'hui pour les colons qui ont perdu leurs esclaves.

Ne me regarde pas comme ça, c'est seulement une coïncidence historique !

Trinidad était verte, entourée de plages blanches comme de la nacre d'huître, sur la mer turquoise des Caraïbes. Pete n'arrivait pas à imaginer que le fond de la mer, noir et froid, remontait jusqu'à la surface pour ressembler à ça. L'île devait flotter. Pourtant le continent était bien là, sa présence désagréable, l'île séparée de lui par à peine quelques milles. Tandis que la goélette mettait le cap sur Port of Spain, il se demanda si les îles du bagne de Guyane étaient aussi belles que celle-là.

Les autorités portuaires, deux militaires britanniques, montèrent à bord. Les faux papiers du *Santo Cristo* et de Sébastien Ledoux firent illusion. Lorsque le capitaine Aznar laissa entendre que le voyage en Guyane française n'était pas de son goût, les officiers britanniques s'empressèrent d'acquiescer.

– Cet endroit est une honte pour le monde civilisé. La reine a fait de Trinidad un sanctuaire pour les évadés de cet enfer.

À Trinidad et Tobago, les bagnards français qui parvenaient à accoster recevaient la protection de l'Empire britannique, parfois même une aide matérielle pour continuer leur voyage. Sébastien ricana, une fois les officiers anglais débarqués :

– Les politiciens qui ont voulu le bagne de Guyane prenaient en exemple celui de Victoria en Australie ! Les Britanniques ne font ça que pour gêner Paris. Ce sont eux qui ont donné le goût de l'utopie pénitentiaire à la France. Envoyer sur les terres lointaines et pourries de l'empire ses criminels, futurs colons lavés de leurs péchés par l'exil et l'emprisonnement ! Tu crois que l'Angleterre a plus d'amour que la France pour ses voleurs et ses anarchistes ?

Maria resta à bord, Pete fit le tour du port. De Tampico jusqu'ici ils se ressemblaient tous, avec leurs entrepôts et leurs greniers à persiennes. Bateaux et marchandises, soleil humide, Indiens ou Noirs au travail, à la place des coups de fouet les mauvais salaires, des Blancs tenant des registres, des femmes sous des ombrelles. Le commerce comme seule occupation et seul lien avec la métropole, évoquée à toutes les occasions, dans les noms des quais et des rues, les menus des restaurants, les vêtements et l'architecture, tout ce qui pouvait rappeler *là-bas*. L'ennui y était une gangrène ; seuls divertissements : des combats de coqs ou de chiens pour les hommes, pour les épouses à éventail des lettres plaintives à des cousines de Londres ou Madrid.

Maria avait eu raison de ne pas descendre du bateau. Ce port paradisiaque l'aurait rendue encore plus malade.

Le Français, parti en ville, revint au *Santo Cristo* à la fin du jour. Le coucher de soleil, bref et coloré, fut accompagné de quelques chants et instruments de musique venant des quartiers des manœuvres et des pêcheurs. Sébastien Ledoux regarda un voilier doubler la jetée.

– Mon message pour Saint-Laurent est sur ce bateau. Dans douze heures nous prendrons la route de la Guyane et ils seront prêts là-bas.

– Depuis combien de temps tout ça est prévu ?

– Des mois.

– Segundo sera payé, mais toi, qu'est-ce que tu vas tirer de cette affaire ?

Sébastien Ledoux eut un sourire pour lui-même.

– Je vais libérer des camarades.

Pete s'accouda au bastingage et regarda le voilier s'éloigner en mer.

– Les deux prisonniers, pas les communards, les deux autres, c'est eux que tu veux libérer. Des vieux amis de Paris ?

Le Français lui tapa dans le dos. Pas assez fort pour faire mal, trop pour être amical. Comme si, emporté par sa bonne humeur, il faisait par inadvertance une démonstration de sa force.

– Avec tes allures de cow-boy, on oublie parfois que tu n'es pas bête !

Aznar était à terre. Pete descendit au pont inférieur frapper à la porte de sa cabine. Il insista jusqu'à ce que Maria ouvre. Elle sentait l'alcool. L'île entière sentait le rhum et la nostalgie. Elle s'écarta comme une putain ouvre à ses clients, dans sa robe de servante débraillée, faisant une courbette à l'Américain.

– Tu viens pour ta part, gringo ?

– Le Français prépare quelque chose. Je ne sais pas quoi, mais il faut quitter le bateau.

– Il prépare quelque chose de courageux, gringo. C'est ça qui te fait peur et tu veux prendre la fuite.

– Il faut quitter le bateau.

Elle claqua la porte.

Pete remonta sur le pont, franchit la passerelle et se dirigea vers les voix et la musique des tavernes du port. Les Noirs buvaient un mauvais rafia et parlaient un étrange anglais qu'il comprenait à peine. Ils accueillirent l'Américain sans mots et le laissèrent boire seul parmi eux, s'écartant des tables où il s'installait.

*

Alexandra Desmond.

Tu étais ridicule, amoureux de la femme que tu ne pouvais pas avoir. Cette mère que tu rêvais pour toi seul, sans la partager avec Oliver, petit frère à l'amour naïf. Amour d'enfant, pensais-tu, toi qui te croyais un homme. Avec moi tu étais ridicule, avec Lylia tu étais une brute épaisse.

Tu l'humiliais et la battais, tu crachais dans sa bouche quand elle disait qu'elle t'aimait. Tu pensais qu'un homme comme toi devait avoir une femme comme moi, pas une écervelée de Carson City. Une femme comme celle d'Arthur Bowman. Crois-tu qu'il ne savait pas ?

Crois-tu que Lylia a eu tort de te faire accuser ? Que tu étais innocent de tout ce qu'elle te reprochait ?

Tu détestais qu'on t'appelle comme ça : jeune homme.

Tu as grandi comme un arbre de bord de mer, Pete, poussant contre un vent qui te couchait toujours dans la même direction et voulait te faire plier. Tu es devenu incapable de te redresser, de comprendre ce que j'avais à donner. Le vent te plaquait au sol, tu t'es enfui avec lui. Tu n'étais pas encore un homme, dans ce monde où l'on confie des armes aux petits.

L'arbre de la liberté n'est pas arrosé par le sang des tyrans, c'est un poteau d'exécution où l'on attache et égorge nos enfants. Qu'on le fleurisse avec des patriotes pendus à ses branches.

Arthur et moi avons sauvé deux enfants. Les fils d'une femme morte trop belle et trop tôt et d'un homme sous la main de qui mouraient les plantes. Un bûcheron, Pete. Oliver était encore assez jeune pour accepter notre offre, toi trop endurci et trop tôt grandi, penché. Une force de réaction, un arc en tension.

Tu n'as pas tué le vieux Meeks, pas comme ils le disent. Mais tu l'as tué, dans ce monde où l'on tue parfois comme ça, en étant seulement un jeune homme en colère.

Et maintenant elle…

Crois-tu qu'une femme comme elle pourrait aimer quelqu'un comme toi ?

Les hommes qui lui ont fait du mal te ressemblaient, Pete Ferguson. Elle le sait. Tu les connais, ces hommes, fils de ton père. Ils ont différents visages dans lesquels tu reconnais le tien. Rusky. Le Français. Aznar aussi. Ceux de ton sang.

Il faudrait que tu changes, ou changer le monde comme elle voudrait le faire. Changer ? Faire qu'une femme qui ne nous aime pas nous aime, c'est changer le monde, non ? Il faudrait séduire le monde, Pete Ferguson, pour qu'il nous aime ?

On change pour les autres, Pete. Quel besoin sinon d'être quelqu'un de différent ? Changer le monde, c'est seulement apprendre à le voir autrement. Avec les yeux des autres.

Calme-toi, jeune homme, l'Indienne crachera dans ta bouche quand tu lui parleras.

Avale, ravale ta colère. Pourquoi accepterait-elle de voir le monde comme toi, Pete Ferguson, si tu continues à le regarder de cette façon ?

Commence par ne plus penser à ces vieilles femmes, jeune homme. Ta mère, souvenir usé, moi trop âgée. Nous nous effaçons devant la jeune femme. C'est à toi de faire le reste.

Il faudra que tu me lises un jour le livre de ce poète, le Maestro Manterola, qui va mourir en prison.

*

Le long de la côte la mer prenait la couleur des fleuves. Les boues de la forêt se diluaient dans le bleu et les courants les emportaient vers le sud. Le continent était plat, une dalle verte sans fin, les saignées marron des grands fleuves et au-dessus des nuages bas. La chaleur était de plus en plus forte le long des côtes du Venezuela, du petit Guyana anglais, du Surinam hollandais et enfin devant le Maroni et la Guyane.

– À Saint-Laurent, mon ami, la guillotine est dressée toute l'année. On dit que la corrosion de l'air est telle qu'il faut l'actionner régulièrement pour qu'elle ne rouille pas.

– La guillotine ?

Le Français regarda Pete en souriant.

– C'est vrai que tu ne connais que les balles et la corde. Pas de pendaisons au pays des droits de l'homme, Pete. Ici, on coupe les têtes avec une machine inventée par un humaniste, un ami de la Révolution française. Incroyable tout ce qu'il te reste à apprendre de ce monde.

L'estuaire faisait quatre ou cinq kilomètres de large, ouvert comme une bouche de poisson sur les entrailles du continent.

– Pas de pendaisons ?

Aznar était sur le pont, longue-vue en main, observant la berge et des petites îles couvertes d'arbres au milieu du fleuve. Ledoux montra lui aussi les îlots de verdure d'un mouvement de menton.

– S'ils n'ont pas eu de problèmes, c'est là qu'ils nous attendront ce soir.

– Il y a des armes à bord ?

– Tu te tiens tranquille, Pete. Dans deux jours tu débarqueras au Brésil, fin de l'histoire.

Aucun bateau n'était amarré au ponton du port de Saint-Laurent, deux quais perpendiculaires le long du fleuve. Devant le bâtiment des douanes, un square ombragé par des flamboyants en fleur, une pelouse verte, la grande rue en terre rouge qui filait vers le centre de la ville. Après la douane, un mur haut de cinq mètres et long de cent, une porte pouvant laisser passer six hommes de front, au-dessus en lettres peintes sur l'enduit un seul mot dont Pete supposa qu'il voulait dire la même chose qu'en anglais : *Transportation*. L'arrivée du *Santo Cristo* provoqua une certaine animation dans le port moribond. Pas de commerce à Saint-Laurent, sinon l'importation de criminels. Des militaires armés de fusils patrouillaient, des colons blancs étaient là, curieux, et sur le ponton un groupe d'hommes faisait des signes au bateau.

Aznar et ses matelots effectuèrent la manœuvre, douaniers et employés de l'administration pénitentiaire montèrent à bord et le capitaine leur présenta le manifeste. Les fonctionnaires avaient hâte d'expédier les formalités pour parler des marchandises en cale avec Ledoux, l'ingénieur français.

– Six mois que la pompe est en panne sur l'île Royale. C'est maintenant la saison sèche et le bassin est vide. L'hôpital commence à manquer d'eau, sans parler des membres du personnel, de leurs familles et des prisonniers.

L'officier des douanes déclara que tout était en règle, on ouvrit la grande écoutille et le Français, amusé par son rôle de spécialiste, descendit en cale avec les employés du bagne. Il leur montra les pièces, leur expliqua le montage. Des bagnards en uniforme blanc crasseux, pantalon et chemise à rayures rouges passées, envahirent le pont et le déchargement commença. Ils jetaient des coups d'œil au bateau et à l'équipage, travaillant sous la surveillance d'une demi-douzaine de soldats postés sur le ponton.

Les envoyés de l'administration invitèrent l'ingénieur, le capitaine Aznar et son second, M. Ferguson, à boire un rafraîchissement sous les arcades du bâtiment des douanes. Deux bagnards préparèrent une table, des chaises, apportèrent des carafes d'eau, du vin et du rhum. Ils remplirent les verres pendant que le Français traduisait pour Segundo et Pete les commentaires de leurs hôtes :

– Il y a beaucoup de militaires parce qu'il y a eu une évasion cette nuit. Quatre prisonniers qui sont partis ensemble.

Les fonctionnaires précisèrent en riant :

– Les tentatives d'évasion sont courantes. Les bagnards se déplacent relativement librement. De temps en temps l'envie leur prend de tenter leur chance. La plupart sont repris après deux jours. Affamés, déshydratés, prisonniers des militaires surinamais ou morts. Pour ceux qui ne sont pas retrouvés tout de suite, on envoie les chasseurs de têtes, d'anciens bagnards, avec des chiens, qui connaissent bien le terrain.

Sur le port passaient des Blancs et des Chinois, des Nègres et des métis.

– Les Chinois tiennent les commerces, d'ici jusqu'aux camps forestiers et sur la rive du Surinam. Ils aident ou dénoncent les évadés selon la somme qu'on leur offre.

Pete interrompit la conversation pour demander qui étaient ces bagnards à la peau brune. Des Arabes, leur expliqua-t-on, des criminels des colonies nord-africaines de la France. Comme ils étaient les plus détestés parmi les bagnards, leur détention était la plus dure. L'administration en faisait donc ce qu'elle voulait.

Contre une amélioration de leurs conditions de vie, ils devenaient des gardiens suppléants. Les porte-clefs. Ils étaient alors encore plus détestés, mais intouchables. Quand les bagnards se comportaient bien, au bout de quelques années, ils sortaient des camps et des cellules pour prendre des emplois en ville. Ici ou à Cayenne, ils servaient chez des colons ou des membres de l'administration. Ils dormaient en cage mais se déplaçaient librement le jour. C'était le but de la plupart des bagnards, devenir première classe pour obtenir un travail, améliorer leur sort ou mettre de l'argent de côté, comme les quatre de cette nuit, et tenter la belle.

– La belle ?

– L'évasion. La belle liberté.

Pete devina sans demander qui étaient ces clochards répugnants qui traînaient autour du port. Ces libérés dont avait parlé le Français, condamnés à rester là sans travail puisque tout le monde obtenait pour rien les services de vrais bagnards. Pourquoi payer un salaire d'homme libre à ces loques ?

Pete fit descendre le rhum avec deux grands verres d'eau. Les fonctionnaires, ayant satisfait la curiosité de leurs invités, en revinrent à la pompe à vapeur. Aznar et Pete s'excusèrent et quittèrent la table.

Ils passèrent devant la porte de la transportation, ouverte sur la grande cour, de la même terre rouge que la rue. Une vingtaine de bâtiments de chaque côté d'une allée centrale, les silhouettes gris et rose des prisonniers, les gardiens armés et le soleil de la saison sèche qui faisait bouillir les cervelles. Ils marchèrent à l'ombre du mur d'enceinte, dépassèrent le bagne et se retrouvèrent à un large carrefour où une brise leva un nuage de poussière rouille. Toutes les constructions étaient organisées autour de l'énorme prison. Saint-Laurent, avant la colonie pénitentiaire, n'avait rien été. Pete ralentit en voyant venir vers eux un groupe de bagnards, six hommes et six chapeaux de paille, sans escorte. Aznar ralentit lui aussi. La petite troupe baissa la tête et passa à côté d'eux dans un silence total, pieds nus sur le sol brûlant, portant à l'épaule des bêches et des pelles. Les maisons et les jardins clôturés étaient entretenus à la perfection.

Ils longèrent une école dans laquelle les enfants des gardiens récitaient en chœur une leçon. La ville prenait déjà fin, ils l'avaient traversée en quelques minutes et à sa sortie la rue se séparait en deux pistes, l'une vers l'est, l'autre vers le sud. Dans cette fourche était logé le cimetière, son entrée encadrée par deux grands manguiers aux fruits encore verts. Les deux hommes s'assirent un moment à l'ombre.

– Cet endroit me rend malade, gringo. Jamais je n'ai vu une chose pareille, aussi fausse et réelle à la fois.

Pete ôta son chapeau et s'essuya le front, regarda passer à ses pieds une colonne de fourmis transportant des morceaux découpés de feuille. Descendant d'un tronc et filant vers les tombes, elles étaient des milliers, qui avaient tracé une petite piste parfaitement nettoyée. Elles semblaient décidées à effeuiller le grand arbre tout entier.

– Ce n'est pas de cet endroit qu'il faut se méfier, Segundo. Le Français prépare un mauvais coup, tu devrais faire attention à toi.

– Je l'ai à l'œil, gringo, je n'ai pas besoin de tes conseils.

– Et Maria ?

– Quoi Maria ?

– Tu vas t'occuper d'elle ?

– Maria va mourir, comme tous ces Indiens qui crèvent quand on les arrache à leur terre.

– Si tu ne la protèges pas, je le ferai.

– Elle ne veut pas de ton aide, Pete.

Segundo sourit, pas à Pete, à des souvenirs qu'il tentait d'amadouer.

– Je retourne au port. Plus vite on en aura fini, plus vite je serai débarrassé de vous tous.

Pete continua de regarder les fourmis, avec leur petite voile de verdure sur le dos. Elles viendraient à bout du manguier. Puis il retraversa la ville, croisant ses habitants, gardiens et prisonniers, ralentis par la chaleur et déambulant comme des malades dans le parc cramoisi d'un hôpital.

3.

La nuit arrivait trop tôt, fermait le jour comme on claque des volets. Le bagne s'éteignait, les lampes étaient soufflées, les grilles cadenassées, les chaînes bouclées et les tours de garde distribués. Les hommes de l'administration étaient restés sous les arcades jusqu'au couchant ; complètement saouls, ils s'accrochaient au Français qui remontait à bord.

– Restez cette nuit, monsieur Ledoux ! Vous repartirez demain avec le jour !

– Nous devons profiter de la marée, messieurs. C'était un plaisir de faire votre connaissance !

– Bonjour à Paris, monsieur Ledoux !

– Je n'y manquerai pas !

Les deux fonctionnaires ne lâchaient pas le bastingage.

– Bonjour au pays, monsieur Ledoux !

– Si vous passez par Belleville, saluez le quartier de ma part !

– Adieu, messieurs.

Les matelots d'Aznar, gibier de potence, s'activaient en silence, pressés de s'éloigner de Saint-Laurent et de la longue silhouette noire du bagne. La manœuvre ne traîna pas. Ils ne hissèrent pas de voiles et Aznar à la barre guida le *Santo Cristo* dans le courant du fleuve et de la marée descendante. S'ils tardaient trop, les bancs de vase seraient découverts et les berges inaccessibles. Le ciel était dégagé par un vent de mer et les étoiles redonnaient à la voûte céleste ses véritables proportions. Aznar dirigea la goélette entre les îles et la berge, suivant la passe brillante de l'eau. Ils doublaient la première île et le Français à la proue alluma une lampe à signaux, répétant un code à intervalles réguliers. Une autre lumière, plus faible, lui répondit de la berge, projetant les ombres des racines de la mangrove. Les jambes d'araignée des palétuviers avançaient sur la vase, luisantes dans les rayons des lampes. Aznar se rapprocha le plus possible de la rive avant de virer de bord.

– À l'ancre !

La goélette tourna sur elle-même et se stabilisa contre le courant.

– Mouillez !

Un matelot libéra le treuil et les maillons d'acier firent un bruit du diable. L'ancre heurta la surface, la chaîne se dévida jusqu'à ralentir. Une série de secousses, l'ancre draguait le lit du fleuve puis se mit en tension et la goélette s'immobilisa. La lampe sur la berge s'agitait, les mouvements d'ombre et de lumière transformaient la mangrove en un mille-pattes fantastique. Des voix anxieuses arrivaient jusqu'à eux. Personne à part le Français ne comprenait ce qu'elles disaient. Les quatre hommes se tenaient aux racines pour avancer, poussant devant eux, sur la boue noire, une pirogue. Leur lampe était posée dessus et ils progressaient le ventre appuyé à leur embarcation, de la vase jusqu'aux hanches. Quand ils lâchaient prise, ils disparaissaient jusqu'au cou et s'extrayaient en poussant des grognements, aidés par leur compagnon le plus proche. Ils atteignirent l'eau à dix mètres du *Santo Cristo* et roulèrent dans la pirogue, à bout de souffle. On leur jeta des cordes pour les tirer à couple. Les matelots se penchèrent, bras tendus, pour les soulever jusqu'au pont. La pirogue fut aussitôt emportée et disparut. Aznar cria :

– Levez l'ancre !

Deux marins s'installèrent aux manivelles du treuil, on hissa de la toile et le vent aida à la manœuvre. Tous feux éteints, le *Santo Cristo* vira pour retrouver le courant. Les quatre évadés se débarrassèrent de leurs uniformes de bagnards couverts de vase. Le Français en ramassa quelques morceaux et les lança par-dessus bord. Avec la pirogue abandonnée et ces bouts de tissu flottant dans l'estuaire, l'escapade des quatre hommes serait peut-être consignée comme une disparition dans les registres de l'administration. Rhabillés avec des vêtements de marins, grelottants, les évadés descendirent se cacher en cale.

– La barre !

À marée descendante, les courants s'affrontaient. L'eau du fleuve et le reflux se heurtaient à la poussée des vagues de l'océan, levant une ligne blanche d'écume dans la nuit. Aznar mit le cap droit sur le rouleau de deux mètres de haut. Le *Santo Cristo* y planta son étrave, soulevé et ralenti violemment, puis oscilla en un mouvement de balancier. Suspendu un instant, avant de donner du nez et de plonger, la poupe en l'air comme un cheval lançant un coup de pied. Il y eut quelques bosses et de la vaisselle cassée, mais la barre était passée. Aznar mit cap à l'est. Les îles du Salut seraient doublées dans la nuit et ils seraient demain en vue des côtes brésiliennes. Cinq jours pour atteindre ensuite le delta de l'Amazone, le plus grand fleuve du monde, disait Aznar, et Macapá, dans l'estuaire, la ville d'où l'on pouvait toucher l'équateur.

Le Français était dans la cale avec les évadés. Pete pensait que la moitié, peut-être plus, des hommes d'équipage étaient avec Sébastien. Segundo le savait aussi mais restait obstinément accroché à la barre de son navire.

– Qu'est-ce que tu vas faire, capitaine ?

Aznar regardait la nuit à travers les fenêtres ouvertes du poste, surveillant son compas, écoutant le bruit des voiles pour estimer leur tension et la force du vent.

– Ils ont besoin de moi pour faire avancer ce bateau. Mais toi et Maria, vous ne servez à rien.

Pete descendit aux cabines.

– Ouvre, Maria.

La cabine sentait le vomi et les excréments. Aznar avait fini par déménager et dormait dans le poste de pilotage. L'Indienne avait transformé la cabine en grotte puante. Interdiction d'allumer la moindre lampe. Pete ouvrit le hublot et s'assit sur la couchette le plus près possible du courant d'air. Maria était quelque part dans le noir, où il ne pouvait pas la voir.

– Ils ne nous laisseront pas débarquer. Demain tout s'arrête. Tu veux crever ici ?

Il l'entendit remuer dans un coin, une bouteille vide roula sur le plancher et cogna contre la couchette. Puis il entendit actionner le chien d'une arme. Pete se raidit, glissa le long de la coque pour s'éloigner de la clarté du hublot.

– Qu'est-ce que tu fais ? Où est-ce que tu as trouvé une arme ?

Il sentit son odeur et le canon se poser sur sa gorge.

– Tu m'as volé mon pays, gringo, mon village, mes montagnes et mes hommes.

– J'ai sauvé ta vie.

– Guzman aurait dû te tuer.

– Tu serais morte aussi.

– Cette mer, c'est la mort. On flotte au-dessus de la noyade, rien de plus.

– Les Français vont se débarrasser de nous.

Il sentit la pression du canon diminuer et entendit Maria s'écarter de lui.

– J'ai visité le bateau, je me suis glissée partout. J'ai dormi contre le bois en écoutant l'eau glisser sur la coque.

– Qu'est-ce que tu racontes ?

Elle laissa filer encore un silence, la mer sifflait au hublot.

– Il y a des armes à bord, elles sont cachées dans la cale.

– Il faut quitter le *Santo Cristo.*

Elle rit.

– Comment ? Pour aller où ?

– Le canot. Quand nous aurons dépassé l'archipel du bagne, que le bateau se rapprochera des côtes, le vent de mer nous poussera. Nous n'avons rien à craindre de la Guyane, nous ne sommes pas des criminels ici.

Ils se turent, tétanisés par les bruits de l'autre côté de la cloison de la cabine, dans la cale. Une lutte, des cris de bête battue.

– Je dois mettre le canot à l'eau. Nous n'avons plus le choix.

Les bruits étaient maintenant au-dessus d'eux, des pas, des courses précipitées le long des coursives en direction du poste de pilotage. Le *Santo Cristo* se redressa et vira. Pete levait les yeux vers le plafond noir. Des voix, des ordres criés, le choc d'un corps passé par-dessus bord qui heurte la surface de l'eau. Il sentit la main de Maria attraper la sienne, il crut qu'elle cherchait sa protection mais elle se leva et l'entraîna. Ils sortirent dans le couloir, avançant vers la cloison aveugle qui les séparait de la cale. Elle lâcha sa main et il entendit des bois grincer et coulisser. Un passage camouflé dans la cloison. Elle tira sur sa jambe et il la suivit. La grande écoutille était ouverte, ils apercevaient les voiles blanches dans la nuit, les étoiles, le mouvement du grand mât balayant le ciel. Elle fouillait, allongée sur le bois humide, dans des compartiments secrets.

– Les armes ne sont plus là.

Elle se couvrit la bouche de la main et recula contre lui. Deux corps étaient poussés l'un contre l'autre, sacs avachis, entre deux membrures de la charpente. Les deux communards. La cause assassinée par ses alliés de fortune, les brigands parisiens. Maria se mit à genoux. La tête renversée vers le carré de clarté, le pistolet posé sur ses cuisses, serrant la crosse à deux mains. Elle inspira par saccades des litres d'air. Au-dessus d'eux la mutinerie continuait, la voix du Français qui lançait des ordres, un coup de feu qui les fit sursauter. Maria tourna la tête vers l'Américain. Elle pleurait, des larmes blanches de lumière stellaire et du reflet des voiles.

– Je ne veux pas mourir sur la mer. Emmène-moi à terre, Pete, s'il te plaît.

– Reste ici. Tire sur tout ce qui descend dans cette cale. Quand tu entendras mon signal, tu cours à l'arrière et tu sautes. Ne réfléchis pas. Saute. Je serai là.

Maria glissa dans le noir le plus loin possible des cadavres. Pete recula jusqu'au passage dans la cloison. Il traversa le couloir des cabines à quatre pattes, entra dans le mess et, trouvant le meuble à couverts, attrapa un couteau à viande. Quelqu'un descendait les marches, Pete se cacha sous la grande table entre les pieds des chaises. Une lampe éclaira le mess, la lumière disparut dans le couloir et il entendit craquer le bois d'une porte de cabine forcée à coups de pied. Il se jeta dans le couloir et les escaliers, arc-bouté dans le carré arrière. Le canot était là, suspendu au-dessus du sillon phosphorescent de la goélette. Il fit demi-tour et longea la coursive à quatre pattes, vers le poste de pilotage éclairé et la silhouette à la barre qu'il ne quittait pas des yeux. Il y avait peut-être encore une chance de convaincre Aznar.

Il se figea. Ses mains trempaient dans un liquide chaud. Segundo était couché sur le dos en travers de la coursive, bras tendus au-dessus de l'eau, la gorge tranchée. Le Français avait pris sa place à la barre. Pete rampa à reculons.

Il attacha le bout du canot à un taquet et coupa les cordages des poulies. Le canot tomba, ricocha, embarqua un peu d'eau avant de se stabiliser, emporté à la traîne du *Santo Cristo*. Un coup de feu, puis un deuxième, à l'avant du côté de la cale. Pete se releva, des silhouettes couraient sur le pont. Il sauta à l'eau en se rattrapant au canot, le couteau entre les dents. Ses jambes s'enfoncèrent dans l'eau noire et chaude, le recouvrant et l'étouffant quand il lutta contre le courant. Il se hissa, toussa, chercha de l'air pour crier :

– Maria !

Des lampes convergeaient vers la poupe et le carré. Il entendit le Français hurler dans le vent :

– Le canot !

La petite forme, un chat, bondit du carré. En deux sauts Maria avait franchi le bastingage et il la vit, sa robe gonflée par la chute, voler jusqu'à l'eau. Les pieds calés sous un banc, Pete tendit les bras et plongea les mains dans l'eau, sentit quelque chose et serra, remonta Maria à la surface en la tenant par les cheveux. Elle s'agrippa au plat-bord et il se précipita pour trancher la corde les retenant au bateau. Le canot piqua du nez et s'arrêta, les lumières de la goélette s'éloignèrent en quelques secondes, puis les triangles blancs des voiles changèrent de cap. Pete se boucha les oreilles. Au-dessus de sa tête Maria vida le barillet de son pistolet, visant les lampes. L'une d'elles s'éteignit et ils entendirent un cri. Des coups de feu leur répondirent mais les mutins tiraient au hasard, le canot était invisible sur l'eau. Le vent était avec eux, la goélette devrait tirer des bords interminables pour revenir en arrière.

Estimant au jugé la direction de la côte, Pete se mit à ramer de toutes ses forces. Le canot était équipé d'un mât, démonté et attaché le long du plat-bord. Les lampes du *Santo Cristo* s'éloignaient rapidement, les deux embarcations dérivaient dans des directions opposées, les points de lumière n'apparaissaient plus que par intermittence sur les sommets de la houle. Maria et Pete prirent soudain conscience du bruit qui les entourait, celui du vent violent et des embruns arrachés aux crêtes qui fouettaient leurs vêtements et le canot. Mais ce n'était pas la mer qui les éclaboussait. Il pleuvait, une pluie lourde aussi chaude que la mer, qui crépitait sur le bois et leurs têtes. Pete dressa le mât, tendit les haubans, hissa la voile et borda l'écoute. Maria se roula en boule au fond du canot. Deux heures, trois, il s'accrocha à la barre franche du petit gouvernail, repérant, toujours incertaine, la masse noire du continent. Il crut perdre le cap, tourner le dos à la terre et dériver plein est vers le large et le levant, là où la ligne d'horizon changeait de couleur. Un mince trait de blanc. Mais ce n'était pas le levant, c'était l'écume des vagues de la barre, dont on entendait le souffle de bête.

– Maria !

Il la tira jusqu'à lui, elle s'enroula autour de sa jambe. Il serra le gouvernail contre son ventre et ils furent avalés par la bouche blanche, le bois du canot craqua et ils furent recrachés par le courant, de l'eau jusqu'aux genoux, cherchant l'air. Portés par le ressac, ils se laissèrent dériver.

*

Quand elle ouvrit les yeux la voile battait au vent, l'écoute fouettait l'air. Le gringo dormait et le canot était échoué sur un banc de vase où couraient des dizaines de crabes, bêtes asymétriques, une petite pince rouge et une autre violette de la moitié de leur taille. La terre ferme était à vingt ou trente mètres. La mer était calme, à peine un clapot, et le canot échoué sur son flanc. Le soleil était haut et de la terre montait la vibration de milliers d'insectes. Maria abattit la voile et la jeta sur eux pour les protéger des brûlures du ciel, se blottit sous la toile humide et salée, à côté de Pete.

Quelques heures plus tard c'est lui qui la réveilla. Les yeux à peine ouverts, elle s'installa à la barre et il se mit à la rame. La marée les avait pris dans sa paume et soulevés, les entraînant vers une rivière marron, de quelques mètres de large. La vase et les palétuviers firent place à la forêt et des berges broussailleuses, les branches se rejoignirent au-dessus de l'eau, formant un tunnel vert et frais. Pete démonta le mât qui s'y emmêlait. Quelques coups de rame suffisaient à avancer, avec l'eau salée montant à l'assaut de la terre et faisant sortir la rivière de son lit pour envahir la forêt. Ils en perdirent le tracé et se retrouvèrent à flotter au milieu des racines noyées, progressant sur un miroir qui dédoublait les troncs en un reflet parfait. Ils en sortirent pour déboucher sur une vaste étendue marécageuse, recouverte de grandes herbes à moitié immergées. Des serpents aux écailles noires filaient en nageant devant eux, partout des oiseaux nichaient, des échassiers blancs s'envolaient, des bêtes invisibles fuyaient en faisant onduler la surface brillante de l'eau. Le soleil les assoiffait. Ils retrouvèrent le tracé du cours d'eau qui se rétrécit, pénétrant à nouveau dans la terre ferme entre des arbres, à l'abri de l'ombre. Leur barque s'arrêta, le courant de la mer ne les poussait plus et Pete goûta l'eau. Elle était douce. Ils burent enfin à pleines mains et quand, la marée refluant, la rivière commença à les repousser dans la direction de l'océan, ils amarrèrent le canot à une racine. Maria se redressa, cherchant son équilibre en les faisant tanguer.

– Qu'est-ce que tu fais ?

Le nez en l'air, elle lui fit signe de se taire.

– Tu ne sens pas ?

– Quoi ?

– Du feu.

L'Indienne se rassit et, brusquement, se jeta sur le pistolet, vide, trempant dans l'eau. Elle arrêta son geste, écarta l'arme d'elle et la laissa retomber. Tous les deux levèrent les mains en l'air. L'épaule appuyée à un tronc, sur la berge au-dessus d'eux, une femme braquait un fusil à double canon, une grosse arme de chasse. C'est une autre femme, sans arme, à l'ombre d'un chapeau d'homme, qui parla. En français. Pete articula le plus distinctement possible :

– Pas français... Not French. English ? ¿ Español ?

– Espagnol ?

Il hocha la tête, les deux femmes se regardèrent.

– Tu parles anglais ou espagnol ?

– Non. Faut les emmener à Maman.

Celle au fusil secoua son arme, indiquant une direction du bout des canons.

– Sortez de la barque.

4.

Le layon allait droit de la rivière au village, à cinq minutes de là, sur une clairière d'un demi-hectare. Des maisons sur pilotis, construites entre les souches d'arbres abattus à la hache. Une autre parcelle en train d'être défrichée, arbres couchés et feux de branchages, brûlis chauds et poussiéreux. Le village s'agrandissait.

Pas un seul homme. Les femmes bûcheronnaient, sciaient les planches et les poutres, coupaient les branches à la machette, cuisinaient, clouaient, nourrissaient des basses-cours. Elles fumaient la pipe, avaient un fusil à l'épaule, binaient des carrés de potager, elles ressemblaient à ces pionnières menant des convois, à ces femmes de soldat tenant les fermes et les villages pendant les guerres, à ces veuves increvables de l'Ouest. Les enfants étaient silencieux et travaillaient eux aussi. Les garçons étaient les seuls représentants masculins, aucun n'était pubère. Les femmes étaient sans dents, boiteuses et sales ou propres et peignées, une quarantaine en tout.

L'Indienne et l'homme qui ne parlait pas français restèrent sous la surveillance de la femme au fusil, pendant que l'autre montait l'escalier d'une maison. Elle en ressortit accompagnée d'une matrone plus grande que Pete, qui s'adressa à lui en espagnol :

– D'où tu viens ?

– D'Amérique.

– L'Amérique ? Et qu'est-ce que tu fais ici ?

– Notre bateau a eu un accident.

– Et elle ?

Maria coupa la parole à Pete :

– Où sont les hommes ?

La femme aux épaules de lutteur haussa les sourcils en entendant parler l'Indienne. Elle se retourna vers l'Américain.

– Où tu as trouvé une Indienne qui parle espagnol, toi ?

Elle se planta devant la minuscule Maria.

– Quelle tribu ? Palikour ? Arawak ? Galibi ?

Maria cracha à ses pieds.

– Xinca.

La femme blanche recula, pas plus offusquée que ça.

– Xinca ? Jamais entendu parler.

Maria se redressa.

– Je viens du Guatemala.

Elles étaient de plus en plus nombreuses autour d'eux.

– Le quoi ?

Elle posa une question en français à l'assemblée, une femme répondit quelque chose et Pete saisit les mots Mexique et Guatemala. Il y eut des échanges animés, la grande qui parlait espagnol leva finalement la main et interrompit le débat. Elle s'adressa à l'Américain :

– Tu ne peux pas rester ici. On va te donner à manger mais tu dois quitter Village-Femmes. Elle peut rester.

Pete n'était pas certain d'avoir compris.

– Village-Femmes ?

– Tu vas avec les hommes, elle reste ici.

– Je ne pars pas sans elle.

Maria ne réagit pas, la Française eut un sourire.

– Elle viendra te voir quand elle voudra.

Maria fut entraînée parmi les femmes, le double canon de chasse lui rentra dans le ventre quand il voulut la rattraper. La grande écarta l'arme braquée sur lui.

– Calme-toi. Le camp des hommes est juste là-bas. Tu ne seras pas loin, mais tu ne peux pas venir à Village-Femmes sans autorisation. C'est une règle. Tu comprends, Americano ?

Pete hocha la tête sans tout à fait comprendre.

– Tu restes ici, Maria. Tu ne pars pas d'ici !

Les Blanches, l'Indienne au milieu d'elles, le regardèrent quitter Village-Femmes. Il leva la main vers Maria.

La femme au fusil s'arrêta avant d'entrer dans le camp des hommes et le chassa de la main. Pete continua seul vers les tentes et les abris où il découvrit quatre types dans des hamacs, autour d'un feu qui brûlait en pleine journée, pour éloigner les insectes. L'un d'eux se leva et marcha vers la femme au fusil qui avait escorté Pete, l'appela, se figea bras en l'air quand la chasseuse le visa avec son arme et aboya quelque chose. Pete salua les hommes en anglais. L'un d'eux, sous un toit de palmes, se redressa dans son hamac.

– Damn it ! Britannique ?

– Américain.

– Qu'est-ce que tu fais ici ?

– J'en sais rien.

Pete les regarda, vautrés là en attendant que les femmes les autorisent à leur rendre visite. Sans doute des putains de la colonie qui s'étaient regroupées, avaient monté leur bordel au milieu de la forêt et recevaient des clients quand elles l'entendaient. Celui qui parlait anglais était couvert de tatouages des pieds à la tête. Sur son visage, un dessin de moustache sous le nez ; sur ses tempes, remontant sur son crâne rasé, des entrelacs de fleurs à épines qui lui faisaient une couronne de Christ ; sur sa poitrine, une ancre et des navires. Un marin. Il attrapa une bouteille dans son hamac.

– Elles n'aiment pas qu'on boive, mais personne n'ira là-bas avant demain, alors on peut s'en jeter un ou deux.

Ils avaient tous une bouteille planquée dans un coin. À part le Marin, relativement en bonne santé, les autres avaient la maigreur des bagnards. L'homme lui tendit sa bouteille et Pete se laissa tomber sur le sol à l'ombre des palmes.

– La ville est loin ? Il n'y a pas de putains là-bas, elles sont toutes au Village-Femmes ?

– Des putains ?

Le Marin parla à ses compagnons et les visages se fermèrent.

– Ce sont nos femmes, mon pote. On essaie de les retrouver. Les autres, ceux qui ont laissé tomber, ils vont aux catins de Cayenne, toutes pressées de leur prendre ce qu'ils gagnent.

– Vous n'êtes pas des anciens bagnards ? Des libérés ?

– Pas tous, mon pote. Parmi nous, il y a d'authentiques crétins qui sont venus ici librement.

– Librement ?

– Tout juste. Si tu penses que la fièvre de l'or te laisse ton libre arbitre !

– Il y a de l'or ici ?

– Ho ! Tu débarques d'où ?

Le Marin traduisit et cette fois les quatre hommes firent un franc étalage de leur dentition pourrie.

– Comme si le bagne suffisait pas, ce pays est une putain de mine géante.

Le Marin leva les bras au ciel, les navires et les sirènes de son buste firent un bond en l'air avec lui.

– Même nos femmes cherchent de l'or !

*

Ici les noms étaient simples. Les entendre, c'était écouter l'histoire du bagne et de ses habitants. Les rivières étaient des *criques* et les maisons – du hamac aux constructions avec charpente et toit – étaient des *carbets*. Une mine d'or était un *placer*. Il y avait Village-Femmes et Camp-Hommes. Placer Femmes Libres. Placer Enfin, placer Dieu Merci, placer Paris, Lyon. Crique Plus Soif, crique Petite, Grande, Verte, Bleue. Carbet Sauvé, carbet Espoir, placer Retour. Crique Généreuse, carbet Bellevue, placer Chance. Crique Noyé, carbet Serpent, placer Pitié.

Les pistes avaient les noms de là où elles menaient. Le Camp-Hommes des orpailleurs défroqués était sur la piste Village-

Femmes. Sur la berge de la crique Gabriel, elles défendaient au fusil le placer Femmes Libres. Elles en tiraient peu, quelques grammes d'or par mois, ce qu'il leur fallait pour vivre, parfois une pépite plus grosse.

– Les femmes, disait le Marin, n'attrapent pas comme nous la fièvre de l'or, elles sont nées avec une meilleure résistance à cette folie.

– Comment elles sont arrivées ici ?

– On les a fait venir de France !

Des épouses qui avaient rejoint leurs maris partis chercher fortune, d'anciennes prostituées – Pete n'avait pas totalement fait erreur –, d'anciennes bagnardes, des veuves de gardiens…

– Comment on s'est retrouvés ici à attendre leur bonne volonté ? On l'a mérité, mon pote !

Et puis, il y avait Maman, la plus grande, la chef.

– C'est Maman ta femme ?

Pete crut que le Marin allait se signer, au lieu de quoi il posa sa main sur son cœur, là où était tatoué un trois-mâts toutes voiles dehors.

– Bon Dieu, non ! Maman a laissé derrière elle plus de veufs qu'on peut en compter. Pas qu'elle les a zigouillés, mais elle survit à tout ce qui les tue et c'est à se demander, quand même, si elle les a pas poussés un peu dans la tombe. En tout cas, t'inquiète pas pour ta femme, l'Américain. Elle pourrait pas être plus en sécurité que là-bas.

– C'est pas ma femme.

Le Marin lui fit un clin d'œil.

– T'en fais pas, mon pote, c'est pas moi qui vais te jeter la pierre. J'ai vu des couples de toutes les couleurs là où j'ai voyagé, des Jaunes et des Blancs, des Rouges et des Blancs, des Noirs et des Blancs, bon Dieu, j'ai vu des Rouges et des Marron, des Noirs et des Jaunes ! Dans ce damné pays et cette foutue forêt, j'ai vu toutes sortes de mariages et des enfants qui avaient des morceaux des quatre coins du monde. La solitude, ça te fait vite oublier les âneries des curés et des bourgeois. Même moi, un Français, j'ai épousé une Anglaise ! Toi et ton Indienne, personne viendra vous faire des problèmes ici.

Le Marin lui tapa sur l'épaule et Pete ne le reprit pas.

Les habitantes de Village-Femmes étaient les colons les plus tenaces de Guyane. Elles avaient décidé que la forêt, le climat et les maladies n'étaient pas des excuses pour s'allonger sur un trottoir de Cayenne et se tuer à coups de rafia. Quand elles en avaient eu marre de voir l'argent du ménage disparaître dans les bordels et les bars, elles avaient jeté les bonshommes dehors. Elles s'étaient organisées autour de la plus enragée et la plus maligne d'entre elles, Maman, et avaient acheté des terres et une concession aurifère dont personne ne voulait. Blanchisseuses, couturières, orpailleuses, maraîchères, les habitantes de Village-Femmes commerçaient avec les Chinois, les colons, les chasseurs, les marins. Elles troquaient avec les Indiens et les Bushinengués, Saramacas, Paramacas, Ndjukas, descendants d'esclaves échappés ou libérés, partis vivre dans la forêt et qui parlaient encore leurs langues africaines. Déterminées, propriétaires, elles travaillaient avec tout le monde et personne ne leur cherchait de poux dans la tête. Leur arme la plus puissante : elles avaient mis leurs maris à la diète. Sans un sou, ils étaient revenus en rampant pour se retrouver une pioche à la main, les bistrots et les bordels hors de portée, des mômes dans les bras. La plupart étaient repartis sans demander leur reste, pour ne jamais revenir.

Village-Femmes était peut-être le seul succès de l'utopie pénitentiaire : purger, par l'exil et la brutalité, la société française de ses criminels et de ses déviants pour en faire, une fois amendés, les nouveaux colons vertueux de la Guyane. Sauf que les hommes étaient exclus de ce succès et que les femmes du village haïssaient la France. Pour elles, la France était en soi une administration pénitentiaire – qu'ici tout le monde appelait la Tentiaire.

À Camp-Hommes, quatre bougres attendaient une audience de leur épouse et juraient par tous leurs dieux qu'ils n'y toucheraient plus, à cette bibine infernale et ces bonnes femmes de Cayenne.

– Et toi, le Marin ? demanda Pete.

– Descendu d'un bateau. J'ai suivi un trottoir jusqu'à un bouge. Un type payait des tournées et deux jours plus tard j'étais dans la forêt à fouiller le fond d'une crique. C'était y a cinq ans. En ville j'ai rencontré mon Anglaise, une veuve de libéré. Elle était pas vraiment putain, c'est juste qu'elle s'en sortait comme elle pouvait depuis que son jules avait claqué. C'est une chouette fille. Mais j'aimais trop mon rhum. Et puis un marin loin de la mer, qu'est-ce que ça peut donner de bon, hein ?

Travail, fidélité, sobriété, c'était à ces exigences que les hommes devaient se hisser ; les couples se réinstallaient alors ensemble, dans des maisons en dehors de Village-Femmes, en ville ou en forêt sur un placer. Le Marin était sceptique. D'après lui, les femmes étaient bien comme ça dans leur village, sans eux.

– Pas qu'elles ont pas des besoins comme nous, hein ? Mais ça va finir qu'on va faire notre village à nous, à côté du leur, et qu'on se croisera juste quand tout le monde sera d'accord. Pourquoi pas, hein ? On partagerait ce qu'il nous faut.

Le Marin était devenu mélancolique et la gnôle de palme ne lui disait plus rien.

– Elle est chouette, mon Anglaise, et la petite me manque, tu peux pas savoir. Dans ce merdier gigantesque, notre gamine qui grandit comme n'importe quel autre enfant de la terre, à se marrer et jouer, c'est la chose la plus heureuse que j'aie faite. Sa mère, je ferai comme elle veut. Je vais rester ici et voir ma fille grandir et m'en occuper. Elle parle déjà deux langues, c'est elle le nouveau monde !

Le Marin avait levé le menton et étiré le cou, montrant à la lumière du feu un collier de lettres fines et déliées : *Marinette*, le prénom de sa fille, tatoué d'une clavicule à l'autre.

Les bouteilles étaient vides et on avait trouvé à Pete un hamac, tendu sous un carbet de palmes rapidement remis sur pied et aussi rapidement rebaptisé carbet Amérique. Les quatre hommes du camp, un peu éméchés, s'étaient couchés sagement, réglés sur les courtes journées du pays.

Pete, bercé par les mouvements du hamac, s'endormit en pensant à la petite Aileen qui fêterait bientôt ses onze ans, là-bas au ranch Fitzpatrick. Puis à Maria qui ne voudrait jamais plus quitter Village-Femmes.

5.

Une femme vint les chercher : on avait besoin d'aide sur le chantier d'abattage. Les cinq hommes la suivirent.

Les femmes n'abusaient pas de leur pouvoir et se comportaient avec les hommes comme avec des employés à l'essai, prudentes et attentives. Elles voulaient remettre de l'ordre dans leur association, pour avoir une chance de s'en sortir dans ce pays qui mangeait tout sur pied, arbres, maisons et espoirs. Face à la densité, la luxuriance, la prolifération, au parasitisme, à la concurrence horizontale et verticale, la vitesse et l'ambition de la forêt, les Européens égarés en Guyane avaient intérêt à savoir ce qu'ils voulaient. La nature avait encore une bonne longueur d'avance, mais à Village-Femmes on se retroussait les manches.

Pete chercha son Indienne sans la trouver. Quand les hommes s'installèrent à leur table pour le déjeuner, sous le grand carbet central, une gamine de quatre ans vint s'installer à côté du Marin. Maria n'était pas venue manger et le travail avait repris jusque dans l'après-midi. Pete avait interrogé Maman, la femme qui enterrait ses maris. Elle avait fait du mieux qu'elle pouvait en espagnol pour lui expliquer que Maria était dans un trou noir et que personne ne pouvait y descendre avec elle, que Pete pouvait rester à Camp-Hommes en attendant, s'il voulait la revoir. Elle lui demanda s'il voulait vraiment attendre.

– Quoi ?

– Elle va peut-être mourir.

– De quoi ?

– De rien, de tout, qu'est-ce que j'en sais ?

Pete avait repris la route de Camp-Hommes avec des rations de nourriture comme salaire, il s'était glissé dans l'eau fraîche de la crique Gabriel. Cela lui avait fait du bien mais il n'avait pas traîné. Le Marin l'avait mis en garde : des raies venimeuses se cachaient dans le sable que les pieds rencontraient au fond ; sous les rochers et les racines nichaient des anguilles qui piquaient si fort que cela faisait des étincelles de feu dans l'eau, qu'on perdait connaissance et se noyait.

Au triste dîner des hommes entre eux, il sépara sa ration de nourriture en deux parts. Une pour lui, l'autre qu'il apporterait demain à Maria si elle acceptait de manger.

L'Indienne ne voulait rien avaler, elle avait les rides et la pâleur d'une terre sèche, brûlée par le soleil et le sel de mer. Elle jeûnait, se dit Pete, le temps de purger son organisme de tout ce qui n'était plus. La diète de l'exilé. Allongée sous une moustiquaire, Maria la baptisée n'avait plus de vieille sorcière pour la tirer de là, l'hypnotiser de chants et de prières en attendant une vision, cet arrangement élégant entre les dieux et les affaires humaines. Elle devait le faire seule, alors Pete se contenta de lui dire qu'il était là, qu'il attendrait.

– Je bougerai pas d'ici tant que tu n'iras pas mieux, lui assura-t-il avant de quitter le carbet.

Il continua de travailler à Village-Femmes et chaque jour

s'arrêtait la voir pour lui prouver qu'il n'était pas une hallucination. Il posait une main sur son front et répétait qu'il ne partirait pas.

Les femmes le payaient maintenant en argent. Quand le chantier d'abattage fut terminé, les hommes aidèrent à la construction de trois nouveaux carbets, puis ils furent embauchés pour travailler au placer et fouiller la crique Gabriel à la recherche de l'or. Quand il eut assez d'argent, Pete fit une proposition au Marin.

Pendant plusieurs jours ils réfléchirent au dessin, puis aux lettres et aux mots qui accompagneraient le tatouage. C'était une plante qui devait grimper le long de son corps, du pied à la tête.

– Une racine, avait expliqué Pete au Marin, je voudrais une racine qui me retienne au sol partout où je serai, parce que je n'ai plus de chez-moi. Que ça monte jusqu'à ma tête, pour que je n'oublie pas que je vais quelque part sur terre, même si je ne fais que marcher.

Le Marin dessinait depuis qu'il était enfant, partout, tout le temps, il couvrait des feuilles de papier, des planches de bois, des tissus.

– Personne m'a expliqué à quoi ça servait d'avoir cet œil pour le dessin, de savoir imaginer ou recopier et tracer. Et puis un jour, à Alfortville, dans une foire, j'avais dix ans, j'ai vu un spectacle. Un type qui venait soi-disant des îles, un cannibale capturé par des explorateurs pendant une expédition dans le Pacifique. C'était un Blanc comme toi et moi, mon pote, mais il était couvert de tatouages et il avait des boucles d'oreilles et des bijoux en bois plantés dans tout le corps. J'ai mis des jours à me remettre de cette vision et j'ai pris deux décisions : je serais marin pour aller voir les îles du Pacifique, et là-bas j'apprendrais à dessiner sur la peau.

Dans le monde des gens de mer, il avait une réputation. Des gars lui donnaient rendez-vous des mois à l'avance dans des ports pour se faire tatouer le temps d'une escale le dessin de leurs rêves, ou leurs pires cauchemars, qu'ils bravaient en s'en couvrant le corps – des tempêtes, des naufrages, le visage ou le nom d'une femme. Le Marin était un marabout qui conjurait les sorts, ses aiguilles traçaient des gris-gris sur la peau. Les bagnards, comme les matelots, étaient des amateurs de tatouages. La douleur, c'était une chose, le prix de l'exorcisme, montrer qu'on pouvait encaisser des heures sans desserrer les dents, mais ce n'était pas ça le plus important. L'essentiel était de prouver, le torse nu sous le soleil des bagnes d'Afrique, de Nouvelle-Calédonie ou de Guyane, qu'on avait une histoire. Qu'on n'était pas seulement de la chair appelée à pourrir.

– Un destin ? lui souffla Pete.

Le Marin acquiesça.

– Un destin de misère ! Le verdict de la *vraie* histoire, celle que les juges, les jurés et les braves gens ne comprennent pas. Les bagnards, ça les grandit, ça les protège. J'ai tatoué des salauds, disait-il, et je leur dessinais la maison de leur enfance, de la façon dont ils s'en souvenaient. J'ai tatoué des lâches dont le passé me faisait honte, que si j'avais subi la moitié de ce qu'ils avaient subi, j'aurais abandonné longtemps avant eux. Tu sais ce qu'on dit : il y a les vivants, il y a les morts, et il y a les marins. Les marins et les bagnards, ils se font tatouer la vie et la mort. Quand je gribouillais des trucs sur des morceaux de papier, gamin, jamais j'aurais imaginé que je finirais ici, à faire ça pour des gars comme eux… Toi, Pete, qu'es encore tout puceau et qu'as rien d'écrit sur le dos, c'est quoi ton histoire à raconter ?

Pete réfléchit.

– L'histoire d'une mauvaise graine.

Le Marin éclata de rire et sortit une noix de sa poche, qu'il fit tourner entre son index et son pouce, levant le fruit vers le ciel.

– Mon pote, c'est avec ça que je vais le faire, ton tatouage. Une bonne graine ! Je l'ai rapportée des îles du Pacifique. Les bancouliers poussent ici comme s'ils étaient chez eux, dans ce maudit pays de bagnards. Une graine, une seule que j'ai rapportée ! Je l'ai plantée et en deux ans j'avais un arbre qui donnait déjà. Une récolte suffisante pour replanter et produire assez de noix pour une armada de tatoueurs. Avec leurs coquilles brûlées, je fais le meilleur charbon de bois de la terre. Un peu d'huile de coco et tu as la plus belle encre imaginable. Pour fabriquer les peignes, quelques dents de ces saloperies de requins qui remontent les fleuves. Tu auras un tatouage comme ceux que les vieux de Polynésie m'ont appris à faire.

Il regarda Pete.

– C'est un art sacré.

– C'est où la Polynésie ?

– J'en parle que quand je travaille. Si tu veux en savoir plus, il va falloir qu'on te tatoue.

*

Pete entra dans la petite chapelle de Village-Femmes, une hutte à laquelle on avait fait des murs de branches, sur la porte de laquelle on avait gravé une croix. À l'intérieur, deux bancs installés devant un tableau, un Christ en croix dont le style rappelait immanquablement le coup de crayon du Marin.

Maria était assise sur un des bancs et regardait ce Jésus aux allures de voyou, crânement épinglé, maigre et musclé. Au lieu du pagne de pureté, le Marin avait collé sur les fesses du Fils de Dieu un pantalon de bagnard déchiré au-dessus des genoux, qui lui donnait un air de pirate. Et comme le Marin était le Marin, il avait ajouté un tatouage sur la poitrine du Christ sur le point de sauter de son perchoir. Il avait dessiné un cœur sacré avec sa couronne d'épines ; sur les deux bosses de l'organe de l'intimité mystique, entre les branches piquantes, deux lettres : *A* et *P*. Administration pénitentiaire. La Tentiaire. L'ennemie des pirates et des hommes libres, employeur des vraies brutes et des authentiques salauds.

Maman avait dit à Pete que Maria s'était levée pendant la nuit.

Une bougie à la main, elle avait traversé Village-Femmes et avait tiré derrière elle la porte de la chapelle. Pendant des jours elle y resta enfermée. Les femmes commençaient à murmurer quand elles parlaient de Maria, les messes basses faisaient un petit vent de mystère, une brise superstitieuse soufflait sur le village ; les anciennes bagnardes ou putains voyaient d'un œil méfiant cette Indienne aux ambitions de sainte, elles à qui l'on avait souvent promis les flammes de l'enfer.

Pete s'asseyait à côté d'elle sur le banc. Le front plissé, les sourcils plongeant vers le nez, Maria interrogeait en silence le Christ à culotte rayée. Le dieu des chrétiens passait à la question. Maria la baptisée réglait ses comptes et Pete se contentait de l'observer, puis avant de partir répétait qu'il était là si elle avait besoin de lui. Il laissait de la nourriture chez Maman, une partie de sa ration.

Un dimanche il déplia devant elle des feuilles de papier.

– C'est ce que le Marin va dessiner sur ma peau. C'est une plante grimpante. Elle commence sur mon pied, avec mes orteils qui seront ses racines, et elle montera sur ma jambe. Elle ira jusqu'à ma tête et il y aura aussi des mots. Des noms plutôt, de ceux à qui je pense et que je fais parler dans mes lettres.

Il suivait du doigt le parcours des feuilles et des tiges sur son corps nu tracé par le Marin. La plante s'arrêtait au bas de son dos, le reste du tatouage n'était pas encore choisi. Maria baissa la tête et suivit le mouvement de l'index de Pete, puis releva les yeux vers le Christ au mur. Pete sourit. Elle avait regardé, pendant un instant elle était revenue. Le lendemain elle mangea une partie de ce qu'il avait apporté.

Le dimanche suivant, jour de repos pour les femmes et les hommes, Pete et le Marin terminèrent le croquis du tatouage et il alla le montrer à Maria. L'Indienne dormait. Elle s'était couchée la veille au soir, mais pas comme les jours précédents, les yeux ouverts sur le plafond ; en fermant les yeux cette fois, allongée sur le côté.

– Elle s'est couchée pour dormir, lui dit Maman, pour se reposer.

Pete s'approcha d'elle.

– Le dessin est terminé, murmura-t-il, nous allons commencer la semaine prochaine. Le Marin dit qu'il faudra huit jours pour terminer. Ça fera huit dimanches. Deux mois. Ensuite nous parlerons. Tu me diras si tu veux partir ou bien rester ici.

*

Le prix du tatouage comprenait le travail du Marin, la fabrication de l'encre, l'achat à Cayenne des crayons, des feuilles de papier et du laudanum.

– T'es un costaud, Pete, mais après deux heures de marteau personne peut tenir, à part les Maoris, qui sont des guerriers trois fois plus grands que nous, et même eux finissent en transe, tellement la douleur les vide de leurs forces. En fait, c'est pas un corps solide qu'il faut pour supporter ça, c'est une âme en pierre.

Le Marin n'ajouta pas à la note de Pete ce qu'il lui en coûta de rafistoler sa cahute. Parce que le Marin voulait faire les choses bien et se préparer, disait-il, pour le plus important des tatouages qu'il avait réalisés. D'abord, un lit de planches assez grand pour une famille, élevé sur des pieds à trente centimètres du sol. Les palmes du toit furent changées et des demi-murs, abritant du vent mais laissant entrer la lumière, dressés. Contre la pluie et les bourrasques de vent, des panneaux de branches et de palmes pouvaient fermer la pièce en cas de besoin. Deux autres hommes du camp donnèrent un coup de main. Le troisième avait disparu, lassé d'attendre que sa femme le laisse revenir, incapable de se passer de sa bouteille. Rongé par les parasites du temps trop long des tropiques, de la fièvre de l'or et des rêves de retour en métropole, il était reparti à Cayenne. Sa trace allait se perdre, comme celle de tant d'autres qui avaient lâché prise. Mais son abandon avait galvanisé ceux qui étaient restés, s'activant autour du projet de tatouage et cette idée de destin.

– Carbet Encre ! annonça fièrement le Marin une fois le travail terminé.

*

Debout à l'aube, Pete et lui allèrent se laver à la crique Gabriel. Quand l'air était encore frais et l'eau à la même température. Le soleil et la brume dessinaient des cathédrales dans les ramures, la forêt était un grand vitrail de verts lumineux et translucides. Les oiseaux de nuit s'étaient cachés, ceux du jour s'époumonaient, des cigales frottaient leurs élytres, des lucanes géants, scarabées cerfs-volants, fatigués par leurs combats et exploits sexuels nocturnes, allaient se cacher en vrombissant dans les plis des écorces. Les premières fumées de Village-Femmes, en amont, glissaient avec les brumes le long du cours d'eau. Elles se levaient là-bas et se lavaient elles aussi, dans le courant plus haut ; des bulles et des traînées blanches de savon passaient entre les jambes des deux hommes.

Depuis deux semaines le Marin avait réduit ses doses quotidiennes d'alcool pour être en pleine forme. Depuis la veille il s'était interdit et avait interdit à Pete de boire du café.

– Pas de tremblements. Le calme, c'est grâce à ça qu'on y arrivera tous les deux.

Pourtant, malgré toutes ces préparations et son expérience, le Marin était sur des charbons ardents. Pete s'en inquiéta.

– Qu'est-ce qui se passe ?

– Quoi ?

– Pourquoi tu es dans cet état ?

Le Marin répondit sans le regarder, le cou tendu vers la piste de Village-Femmes.

– Il me faut deux mains pour taper, quelqu'un d'autre doit te tenir et tirer sur ta peau pendant que je travaille.

Le Marin avala sa salive.

– Mon assistante, c'est Harriet.

– Je vais me déshabiller devant ta femme ?

– La voilà !

Elle marchait sur le layon dans la lumière du matin, portant une robe propre, bien coiffée et nerveuse elle aussi. Harriet, mère de Marinette, la putain pour qui le cœur du Marin battait le tambour des galères.

6.

Le pagne noué autour de la taille, Pete but deux gorgées de laudanum.

– J'ai jamais pris d'opium.

– Tu vas dormir comme un enfant, mon pote, et tu vas faire des sacrés rêves. De ces rêves qui se mélangent à la réalité et qu'on range avec nos souvenirs.

Le Marin réfléchit un instant et sourit.

– Le problème, c'est qu'après tu te poses des questions sur tes souvenirs, parce que tu sais plus s'ils sont vrais ou pas.

Pete s'allongea sur le dos, ses vêtements roulés en boule sous la tête, le dos nu à même les planches. Ses yeux allaient du Marin à Harriet, d'Harriet au Marin.

Le Marin, récuré et sentant le savon, le torse nu, sa peau de vieux parchemin racontant sa vie d'errance au long cours, le sérieux d'un prêcheur et, face à sa femme, les joues rouges d'un adolescent au bal. Il préparait son matériel sans oser la regarder, elle qui cachait les clefs du bonheur sous ses jupons propres. Harriet, de son côté du lit, les serrait tant qu'elle pouvait, ses jambes, pour que les clefs de la chambre matrimoniale ne lui échappent pas plus vite qu'elle n'aurait voulu.

Sur un linge blanc, le Marin déposa trois bambous de petit diamètre, longs d'un demi-mètre, au bout desquels, perpendiculairement, étaient noués les peignes. Des dents de requin taillées droit, de trois largeurs différentes, la plus petite n'étant qu'une pointe. À côté des trois peignes aiguisés par l'appétit des squales, un quatrième bambou, plus gros et alourdi à une extrémité par un galet : le marteau. Dans une coquille de coco coupée en deux, le Marin versa un peu de sa bouteille d'encre. Il s'agenouilla aux pieds de Pete, cala un coussin sur sa cuisse et attendit en regardant sa femme.

Du côté de Harriet, des tissus propres, une bassine d'eau, du savon et un rasoir. Elle remonta ses manches et s'installa en face de son mari.

Le tatouage était là sur le mur, décomposé en plusieurs feuilles de papier détaillant section par section la plante qui allait pousser, avec ses fleurs et ses lettres.

– Quand je vais passer sur les os et les tendons, ça sera le plus douloureux. Et aussi là où la peau est épaisse, parce qu'il faut que je frappe plus fort pour que l'encre traverse ton épiderme. Et puis aussi là où la peau est fine…

Pendant que le Marin expliquait à Pete, Harriet, avec des gestes doux, faisait glisser la lame sur son mollet. Des frissons lui parcoururent le ventre et il se sentit gêné. Le Marin sourit.

– Ouais, tu verras bien, y a des endroits où ça fait un peu moins mal. Comment tu te sens ?

La voix du Marin semblait basse et ralentie et Pete sentait son corps s'aplatir contre le bois du lit, attiré par la gravité ; le laudanum commençait à faire effet, les frissons érotiques du rasage et du contact de Harriet s'apaisaient. Quand il parla, le temps de silence entre les mots lui parut long, beaucoup plus que les mots :

– Je me sens bien. Ça va.

Harriet essuya la lame du rasoir sur un linge, rinça la peau et passa dessus un tissu imbibé d'alcool, jusqu'au genou de Pete et la naissance de sa cuisse sous le pagne relevé. Elle massa son pied droit pour le décontracter. Pete la regardait faire. Le Marin dévorait sa femme des yeux. Le coussin sous son coude, il tenait le marteau dans sa main droite. Sur sa cuisse il avait posé le plus fin des peignes, celui en pointe, dont la dent était suspendue au-dessus du pied de Pete.

Harriet était une des plus jolies femmes du village. Pas très grande et ronde, elle avait encore, à vingt-cinq ou vingt-six ans, quelque chose de sincère dans le regard, une touche de virginité qui avait dû faire son succès dans les bordels des colonies caribéennes. Ses dents étaient solides et c'était une bonne chose parce qu'elle aimait sourire, détrompant ceux qui jugeaient les forts à leur mauvais caractère ; des durs étaient morts ici bien avant elle. Pete tourna les yeux vers le Marin et pour la première fois vit chez lui aussi un reste de cette même innocence, un bout de jeunesse peut-être conservé par le sel de mer, comme de la saumure protégerait de la nourriture du temps. Ces deux-là, malgré les fatigues, les disettes et les petites morts successives de leurs voyages, en avaient mis assez de côté l'un pour l'autre.

Le soleil avait dépassé les cimes et ses rayons donnaient sur le toit de palmes. La température, dans quelques minutes, aurait atteint son pic et resterait la même jusqu'à la tombée du jour, l'heure des serpents. Pete regardait le couple penché au-dessus de lui, chacun en avant, avec leurs cheveux qui se touchaient presque, le chignon relevé de Harriet et les épis du Marin. Il pensa aux cheveux de Maria et se souvint de leur parfum quand, dans la forêt du Guatemala, couchée dans les feuilles, elle dormait contre lui. Une main de Harriet entoura sa cheville et la serra doucement, l'autre saisit ses orteils et appuya, forçant son pied en extension. Il était dans la jungle guatémaltèque et tenait la main de Maria dans la sienne, il l'entraînait derrière lui, Guzman était mort et ils fuyaient ensemble. Ils s'essoufflaient à courir vers la mer bleue des Caraïbes. Quelqu'un les appelait là-bas, la voix lointaine du Marin.

– Le bleu, my love, dans les lagons des îles de Polynésie, est la chose la plus incroyable que l'on puisse voir. Une couleur à laquelle on croirait seulement sur un tableau. Un bleu qui n'existe pas, tellement transparent qu'on n'ose pas sauter à l'eau, de peur de s'écraser au fond.

Les îles des tatouages. Le Marin était au travail, il racontait ses voyages dans le Pacifique à Harriet, qui ne l'avait pas reçu dans sa chambre depuis des semaines. C'est que le Marin, ces derniers temps, avait recommencé à boire un peu trop. Les règles de Village-Femmes les avaient contraints à l'abstinence. Les mauvaises habitudes sont des parasites qui se nourrissent de nos blessures ; des bêtes tenaces qui vivent nichées dans nos ventres. Le Marin s'était sevré, avait affamé les bestioles de son ventre qui font passer leur mort pour la nôtre. Il s'était affamé pour avoir la main sûre, frapper juste le tatouage et faire venir Harriet, l'assistante dont Pete sentait la chaleur rayonner sous la robe, à qui le Marin racontait les mers du Sud. Pour la faire fondre, sa putain voyageuse, la mère de la merveille. Pete entrouvrit les yeux pour les regarder. Harriet souriait et autour de sa cheville sa main était brûlante.

– Quelle chute c'est, mon Harriet, de sauter dans ce bleu ! Ces îles, elles existent à peine elles aussi. Imagine, mon amour, des langues de terre si fines que tu peux à certains endroits, en un saut, passer d'une côte à l'autre. Imagine ces lignes blanches de sable et vertes d'arbres qui font des cercles sur l'océan, comme des cratères de volcan enfermant le bleu. Les requins, par des passages souterrains, entrent dans les lagons. Ils viennent y copuler et se prélasser, ces bêtes des eaux noires, dans la transparence. Nous les chassions pour manger leurs ailerons et tailler leurs dents en peignes sacrés.

Pete fixait Harriet. Un frelon lui piqua le pied, une décharge de venin, une aiguille de chaleur qui trouva un nerf sous sa peau. La douleur courut jusqu'à ses tempes. La première radicelle d'encre de la plante venait de s'enfoncer dans un os. Le silence fut long entre les deux coups de semonce, pendant lequel le Marin et Harriet se regardèrent, baignés dans le bleu de Polynésie. Le requin mordit pour la deuxième fois et une autre décharge traversa le corps de Pete. Il y avait un monde parallèle à celui-ci, qui existait dans le silence entre les mots, le vide entre les gestes et les pensées. Des espaces assez grands pour se reposer entre deux coups de marteau. Une matière creuse. La transparence des lagons s'ouvrant sur le vide. Pete voyait bien maintenant que nous ne sommes nous aussi que des parasites installés dans ce ventre creux, prenant notre mort pour celle du monde.

Il avait envie de sourire mais déjà riait sans son corps, abandonné au Marin et à Harriet. Le frelon des racines revenait butiner son pied à coups de dard. Il ferma les yeux, voulut partir rejoindre Maria, endormie là-bas au Village-Femmes.

– Les habitants des îles vivent nus, mon Harriet. Là-bas on voit à travers tout et les femmes sourient comme toi, avec des dents blanches comme des perles.

La main de Harriet remontait sur le mollet de Pete, elle le retenait encore ici, tirait sur sa peau pendant que le Marin gravait son dessin. Bientôt il allait écrire le premier nom. Pete chercha de la main la bouteille de laudanum, mais le monde au bout de son bras était bien trop vaste pour qu'il y retrouve quelque chose. Harriet se pencha sur lui, porta le petit goulot de verre frais à ses lèvres.

– Buvez.

Pete ne réussit pas à la remercier. Harriet se déshabilla au-dessus de lui, face à son mari. Elle était nue jusqu'à la taille, des perles de sueur coulaient de sa gorge entre ses seins blancs. Ils devaient être heureux, les deux amants, de la taille du tatouage et des jours qu'il faudrait pour le terminer. Le frelon martelait sa jambe, sa peau se déchirait comme l'hymen d'un souvenir retrouvé. La nouvelle vague de lait d'opium l'emporta et Pete quitta enfin le lit, laissant là son corps. Il partit sur le layon jusqu'à Village-Femmes et la hutte où dormait Maria. Il marchait avec une brûlure à la jambe, la plante carnivore continuait à grimper, il avait soif.

Harriet versa encore du sirop dans sa bouche.

Maria était allongée yeux ouverts. Elle écartait la couverture et Pete se glissait à côté d'elle. Elle montait sur lui, ou bien était-ce Harriet qui gémissait au-dessus du Marin, allongés tous les deux à côté de lui. Les grands yeux de Maria rétrécissaient à mesure qu'elle se penchait vers lui, pour devenir deux perles noires. Il s'y enfonçait, s'y perdait, y disparut.

Quand il se réveilla, il était seul sur le lit, un drap tiré sur son corps. Le carbet Encre vide, son rêve et les amants tatoueurs évaporés. Il souleva le drap pour comprendre d'où venait cette brûlure. Noire, la peau rougie autour, la plante fleurie naissait de son pied, tournait autour de sa cheville, enlaçait son genou et lançait une tige vers sa cuisse, sa croissance temporairement arrêtée. Il se contorsionna et regarda le muscle de son mollet, enveloppé par les lignes végétales, les noms enlacés aux tiges.

Le premier dimanche s'achevait, la nuit tombait.

*

À Village-Femmes, Maria allait de son lit à la chapelle, du Christ bagnard au repos, ainsi chaque jour. Elle mangeait seulement ce que Pete apportait, refusant toute autre nourriture. Elle avait réduit la possibilité d'un nouveau monde, après avoir perdu le sien, à l'Américain et à la chapelle.

Chaque dimanche Pete s'allongeait sur le lit en bois et les amants des îles se retrouvaient au-dessus de lui. La plante poussait, il buvait l'opium et allait rejoindre Maria, tandis qu'à ses côtés Harriet offrait sa chair claire aux dragons, aux navires, aux tempêtes et aux sirènes du Marin.

À l'heure des serpents, quand il se réveillait seul, Pete allumait une bougie et prenait papier et crayon.

Lettre à Maria.

Sur mon pied prend racine un chardon. C'est l'emblème de notre terre, le pays d'où sont partis mes parents. La légende raconte que des Vikings de Norvège, venus attaquer le village écossais de Largs, traversèrent un champ de chardons, que l'un d'eux, pieds nus, se piqua et cria, donnant l'alerte ; les Écossais, réveillés, remportèrent la bataille.

Je marche sur les chardons de ce pays que je n'ai jamais connu, sinon à travers les histoires que ma mère racontait, que j'ai racontées à mon frère Oliver et dont je ne sais plus, aujourd'hui, ce qui reste de vrai dans ce que j'ai inventé. L'Écosse est un pays imaginaire pour nous. Sur ma cheville j'ai dit au Marin d'écrire son vieux nom gaélique, Alba. Les chevilles suivent notre nez, qui prend le vent et pointe la direction où nous allons, elles tournent les pieds vers là où nous marchons. Je pense à ma mère quand j'étais un nouveau-né dans ses bras – elle morte dans les miens –, son nez fin dans le vent de la mer d'Écosse, regardant l'horizon, les pieds démangés par des rêves picotants. Elle est sur une grève et pense à l'Amérique. Avec nos chevilles, nous nous dressons sur la pointe des pieds pour voir plus loin et deviner l'avenir. Elle va faire un pas vers là-bas et le chardon monte sur mon mollet, il devient une plante aquatique légère et flottante. Le long de ces feuilles en cheveux, le Marin a frappé son nom avec ses dents de requin. Le mollet me porte en avant, comme ma mère a traversé le monde pour arriver sur ces côtes. Coira Ferguson. Coira en gaélique veut dire bassin bouillonnant, me disait-elle. Caractère volcanique, une eau chaude et joyeuse, Coira Ferguson a voyagé jusqu'à la ville de Basin, Oregon, ensevelie sous la neige pendant les longs hivers. C'est Coira qui m'a donné ce goût désespéré de la fuite, du nez dans le vent. Son voyage, elle ne l'a pas fait seule. Il était déjà avec elle. Lui qui n'a su, ensuite, que pourrir sur place. C'est le Vieux, Maria, et il faudra que je te parle de lui et de sa fin. Mais avant cela, il a fait le voyage avec Coira – amour trop délicat pour celui de son mari –, et sans doute alors était-ce un acte de bravoure : elle faisait les rêves, il s'était proposé de les lui construire. Et c'est le chemin d'épines qui a commencé, qui fait crier les Vikings et annonce l'heure de la défaite. Autour du genou, frappé dans mes os et mes tendons, effleuré par l'algue marine, est le nom du Vieux : Hubert Ferguson. Le genou plie et se redresse, c'est l'articulation du courage et de l'humiliation. Peut-être que l'on pardonne comme on salue, genoux pliés. Au contact du Vieux, l'algue devient un rameau d'aubépine sur ma cuisse, avec ses épines et ses petites fleurs, sur les muscles qui portent le monde. Les cuisses sont aux épaules ce que les chevilles sont au nez. Ce qui est posé sur nos épaules est supporté par nos cuisses, le monde et tout le passé. Atlas, genoux pliés et cuisses bandées, supporte le poids qui pèse sur les hommes voulant vivre sans dieux. Sur les épines, des lettres éparpillées que l'on peut assembler comme on veut, pour composer tous les mots et toutes les phrases que l'on imagine. L'une pourrait être, parmi toutes les autres possibles : la nuit de la grange ; *mais le Marin ne le savait pas, il a frappé les lettres que je lui indiquais dans un ordre aléatoire. C'est un message qu'on ne peut lire que si on le connaît déjà, caché dans le buisson épineux de la culpabilité. De cela je te parlerai aussi. Des aubes piquantes qui suivent mes nuits de cauchemars. Dans mes cuisses le poids du secret, perché comme un rapace sur mes épaules. Le mensonge, lui, est un oursin que j'ai fait tatouer par le Marin au creux de ma main droite, avec de l'encre rouge garance, achetée spécialement à un Chinois de Cayenne. Le mensonge est un oursin rouge. Il pique et empoisonne ceux à qui je tends la main, me blesse quand je serre le poing de colère.*

Les aubépines fleurissent autour de ma taille, autour du bassin, tour crénelée où je me tiens, sommet des jambes. Les aubépines deviennent un jasmin de Virginie, plante grimpante opiniâtre et rapide, avec ses fleurs en trompette qui semblent annoncer une fête et une naissance. C'est là aussi, aux hanches, que j'ai fait tracer au Marin une ligne droite, tout autour de moi, qui passe par la porte du nombril. J'ai fait frapper au Marin mon équateur, Maria. Sur cette ligne, après que le Marin et sa femme ont fait l'amour à côté de moi, Harriet est venue poser sa joue. Quand je me suis réveillé, le Marin nous avait laissés et Harriet dormait sur la ligne tout juste tatouée.

Le jasmin monte jusqu'à mon cœur et entre les lignes de mes côtes il y a quatre noms, dans quatre fleurs en porte-voix : Alexandra, Arthur, Aileen et Oliver. D'eux aussi je te parlerai. Cette famille que j'ai fuie. Le ranch Fitzpatrick porte le nom d'un couple de jeunes pionniers irlandais avec qui voyageait Arthur Bowman. Jonathan, le mari, est mort alors qu'il était parti chasser, avalé par une crevasse de la montagne. Sa femme était enceinte et en est morte, elle s'appelait Aileen. Bowman les a enterrés ensemble sous un grand redwood et a décidé que son voyage s'arrêtait là, au bord du lac Tahoe, à côté des tombes de ces deux parents trouvés pendant son périple, comme des ancêtres plus jeunes que lui.

Oliver, mon frère, est le seul autre Ferguson vivant encore de ce côté du monde, sorti du ventre, bassin bouillonnant, de Coira Ferguson la rêveuse. Oliver possède une moitié de mon cœur. Souvent j'ai joué ma vie pour sauver la sienne, le protéger du Vieux, de la guerre et des montagnes enneigées qui voulaient nous engloutir. C'est pourquoi mon cœur est à moitié le sien. Un battement sur deux, je l'économisais pour lui. Le vide et la chaleur qu'il y a dans cette cage thoracique ! C'est là que nous tentons d'être une part du monde, en nous remplissant de son air. Là que cognent l'aventure, la peur, l'appétit pour l'abstrait, là qu'est malaxé notre destin. Sais-tu, Maria, que le destin commence quand nous échappons à ce que nous devions être ? On nous attend ici-bas. Des parents, un pays, une langue, une histoire, il y a une place déjà prête pour nous. Un nez au vent, une cheville baladeuse, un mollet impétueux, un genou fier et des cuisses solides, un pas de côté et nous ne sommes plus ce que nous étions préparés à être. Notre destin : rien, sinon une histoire digne d'être racontée, une lettre valant d'être écrite, la vie devenue une aventure, aussi modeste soit-elle, contenant une plus grande part de risque, d'inconnu.

Le jasmin court sur mes côtes jusqu'à mon dos, c'est un arbre maintenant, un pommier en fleur, comme ceux que le Vieux avait plantés autour de la ferme et qui n'ont jamais donné de fruits. Le Marin dit que dans le lointain Japon, au bout de l'Asie, les hommes se font tatouer le corps entier de ces arbres fleuris. Le pommier écarte ses branches et ses feuilles en triangle jusqu'à mes épaules. C'est la partie du tatouage que je ne vois pas. Dans les fourches des branches, le Marin, comme des nids d'oiseaux, a déposé des souvenirs. De petits dessins frappés avec la dent de requin la plus fine. Une montagne et un lac, la maison du ranch Fitzpatrick telle que j'ai pu la lui décrire, un canon, un mustang qui s'appelait Réunion, un bison, un livre, une goélette qui s'appelait le Santo Cristo, *une pyramide. Deux branches montent jusqu'à mon cou en s'affinant et les deux pointes deviennent des lettres qui vont se cacher derrière mon oreille. L'arbre vient y chuchoter les noms de Maria et Pete.*

Deux mois se sont écoulés, la saison des pluies a maintenant débuté et comme la plante poussait et grimpait, tu t'es redressée, chevilles, mollets, genoux et cuisses, debout sur ton bassin, ta tour de garde. Tu es prête, je vais te demander tes rêves et, si tu veux bien, je les construirai. Tu m'attends à Village-Femmes. Je mettrai un genou à terre, Maria, j'y enfoncerai le nom tatoué du Vieux comme un clou dans un cercueil. Je suis un destin de papier, encre et cicatrices. À genoux les pardons, les promesses, les suppliques et les bras ouverts.

7.

Aller à Maria, avec quelques lignes d'encre pour seule défense, effrayait plus Pete Ferguson que de se jeter sous les poings du Vieux, sauter sur un mustang sauvage ou franchir quelques mètres d'herbes hautes pour serrer la main de Rusky. Ça lui faisait peur comme quelque chose qu'aucun homme n'avait encore affronté, alors que l'humanité entière n'était bonne qu'à ça, ce petit pas embarrassé pour aller trouver l'autre.

Il pensait être prêt, qu'on ne pouvait pas l'être davantage à moins d'être plus âgé qu'il ne l'était. Sur le layon des retrouvailles, Pete clignait des yeux et faisait rouler ses doigts dans ses poings, écrasant l'oursin encore chaud. Maria pouvait lui rire au nez, le gifler, s'accroupir et, jupe relevée, le regarder dans les yeux en pissant, cela n'avait aucune importance. Elle pouvait refuser, mais elle devait voir ce qui avait changé, elle qui s'était battue toute sa vie pour ça.

Il apercevait les carbets et les fumées de Village-Femmes dont les hommes faisaient le siège à genoux. Pete se sentait porteur d'un message, diplomate sous un drapeau blanc, au nom de ceux qui attendaient encore. Il se sentait courageux aussi, d'affronter la plus coriace d'entre elles : Maria livrant combat contre le dieu de ses maîtres et son Livre dans lequel, révolutionnaire instinctive et inculte, elle avait trouvé cette épouvantable idée d'un monde meilleur, découverte d'un espoir porté et sitôt anéanti par ceux qui suivaient la croix. Maria avait la fièvre parce qu'elle se débarrassait des germes apportés par Hagert le jésuite, les poètes aux mains douces, les Guzman à lunettes et les Aznar aux idéaux prédateurs. Et il devait la convaincre que lui, l'enfant blanc pourri puis gâté, sur son layon de petite miséricorde, valait la peine d'être entendu, qu'elle pouvait encore rêver qu'une chose puisse changer, même la plus ridicule : ce gringo sans âme pour la révolution, avec seulement un peu de courage pour la mort.

Il se tenait devant le carbet de Maman et sur sa nuque, jusqu'à son oreille, les lettres de leurs deux prénoms le brûlaient des derniers coups de dent de requin. Sous son porche en ce dimanche de repos, Maman trempait ses pieds dans une bassine d'eau salée, tuant les parasites incrustés sous ses ongles et sa peau.

Du bout des doigts, il toucha ses lèvres asséchées par le laudanum et la marche. Les couleurs étaient étranges, le bois rouge du carbet, la robe de Maman, la bassine émaillée, la terre sous eux. Les lignes séparant les objets n'étaient pas nettes, il voulut parler mais avait depuis longtemps oublié comment articuler. Maman glissa ses pieds fripés dans ses sandales de cuir, passa à côté de lui sans un mot et le laissa planté là comme un arbrisseau dans le vent.

Il traversa la pièce principale au parquet zébré par la lumière des persiennes, frappa à la porte de la chambre. Maria ne répondait jamais, il attendit un instant avant d'entrer. Couchée sur le côté sous la moustiquaire, elle le regarda avancer vers le lit.

Pete déboutonna sa chemise, dénoua la cordelette de chanvre retenant son pantalon et repoussa ses vêtements du pied. Il s'assit sur les lames du parquet et étendit sa jambe droite.

– C'est un chardon, l'emblème de notre terre, l'Écosse. Il y a plusieurs légendes qui parlent de ce chardon…

Maria glissa ses mains sous sa joue, relevant la tête et ouvrant les yeux plus grand.

Pete lui raconta le tatouage, lui présenta sa mère, Coira la bouillonnante, Hubert l'homme fort mais sans courage, Oliver que Pete avait protégé pour qu'il devienne un homme sans blessures, les gardant toutes pour lui. L'alcool et la folie dans la ferme en décrépitude. La nuit de la grange, quand le Vieux avait dressé l'échelle et que son aîné l'avait regardé faire, sur ses genoux tremblants mais qui refusaient de plier. Il raconta la traversée de la

Sierra Nevada, la découverte du ranch Fitzpatrick, premier équateur des frères Ferguson. Debout devant Maria, Pete tourna sur lui-même pour qu'elle puisse suivre des yeux la ligne autour des hanches. Il expliqua Carson City et sa fuite, le fatalisme atavique qui avait pris le bateau avec Hubert Ferguson et qui coulait dans ses propres veines. Il parla des noms inscrits dans les fleurs en trompette du jasmin de Virginie.

Il y avait cet homme, Arthur Bowman, qui la fascina et lui fit peur. Un rocher changé en homme, ou l'inverse, dont l'amour et la protection donnaient envie de redevenir enfant. Cet homme que le gringo admirait et craignait, et puis ce qu'elle devinait : que Pete et Bowman se ressemblaient beaucoup, que leur méfiance venait de là, que ces deux ne savaient pas s'approcher. Elle décida finalement qu'elle aimait cet homme violent et brisé qui avait bâti un ranch merveilleux pour s'y cacher. Lui aussi, disait Pete, dans ce monde où l'on meurt, est un homme qui a tué.

Il y avait cette femme aux cheveux roux, la femme aux livres et à la parole libre, la femme de Bowman, pionnière intellectuelle qui écrivait pour les journaux, tenait tête aux hommes, parlait d'amour et d'égalité, de communauté et de paix. Une femme en guerre dont le gringo était tombé amoureux. Si Bowman ressemblait à Pete, en l'écoutant raconter Alexandra Desmond, Maria espéra qu'elle ressemblait un peu à cette femme.

Aileen était l'ange qui illuminait le lac le matin et faisait tomber le soleil sur le ranch quand elle s'endormait. Oncle Pete emmenait Aileen faire des balades à cheval dans les montagnes. Aileen avait fêté ses onze ans depuis qu'il avait quitté le ranch. Maria crut entendre le rire de la petite en l'écoutant évoquer son souvenir.

La nuit tombait et Pete alluma trois bougies qu'il posa sur le parquet. Puis, à genoux, tournant le dos à Maria, il raconta la suite de son histoire, l'arbre poussé sur le chardon écossais, ses branches tendues vers la mer, les pyramides, le Mexique et le Guatemala, la goélette et son capitaine. La dernière branche et les deux noms, que Pete lui présenta tête baissée, tel un samouraï offrant sa tête à son seigneur.

Le lait d'opium avait cessé d'agir, il se sentait bien.

Maria regardait le grand tatouage, ces plantes successives qui épousaient les courbes du corps du petit Blanc trapu, lui donnant un élan vertical, une nouvelle légèreté malgré le noir de l'encre. Elle posa son doigt sur les épines de sa cuisse, suivit la plante jusqu'à la hanche, s'agenouilla derrière Pete et appuya sa joue sur le pommier en fleur, passa ses bras autour de son ventre, encerclant l'équateur.

Pete posa ses mains sur celles de Maria.

Les soupirs, les grognements et les cris de Maria et Pete s'entendirent cette nuit-là dans toutes les maisons de Village-Femmes, carbets de planches sans fenêtres ni murs. Les amants déclenchèrent une vague de caresses solitaires. Des femmes sortirent de chez elles pour mieux entendre. Harriet et deux autres épouses disparurent sur le layon pour aller rejoindre le camp des hommes, dont on regretta cette nuit-là qu'ils ne soient pas plus nombreux.

Les bougies soufflées, le noir tomba sur Village-Femmes et l'on s'endormit avec les amants.

Le lendemain matin commença la construction d'un carbet un peu à l'écart, carbet Nuptial, où il fut décidé qu'ils s'installeraient avant d'avoir trouvé un toit définitif. La distance séparant le village de cette nouvelle habitation était suffisante pour qu'on ne les entende plus, insuffisante pour qu'un grand cri de plaisir ne soit perçu.

La cabane était sommaire, Maria et Pete y accrochèrent un grand hamac dans lequel ils pouvaient s'installer ensemble, remontant sur eux le tissu, s'enfermant pour la nuit dans un cocon de coton, transpirant l'un contre l'autre.

*

Ils commencèrent à travailler au placer Femmes Libres, pelletant les bancs de sable et de limon dans les méandres de la crique Gabriel, triant à la battée les paillettes d'or. Ils recevaient leur part – le reste allait au village –, gagnant l'équivalent de salaires d'ouvriers, sans payer ni pour leur toit ni pour leur nourriture.

Harriet et le Marin s'installèrent ensemble alors que la saison des pluies, au mois de mars, s'interrompait momentanément. Le petit été de mars, c'était ainsi qu'on appelait cette trêve de quelques semaines avant le début des grandes pluies. Avant les crues, aidé par des hommes venus se racheter et de nouvelles femmes venues s'y réfugier, le village entier fouilla la crique pour y gratter tout l'or possible. Harriet et le Marin avaient maintenant leur propre carbet Nuptial, proche de celui de Pete et Maria, où ils vivaient avec la petite Marinette.

Maria ne parlait qu'avec Pete. Ils communiquaient en espagnol pour ne pas être compris des autres. De son côté, il parlait de mieux en mieux français, découvrant les racines latines que cette langue avait en commun avec l'espagnol. Il voulait s'adresser à chacun dans sa langue. Maria commença à lui apprendre le xinca.

Au mois de mai le spectacle des grandes pluies les fascina. La terre ne pouvait pas absorber autant d'eau, le ciel ne pouvait pas non plus en contenir autant quand il y avait ailleurs des déserts de cailloux et de poussière. Les rivières gonflaient au point que Pete se demandait quelle quantité de terre il resterait bientôt en Guyane. Maria et lui marchaient jusqu'au grand fleuve Mahury dans lequel se jetait la crique Gabriel, pour chaque jour le trouver un peu plus large, se répandant en marécages où des échassiers, au milieu des caïmans, chassaient les poissons.

Ils embarquèrent un jour de juin pour Cayenne, à bord d'un petit bateau à voile qui assurait la ligne de transport, irrégulière, avec la ville. Maria sous ses frusques avait emporté leur pistolet. Ils débarquèrent grelottants dans la capitale de la colonie française, après quatre heures d'une navigation houleuse, sous le fouet de la pluie. L'Indienne n'avait pas eu le droit de s'installer sur les bancs du pont couvert, Pete était resté avec elle. Le froid qui vous prenait, sur cette terre toujours chaude, était profond et inquiétant. Comme les frissons d'une maladie ou d'une faiblesse qu'on ne pouvait pas se permettre en Guyane.

La pluie cessa alors qu'ils mettaient pied à terre, sur un débarcadère d'où l'eau de la rue venait se déverser, tombant du quai en une longue cascade sale. Des avocatiers et des manguiers, entourés de pelouses détrempées, faisaient un parc le long de la grève avançant en roches noires. Les maisons basses, aux toits à quatre pans, étaient volets clos ; le vent montait de la mer et balayait les porches désertés. Maria marchait un pas derrière Pete, tête baissée. Il voulut la prendre par la main, elle se dégagea aussitôt et sur un ton sec lui dit de marcher devant.

– Tu vas nous attirer des problèmes.

Pete regarda autour d'eux les maisons sans vie.

– Il n'y a personne.

– Avance.

Ils s'engagèrent dans une rue perpendiculaire à la côte pour s'enfoncer dans la ville. Des trottoirs hauts de quarante centimètres avaient été maçonnés et ils y montèrent pour échapper à la boue. Avec l'accalmie passagère et un rayon de soleil, Cayenne se montrait sous un meilleur jour et quelques silhouettes apparurent, des bagnards qui nettoyaient la place, un immense parc planté de palmiers royaux, aux troncs lisses et droits. Des Blancs sortaient sur les coursives et au bout de la place, d'un café s'échappaient un air de piano mécanique et des voix. Ils aperçurent des costumes clairs, les reflets du lin propre dans la lumière. *Café-restaurant Les Palmistes*, en lettres déliées, était peint sur la façade.

Les bureaux de la compagnie maritime étaient un peu plus loin sur la gauche et ils suivirent le trottoir sans traverser la place, le plus loin possible des rires et des conversations des colons.

Maria ne voulut pas entrer, elle s'accroupit sur le trottoir, se tassant et se faisant la plus petite possible. Pete entra seul dans les bureaux de la Compagnie générale transatlantique, qui n'assurait pas de liaison avec la ville de Macapá, dans l'estuaire de l'Amazone. On conseilla à Pete de se renseigner chez d'autres armateurs locaux possédant des bateaux qui faisaient du cabotage entre ici et le Brésil. Ils allèrent de bureau en bureau sans plus de succès. Ils pouvaient aller à Belém au Brésil, mais de là-bas seraient aussi loin de Macapá qu'ils l'étaient de Cayenne. Ils sillonnèrent la ville en vain.

Contrairement à Saint-Laurent, Cayenne n'était pas seulement une colonie pénitentiaire. Il y avait là des habitants qui n'étaient pas des gardiens, des magasins qui ne forgeaient pas que des chaînes et des restaurants qui n'étaient pas des cantines à prisonniers ; on y trouvait hôtels particuliers et bâtiments officiels, mairie, tribunal maritime, maison du gouverneur, enseignes de compagnies minières ou de commerce. Dans les rues, des militaires et des bourgeois, des Nègres libres, des mulâtres, un air de plus grande richesse mais toujours la même tristesse. Si Saint-Laurent était une ville de forçats, Cayenne était la ville des maîtres et des esclaves, remplacés par les bagnards. Une atmosphère d'échec régnait sur la capitale de ce morceau d'Amérique du Sud, porte rêvée de la France vers l'Eldorado, devenue son dépotoir.

Ils se réfugièrent dans la chambre d'une pension que Maman leur avait recommandée, tenue par une ancienne de Village-Femmes.

La patronne, curieuse d'avoir des nouvelles de ses anciennes camarades, les assomma de questions en leur préparant à manger. Ils se couchèrent avec la nuit, écoutant les bruits de la ville. Maria se colla contre le ventre de Pete.

– Cet endroit, ce n'est pas pour nous. On ne pourra plus vivre que dans la forêt. Il n'y a que là-bas qu'ils nous laisseront en paix. Ton équateur, je n'y crois pas.

– Beaucoup de choses ont déjà changé.

– Oui, je n'ai plus de pays.

Pete eut envie de s'écarter d'elle, irrité par son reproche. Il n'était pour Maria qu'un bout de terre à la dérive, auquel elle s'accrochait pour ne pas se noyer. Il écarta les bras, secoué par un frisson de dégoût de soi. Elle agrippa ses mains et se serra plus fort contre lui.

– J'irai avec toi. Tu auras besoin de moi là-bas, quand tes pyramides tomberont de leur pointe pour t'écraser. Tu ne connais rien aux pyramides.

Elle lui dit bonne nuit en xinca, il lui répondit dans sa langue et ce bref échange, ce langage codé que bientôt personne d'autre qu'eux ne parlerait, les rasséréna. Elle se retourna et l'embrassa, sa lune carrée avec ses grands yeux brillants et ses lèvres bouillantes soufflant un air aussi chaud et humide que la colonie pénitentiaire.

Le lendemain, Pete alla seul se renseigner sur le port et finit par trouver un bateau, un petit vapeur de commerce, propriété de négociants français et brésiliens, qui embarquait quelques passagers et passait par l'estuaire de l'Amazone. Un transport était prévu début septembre. Au magasin de la petite compagnie il paya une avance pour deux passagers.

Après une seconde nuit en ville, ils reprirent le canot qui les déposa à l'embarcadère du Mahury et, soulagés d'être de retour, ils marchèrent jusqu'à Village-Femmes.

Un mois passa, les pluies étaient moins fortes. Maria commença à avoir mal au ventre. Elle arrêta de travailler aux jardins et resta allongée dans le hamac. Pete la retrouva un soir, rentrant du placer, à genoux sur le plancher du carbet, sa jupe poisseuse de sang, tenant dans ses mains en coupe des petits caillots de chair glaireuse, noirs et pourpres. Agenouillée dans les déchets de son ventre, Maria pleurait. Maman l'emmena se laver à la crique.

Pete s'était installé sur le sol à côté du hamac, Maria laissa pendre sa main.

– Ce n'est pas la première fois. C'est à cause du viol des soldats du gouverneur Ortiz. Les bébés tombent de mon ventre, rien ne peut s'y accrocher.

Il berça la petite révolutionnaire qui avait essayé, avec ses compagnons de combat, Gustavio, Santos et jusqu'à Segundo Aznar, de faire tenir la vie à son ventre. Maria ne s'était pas seulement sacrifiée à la cause, elle avait voulu trouver dans la lutte une réparation à ce qui l'avait jetée dedans.

La question se posait aussi de savoir si lui, Pete, voulait un enfant. Et ce que cela signifiait de choisir une femme qui ne pouvait pas en porter.

8.

La tête couverte d'un coton ocre rouge la protégeant du soleil, un baluchon de toile en travers du corps, Maria serrait les mains de celles qui avaient pris soin d'elle. Pete avait un fusil, tenu par le canon, crosse au sol, qui lui faisait un bâton de marche. Ses cheveux et sa barbe étaient longs, il posait la main sur l'épaule du Marin attristé de voir partir son tatouage préféré. Maman avait le front plissé, mâchouillant son angoisse. Elle s'inquiétait pour l'Indienne qui partait avec cet Américain, un blanc-bec se croyant transformé en pèlerin indestructible par la grâce de quelques lignes d'encre sur le dos. Elle avait insisté pour que le couple se procure une arme. Il faudrait bien chasser, avait-elle dit.

Maria et Pete, que pensaient-ils d'eux-mêmes ? Arrivés ensemble mais l'un sans l'autre, ils repartaient unis par des liens qu'ils s'expliquaient mal. Ils acceptaient le réconfort d'être deux, mais restaient méfiants comme des animaux battus ou de vieux cyniques. Il y avait entre eux un silence de novices, incapables d'accorder des mots à leurs sentiments. Et si aucun mot ne pouvait dire, est-ce que la chose existait vraiment ? Partir était leur réponse à ce silence menaçant.

Marinette, sur les épaules du Marin, agita la main le plus longtemps, jusqu'à ce que le bateau ne soit plus qu'un point sur le fleuve. Sur le pont, les autres passagers s'étaient écartés du couple.

À Cayenne ils attendirent sur le port que le chargement du petit cargo à vapeur et voile soit complet, le plein d'eau, de charbon et de vivres fait. Sur le front de mer, les pelouses vertes et taillées, les arbres et les terrasses fréquentées donnaient à la capitale un air plus accueillant qu'à leur première visite. Les bagnards silencieux glissaient d'ombre en ombre. Ils virent accoster le bateau de l'administration pénitentiaire assurant le transport entre Cayenne, les îles du Salut et Saint-Laurent. Trois gardiens en uniforme escortaient un prisonnier, un Blanc à peine plus grand que Maria, filiforme, les dents tombées et de grands yeux ronds. Un évadé repris. Le petit homme était torse nu, il avait autour du cou des colliers, lacets de cuir tressés, petits os blancs d'oiseau percés, des gris-gris qui cliquetaient sur sa poitrine saillante. Il regarda l'Indienne et l'homme barbu, son sourire s'agrandit. Un gardien le poussa en avant.

– Avance, Belbenoit ! On n'a pas que ça à faire !

Pete fit un geste de la tête pour lui répondre, le petit homme perdit son sourire et se concentra. Il faisait déjà des plans pour sa prochaine évasion.

Pete se leva et tendit la main à Maria. Ils présentèrent leurs billets de passagers au capitaine, un vieux Brésilien au français chuintant. Les matelots avaient des tatouages grossiers et la discrétion de ceux dont les mauvais salaires font vivre une famille.

Un mousse leur montra leur cabine sans hublot, deux lits superposés, au bout d'un couloir. Encore une cellule, pendant les cinq jours de cabotage jusqu'à Macapá. Les patrons de la compagnie, contre une somme d'argent supplémentaire, avaient assuré que Maria et Pete n'auraient pas à se préoccuper des formalités douanières.

Tant que le cargo ne fut pas loin du port, ils restèrent dans leur cabine de ferraille attaquée par le sel et la chaleur. Après les voiles du *Santo Cristo*, Pete avait l'impression de voyager dans la panse d'une bête au galop. Maria fut aussitôt malade et se recroquevilla comme elle l'avait fait à bord de la goélette.

Ils sortirent prendre l'air sur la passerelle du poste de pilotage. Ils eurent enfin devant eux la mer et le ciel. Les nuages filtraient les rayons du soleil pour griser les couleurs du bateau, de l'eau et de la ligne du continent devenue noire. Maria baissa les yeux pour ne plus voir osciller la côte, elle se colla à Pete qui se sentit soudain si faible.

*

Le capitaine, petit homme sec, le visage incroyablement ridé, avait travaillé jusqu'à son adolescence dans des plantations de canne à sucre de la région de Belém. Une première vie qu'il résumait à deux choses : ses dents et les chiens. Le sucre des cannes lui avait pourri les chicots ; il racontait ça en faisant claquer son dentier, une mécanique infernale, plantée de dents d'âne jaunies, articulée par des ressorts qui grinçaient comme une machine de fête foraine. Et puis les chiens, des Cane Corso, des molosses noirs qui lui arrivaient au ventre, disait-il, qui gardaient les plantations contre tout ce qui aurait voulu y entrer ou en sortir ; des bêtes venues d'Italie, qui tuaient des ours dans les Pouilles et ici les jaguars, qui raffolaient de la chair des esclaves en fuite et des ouvriers agricoles. Le capitaine, avec des grincements sinistres de dentier, tapait alors sur son bateau en faisant résonner la ferraille, déclarant que les cannes ne poussaient pas sur l'eau et que les chiens ne pouvaient pas courir dessus. Le capitaine raconta son histoire sans demander à Pete de raconter la sienne.

Ils firent escale en fin de journée à Ouanary, dernier village français à l'embouchure du fleuve Oyapock, frontière entre la Guyane et le Brésil. La France n'avait pas posté de douaniers ici. Un commerce chinois et deux baraques sur pilotis, des pirogues et trois hommes qui embarquèrent, des Arabes anciens bagnards, passeurs ou chasseurs d'évadés, selon ce que payait la Tentiaire. Les trois types armés n'adressèrent la parole à personne. La nuit tombait quand de l'autre côté, à quelques encablures du Brésil, ils sautèrent dans une longue pirogue à bord de laquelle attendaient six rameurs noirs. Cette cargaison déchargée, le capitaine fit claquer ses dents de bourricot en se bouchant le nez, tourné vers la berge française.

– Ce pays, mon ami, a été inventé pour la gloire de notre pire nature. Mais vous êtes chez moi maintenant. Terminé la France, bienvenue au Brésil !

Pete descendit à leur cabine annoncer la nouvelle à Maria. Elle s'était endormie au passage de cette nouvelle frontière.

*

Le vapeur faisait escale d'estuaire en estuaire. Des Indiens sur des pirogues, des Blancs ou des métis, depuis des heures ou des jours, attendaient là le passage du bateau qui faisait aussi office de courrier. Le capitaine connaissait les hommes qui venaient à sa rencontre, échangeait des nouvelles avec eux, demandant chaque fois à ses deux passagers de rester discrets. Des routes aquatiques menaient partout à des villages ou des exploitations de canne et d'hévéa, les nouvelles voyageaient rapidement le long de la côte. Tout le monde savait qu'un Américain avait participé à l'évasion des quatre forçats l'hiver dernier. Le capitaine avait fait le rapprochement entre cette affaire et Pete, qui voulait passer discrètement au Brésil. Mais il avait reçu sa part de la somme payée à la compagnie pour leur sécurité ; de plus il appréciait sa conversation.

– À la prochaine escale, j'aurai un petit service à te demander, capitaine.

– Nous faisons halte ce soir à Jerusalem, une grande plantation. Après-demain, nous serons au río Amazonas. Il y a là-bas quelque chose qui vous attend, l'Indienne et toi.

Le cargo remonta une heure le lit d'un fleuve et s'amarra à un ponton rudimentaire où une carriole et deux ouvriers agricoles attendaient. Des marchandises furent échangées et quelques pièces d'argent, puis un matelot, suivant les ordres de son capitaine, se pencha vers le sol pour fouiller un instant avant de remonter à bord.

Pete descendit à leur cabine et s'assit à côté de Maria, qui posa sa joue sur sa cuisse. Il caressa ses cheveux, puis le creux de sa main et déposa dans sa paume quatre petits cailloux lisses ramassés par le matelot. Maria fit rouler les petites pierres entre ses doigts, les soupesant.

– Merci.

Deux cailloux dans chaque main, elle se rallongea en caressant ces morceaux de la terre.

*

Des îles grandes comme des lacs verts. Les bras marron du fleuve comme des pistes de bison tracées sur la plaine par des charges de troupeaux. Terre et eau, dans les reflets des feuilles et des vaguelettes, s'inversaient. Solides et liquides, dans cette perspective vertigineuse de lignes courbes, se disputaient la paternité du delta. Le continent n'était pas encore réel, flottant sur l'eau en morceaux gigantesques, une terre à la dérive. Le changement de cap, la fin de la houle et le duel des deux matières attirèrent Maria hors de la cabine. Alors que le petit vapeur choisissait son chemin entre les îles, le capitaine les rejoignit sur la passerelle. Il faisait des signes au matelot tenant la barre, lui indiquant la direction d'une berge et d'immenses bancs de vase affleurant à la surface. Sur une de ces langues longues de centaines de mètres, une tache claire, posée sur la boue, touchant la berge. Plus ils s'en approchaient, moins ils doutaient. C'était un bateau échoué. Ils le reconnurent vite : le *Santo Cristo*, la goélette d'Aznar, couché sur le flanc, la rangée tribord de ses hublots à hauteur de vase. Les voiles encore hissées, déchirées et verdies de moisissures, aux écoutes choquées, ondulaient dans le vent chaud. Au bruit du moteur à vapeur, des oiseaux s'envolèrent de la mâture et des singes coururent sur le pont, sautant d'un bond de la proue pour aller se cacher dans la forêt. Naviguant lentement au milieu des bancs, le cargo s'approcha le plus possible, la chaudière maintenue sous pression pour lutter contre le courant du chenal.

Les pluies, les vents et les feuilles mortes avaient sali le *Santo Cristo* aux allures de navire fantôme. Des lianes descendues des branches s'enroulaient autour des mains courantes et des haubans, la coque était couverte d'algues et de couches de terre séchée. Le capitaine se signa et avec lui tout l'équipage.

– La goélette est là depuis l'hiver dernier, deux semaines après l'évasion des anarchistes français à Saint-Laurent-du-Maroni.

Maria se mordait le poing, Pete avait les narines pincées par une envie de vomir alors qu'il revoyait Segundo Aznar, cette nuit-là sur le *Santo Cristo*, couché sur le dos, égorgé. Sans son capitaine, la goélette avait fini échouée, morte, dans le plus grand delta d'Amérique.

– Les passagers ?

Le capitaine avait craché son dentier dans sa main, s'évitant les frottements du bois sur ses gencives pour articuler lentement.

– Il faut bien connaître le delta pour naviguer sur ce canal, surtout à la saison où ils sont arrivés. Quand ils se sont échoués contre cette île, le fleuve était en crue, il n'y avait pas ces bancs de vase. S'ils étaient descendus à terre, ils seraient restés près du bateau et quelqu'un les aurait vus. Il y a de l'eau douce et assez de gibier pour chasser sur cette île. S'ils ont choisi le fleuve, à la nage ou avec une barque, ils sont morts en mer, emportés par le courant. À la vérité, personne ne sait ce qui s'est passé à bord. Il y a des armes sur le pont et des signes de lutte.

– Tu es monté à bord ?

Le capitaine brésilien, frottant l'une contre l'autre ses gencives de nouveau-né, secoua la tête.

– Non. Les contrebandiers et les pirates du fleuve se sont approchés aussi, depuis des mois que la goélette est ici. Mais personne n'a rien pris à bord. Maldição. J'espère qu'à la prochaine saison des pluies, l'Amazone emportera le bateau en mer et le fera couler. Alors on n'en parlera plus.

Le capitaine fit signe à l'homme de barre de les éloigner d'ici. Le vapeur donna toute sa puissance et fit machine arrière avant de reprendre son cap, plein est, vers la ville et le port de Macapá.

Les matelots mutins de Segundo Aznar, les deux truands parisiens et le Français avaient trouvé ici leur fin, égarés, effrayés, la rage au ventre et les armes à la main. Entretués, entredévorés, fuyards qui n'avaient goûté que quelques jours de liberté. Lequel de ces fous avait-il jeté le *Santo Cristo* sur cette vase ? Qui fallait-il blâmer pour ces morts ?

Pete but sur le pont une bouteille de rhum achetée au capitaine, qui se joignit parfois à lui pour avaler une rasade, faisant cogner ses dents d'âne sur le goulot.

Dans la cabine Maria faisait tomber d'une main à l'autre les petits galets lisses, rêvant en souriant à l'équateur de Pete où les pierres ne tombaient plus et où l'eau, libérée de la gravité, montait au ciel. Une eau dans laquelle on ne se noyait plus.

*

C'était un immense fort élevé en pierres, sur une presqu'île avançant sur le fleuve, qui annonçait la ville de Macapá et accueillait ceux venant du delta. Le dentier du capitaine en claquait de joie.

– Les Irlandais et les Anglais sont arrivés ici les premiers, il y a trois ou quatre siècles, pour faire du commerce avec les Indiens. Ils se sont fait virer par les Portugais, qui se sont fait mettre dehors par les Français qui voulaient que l'Amazone soit la frontière de la Guyane. Les Portugais ont repris la ville, le delta et le fleuve. Ils venaient de se faire sortir du Maroc par les Arabes, là-bas en Afrique, et les colons arrivés ici ont décidé d'en finir une fois pour toutes, c'était en 1764. Ils ont dessiné les plans d'un fort comme ils en avaient sur la côte africaine, en étoile, aucun angle mort.

Pas un arbre autour du fort São José, seulement de grandes étendues d'herbe coupée à ras, ces pelouses entretenues que depuis Saint-Laurent et Cayenne Pete associait à la présence de bagnards ou d'esclaves. Le capitaine montrait les tourelles et les meurtrières.

– Le fort est encore armé et les canons peuvent arroser l'Amazone dans toutes les directions. Votre équateur, il est en amont du fleuve, là où l'eau devient folle, à quelques miles de la ville.

Maria, glissée sous le bras de Pete, sentit l'Américain peser plus lourd sur ses épaules. Bientôt il ne tiendrait plus debout, il allait atteindre le but de son voyage et le vide qui lui succéderait. Elle s'était reposée pendant cette longue convalescence à Village-Femmes et savait que son tour était arrivé de le porter.

Ils quittèrent Macapá le lendemain matin à l'aube, à pied, guidés par un neveu du capitaine, jeune type qui ne parlait que portugais. Ils n'avaient pas dormi, chichement logés dans le quartier du port. En marchant bien, ils pouvaient atteindre la ligne imaginaire de l'équateur avant la nuit. Une odeur de poisson et de laine mouillée montait du fleuve. La forêt, plus chaude et humide encore qu'en Guyane, avait des parfums de fruits pourris, de raisin fermenté ; l'humus distillait son propre alcool de feuilles et de bois.

Rapidement leur guide se révéla inutile. La piste qui suivait l'Amazone était large, fréquentée et immanquable ; ils renvoyèrent le neveu en lui payant son salaire pour la journée. Il bougonna quelque chose, une mise en garde accompagnée de gestes du bras englobant le fleuve et la forêt. Ils lui tournèrent le dos et continuèrent seuls. Le neveu du capitaine resta là à les regarder, partagé entre son devoir de ne pas les laisser et l'ordre qu'il avait reçu de partir.

Une partie du journal de Pete Ferguson, écrite à Macapá, fut retrouvée bien plus tard dans les archives du ranch Fitzpatrick, ainsi qu'une lettre partie du Brésil, écrite par une certaine Maria Bautizada en mars 1874, sept mois après l'arrivée du couple dans la ville brésilienne.

9.

Journal de Pete Ferguson, Macapá, novembre 1873

J'ai quitté Basin il y a presque dix ans maintenant, à la pointe des fusils des militaires, et le ranch Fitzpatrick il y a bientôt trois années, de nuit, chassé par les rancœurs et la haine qu'on me vouait.

Dans la ruelle derrière l'Eagle Saloon de Carson City, j'ai ricané devant le vieux Meeks poings serrés. Il était saoul lui aussi, hurlant des insultes et pleurant son fils. Quand il se jetait sur moi, je faisais un pas de côté. Emporté par sa rage, il s'effondrait sans mon aide.

Parfois l'alcool transforme les hommes en quelqu'un d'autre, parfois seulement en ce qu'ils sont au fond. Lâche le Vieux, mauvais comme une teigne son fils.

Meeks est mort sur mes genoux. C'était mon Vieux que j'avais tout à coup contre moi, décroché de sa corde, et j'ai poussé des hurlements.

Meeks était un des types les plus mauvais de la ville. Quand son fils était parti pour la guerre, il lui avait dit de revenir mort ou couvert de médailles ; son fiston avait même payé une tournée au saloon. Les Meeks sont des brutes de génération en génération. Avec moi, ils avaient trouvé à qui parler les soirs où leur vin était mauvais. Et il l'était tout le temps.

Le vieux Meeks n'a pas reçu un cercueil avec son fils dedans, pas même une boîte avec une médaille, rien qu'une lettre disant qu'il était mort là-bas dans un champ du Sud.

J'ai tapé sur sa poitrine jusqu'à entendre casser des côtes, nous étions couverts de boue, le cœur de ce mauvais père restait muet et Lylia, qui disait que le sien était brisé, nous a découverts à ce moment. Je ne sais pas ce qu'elle a vu. Un meurtre, une occasion de se venger ou un jeune type tellement répugnant que tout à coup son amour est devenu du dégoût, son dégoût la haine qui m'a chassé de la ville.

…

L'équateur n'existait pas.

Contre des pièces de monnaie, un homme nous a montré une feuille sur de l'eau, dans une casserole trouée, qui tournait dans un sens, puis dans l'autre, quelques pas plus loin. Mais je ne l'ai pas cru. Qu'est-ce que cela prouvait ? Je ne pouvais même pas pleurer. Mes larmes auraient été ridicules devant toute l'eau de l'Amazone. Nous sommes revenus à Macapá et j'ai commencé à me dessécher et maigrir.

…

J'écris quelques lignes quand j'en ai la force, alité depuis des semaines. Des jours entiers sans voir Maria. Je ne sais pas où elle va. Elle vient, vit et repart pendant que je dors. J'ai l'impression d'avoir bu un opium à cauchemars.

Je n'ai plus la force de garder les fantômes à distance. Les morts qui grattaient aux portes sont entrés, sortis dégoulinants du fleuve, avec des odeurs de poisson pourri et de vagin de putain infecté.

L'équateur n'existait pas.

Juste la feuille qui tournait à l'envers dans ce siphon improvisé. L'homme disait nous présenter un miracle, il mendiait une pièce pour un mauvais tour fait à d'honnêtes voyageurs. Je l'aurais tué pour son mensonge. Nous faire croire que le monde peut changer. Regardez ! La feuille tourne dans l'autre sens. Suivez-moi sur les champs de bataille, vous mourrez pour la feuille. À la guerre ! Nous forgerons un nouveau pays, planterons l'arbre de la liberté, écrirons un nouveau chapitre, bâtirons un rêve plus grand dans une aube nouvelle, nous tracerons une nouvelle route, abattrons des murs, repousserons les limites, réécrirons l'Histoire, nous instaurerons un nouvel ordre et marcherons en terre inconnue. Nous inventerons un nouveau monde. À la guerre !

L'homme sur la piste de l'équateur, avec sa casserole et son tour de passe-passe magnétique, c'était l'officier venu nous chercher, Oliver et moi, à la ferme. C'était l'homme de la Santa Fe Railway, son train à négocier qui allait transformer la Prairie. Un patron de saloon servant son alcool à des poivrots désespérés. Le banquier qui prêtait de l'argent au Vieux. Les vendeurs d'échelles et de cordes. Les négociants en squelettes de bison, engrais du futur. Regardez, elle tourne dans l'autre sens, la croix du conquistador.

Il faisait des allers-retours, bondissant d'un côté à l'autre de l'équateur imaginaire en penchant sa gamelle. Chaque fois je paniquais un peu plus devant l'évidence : il ne se passait rien, l'homme était fou.

Maria n'a pas regardé la feuille, elle a jeté dans le courant de l'Amazone les petits cailloux lisses ramassés pour elle par le matelot du cargo. Elle ne voulait plus de cette terre.

Les lianes grattent aux portes de la maison.

…

Je n'ai pas écrit depuis longtemps, je ne sais pas ce qui s'est passé pendant ce temps-là. Maria vient. Elle parle de fièvre. Je suis momifié.

Il faut jeter les draps sur lesquels je suis couché. Maria me lave. Sommes-nous magnétiques ? Les acides et les fluides de nos estomacs tournent-ils dans l'autre sens à l'équateur ? Nous sommes des siphons.

Maria a peur que je ne survive pas. Je comprends ses inquiétudes.

La fin de l'année approche, le temps des souhaits et des résolutions. J'ai ri sur mon lit puant.

Difficile de finir en beauté. Nous avons trop peur de la fin pour lui laisser la part belle. Ce que nous faisons ne compte que pour ceux qui restent. Nous manquons souvent de courage et de générosité pour finir en beauté. La fin qu'on me prédit ici ne sera pas belle, je manque de force. Je pourrai peut-être trouver quelques mots à dire, mais pour les mots aussi il faut de la force.

Je lutte sans la brute que j'étais, sa force me manque. La brute qui prend sa mort pour la mienne.

…

Moins de mots. Il faut les économiser.

– N'essaie pas de parler, me dit Maria.

Cette Indienne connaît la mort mieux que moi. Elle sait ce qu'il faut faire, comme elle saurait, elle qui n'en a pas eu, s'occuper d'un enfant.

…

J'aurais voulu présenter Maria à Oliver. Lui montrer le ranch. La plus grande partie de mes pensées, quand je m'en souviens, vont là-bas. Vers les tombes d'Aileen et Jonathan Fitzpatrick, avec leur enfant qui n'a pas eu le temps de naître, sous le grand arbre. Je demande à Maria de m'allonger la joue sur son ventre ravagé. Je confonds les départs et les retours.

...

Il y a dans mes veines des agents de destruction, des fièvres malignes qui ramollissent mes os. J'ai vieilli d'une vie entière en quelques mois. Je suis plus vieux que le Vieux.

...

Entre chaque apparition de mon journal, je disparais des jours dans le silence. Le lagon bleu, l'espace entre les choses. Et puis j'écris, terrifié, l'annonce de mon retour, de ma mort encore reportée, sans savoir si je suis ressuscité ou en train de rêver.

...

Je partirai sans le savoir. Quelle sera la dernière phrase ? Peut-être celle-là, qui ne dit rien. Souvent je ne répète que le nom de Maria pendant que le crayon glisse entre mes doigts et que j'essaie de le rattraper, paniqué, me voyant mourir.

...

Toute l'année les mêmes jours, le soleil chaque matin à la même heure, le même coucher. Rien n'arrive. À l'équateur règnent l'identique et la permanence. La feuille de la bassine, sur la ligne exacte de l'équateur, ne bouge pas au-dessus du siphon. L'eau n'y est pas libérée de la gravité, elle est la gravité ; elle tombe droit, sans l'élégance d'une torsion, pas la moindre résistance.

...

Pas de saisons ici. Personne ne pourra dire : Quand l'hiver s'acheva, Pete Ferguson commença à aller mieux. *Pas de saisons, le souffle de l'Amazone et la forêt stridente. Pete Ferguson ne va pas mieux, il écrit ses derniers mots.*

...

Oliver, Maria. Maria, mon frère. Le ranch Fitzpatrick, où l'hiver est si long. Sur la berge du lac, pour boire, les chevaux cassent la glace à coups de sabot.

…

Où est Maria ? Mon dernier mot ?

Est-ce que j'aurais su mourir sans elle ?

Elle est mon échelle. Je tiendrai la main de Maria.

…

Le Vieux disait pourtant que je finirais pendu. Il s'est pendu pour le prouver. Mais j'ai eu un destin, sorti des ornières du père. Je meurs de fièvre au Brésil. Est-ce que le Vieux savait même que ce pays existait ?

…

Tiens ma main.

…

Mon ventre creux me fait mal. Je me recroqueville autour de la ligne de l'équateur tatouée par le Marin. Mon bassin écroulé, sur lequel je ne tiens plus debout.

…

Tiens ma main.

*

Mars 1874, Macapá, Brésil

À M. Bowman, Alexandra, Oliver et Aileen,
ranch Fitzpatrick, Carson City, Nevada, États-Unis d'Amérique

Mon nom est Maria Bautizada, je suis née au Guatemala et je vous écris depuis la ville de Macapá au Brésil, où je me trouve aujourd'hui avec Pete. Si par chance cette lettre arrive jusqu'à vous, je doute qu'il soit encore temps. Même alors, la distance est si grande entre vous et nous que vous ne pourriez plus rien faire.

Je me décourage à l'idée de vous en dire plus. Mais si vous lisez un jour ce courrier, vous saurez au moins ce qui est arrivé à Pete.

Je l'ai connu au Guatemala en avril 1872, dans l'arrière-salle d'un restaurant d'Antigua. Un rendez-vous secret, qui allait nous conduire quelques mois plus tard à fuir ensemble mon pays, sur un bateau en partance pour le sud. Pendant des mois Pete s'est occupé de moi. Aujourd'hui je m'occupe de lui. Il est malade et c'est en son nom que j'écris pour demander votre aide, car nous avons épuisé toutes nos ressources. Je lui ai dit que je rédigeais une lettre pour le ranch. Je ne sais pas s'il a compris. Quand il est conscient, il parle du lac comme de chez lui.

Dans les grandes plaines de votre pays, Pete a rencontré un chasseur qui lui a parlé de l'équateur. Macapá, au Brésil, est toute proche de cette ligne qui partage le Nord et le Sud. C'était le but d'un voyage dont vous connaissez le début et moi la fin.

Pete et moi sommes amants. Nous ne sommes pas mariés. Je suis une Indienne Xinca.

En Guyane française, un marin a tatoué sur son corps l'histoire de sa vie, vos noms sont gravés sur sa peau et il vous a présentés à moi.

Il n'est plus le même qu'à son départ de Carson City. Je dois vous présenter l'homme dont je prends soin, l'autre Pete Ferguson que vous ne connaissez pas.

À Antigua, quand je l'ai rencontré, il fuyait le Mexique où il avait tué un homme. Je sais seulement que cet homme était responsable de la mort de plusieurs enfants, des Indiens. Pete avait fui au Mexique parce qu'il avait aussi tué un chasseur de bisons en Amérique, pour sauver sa vie. C'est tout ce que je sais. Quand il a débarqué au Guatemala, nous pensions que Pete Ferguson était un tueur et un mercenaire. Nous avons payé ses services, pour qu'il se batte à nos côtés contre le pouvoir corrompu de mon pays. Il buvait et nous nous méfiions de lui. En sauvant ma vie, il a causé la perte de notre organisation. Pour cela je l'ai haï. Je ne pensais pas valoir plus que ceux avec qui je me battais. Pete avait fait un autre calcul. Quelques semaines plus tard, c'est l'un de mes anciens camarades que j'ai tué pour sauver Pete. Nous avons fui par la mer jusqu'en Guyane, où nous avons été recueillis par les femmes d'un village, dans une jungle où j'ai lutté contre l'abattement et les fièvres, avec l'aide de Pete.

Nous avons été heureux dans cette communauté, mais nous ne pouvions pas non plus y rester. Il y avait ce voyage qu'il avait commencé et qui ne pouvait pas s'arrêter là.

Nous n'avions pas d'autre possibilité que d'aller jusqu'au bout. Nous y sommes arrivés.

Oliver, vous êtes celui à qui il écrivait et pensait le plus souvent. Il disait qu'un battement de cœur sur deux, dans sa poitrine, était pour vous. Dans les lettres qu'il vous écrivait, il vous imaginait heureux au ranch, devenu un homme calme, fort et honnête.

Monsieur Bowman, Pete avait des mots plus inquiets à votre sujet, mais je l'ai vu chasser peu à peu les ombres de son visage en vous évoquant. Il vous écrivait aussi.

Madame Desmond, vous faites avec M. Bowman les parents dont Pete rêvait. Quand il écrivait (il est désormais trop faible pour poursuivre son journal), c'est vous qu'il imaginait fière. Vous lui avez offert cette liberté, la dernière pour laquelle il lutte encore, les mots.

Aileen, toi qui dois savoir lire maintenant, les plus beaux sourires de ton oncle Pete étaient pour toi.

Je travaille en ville, tout ce que je peux trouver, pour payer notre pension et notre nourriture. Le Brésil n'est pas plus tendre pour une Indienne qu'un autre pays du monde. Je réunis ce qu'il nous faut pour survivre. Seulement, on ne survit qu'en bonne santé. Les faibles et les malades ne peuvent pas y arriver. Mes efforts n'y font rien. Chaque jour qui passe n'est pas une rémission mais un affaiblissement. J'en suis venue à penser qu'il ne guérira que s'il le veut, que personne n'y peut rien. Son immense énergie sera bientôt épuisée. Je tenterai de le faire tenir jusqu'à une réponse de votre part. Avoir quelque chose à attendre nous aidera.

L'homme que vous avez connu a été transformé par un voyage qui l'a sauvé mais tué à la fois, qu'il a pu entreprendre grâce à ce qu'il avait emporté de vous. Je suis heureuse de l'avoir connu, sa nostalgie pour le lac et le ranch est devenue la mienne.

Nous sommes à Macapá, capitale de l'État de l'Amapá au Brésil. Nous logeons rue Porto Rio, chez la senhora Cardeal.

Macapá est une ville importante et commerciale. Des bateaux y accostent chaque jour qui viennent des autres grandes villes du Brésil. Je garde espoir que votre réponse nous trouvera ici.

Avec tout mon respect,

Maria Bautizada

10.

Le petit cargo remontait péniblement le delta. La couleur de son panache témoignait de l'effort des machines luttant contre le courant. On savait à Macapá, à cette grosse fumée noire, que les hommes à bord trimaient sans reprendre leur souffle.

Quelque part sur le continent, loin dans les terres, des pluies étaient tombées et le débit de l'Amazone avait gonflé sans prévenir. Sur le quai la foule regarda le bateau se traîner jusqu'au port à une allure inquiétante. Quand les haussières furent enfin arrimées, le capitaine se jeta sur la bouteille de rhum qu'on lui tendait.

– Nom de Dieu, une minute de plus et on aurait démonté le bateau pour charger les chaudières !

Après lui débarqua un grand type mince et pâle, son costume froissé par le voyage, qui demanda comment se rendre rue Porto Rio. Le capitaine se renfrogna. L'homme pâle cherchait le gringo et sa logeuse, la senhora Cardeal, sœur du capitaine. Seulement voilà, l'Américain malade et son Indienne, sa sœur, son beau-frère et lui-même les avaient mis dehors depuis longtemps. On ne peut pas faire crédit au-delà du raisonnable. Personne ne savait depuis ce qu'ils étaient devenus. Plus gênant encore, le grand mince travaillait pour la Banco do Brasil. Il s'impatienta et le capitaine finit par lui indiquer le chemin.

La senhora Cardeal montra au banquier la direction de la piste du fleuve, lui dit que c'était par là que l'Américain et l'Indienne avaient disparu, il y avait maintenant quatre ou cinq mois. L'homme demanda où louer une charrette et un guide, de préférence d'une famille autre que celle de la senhora. C'était embarrassant, ces banquiers qu'on ne voyait pas souvent et qui, quand ils venaient à Macapá, vous faisaient caca sur la tête.

Le banquier commençait à s'inquiéter. Il avait été choisi pour son calme en toute situation, mais que pouvait-il contre ce qui se passait dans un endroit pareil ? Les commanditaires de cette mission, des Américains, étaient bien naïfs. Si le couple avait quitté Macapá, il allait perdre leur trace, au mieux trouver deux tombes abandonnées avec dessus des fourmilières.

Le propriétaire de la charrette se souvenait de l'Américain et de l'Indienne parlant espagnol, mais il ne savait rien de ce qu'ils étaient devenus. Était-ce vraiment un sujet sérieux ?

La petite communauté d'Indiens, au bord du fleuve, était un misérable avant-poste de commerce. Des feux éteints, des abris de palmes négligés, des déchets partout, des feuilles de journal ayant servi d'emballages perchées par le vent dans les branches. Les occupants du camp se réveillaient en plein milieu de la journée, la tête lourde d'alcool et les yeux gonflés, se grattant le ventre. Des pirogues tirées sur la berge, une quinzaine d'individus, dont des femmes qui cuvaient elles aussi. L'homme de la banque arrivait le lendemain de négociations avec des commerçants de la ville ; sur le sol, en bouteilles vides éparpillées, s'étalait le salaire des Indiens.

Quand il les interrogea, ils firent des signes : plus loin, plus haut, là-bas, une journée à pied. Contre rémunération, ils pouvaient l'y emmener en pirogue en cinq heures.

Les Indiens se rincèrent le visage, poussèrent les embarcations à l'eau et saisirent leurs pagaies. Ils ramèrent en silence, piochant l'eau en rythme, gagnant un mètre après l'autre contre le courant, jusqu'à une petite plage de sable clair dans un méandre, à l'embouchure d'une petite crique. Le jour finissait ; l'homme de la banque, trempé, négocia qu'un rameur l'accompagne et que la pirogue attende ici.

Le layon était net ; son guide, pieds nus, avançait sans bruit. Après une heure de marche, l'odeur du feu annonça, bien avant qu'on les voie, la présence d'hommes. Le banquier n'y croyait pas, mais palpa tout de même la poche intérieure de sa veste, vérifiant la présence de la lettre dans l'étui étanche. Le courrier à remettre en personne, si sa mission était un succès, à un certain M. Ferguson.

Une Indienne, devant une hutte en mauvais état, les regarda approcher. Le guide s'accroupit sans manières près du feu. L'homme de la banque se planta devant la femme.

– Maria Bautizada ?

Elle avait des cernes, les bras maigres et les mains gonflées, elle était sale et puait, vêtue à la manière des tribus du fleuve.

– Oui.

– M. Ferguson est-il avec vous ?

Il fouilla sa poche et en tira le courrier.

– Je porte cette lettre pour lui, j'ai pour mission de vous ramener tous les deux à Belém. Est-il ici ?

Maria regarda la lettre, releva les yeux vers lui et répondit en espagnol :

– Je ne sais pas s'il pourra faire le voyage.

Elle le conduisit dans la hutte et alluma un morceau de bougie. L'employé de la Banco do Brasil plaqua sa main sur sa bouche. Il lui fallut un moment pour comprendre que l'homme allongé respirait encore. Il était impossible de croire que si peu de chair puisse encore être vivante.

Le banquier ressortit de la cabane avant de vomir, laissant Maria agenouillée au chevet de Pete, en train de lui lire la lettre du ranch Fitzpatrick.

Il fut offert une belle récompense aux Indiens, qui pagayèrent de nuit dans le courant pour aller prévenir un médecin à Macapá.

Quand le docteur arriva le lendemain soir, Pete Ferguson avait ouvert les yeux.

*

Il fallut trois semaines pour que Pete soit jugé assez solide pour faire le voyage, trois semaines et un nombre impressionnant de trajets entre le campement du couple et la ville. La débauche d'argent, de compétences et de temps qu'il fallut pour les extraire de la forêt dépassait l'entendement. On n'avait pas découvert là-bas une mine d'or, seulement une Indienne et un Blanc.

Si Pete était le plus gravement atteint des deux, Maria aussi avait été soignée. Ils étaient habités par tous les parasites possibles de la forêt. Le médecin plaisanta, déclarant que des lianes et des orchidées allaient pousser sur eux. La quinine calma les fièvres, l'alcool cura les plaies infectées, les dépuratifs les nettoyèrent, la nourriture redonna vie aux muscles.

Le docteur, prodiguant ses soins, constata avec surprise que ni Ferguson ni l'Indienne ne se réjouissaient de quitter la forêt. L'Américain relisait continuellement la lettre.

C'est à bord du cargo les ayant débarqués qu'ils quittèrent Macapá début août. Le capitaine à dentier se mit en quatre pour qu'ils soient traités comme des princes et le navire se dérouta de son trajet habituel pour les mener sans escale jusqu'à Belém.

Le directeur de la Banco do Brasil était là en personne, sur le quai du port, pour les accueillir. Ils furent transportés à l'hôtel le plus proche et le plus décent, Pete sur un brancard, Maria ne lâchant pas sa main.

Leur chambre donnait sur le front de mer et le grand marché Ver-o-Peso ; ils s'y barricadèrent, effrayés par l'activité incessante et le fourmillement de l'avenue. Un nouveau médecin s'occupa d'eux. Le directeur leur rendit visite la première semaine, puis l'homme qui les avait trouvés dans la forêt, puis on les oublia. Tout était pris en charge par la banque. Dès leur découverte, un courrier était parti pour les États-Unis et l'on espérait rapidement une réponse.

Maria commença à sortir et marcher sous l'ombre des palmiers de l'avenue, le long du port et de la mer. Quand Pete put tenir debout, ils sortirent ensemble. Il serrait le bras de Maria, s'appuyant de l'autre main à sa canne. Des mois de malnutrition avaient entraîné une décalcification, le médecin avait dit à Pete qu'il retrouverait son équilibre et rebâtirait des muscles en faisant des exercices, mais garderait une claudication. Ils se reposèrent à l'ombre du marché, son bardage délavé par les vents de mer et la pluie. Pete regardait le bleu du ciel, Maria celui peint du bâtiment.

– Dans la forêt je chassais des morphos, les papillons bleus. Je les vendais aux Indiens qui les vendaient aux Blancs. Ces papillons sont d'une couleur presque impensable, comme celle des îles du Marin.

Le directeur de la Banco do Brasil leur rendit en septembre une dernière visite, se déclarant ravi de leur meilleure santé, gêné par cette Indienne qui bénéficiait autant que l'Américain de l'argent envoyé des États-Unis. La famille de Ferguson n'avait pas lésiné. Il ne s'adressait qu'à lui.

– Tout est arrangé. Un vapeur de la Compagnie générale transatlantique française vous conduira en dix jours jusqu'au port de Colón, au Panama, d'où la liaison avec le Pacifique sera assurée en deux jours par voie fluviale. Au port de Panama, un vapeur américain vous emportera jusqu'à San Francisco où vous débarquerez le 6 octobre. Votre frère vous y attendra.

Le directeur lui remit la transcription cachetée d'un message télégraphique, laconique, qui le terrifia. Il le fit lire à Maria : *Retour attendu au ranch. Voyage arrangé. Situation réglée à Carson City. Aucun danger. Serai à S.F. 6 octobre. À bientôt. Oliver.*

Après cette dernière visite, ils ne furent plus que seuls. Pete prenait des bains et Maria entrait dans la baignoire avec lui, passant une éponge marine et du savon sur son tatouage.

– Comment tu te sens ?

– Je ne sais pas si je peux retourner là-bas, après… cet échec.

– Quel échec ?

– De n'avoir rien trouvé. Rien à rapporter.

Maria se raidit, Pete glissa dans l'eau pour se coller à elle.

– Ce n'est pas ce que je voulais dire. Je t'ai trouvée toi. Mais je n'ai pas trouvé.

Maria le repoussa.

– Tu es mort en essayant. Qu'est-ce que tu voulais faire de plus, pendejo ?

Elle sortit du bain et Pete la regarda traverser la salle d'eau et la chambre, tout ce luxe répugnant, cette fin de la lutte, les marques d'eau qu'elle laissait sur le parquet ciré. Il murmura :

– Je ne suis pas mort comme j'aurais dû. Pendu.

Il regardait Maria assise nue sur le lit, son visage de lune contrarié, ses petits seins, sa peau marron restée miraculeusement douce après ces mois de privations. Il sortit de la baignoire et marcha jusqu'à elle, sentant le sang converger vers son sexe. Elle s'allongea sur le côté, lui tournant le dos, et guida son sexe en elle puis se contorsionna pour se redresser, à quatre pattes. Ils firent l'amour comme des bêtes sorties de la forêt, faisant grincer le lit de l'hôtel en espérant qu'il se briserait sous les coups. Ils roulèrent sur le parquet, s'accrochèrent à un buffet surmonté d'un miroir. La petite Indienne tirait à elle, le plus fort possible, le Blanc amaigri et ses tatouages noirs sur sa peau usée. Ils regardèrent les reflets de leurs yeux, ces doubles froids à la surface du verre. Le ventre de Maria cognait contre le meuble à lui faire mal. Elle repoussa Pete jusqu'au lit où il tomba sur le dos. Elle le chevaucha les yeux fermés. Roulant son sexe sur lui, les jambes serrées autour de l'équateur d'encre, elle poussa des cris d'orgasme et de guerre lancés jusqu'aux femelles de Village-Femmes.

11.

L'air était froid et limpide, le vent du large entrait dans la baie en y poussant sans effort des bateaux grands comme des immeubles. Les centaines de cheminées faisaient au-dessus de la ville un brouillard gris. Les fumées de San Francisco, dans le ciel bleu de Californie, donnèrent envie à Pete de descendre en cale, de défoncer la coque à coups de hache et de couler le bateau ici. Il envia Maria, malade et enfermée dans leur cabine depuis Panama, qui n'avait presque rien vu du voyage.

Il était déjà venu une fois ici avec Bowman, pour l'accompagner à la vente de plusieurs étalons. Pete s'était désintéressé des négociations et Bowman l'avait retrouvé ivre mort dans un saloon de Market Street. Il semblait depuis que la ville avait troqué ses maisons en bois contre des immeubles en briques et s'était élevée de trois étages. Dans chaque entrepôt pouvaient entrer des locomotives et leurs wagons.

Le port était une forêt inextricable de gréements. Leur vapeur se fraya un chemin entre les autres navires au mouillage, rejoignant le quai de sa compagnie.

Pete descendit à leur cabine. Maria attendait sur la couchette à côté des bagages, la peau blanchie par le mal de mer, et refusait de se lever avant que le navire soit amarré et ne bouge plus. Pete était aussi pâle qu'elle. Ils restèrent là sans oser sortir, sans parler, pauvres immigrants dans une cabine de première classe, jusqu'à ce que les bruits dans le navire s'amenuisent et qu'un poing vienne cogner à leur porte.

– Pete ?

Il tressaillit, il écrasait la main de Maria dans la sienne.

– Oliver ?

Son frère ouvrit. Il était essoufflé, portait un costume de banquier, moustache brillante, clignant des yeux. Pete saisit sa canne, s'appuya à l'épaule de Maria en tremblant. Oliver, bras ouverts, s'était arrêté. Pete voyait la surprise et le choc dans les yeux de son frère. Pete Ferguson, grand frère squelettique, tassé sur lui-même, les yeux creux, la barbe prématurément grisée, appuyé à une canne dans un costume trop grand pour lui, un sourire inquiet et les dents abîmées. Il fallut aux deux frères un immense courage pour repousser l'idée que leurs retrouvailles étaient impossibles. Ils s'étreignirent, maladroits.

Maria regarda le visage et les larmes d'Oliver blotti dans le cou de Pete. Il lui rappelait le Pete Ferguson d'Antigua. Tous les deux se ressemblaient bien plus qu'il ne l'avait dit mais après ce voyage, Oliver, de petit frère, pouvait passer pour son fils. Tenant son cadet par le bras pour ne pas tomber, Pete se retourna vers elle.

– Oliver, Maria. Maria, Oliver.

Oliver prit la main de la petite femme dans la sienne et se pencha en avant, gentleman mal dégrossi.

– Merci. Merci d'avoir écrit cette lettre. Bienvenue.

Il se redressa, maîtrisant son enthousiasme.

– Une voiture attend sur le quai. Ne restons pas là, j'ai réservé des chambres dans un bel hôtel.

Pete serra ses doigts autour de son bras.

– La ville… C'est trop bruyant. Il y a trop de monde…

Oliver les regarda tous les deux, déconcerté.

– On peut partir tout de suite si vous voulez. Nous serons au ranch dans trois jours.

Pete eut un petit sourire.

– Trois jours ? Il faut une semaine pour arriver au lac.

– Les trains de la Central Pacific vont en deux jours de San Francisco à Truckee. De là il faut une petite journée à cheval pour être au ranch.

Oliver se tourna vers l'Indienne.

– Vous montez à cheval, Maria ?

Il suivit son regard jusqu'au dos voûté et à la canne de son frère, ses joues rougirent, il roula des épaules sous son costume neuf qui le démangeait.

– On pourra louer une voiture à Truckee.

Il se précipita dans le couloir, revint en arrière pour prendre les bagages des mains de Maria puis avança à la vitesse de Pete, marchant derrière lui en évitant de regarder ses jambes tordues. Oliver se mordit la lèvre en les voyant tous les deux sur le quai, s'écartant des autres voyageurs et des porteurs ; il passa devant eux avec les bagages et leur ouvrit la route jusqu'à la voiture. Il aida Pete à monter, tendit la main à Maria qui ne la vit même pas, donna l'ordre au conducteur de les emmener jusqu'au ferry d'Oakland.

Sans s'arrêter, la voiture embarqua avec chevaux et passagers sur une barge à vapeur. Pete et Maria refusèrent d'en descendre. Ils doublaient la petite île de Yerba Buena au milieu de la baie quand Oliver rompit le silence :

– Arthur et Alexandra seront au ranch quand on arrivera.

Il baissa la tête.

– Ils ne sont pas venus parce que c'est moi maintenant qui traite les affaires du Fitzpatrick à San Francisco. Arthur a vieilli si vite depuis ton départ. Ils ont vieilli tous les deux.

Il releva la tête, Pete regardait passer l'île inhabitée au milieu de la baie.

– Aileen voulait venir vous accueillir, elle s'est fâchée quand je lui ai dit que ce n'était pas possible. La connaissant, elle doit faire la tête depuis une semaine. Elle a demandé si vous étiez une princesse, Maria.

Elle se blottit contre Pete, de plus en plus pâle.

– Maria a le mal de mer.

L'attention et la tendresse de son frère pour l'Indienne étaient inconcevables. Oliver sourit en réponse et ce fut l'une des dernières fois du voyage, tant ils ne supportaient pas, tous les trois, de faire semblant.

La voiture les déposa devant le bâtiment en brique flambant neuf de la gare d'Oakland. Un train partait à la nuit, Oliver réserva pour eux seuls un compartiment de première classe. Le bruit dans le hall était trop fort pour le couple, ils allèrent attendre sur le quai. Maria et Pete n'avaient pas eu froid comme ça depuis deux ans. Ils étaient presque curieux de ces nouvelles sensations, finirent par se rapprocher de la locomotive tournant au ralenti, se tenant dans la chaleur de son souffle. Oliver apporta des tasses de café à ces aïeux dont l'une avait le même âge que lui. Il finit par remarquer la façon dont les autres voyageurs les observaient. Cette minuscule Indienne trop bien habillée, au bras d'un Blanc revenu d'une guerre lointaine, et l'homme en costume aux petits soins pour eux. Les passants affirmaient leur désapprobation en regardant lentement Maria des pieds à la tête. Oliver poussa le couple vers leur wagon.

Maria n'avait jamais pris le train, elle y était aussi malade que sur un bateau. La couchette supérieure dépliée, elle se roula en boule sans dire un mot, laissant les deux frères dans la lumière jaune d'une lampe à pétrole. Le train se lançait en grinçant sur les premiers cols des montagnes. Un steward apporta des bouteilles, liqueur et vin, et servit leur dîner ; celui de Maria resta sous cloche jusqu'à ce que Pete l'entame. Des légumes et des steaks, du pain à la croûte craquante qui lui blessa les gencives. Les cahots secouaient les frères silencieux. Pete mangeait à grand bruit, vidant des verres de whisky et de vin rouge, Oliver s'appliquait comme un bourgeois.

– Tu disais dans ton télégramme que tout allait bien pour moi à Carson maintenant. Qu'est-ce qui s'est passé ?

Oliver s'essuya la bouche. Il retrouvait la vraie voix de son frère, sèche et autoritaire ; est-ce que l'Indienne les écoutait ? Il se tassa sur son siège.

– Il y a eu des changements. Le ranch a encore grandi, tu ne le reconnaîtras pas. On est aussi important que l'Eagle Ranch maintenant.

Oliver, excité, se reprit sous le regard de Pete. Ça lui revenait d'un coup, un froid à l'estomac : sa propre passion pour le Fitzpatrick, la méfiance de Pete, tout ce qui les séparait à ce sujet depuis toujours, jusqu'au départ de son grand frère. Tout ce qui avait conduit à sa fuite.

– On peut dire que l'influence du Fitzpatrick a grandi aussi.

Oliver leva les yeux vers la couchette de Maria.

– Ce qui a tout changé, c'est Lylia.

Pete serra les dents.

– Qu'est-ce qu'elle a fait encore ?

– Elle est revenue sur son témoignage, bafouilla Oliver, elle a dit que tu n'avais pas tué le vieux Meeks cette nuit-là.

Il hésitait, Pete se pencha vers lui.

– Quoi d'autre ?

Oliver se redressa mais sa voix s'affaiblit :

– On s'est mariés. Lylia est ma femme maintenant, et nous attendons un enfant.

Pete éclata de rire.

– Tu t'es marié avec ce serpent ? Elle a toujours couru après l'argent, mais j'aurais jamais imaginé qu'elle était capable de ça. Après le grand frère, le petit !

Oliver se leva en renversant assiettes et verres, tira la porte coulissante du compartiment et la referma violemment. Maria se réveilla en sursaut.

– ¿ Qué pasa ?

– Rien, rendors-toi.

Il vida d'autres verres et attendit. Son frère ne revint pas. Pete s'allongea sur sa banquette et se laissa emporter par les mouvements et les bruits du train.

Ils se réveillèrent dans des odeurs de café. Oliver était là, silencieux devant le petit déjeuner ; il avait changé de vêtements, portait un costume plus confortable de rancher aisé. Pete passa la main sur son menton piquant et ses lèvres sèches, se versa du café et rinça sa mauvaise haleine.

– Hier, j'aurais pas dû dire ce que j'ai dit. C'était à cause de l'alcool, j'ai plus l'habitude de boire. Je suis mal placé pour juger qui que ce soit, encore moins toi ou Lylia.

Oliver ne sut comment réagir. Il avait depuis longtemps appris à pardonner à son frère, mais il ne l'avait jamais entendu s'excuser. Il leva les yeux vers Maria, perchée sur sa couchette, le nez collé à la vitre ; elle essuyait la buée, fascinée par le défilement des montagnes enneigées. Pete, plissant les yeux, se tourna lui aussi vers le paysage blanc.

– Au Guatemala il y a des montagnes aussi hautes que celles-ci, mais il fait chaud jusqu'au sommet et il ne tombe jamais de neige.

Oliver s'adressa à elle :

– Au ranch, il est déjà tombé trois pieds de neige et, par endroits, le lac a commencé à geler.

– Geler ?

– L'eau se transforme en glace.

Elle regarda Oliver, puis Pete. Il y avait des mots que Pete n'avait jamais employés en parlant avec elle, tout un vocabulaire anglais pour décrire ce monde que l'Indienne ne connaissait pas.

*

La gare de Truckee était un tas de planches aussi mal ajustées que son quai ; un bureau de la Central Pacific aux fenêtres couvertes de givre, trois passagers qui montèrent à bord du train et trois qui en descendirent. La voiture les attendait. La ligne télégraphique suivait celle du chemin de fer, Oliver avait envoyé un message depuis la gare d'Oakland.

Les malles transportées, ils s'installèrent à bord sous de grosses couvertures de laine. Le conducteur leur distribua des écharpes et des bonnets, saluant poliment Oliver – monsieur Ferguson. Les six chevaux de l'attelage, soufflant d'énormes nuages de vapeur, se lancèrent sur la piste gelée, dépassant rapidement les maisons silencieuses du petit bourg en expansion.

– Quand j'étais ici, il n'y avait rien d'autre à Truckee qu'un relais et un bordel pour les ouvriers du chemin de fer.

Pete rentra la tête à l'intérieur et tira le rideau de leur voiture privée.

– Quand tu dis que le ranch a grandi, ça n'a pas l'air d'être une blague. Le Fitzpatrick roule sur l'or.

Oliver fut fier d'annoncer qu'il ne s'occupait presque plus des chevaux, c'était le domaine d'Arthur et Alexandra maintenant. Lui et Lylia s'occupaient du bétail. Les mille hectares étaient devenus quatre mille, le Fitzpatrick élevait maintenant des vaches, une race venue d'Europe, croisée avec l'angus, et qui s'acclimatait parfaitement aux saisons de la région. Oliver raconta avec une pointe de regret qu'il n'habitait plus au ranch, mais à Carson City avec Lylia, dans l'immeuble où le Fitzpatrick avait ses bureaux. À l'entendre, l'élevage des chevaux était devenu une activité secondaire. Il fallut qu'Oliver prononce plusieurs fois le prénom de

Lylia avant de ne plus s'étrangler sur les deux syllabes du prénom de sa femme. Pete jeta un coup d'œil à Maria – dont il semblait toujours chercher l'approbation – avant de se pencher et, à travers la couverture, de taper sur le genou d'Oliver.

– Vous avez bien travaillé. Je suis content pour vous.

Oliver sourit, d'un sourire qui resta en suspens dans le froid. Pete n'avait pas pu cacher son malaise à l'évocation du succès du ranch. Le plus jeune des Ferguson arrêta d'en parler, son frère était trop fragile – cette idée le consternait – pour supporter les changements survenus en son absence. Peut-être avait-il espéré retrouver les choses comme il les avait laissées et les recommencer en mieux. Mais son passé ne l'avait pas attendu, changé lui aussi. C'était ce qu'Oliver, depuis le port de San Francisco, annonçait malgré lui.

Un seul col séparait Truckee du lac Tahoe. Après l'ascension, les cris et les coups de fouet du conducteur, les chevaux soufflèrent sur le petit plat, au pas le temps que leur cœur se calme, puis l'attelage entama sa descente. Pete souleva le rideau, contemplant la chaîne de la Sierra Nevada, pointue et blanche, colonne vertébrale d'un gigantesque dragon endormi où ils avaient failli mourir dix ans plus tôt. Les frères pensaient à la même chose. Maria, le visage enfoncé dans les lainages, les observait. Oliver n'arrivait pas à soutenir le regard de la petite femme. À l'époque où Pete avait fui Carson, il donnait des coups de botte aux mendiantes de sa race qui traînaient dans les rues. La voix de l'Indienne, avec son accent de Mexicaine, le surprit comme un gamin pris sur le fait :

– Combien de temps durent l'hiver et la neige au ranch ?

– Les années difficiles, de septembre à mars. Les bonnes années, de septembre à mars.

Maria ne comprit pas la plaisanterie et fronça les sourcils. Oliver se racla la gorge.

– On y sera avant la nuit.

12.

C'était comme fêter le retour de la guerre d'un déserteur et la nuit tomba trop vite pour que les visages aient le temps de s'habituer les uns aux autres. Dans la maison sur pilotis au bord du lac, les longs verres des lampes empêchaient de se regarder en face. Elles faisaient des ombres aux yeux et plus on en allumait, plus on comprenait que ça ne changerait rien. Maria mangea sans appétit, petit animal opportuniste. Pete, affamé, ne toucha pas à la nourriture, méfiant comme un animal devant un piège.

Bowman et Alexandra étaient fatigués. Lylia n'était plus une jeune femme, le cou, les joues et la poitrine gonflés par sa grossesse. La table était longue et il y avait trop de place entre les chaises. Personne n'arrivait à maîtriser sa voix, on ne s'entendait pas ou on parlait trop fort. Maria comprenait bien l'anglais, mais on s'adressait à elle en articulant exagérément, posant des questions naïves.

Ils n'avaient pas lu le carnet de Pete, seulement la lettre de Maria. Ils ne savaient rien et il fallait tout leur expliquer. La fatigue de Pete tourna à la fièvre et la fumée du pétrole brûlant en vain faisait mal à la tête. Le repas était trop riche et les vins trop chers. Bowman ne montrait qu'un dégoût poli pour cette débauche bourgeoise dans laquelle Lylia, mal secondée par Oliver, était la seule à vouloir tenir son rôle – elle, la demi-dame qui avait voulu envoyer Pete à la corde. Alexandra, assise à côté de Maria, mangeait trop vite et voulait que demain, au jour et dehors, dans le vrai ranch Fitzpatrick, ils puissent parler et se retrouver.

La seule qui fit plaisir à Pete fut Aileen. Ni sa mère ni son père n'avaient réussi à peigner et habiller correctement la gamine, une sauvageonne dont Bowman avait dit qu'elle passait plus de temps à cheval que dans les livres de sa mère. Aileen, en voyant l'oncle

Pete, n'avait pas été effrayée ni empêtrée comme les autres entre la joie et la honte, elle avait été déçue. Comment pourrait-il monter à cheval dans son état ? Elle lui jeta des coups d'œil pendant le repas, plongeant dans son assiette quand il la regardait. Ce spectre boiteux, ce n'était pas son oncle, on lui avait substitué un vieil homme fatigué. Aileen lui arrivait presque à l'épaule, plus rousse qu'Alexandra dont les cheveux, à l'inverse, n'avaient plus la couleur dont il se souvenait. Comme les yeux bleus d'Aileen, qui avaient volé l'éclat de ceux de son père.

Pete frotta ses côtes là où le Marin avait tatoué les noms de ces gens. Il se leva, chercha sa canne avec une montée de rage, dit être trop fatigué et s'excusa. Alexandra se précipita pour abréger le silence.

– On a préparé la chambre d'amis, mais si tu préfères j'ai aussi fait du feu dans votre cabane.

La cabane où Arthur et Alexandra avaient caché les frères Ferguson, gamins déserteurs, à leur arrivée au ranch. À côté de la grange contre les rochers, à cent pas de la maison. Pete ne s'imaginait pas dormir ailleurs. Il hocha la tête, parla en xinca à Maria qui se leva à son tour et salua ces hôtes qui ne ressemblaient tellement pas aux lettres de Pete. Rien ne ressemblait à rien ici, de ce qu'elle avait imaginé à travers lui. Elle avait honte du courrier qu'elle leur avait écrit, des sentiments qu'elle y avait exprimés. Ces gens lui rappelaient les bourgeois venant à l'orphelinat choisir des enfants. On ne l'avait jamais choisie, la toute petite Indienne avec sa grosse tête, jusqu'à la visite de Hagert le jésuite, à l'âge de la gamine rousse qui la regardait de travers.

Alexandra les accompagna jusqu'à la cabane sur un chemin de neige tassée.

– Reposez-vous. Demain nous aurons tout le temps et nous pourrons vous montrer le ranch.

Maria en avait déjà la nausée de ce ranch auquel tous s'accrochaient. Ils refermèrent la porte et s'approchèrent du poêle en observant le décor, nouveau pour Maria, si vieux pour lui. Pete s'approcha de la fenêtre. Sous le porche de la grande maison, dans la lumière d'une lampe suspendue à la charpente se tenait Arthur Bowman. Il fumait, appuyé à un poteau, et regardait la cabane. Maria se rapprocha de Pete.

– Qu'est-ce qu'il fait ?

– Le jour où on est arrivés ici avec Oliver, il s'est installé là-bas, il a monté la garde pendant des nuits et des jours. Jamais quelqu'un ne m'avait fait aussi peur.

Maria s'allongea sur le lit. La cabane était la première chose qui semblait n'avoir pas changé, elle s'y sentait bien.

– Ils ne savent pas de quoi tu étais malade.

– De quoi j'étais malade ?

Maria regarda longtemps le plafond en rondins, puis les murs capables de résister à l'assaut d'une armée, ce fort miniature construit par Bowman et devenu la cellule des déserteurs.

– D'avoir tué ton père et tous ceux qui lui ressemblaient. D'avoir tué tout ce qui pouvait faire une différence, jusqu'à ce qu'il n'y ait plus rien à tuer. Et alors, au lieu de te sauver, tu as sauvé quelqu'un d'autre à ta place. Pour toi, changer est une trahison. Ils ne comprennent pas que ça te rendrait malade. Tu ne pourras pas rester ici.

Pete regardait toujours Bowman sur la terrasse, se souvenant de lui là-bas, à l'époque où la Guerre civile moissonnait chaque jour des milliers de frères Ferguson. Le sergent Arthur Bowman, soldat de la Compagnie britannique des Indes orientales, sauvant deux gamins, se rachetant comme il pouvait, supportant immobile la punition du froid et des heures.

– Où est-ce qu'on ira ?

– C'est ton pays. Choisis.

– Mon pays ? Je l'ai déserté.

Maria rit.

– Tu me montreras le pays des déserteurs.

Bowman éteignit la lampe et rentra dans la grande maison.

Pete rechargea le poêle, déshabilla Maria et s'allongea sur elle, sa peau douce hérissée par le froid.

– Le vieux Meeks et tous les types de son espèce, ils pensent que les déserteurs sont des lâches. Qu'on me montre un vrai ennemi et je partirai en guerre.

Elle rit encore, le souffle raccourci par le poids de Pete.

– Je te montrerai tes ennemis.

Il respirait sa propre haleine dans le cou de Maria, écouta sa voix résonner dans sa gorge :

– Tu n'en as pas ici.

*

La première personne à qui il parla fut son frère. Se sentant de force à monter à cheval, il lui proposa d'aller voir le lac depuis les sommets. Son véritable objectif était à mi-chemin des pentes, sur un sentier abandonné mais qu'ils connaissaient encore par cœur.

Oliver aida Pete à monter en selle. Ils avaient choisi deux hongres paisibles et s'éloignèrent au pas dans les bruits de neige écrasée, la nuque enfoncée dans leur col de fourrure.

Oliver était devenu un de ces hommes qui modèlent leur pays en bâtissant leur fortune. Il était le plus authentique des Américains produits par le Fitzpatrick. Leur passé à Basin et le ranch avaient fait de lui un parfait businessman. Lylia avait consolidé cette image du succès et en tenait les comptes à Carson City. Dès leur mariage, deux ans plus tôt, elle l'avait poussé à s'installer en ville, l'éloignant le plus possible du ranch et du souvenir de Pete. Frère d'un assassin, déserteur lui-même, Oliver ne devait sa tranquillité qu'à son influence et son argent. La ville grandissait, les nouveaux habitants, par leur nombre, finiraient par diluer ces souvenirs.

Lylia et Oliver s'étaient rencontrés quand il était allé lui demander de revenir sur son témoignage. Il n'entra pas dans les détails, Pete ne voulut pas savoir si c'était lui qui avait proposé un arrangement ou elle qui avait fait du chantage : un mariage contre l'innocence de l'aîné des Ferguson. Peu importait. À les voir ensemble, ils étaient faits l'un pour l'autre, malgré la naïveté d'Oliver. Son frère avait toujours vu le bien en chacun, là où Pete n'avait eu d'instinct que pour le mal. Ils ne s'étaient pas défendus de la même façon contre le monde.

La trappe, comme ils l'appelaient alors, était l'autre minuscule cabane où ils se cachaient quand du monde venait au ranch. Des rondins dans un creux de roche, un toit recouvert de terre et de végétation, une porte, une meurtrière et un poêle – une tanière plutôt qu'une maison. Pete en prit le chemin et Oliver, comme s'il savait déjà, le suivit sans question.

Les deux frères durent pousser ensemble pour ouvrir la porte de leur ancien refuge, aujourd'hui à demi enseveli et effondré. Le lit était vermoulu, le poêle fendu en deux par une poutre tombée du toit. Ils contemplèrent en silence ce réduit où tant de souvenirs étaient entassés ; les jours sans sortir, les visites d'Alexandra qui apportait de la nourriture et des livres, Bowman qui passait de temps en temps, faisant ses rondes sans s'arrêter pour parler, carabine à la main.

Ils s'assirent devant la cabane, cherchant à travers les lignes des troncs les reflets du lac en contrebas. Pete baissa la tête, les coudes sur les genoux, son chapeau entre les mains. Oliver regarda sur son cou la fin du tatouage, les petites branches et les deux prénoms de son frère et Maria. Pete lui laissa le temps de regarder avant de se redresser.

– C'est pas pareil de dire quelque chose dehors ou dans une maison. Quand il y a une vue, les mots sont plus petits. Il faut mieux les choisir pour qu'on les entende. En même temps, c'est comme s'ils allaient se perdre et qu'on les oubliait plus vite.

Il se tourna vers Oliver.

– Je ne resterai pas longtemps. Ce que j'ai compris à l'équateur, c'est que rien ne change, mais que lutter est moins absurde que d'attendre. Qu'il faut changer même si on sait que ça ne fera aucune différence non plus. Tu comprends ce que je dis ?

– Qu'un problème résolu a quand même existé. Que se souvenir ou oublier, ce n'est pas si différent. C'est un arrangement avec nous-mêmes.

– On sera toujours les mêmes, passé, présent et avenir ensemble. Je ne suis pas ici pour te dire ce que j'ai sur le cœur, mais pour te demander si tu veux l'entendre ou pas. C'est ton choix.

Oliver se leva. L'air froid entrait trop vite dans sa poitrine et il fallait qu'il bouge pour le consommer. Il fit quelques pas dans la neige, tournant le dos à Pete, revint s'asseoir contre lui. Il prit la main de son grand frère dans la sienne et ils serrèrent leurs doigts à travers les gants. Oliver retenait ses larmes avec un courage dont Pete n'était pas capable.

– Ce qui s'est passé cette nuit-là, dans la grange ?

Pete acquiesça. Oliver passa son bras autour de ses épaules.

– Je suis désolé que ce soit dans ton cœur et pas dans le mien. C'est ton histoire. Mais je ne te laisserai pas repartir avant que tu sois remis en forme.

Ils revinrent à la nuit, Pete épuisé mais le visage détendu. Aileen les attendait dans la grange, satisfaite de voir que l'oncle Pete pouvait monter à cheval.

– Demain, j'irai avec toi.

Le dîner fut plus détendu que la veille mais l'on comptait encore trop sur Pete pour résoudre tous les silences. Entre lui et Lylia, lui et Alexandra, lui et Bowman, dont il semblait à Maria qu'elle n'avait pas encore entendu la voix. Cet homme au visage de vieux lion blessé la fascinait. Ce combattant tout en cicatrices et mauvais rêves, avec ses doigts coupés, n'appartenait ni à ce pays ni à ce monde. Les quatre mille hectares dont il s'était entouré ne suffisaient pas, il continuait dans ce ranch à s'épuiser en tours de garde. L'inquiétude de Bowman avait grandi. Maria le devina aux regards que sa femme lui lançait. L'ancien soldat savait, comme Pete, qu'une menace était revenue avec lui au Fitzpatrick. Bowman en était triste, ce silence-là pesa le plus lourd sur cette deuxième soirée.

Le troisième jour Pete partit à cheval avec Aileen, qui commença par faire sauter sa monture par-dessus la clôture de l'enclos. La gamine se retourna et attendit gentiment son oncle. Ils ne revinrent que tard dans l'après-midi.

Tous, sauf Lylia, feraient ce voyage avec lui.

Dans les jours qui suivirent, ce fut Alexandra qui partit le long des berges du lac avec Pete. Maria les suivit du regard, sourcils froncés, jusqu'à ce qu'ils soient tout petits et trop loin. Elle l'interrogea à son retour :

– De quoi vous avez parlé ?

– De toi.

– Tu n'es plus amoureux de la femme qui t'a adopté ?

– Elle n'est pas ma mère adoptive.

– Elle est jalouse de moi ?

– Non.

Maria se vexa.

– Qu'est-ce qu'elle voulait savoir ?

– Elle voulait que je lui raconte notre voyage, mais pas comme une fuite, comme une visite.

– Pourquoi ?

– Parce qu'elle pense seulement à l'avenir.

– C'est une utopiste.

– Nous n'avons pas seulement fui, nous avons aussi fait un voyage.

– Mensonge.

– Elle t'aime bien.

Maria se vexa un peu plus.

Ils étaient au ranch depuis un mois, l'hiver était toujours clément, les chutes de neige régulières, le blizzard les épargnait et le froid n'avait pas tué de chevaux. Lylia avait quitté le Fitzpatrick pour retrouver sa maison de Carson. Oliver y retournait plus souvent lui aussi. Pete respirait mieux, avait repris des forces et du poids et finit par ne plus avoir besoin de la canne. Il continua à boiter légèrement. Maria dut reconnaître que cet endroit était un des plus beaux qu'elle ait jamais vus.

Fin novembre, alors qu'ils étaient tous réunis à la maison du lac, Oliver annonça que la nouvelle du retour de Pete avait fait le tour de Carson. Il était tendu. Pete comprit – une bouffée de honte et de colère – que le ranch avait essayé de garder le secret de son retour le plus longtemps possible. Bowman trancha :

– On ira voir le juge la semaine prochaine, pour que Pete signe les papiers officiels. Ce ne sont plus que des rumeurs, il n'y a aucune raison de se terrer ici.

Lylia se retint de quitter la table, le repas fut abrégé.

Le dernier voyage avec Pete, celui de Bowman, arriva ainsi. Ils partirent tous les deux un matin de ciel bleu et sans vent, pour parcourir à cheval les quatre heures séparant le ranch du tribunal de Carson City, par-delà la montagne et à travers les terres du Fitzpatrick. Bowman avait fait seller à Pete un cheval plus vif et rapide que le hongre dont il avait pris l'habitude. Il montait quant à lui son étalon, le vieux Walden au mauvais caractère et toujours rapide, le père de Réunion. Ce cheval, Bowman et Aileen étaient les seuls à le monter.

Au col, à la frontière entre la Sierra à l'est et les plaines du Nevada à l'ouest, ils passèrent devant une borne du ranch. Pete tira sur ses rênes.

– C'est la première qu'on a vue avec Oliver, quand on était perdus dans la montagne.

Bowman s'était arrêté à côté de lui et regardait en contrebas les fumées de Carson, les lignes de ses rues droites et les maisons les unes contre les autres.

– La ville a grandi depuis ton départ.

– Ça se voit d'ici.

Bowman eut cette grimace familière qui étirait les tissus douloureux des cicatrices de son visage, et dont on ne savait pas si elle signifiait qu'il était inquiet, en colère, ou qu'il avait établi un plan de bataille satisfaisant.

– Je suis content que tu sois revenu. Même si ton Indienne et moi, on a compris les premiers que vous pourriez pas rester. Ce que j'ai fait pour toi et Oliver, je le regrette pas. Je continuerai à défendre les deux frères Ferguson.

Bowman plongea la main dans une fonte de Walden et tendit à Pete un étui et un ceinturon garni de munitions. Un Colt huilé et chargé.

– La ville a grandi, mais elle a pas changé tant que ça. Il n'y a pas que des mauvaises langues là-bas, il y a encore des membres de la famille Meeks.

– Je sais.

Les bottes au fond des étriers dans la descente, ils se remirent en route, Bowman en tête.

– Qu'est-ce qui est arrivé à Réunion ?

– Il est mort au Mexique en me sauvant la vie.

– C'est comme ça que doit mourir un cheval.

Ils quittèrent les terres du ranch et atteignirent bientôt la piste principale. Pete, imitant Bowman, enfonça son chapeau et rentra la tête dans les épaules. La pancarte annonçant l'entrée de Carson City était maintenant plantée au pied de la montagne. Les maisons étaient neuves, sur des lots encore vides des tas de planches et des piquets attendaient. Pete se tassa un peu plus quand ils passèrent devant des constructions qu'il reconnaissait. L'Eagle Saloon et son hôtel, la ruelle où le vieux Meeks était mort, le Sheriff Office et sa cellule. Bowman ralentit devant un immeuble de deux étages qui avait été un hôtel où Pete dormait parfois, rafraîchi et repeint, abritant les bureaux du ranch Fitzpatrick. La porte principale s'ouvrit et Oliver en sortit, chapeau sur la tête, boutonnant une longue veste d'hiver sur son ceinturon et son arme. Il enfourcha un cheval attaché devant le bâtiment et leva la tête. Pete et Bowman suivirent son regard. À une fenêtre du premier étage, derrière un rideau soulevé, Lylia, livide, se tenait comme une statue. Oliver baissa la tête et suivit la rue avec son frère et Bowman, jusqu'à la nouvelle place centrale et son parc aux arbres tout juste plantés. Autour, rutilants, le City Hall, des commerces, le Land Office, le tribunal devant lequel les trois hommes attachèrent leurs chevaux.

Le témoignage de Lylia déjà déposé, l'affaire classée, il ne fallut que quelques minutes au juge pour faire signer les documents à Pete. Il lui remit, scellées, une copie du verdict et une lettre qui l'innocentait officiellement, devant les hommes et Dieu, de la mort du vieux Meeks.

Les bons citoyens qui les attendaient dehors n'accordaient pas plus d'importance à ces documents que le juge lui-même. En tête du groupe, l'oncle Meeks, dernier représentant de la fratrie, et deux de ses fils. D'autres vieux ennemis de Pete du temps des bagarres, d'anciens employés virés du ranch Fitzpatrick, des petits éleveurs installés dans le coin à la même époque qu'eux. Ils n'étaient pas armés, leurs poches étaient seulement pleines de bouteilles. Bowman, patron du Fitz, les regarda les uns après les autres. Ils n'avancèrent pas, ne reculèrent pas. Il fallait surtout qu'ils restent silencieux. Arthur et les frères Ferguson montèrent en selle et passèrent au milieu du groupe qui s'écarta lentement. Le flottement d'une balance entre pour et contre. Oliver Ferguson, un des types les plus riches de la région, Pete Ferguson, un des plus violents, Bowman, un des plus durs. Il faisait grand jour, les trois étaient armés, on ne s'attendait pas à les voir si tôt en ville, une surprise. La douzaine d'hommes les regarda s'éloigner, avec d'autres curieux sur leur seuil, le juge sur son perron, le shérif à sa fenêtre.

Oliver les accompagna jusqu'aux dernières maisons et s'arrêta. Bowman surveillait la rue derrière eux. Le cheval de Pete était aussi nerveux que lui.

– Toi et Lylia, vous devriez venir au ranch.

– Il ne m'arrivera rien. C'est toi qui ne devrais pas traîner ici, Pete.

Les deux frères se serrèrent la main. Bowman et Pete reprirent le chemin du ranch, Oliver celui de la ville pour retrouver Lylia. Pete se retourna pour le regarder disparaître au bout de la rue, avec pour seule protection contre les balles dans le dos l'argent que sa femme empilait le plus vite possible. Pete aurait voulu clouer les portes des maisons et mettre le feu à la ville.

*

Maria s'était habituée au froid, Pete travaillait pour refaire vivre ses muscles. Elle fit à son tour le voyage avec lui sur les terres du Fitzpatrick. Maria, venue de forêts grouillantes, n'avait jamais vu une nature aussi silencieuse. L'hiver était une saison de repos. La nature en sommeil, le cœur ralenti, ses branches vidées de leur sève, des paysages où la présence de l'homme devenait plus mystérieuse.

Maria aussi avait repris des kilos. Elle avait pris un poids étrange et cachait son ventre de toutes les couches de vêtements qu'elle pouvait, jusqu'à ce que Pete le remarque. Ce jour-là elle avait frémi et rougi.

– Celui-là tient mieux. Il est là depuis deux mois. Peut-être qu'il aime le froid.

Elle avait ri, inquiète aussi.

Elle dormait les mains sur son ventre, demandait à Pete de ne pas mettre trop de bois dans le poêle. Dès qu'elle le pouvait, elle allait marcher dans la neige.

Noël approchait. Lylia et Oliver vinrent de Carson, le dernier voyage qu'elle pouvait faire avant son accouchement. C'était aussi une réunion d'au revoir.

Maria avait assez fréquenté ces gens pour accepter leur générosité. Et puis ce n'étaient pas de ces cadeaux qui enchaînent à ceux qui les font, mais des présents sans vanité faits par des riches, et tout ce qu'on leur offrit servirait à leur voyage. Deux chevaux robustes et bien dressés, marqués du losange du Fitzpatrick, leur sellerie complète et une mule de bât, harnachée elle aussi. Un équipement de cantine et de campement, jusqu'à leurs premières réserves de nourriture. De vrais cadeaux puisqu'ils n'avaient rien à donner en retour.

Le dîner fut plus triste qu'à leur arrivée, mais la tristesse était plus facile à conjurer que la peur. Ils partageaient aussi un sentiment de soulagement. En présence d'Oliver, de Lylia et d'Alexandra, Pete avait encore ce pouvoir de rendre une pièce trop petite. Autour de lui l'air se raréfiait, on finirait toujours par se battre pour en avoir. Il avait changé et il était le même ; en l'absence de la petite Indienne, on doutait qu'il puisse se contrôler longtemps. S'il ne fuyait plus, il devait partir.

À la tombée du soir sur le lac, ils sortirent avec des couvertures prendre l'air sur la terrasse. Le ciel était cisaillé par des langues de rouge et d'orange, les derniers rayons jaunes surlignaient les contours des montagnes. Aileen était venue prendre la main de Maria, qui lui parla en xinca. La fillette regarda son oncle Pete.

– Qu'est-ce qu'elle a dit ?

– Elle a dit que tu étais courageuse de tenir sa main, parce que dans son village elle est une sorcière.

Aileen regarda le coucher de soleil en se redressant, visiblement impressionnée, mais sans lâcher la main de Maria.

– N'importe quoi. Les sorcières n'existent pas.

Maria continua en anglais :

– Dans mon village, il y avait une autre sorcière, très vieille et très puissante. Quand j'étais un peu plus âgée que toi, elle m'a dit qu'un jour je danserais avec un prince blanc. D'abord je ne l'ai pas crue, ensuite j'ai eu très peur.

Aileen se tourna à nouveau vers Pete. Il ne faisait aucun doute pour elle qu'il était un prince, mais elle n'avait jamais vu son oncle danser. Elle hésita, essayant de l'imaginer.

– Vous avez dansé ensemble ?

– On peut dire ça comme ça, oui.

Maria se pencha vers Aileen.

– Dans le palais d'un ogre.

La fillette lâcha la main de l'Indienne et se rapprocha de son père. Bowman dit que demain serait une belle journée. Ils le savaient tous en regardant ce ciel dégagé, mais Bowman avait réussi à dire quelque chose quand le silence menaçait de les étouffer.

*

À mi-chemin de la montagne, ils s'étaient arrêtés pour regarder le ranch. Comme des jouets d'enfant à cette distance, la maison au bord de l'eau, la grange, la cabane contre les rochers, les enclos à chevaux.

– Tu sais ce qu'il va faire ?

– Bowman ?

– Il va partir dans les plaines capturer des mustangs.

Maria sourit.

– Tu voudrais y aller avec lui ?

Pete ne répondit pas tout de suite.

– On pourrait aller voir par là-bas, en direction de l'Utah. Tu as déjà vu des troupeaux de chevaux sauvages ?

Maria inspira longuement l'air pur des montagnes, dont elle avait appris à aimer l'effet sur ses poumons.

– Allons-y.

À l'approche de Carson City, ils bifurquèrent, choisissant de contourner la ville par le nord. Pete aurait voulu passer droit à travers les rues, au lieu de commencer son voyage en se cachant. Maria rit de sa bêtise. Il remonta son col sur sa nuque et ils continuèrent au nord vers la piste de Salt Lake City. La petite écorchure de son orgueil cicatrisa à mesure qu'ils s'éloignaient. Il regarda vers l'est le désert jaune, la neige qui disparaissait à l'horizon des plaines.

– On fait de drôles de pionniers.

– Pourquoi ?

– Parce qu'on ne cherche pas de terres.

– Les déserteurs sont privés du droit à la terre, gringo. C'est leur récompense.

Leur fin

Maria et Pete avaient quitté le comté de Carson City au mois de janvier de l'année 1875, avec leurs chevaux et leur mule, des vestes de cuir, des armes et des munitions. Il n'y avait pas dans ce vaste pays de forêt équatoriale où se cacher, partout on le retrouverait, ce couple inadéquat et dérangeant, sauf à un seul endroit…

La première étape de leur voyage les conduisit jusqu'à la Prairie, passé l'Utah, Salt Lake, les Rocheuses et ce pays de canyons géants dessiné par la Colorado River. Ils arrivèrent au début du printemps dans les longues étendues d'herbe verte, au sud de la Platte River. À quelques jours de cheval de Lincoln City, où depuis longtemps le Land Office incendié avait été rebâti.

Maria ne parlait plus anglais qu'en cas de nécessité, s'adressait à Pete en xinca ou en espagnol. À son gros ventre, elle racontait les dieux de sa tribu, les légendes, son pays, les pyramides. La détermination de Pete à éviter les autres hommes avait encore grandi. Comme sa conviction d'avoir le droit d'être un Américain – un autre Américain que son frère ou les Meeks – et celui de haïr, s'il le voulait, son pays.

Par un matin clair au parfum de graminées humides, Pete aligna un bison solitaire dans le viseur de son Yellowboy. Maria était allongée sur le dos à côté de lui et regardait le ciel. Ils s'étaient approchés contre le vent, si près qu'elle entendait le souffle de l'animal. Ils avaient parcouru la Prairie des jours avant de le trouver.

– Combien de chasseurs sont en ce moment à la poursuite d'un dernier bison ?

Pete avait ri.

– Bientôt, il n'y en aura même plus pour ceux qui en ont besoin.

Ils avaient suivi le leur pendant deux jours et deux nuits, l'écoutant meugler le soir, appeler le troupeau qu'il avait perdu ; c'était un jeune mâle égaré, rapide, fort et sans femelle. Maria avait aiguisé deux poignards la veille à côté du feu. Ils s'étaient allongés sur ce petit promontoire, elle regardant le ciel ventre en l'air, pendant que Pete visait. Il attendit que le bison sorte la tête de l'herbe, se redresse et regarde dans leur direction, pour tirer entre ses yeux. La bête fit un bond sur place, ses quatre sabots décollés du sol, retomba debout, regardant droit devant elle, puis sa tête bascula en avant. Elle se changea en rocher au milieu des herbes alors que l'écho du coup de feu se répétait encore sur la Prairie. Le bison mourut sans savoir qu'il mourait.

L'Indienne et le gringo plongèrent les lames tranchantes dans la fourrure, déshabillèrent les muscles de leur vêtement et déroulèrent la peau, laine en l'air, sur l'herbe tachée de sang. Puis ils découpèrent la viande. Leurs lames passèrent sur tous les tendons, entre tous les os et toutes les articulations, ils séparèrent les vertèbres à la hachette, sectionnèrent les jambes, tirèrent dans l'herbe, à pleins bras et se retenant de vomir, les entrailles chaudes et puantes qu'ils étalèrent autour de la fourrure. Comme des fourmis dévorant petit à petit un arbre, ils rognèrent le cadavre du bison. Maria disposait les morceaux comme le lui indiquait Pete. Les mouches entraient dans leur bouche, l'odeur de charogne voyageait rapidement, nouvelle fraîche sur la plaine. Des coyotes se dressaient au loin pour sentir le vent, les vautours faisaient leur messe en spirale au-dessus d'eux, un tunnel vers le ciel pour l'âme du bison.

Ils terminèrent leur travail tard dans l'après-midi, les cheveux collés par le sang, bottes, pantalon et chemise couverts d'une couche de graisse, de poils et d'éclats de viande. Ils se déshabillèrent, se rincèrent mains et visage avec les gourdes et changèrent de vêtements. Pete roula une cigarette et ils s'assirent pour regarder.

La fourrure étalée était entourée de viscères en cercle de sorcière et dessus les quartiers de viande étaient alignés, de taille grossièrement identique, formant ensemble un carré de sept morceaux de côté, serrés les uns contre les autres. On reconnaissait une moitié de tête, une cuisse, une longueur de colonne vertébrale, des côtes ou des jarrets. Dans le vrombissement des mouches, la rationalité de cette installation, cette reconstruction géométrique du bison mort avait quelque chose de sacré. Un temple de l'absurde, une réponse et des questions à la fois, un centre fou pour la Prairie sans repères, privée de ses habitants les plus anciens.

– Qu'est-ce que c'est ?

Pete répondit à Maria en anglais :

– La fin de la conquête.

Le nez encore saturé des odeurs de chair morte, poisseux de leur travail, ils se couchèrent à quelques dizaines de mètres du temple de viande vers lequel toutes les pistes imaginaires des plaines convergeaient. La nuit tomba et ils n'allumèrent pas de feu. Les chevaux s'agitèrent, sentant la présence des coyotes, des loups et des vautours attirés par la tuerie. Toute la nuit Maria et Pete écoutèrent les hurlements, les jappements, les sifflements des vautours et les grognements des loups, les cris des bêtes se mordant et se griffant autour du festin. Jusqu'à l'aube où les animaux rassasiés fuirent le soleil. Les vautours restèrent les derniers. Pete tira en l'air et ils s'éloignèrent lentement, sautant dans l'herbe sans s'envoler, découvrant les restes de l'orgie et deux des leurs tués par les loups. Les quartiers de viande étaient déplacés, à moitié dévorés, mais l'on voyait toujours le dessin du temple maintenant en ruine, la peau et les alignements de quartiers. Tout recommencerait la nuit prochaine, jusqu'à ce qu'il ne reste que les os séchant au soleil sur la fourrure brune. Pour les bêtes de la Prairie aussi, les derniers bisons devenaient rares. Celui-là leur avait été offert sans qu'un homme puisse en tirer le moindre bénéfice, une perte sèche, authentique acte de générosité.

Maria et Pete remontèrent en selle et partirent à la recherche d'un cours d'eau pour se laver.

*

À Omaha, Nebraska, ils avaient pris un train jusqu'à Salt Lake City. Ils s'étaient réfugiés dans l'anonymat et le boucan d'un wagon de troisième classe. Voyager à cette vitesse leur avait déplu, mais ils gagnèrent tout de même un temps précieux. Maria accoucherait dans un mois et, descendus du train, ils ne pouvaient plus parcourir qu'une dizaine de miles par jour tant elle avait besoin de repos.

Revenir onze ans plus tard dans une ville américaine en pleine conquête et ruée vers l'or, c'était s'exposer au risque de la retrouver abandonnée. Mais Basin, bourg de l'Oregon, était encore là quand ils arrivèrent sur place en juillet. Si une ville ne disparaissait pas, elle devait grandir, et celle-là avait triplé de taille.

Ils n'entrèrent pas dans la ville, la contournèrent jusqu'au cimetière. Autrefois un terrain isolé et sauvage, les maisons n'en étaient plus qu'à quelques dizaines de mètres et, pour le cacher, un mur d'enceinte était en construction. Oliver avait envoyé quelqu'un ici, deux ans plus tôt, avec de l'argent. L'homme avait pour ordre de faire déplacer les tombes de leurs parents de la ferme jusqu'ici. Il avait télégraphié un message : la ferme avait disparu et les tombes avec elle. Oliver avait demandé malgré tout qu'une concession soit achetée et que dessus soient dressées deux stèles. C'est devant ces deux pierres sans sépultures que Pete se recueillit avec Maria.

Sur les anciennes terres Ferguson il ne restait pas une trace des bâtiments. Le verger rachitique avait été arraché et l'endroit où Pete était né, avait grandi et où ses parents avaient été enterrés était devenu des pâturages. Ils firent halte au milieu du champ où s'élevait la maison et Pete, retrouvant les reliefs et comptant ses pas, rebâtit la ferme pour elle. Le verger, la clôture qu'il avait essayé de sauter avec la vieille jument, là où il était tombé et s'était cassé le bras, le potager, le puits et la grange.

Ils firent une sieste dans l'herbe chaude, là où Oliver et Pete Ferguson, enfants, sur une petite pente où donnait droit le soleil de l'après-midi, venaient se cacher du Vieux et regarder passer les nuages.

Quand Maria fut reposée, ils continuèrent sur la piste qui menait à la Crooked River, longèrent là-bas une petite falaise, un éboulis de cailloux tombant à pic vers la berge et l'eau grise. Pete raconta à Maria l'histoire de Billy Webb dont il avait un temps porté le nom, comme une fourrure de haine ; Billy Webb mort d'avoir voulu prouver son courage aux pères de Basin, en allant tuer des Indiens à la réserve de Warm Springs.

Ils suivirent la rive jusqu'au confluent de la Crooked et de la Deschutes River, puis gagnèrent le guet de Jackson Trail. Sur les bancs de galets, ils traversèrent le lit élargi et entrèrent dans la réserve. Avançant vers l'amont, ils se laissèrent guider par le cours sinueux de la Shitike Creek et firent halte avant d'atteindre les campements des Indiens Wasco, Païutes et Tenino, des tribus rivales réunies par les Blancs sur ce territoire exigu, mais qui avaient appris à cohabiter en paix. Le monde des Blancs était devenu leur ennemi commun.

Le ciel était jaune, le soleil bas plaquait d'or les arbres et les herbes. L'Indienne du Guatemala et le gringo de Basin déchargèrent les chevaux, allumèrent leur feu et attendirent.

Les mains sur son ventre, ses longs cheveux noirs dénoués couvrant ses épaules, Maria regarda avancer vers eux le petit groupe de cavaliers armés de fusils. Ils s'arrêtèrent à quelques mètres de la femme à peau d'Indienne et du Blanc aux allures de trappeur. Maria marcha vers eux et parla en xinca. Les Païutes se regardèrent. Un guerrier répondit dans une langue que Pete et Maria ne comprenaient pas. Elle répéta :

– Nous venons vivre ici.

Le guerrier leur répondit et Pete écouta attentivement, essayant de retenir les premiers mots de cette nouvelle langue.

Remerciements

Pour de petits emprunts : merci à Nicolas Jaillet qui a rapporté du Mexique l'histoire de la Guardia blanca – grâce à lui, Pete Ferguson et Réunion ont pu dignement franchir le Rio Grande – et à Sébastien Rutés qui a découvert, lui aussi au Mexique, l'oursin rouge du mensonge. Que vive la fiction.

Merci à Stéfanie Delestré, l'éditrice avec qui il est bon et joyeux de collaborer.

Des remerciements posthumes à deux personnalités pour leurs autobiographies, morceaux époustouflants de notre histoire. Le premier, Frank Mayer, et son *Tueur de bisons* dont sortent tout droit Bob McRae, Vimy et la Prairie des coureurs. Le second, René Belbenoit, bagnard de Guyane qui tenta six fois de s'évader, captura des morphos pour survivre et épousa en pleine forêt une Indienne dont il ne connaissait pas la langue, avant d'atteindre Los Angeles et de travailler pour les studios de Hollywood. Son récit, se déroulant quelques décennies après celui-ci, a pour titre *Guillotine sèche* et dépasse de loin ce qu'écrirait un auteur sérieux. Un autre encouragement à la fiction.

Aux amis de Guyane avec qui nous avons passé quelques mois, particulièrement Mathieu, mon plus vieil ami sur terre, compagnon des premières aventures. Les premiers chapitres d'*Équateur* ont été écrits là-bas, à Roura, sous des tôles mitraillées de pluie.

Merci à Judy et Craig Johnson dans le Wyoming, et David dans le Colorado, chez qui les dernières corrections ont été apportées à ce texte.

Merci enfin à Abbey – la part d'Amérique qu'il faut aimer – pour ce voyage fantastique commencé il y a douze ans.

DU MÊME AUTEUR

Le Fruit de vos entrailles,
Éditions Toute Latitude, 2006

Le Gâteau mexicain,
Éditions Toute Latitude, 2008

Fakirs,
Éditions Viviane Hamy, 2009

Le Mur, le Kabyle et le Marin,
Éditions Viviane Hamy, 2011

Trois mille chevaux vapeur,
Éditions Albin Michel, 2014

Composition : IGS-CP
Impression : CPI Bussière en février 2017
Éditions Albin Michel
22, rue Huyghens, 75014 Paris
www.albin-michel.fr

ISBN : 978-2-226-33000-0
N° d'édition : 22341/01 – N° d'impression : 2025379
Dépôt légal : mars 2017
Imprimé en France